中国社会科学院　学者文选

毛　星　集

中国社会科学院科研局组织编选

中国社会科学出版社

图书在版编目（CIP）数据

毛星集／中国社会科学院科研局组织编选. —北京：中国社会
科学出版社，2002.12（2018.8 重印）
（中国社会科学院学者文选）
ISBN 978 – 7 – 5004 – 3517 – 4

Ⅰ.①毛… Ⅱ.①中… Ⅲ.①毛星—文集②文艺理论—文集
③文学评论—文集 Ⅳ.①I0 – 53

中国版本图书馆 CIP 数据核字（2002）第 065736 号

出 版 人	赵剑英
责任编辑	郭晓鸿
责任校对	石春梅
责任印制	李寡寡

出　　　版	中国社会科学出版社
社　　　址	北京鼓楼西大街甲 158 号
邮　　　编	100720
网　　　址	http：//www.csspw.cn
发 行 部	010 – 84083685
门 市 部	010 – 84029450
经　　　销	新华书店及其他书店

印刷装订	北京市十月印刷有限公司
版　　　次	2002 年 12 月第 1 版
印　　　次	2018 年 8 月第 2 次印刷

开　　　本	880×1230　1/32
印　　　张	13.125
字　　　数	315 千字
定　　　价	79.00 元

凡购买中国社会科学出版社图书，如有质量问题请与本社营销中心联系调换
电话：010 – 84083683

出　版　说　明

　　一、《中国社会科学院学者文选》是根据李铁映院长的倡议和院务会议的决定，由科研局组织编选的大型学术性丛书。它的出版，旨在积累本院学者的重要学术成果，展示他们具有代表性的学术成就。

　　二、《文选》的作者都是中国社会科学院具有正高级专业技术职称的资深专家、学者。他们在长期的学术生涯中，对于人文社会科学的发展作出了贡献。

　　三、《文选》中所收学术论文，以作者在社科院工作期间的作品为主，同时也兼顾了作者在院外工作期间的代表作；对少数在建国前成名的学者，文章选收的时间范围更宽。

中国社会科学院

科研局

1999 年 11 月 14 日

目　录

编者的话

　　毛星同志原名舒增才，曾用笔名孙玄、郑洪、赵天、周宇、陈莱等。1919 年生于四川省德阳县一个没落的地主家庭。中学时代开始喜欢文学。读了许多郭沫若、鲁迅等作家的作品和进步的社会科学书刊。接受了反帝、反封建的进步思想。1937 年 10 月赴延安参加革命，先后在陕北公学和中央党校学习。1938 年 3 月加入中国共产党。同年冬到鲁迅艺术学院文学系学习。随后即留鲁艺做党的工作。其间，他嗜书成癖、工作之余，尽可能地抓紧时间学习马克思、恩格斯的著作，并阅读文、史、哲、经方面的书籍。40 年代初调鲁艺文艺理论研究室做研究工作，继又到文艺运动资料室工作。在艰苦的岁月中，由于党的培养和他自己的刻苦学习与钻研，已经具备了丰富的文、史知识和较高的马列主义的理论修养。1945 年被调往东北工作，曾任佳木斯《人民日报》（后改为《合江日报》）、哈尔滨《松江日报》和沈阳新华书店东北总分店的副总编辑、总编辑等职，1951 年东北人民出版社成立任社长兼总编辑。1952 年调东北局宣传部先后任理论教育处副处长、文艺处处长。1954 年参加中国作家协会；同年 9 月，调北京大学文学研究所做研究员，从事中国古典文学、中国民间文学的研究工作。1956年北大文学所划归中国科学院领导，任文学研究所党的领导小组副组长、《文学评论》副主编。同年赴阿尔巴尼亚讲学。70年代被选为民间文学研究会理事、副主席。1978年后被选为第五、第六届全国政协委员。1986年离休。

　　毛星同志在文学研究所工作的时间最久。我和他相识是在50年代中期《文学遗产》从中国作家协会古典文学部划归文学研究所领导之后。他最初给我的印象是比较固执己见，不容易听取别人的意见。后来因为工作关系，接触多了，才觉得他为人十分坦率，平易近人，丝毫没有"领导者"的架子。他和人讨论问题，就像一个普通干部一样发表自己的意见。如果对方不同意他的意见，他便从多方面将自己的意见加以阐述，虽然坚持己见，但是不让人感到有任何压力。而对方也敢于和他争论下去，以至争得面红耳赤。这样的争论，在当时也很难有谁是谁非的结果。我还听说，毛星同志当初调文学研究所，原本是以"副所长"之职调任的，但他到所之后，坚持不当副所长，只愿做个普通的研究员，所长何其芳同志对他无可奈何，只好让他暂时担任秘书主任之职，帮助解决两位副秘书主任之间的矛盾。1958年调来一位行政副所长，他才辞去了行政职务，专做研究和编辑工作。我认为像这样不求名利，力辞既得的权力的人，在当今社会里，实属少见。后来我又了解到毛星同志在文学研究所虽任副职，但深得所领导的信任，所内一切重大事情都必须征求他的意见然后再作决定。所办的刊物《文学评论》一直是由他实际负责，所长很少过问。由于他认真细致的工作，《文学评论》发表过不少好文章，已成为国内影响很大的刊物之一。《文学遗产》开展的一些学术讨论，主编陈翔鹤也常征求他的意见，并约请他撰稿。

　　然而，我对毛星同志的为人，有了较为深刻的认识，可以说还是在经过"文化大革命"之后。在"文革"初，他和其他的所一级的领导同志一同被揪斗。群众组织对他揭发批判的问题不少，但是，至今我只记得两条：一是批判他在反右运动中同情右派分子，曾为某某研究员辩护，还写信给周扬说：某某参加革命很早，是党培养的干部，他的错误言论是个别的，应当全面地看他一贯是忠于党的，不应当划为右派分子。一是批判他是文学所领导小组"摇鹅毛扇"的人，一贯忠实地贯彻执行旧中宣部的反党、反毛主席的资产阶级反动路线。而他只检查他的世界观没有改造好，在工作中有不少的错误，没有承认贯彻执行的是什么资产阶级反动路线。为此，他遭受到的批斗，已经不计其数，但这个问题仍然不能了结。1969 年 11 月，毛星同志随文学研究所到河南省息县干校参加劳动。研究所改为连队建制。不久，他担任了我们连队的指导员。他工作积极而热情，群众关系很好，我还记得 1971 年春节期间，我们二十多个同志挤在他房间里过春节的盛况。后来文学所回到北京，到"文革"即将结束，文学所恢复党组织的时候，竟因为他始终没有承认执行"资产阶级反动路线"，成了所内最后恢复组织生活的一名党员。我在"文革"后期曾参加文学所专案组的工作，有机会看过一些关于他的材料，特别是经过"文革"后，和他见面交谈的时间很多，因此比较了解他的情况，对他高尚正直的品德十分敬仰。

80 年代初，全国的文化工作已上正规，四川人民出版社的李致同志到北京来开会，曾经托我向毛星同志组稿，想出版他的"选集"。我转达了这个意见。当时毛星同志表示还想写些文章，不急于出《选集》，这事就搁下了。几年之后，我又向他提到编《选集》的事，他回答说："过去发表的文章，多数已经散失，到文学所以后发表的文章，还保存了一些，就由你替我选编吧，我们可以随时交换意见。"我读过他的许多文章，觉得都很有见地，也乐意为他做点事，因此接受了这个任务。

　　我搜集了毛星同志到文学研究所后所发表的文章，仔细通读了一遍，认为他的很多文章都有独到的见解。他博古通今，知识非常渊博，而且有较高的马列主义水平。他的文笔所至无论古代、现代、当代，乃至民间文学，都有评论文章。由于他熟悉马列的经典著作，又能将马列主义的观点和研究方法运用于他的研究工作中，对他自己的学术观点，常常是引经据典地从各个方面加以论述，其论断不能不令人信服。读了他的这些文章。我觉得他像一个有经验的舵手，驾着一只快艇在大海中航行，既定的方向不变，目光远大辽阔，前面的岛屿尽收眼底。在航行中，只要踏上任何一个岛屿，都要观察一下那里的生态环境。这时，他又像一个勤劳的园丁，见到花木，就为它们剪枝修杈，铲除杂草，以创造更好的生长条件；遇见荒原，还培植一株株的新苗。他主持编写的《中国少数民族文学》填补了中国文学史中的空白。

　　毛星同志是文学评论家，又是当今难得的文艺理论家，我选编他的集子，比较偏重于文艺理论方面，同时兼顾他的代表作。经过选择，我将初选目录送去和他商议，他看了之后，除删去一篇之外，又将早在1957年发表的一篇文章删去一部分，就这样定下来了。选集书名由他定为《野语集》。选集编好后，因故未能出版，现在列入《中国社会科学院学者文选》得以面世。

　　当我重读所选的文章时，深感毛星同志的思想特别敏锐，而且善于思考。他很早就有意识地反对研究工作中的庸俗社会学和简单化倾向，对于一些有争论的问题，如李煜词的评价，文学艺术的特性，以及一些政治性较强的问题，如文学的阶级性，文学和政治，意识形态等，都敢于提出自己的看法，不怕触礁翻船。一般来说，毛星同志的这些文章，都是联系当时研究工作的实际而写的。如对于李煜词的评价问题，在1956年《文学遗产》上曾展开讨论，当时大家的意见比较有分歧，有人以政治思想方面评价李煜的词，认为应该全盘否定；有人却认为李煜词有爱国主义思想，应该肯定；对李煜词的艺术性一般都评价很高。毛星同志在研究李煜词的基础上，联系讨论中的各种观点，对李煜词做了细致的实事求是的论述。这篇文章，对于那种思想性较差而艺术性较高的古典文学作品的评论，可说是起了示范性的作用，在当时很有影响。他的《关于文学的阶级性》本来写于1962年，是针对当时过分强调阶级性的"左"倾思潮而写的，也是反对研究工作中对阶级性的简单化倾向。写成之后，编辑部有人认为该文的观点太右倾便退稿了。但是毛星同志坚持他的看法不愿修改。到1979年才由《文学评论》发表。那时群众的反映也是好的。至于对《意识形态》一文，有人也提出过不同的看法。但我认为学术问题应该允许争鸣，不应该有任何"禁区"，各人看法不同，也不足为奇。他的论文艺和艺术（不是咬文嚼字）几篇文章，是他在文艺理论方面的力作，《中国少数民族文学》的《序》文，都很受人称赞。总之，我读了这些文章，觉得受益匪浅，同时认为这本选集对于今天的文学研究工作者和文学爱好者仍有参考价值，颇值得一读。

还有一点值得一提的是毛星同志的治学态度非常谨严，甚至对待引文都是十分认真的。例如有一次他想引用一段马克思、恩格斯著作，发现译文有些问题，于是向一位精通俄文的同志提出他的疑点。那位同志根据俄文版本将他所疑之处做出了含意不同的翻译，他将两种不同的译文寄给中共中央马克思恩格斯列宁斯大林著作编译局，并写信询问究竟谁是谁非。编译局的同志回信说，两种译文是各根据英文版和俄文版翻译的，都没有译错。由此，毛星同志认为阅读马克思、恩格斯著作的译文，如有问题最好找德文原版核对。他虽然年事已高，还想学习德文。他家的外文词典有好几种。我作为一个编辑工作者，在审稿工作中遇到不少的来稿有引文方面的错误，不是断章取义，就是歪曲了原作者的本意，令人因为核对原文而感到头痛。在这方面，我认为毛星同志的认真态度也是值得学习的。

最后需要说明的是，这个集子里所选的文章，除去一篇《文学的思想性问题——再论意识形态》之外，都是 1987 年以前发表的，对其中少数文章，编者在文字方面略有改动和删削，如有错误，应由编者负责。毛星同志正住医院治病，本文也未经他过目。

白　鸿
于北京

评《红楼梦》研究中的"色空"说

在《红楼梦》的研究中，有人提出这样一个说法："《红楼梦》的'主要观念'是'色空'。"根据他的论述，所谓"色空"，若用普通话就是：色欲、爱情以至人生是空虚的。我们知道色欲和爱情本来不是一个概念，更不能与人生等同，但是上述论者在解释这一问题时，有时指的是色欲，有时又指的是爱情，有时又泛指人生，含混不清，故只好把三者并列地都提出来。

《红楼梦》的"主要观念"究竟是不是"色空"呢？这个问题关系到《红楼梦》全书的思想性质、思想意义和现实意义，简单一句话，关系到全书的思想估价。如果《红楼梦》的"主要观念"是"色空"，而"色"指的是"色欲"和"爱情"，或者泛指"人生"，则《红楼梦》就变成一部劝善戒淫、反对恋爱或主张逃世的"善书"、"道书"，和"太上感应篇"一类书的"思想价值"简直没有什么区别，而《红楼梦》的现实意义、《红楼梦》的人民性也就几乎被化为乌有了。

要了解《红楼梦》的"主要观念"，必须依据《红楼梦》原书，必须统观《红楼梦》全书，必须特别重视《红楼梦》感人的地方。这原本是常识，可是，有人的分析和立论，却违反了这一常识。

　　认为《红楼梦》的"主要观念"是"色空"一说，并非创始于现在的研究者，胡适的一篇《考证红楼梦的新材料》中所抄引的《脂砚斋重评石头记》（即所谓脂评甲戌本，或简称脂甲本）的"凡例"，关于《红楼梦》的"旨义"，其中便有这样的话："（是书）又曰'风月宝鉴'，是戒妄动风月之情。……红楼梦十二支曲，此则红楼梦之点睛。又如贾瑞病，跛道人持一镜来，上面即鏨'风月宝鉴'四字，此则'风月宝鉴'之点睛。"[①] 有人迷信"脂评"以至于以"脂评"来证明或说明他自己的论点。我认为最好的评、批、注释，只有参考的价值，不能代替原书。甚至就是作者本人所说的写作动机等等，对分析、评价原书，也只能放在参考的地位。道理很简单：作者在写作过程中是可以改变原来的计划的；作者的某些错误的主观意图在写作中会遇到现实生活自身逻辑的抵抗，作者如果是现实主义者的话，是会写不下去而不得不搁笔的；作者的主观意图和对他的作品的看法，同作品的客观效果是可以有距离的。比如托尔斯泰写《复活》，据《托尔斯泰评传》的作者古德济指出：作者"原来的计划中仅只是一部道德的和心理的小说"，但在创作的过程中，"托尔斯泰渐渐冲出了小说原来的范围，他将这本小说变成了一幅包括着当代俄国生活的各种各样的紧急问题的巨画"，使这部小说"暴露了法庭、教堂、政府、俄国社会的贵族上层阶级和沙皇俄国的整个国家社会制度"。大家都知道的果戈理的"悲剧"：由于晚年时代的果戈理企图为地主、为农奴制度辩护，企图取消或削减《死魂灵》第一部在俄国社会上所已发生的积极影响，这一反动的错误的意图，违反了生活的真实，使他无法完成《死魂灵》的第二

---

　　① 见胡适《中国章回小说考证》，第265页。

部，写出的原稿，也不得不烧毁了。很显然，如果评价《复活》，离开了原书，把托尔斯泰最初的计划或最初的草稿作为根据，岂不是要大大缩小这部作品的价值？如果根据果戈理写《死魂灵》第二部的意图来解释《死魂灵》第一部，或者认为《死魂灵》第一部的作者不会有写那样一部第二部的意图，或者认为一个小说家和一个政论家一样，有什么意图就可以用他自己所熟悉的形式（小说）完全写出来，或者认为《死魂灵》的巨大的社会意义和果戈理的主观意图，和果戈理本人对这部作品的看法完全一致，岂不都会发生错误？评价一部作品，作者本人的话尚且只能作为参考，一些值得商榷的评、批、注释就更不能作为根据了。

　　当然，不能说这种"色空"说只是出自"脂评"，完全没有根据《红楼梦》原书。有人在说明他的这一看法时，也从原书摘引了一些字句作为例证，比如第一回中"空空道人遂因空见色，由色生情，传情入色，自色悟空"，第五回中的"红楼梦十二支曲"特别是最后一支曲子，第一回中跛脚道人的"好了歌"和甄士隐对这支歌的注解，第十二回中所写的"贾天祥正照风月鉴"等。问题是所有这一切，是否可以拿来作为《红楼梦》全书的"主要观念"或作者本人的"主要观念"。《红楼梦》全书的"主要观念"，必须就《红楼梦》全书所写的主要人物和主要情节加以分析，不能从书里抽取几句话或某一两段就随意做出结论。如果按照这样作法，一部《红楼梦》就可以得出许多不同的"主要观念"了。因为一部著作，特别是像《红楼梦》这样一部不仅从它的思想和艺术的价值上而且从它的规模上来说都是伟大的著作，内容是十分丰富的，作者写了许多人许多事，从这许多人许多事中，以不同的方式，都或多或少地反映了作者的思想，而作者思想又不是那样简单，如果抓住一点就用来概括全书，正像瞎子摸象，是很容易发生错误的。研究中国小说，过去有所谓"评点派"。"评点派"对于一部作品，比如金圣叹评《水浒》等书，有人所称引的"脂砚斋"评《红楼梦》，往往是按照自己的兴趣，抓住一句话甚至一个字就大做文章，结果常常是以评点者自己的主观歪曲了，肢解了作品。"色空"说的主要根据，像上面所列举的，只是书中和尚道士一类人的歌、曲、偈语、疯话等等。一个小说家描写人物，最低的要求必须合乎人物的身份。曹雪芹写和尚道士自然要像和尚道士，和尚道士自然要宣讲"色空"。把和尚道士的话硬派为全书的"主要观念"，硬派为曹雪芹的"主要观念"，显然是不正确的。《红楼梦》第三十六回写贾宝玉在午睡中说梦话："喊骂说和尚道士的话如何信得！"真的，和尚道士的话如何就可以相信为全书或作者的"主要观念"！

这里顺便提一提《红楼梦》作者对和尚、道士一类人物所采取的态度。在这本书里，这类人物中占最高地位的，自然要算跛道人和疯和尚，但他们只是法力很高，掌握了人们的命运，可是却一点不可爱，而且他们一定要作成金玉姻缘，这一点就是连作者也是表示不满意的。至于水月庵的老尼，一味贪财，以至串同凤姐害人，自然是否定人物。炼丹、修仙以至中毒而死的贾敬，很显然作者对他也抱的是否定态度，把他写成一个真正的废物和怪物。鸳鸯的出家，是情势逼迫的结果。惜春的修道，作者认为不是一件好事，给她的判语是："可怜绣户侯门女，独卧青灯古佛旁。"孤高的妙玉，终于忘不了俗，忘不了情，而"走火入邪魔"，给她的判词是："欲洁何曾洁，云空未必空。"从这些例子可以看出，作者是反对僧道的，是反对修仙炼道的，认为弃世出家是不幸，是违反人性。在这里，"色空"说者恰恰把作者的"主要观念"领悟错了。

"色空"论者说：第一回书里是空空道人"因空见色，由色生情，传情入色，自色悟空"这十六个字是《红楼梦》全书的提纲，是了解《红楼梦》的关键。且不说这种分析方法根本就是错误的，我们单看这十六个字是不太好的了解的，如果看看上下文，疑问就容易解决了。原来这十六个字上面是这么一段话：

空空道人看了一回，晓得这石头有些来历，遂向石头说道："石兄，你这一段故事，据你自己说来有些趣味，故铸写在此，意欲问世传奇。据我看来，第一件无朝代年纪可考；第二件并无大贤大忠理朝廷治风俗的善政，其中只不过几个异样女子，或情，或痴，或小才微善，我纵然抄去，也算不得一种奇书。"石头果然答道："我师何必太痴。我想历来野史的朝代，无非假借汉唐的名色；莫如我这石头所记，不借此套，只按自己的事体情理，反倒新鲜别致。况且那野史中，或讪谤君相，或贬人妻女，奸淫凶恶，不可胜数。更有一种风月笔墨，其淫秽污臭，最易坏人子弟。至于才子佳人等书，则又开口文君，满篇子建，千部一腔，千人一面，且终不能不涉淫滥。在作者不过要写出自己的两首情诗艳赋来，故假捏出男女二人名姓，又必旁添一小人拨乱其间，如戏中小丑一般，更可厌者，之乎者也，非理即文，大不近情，自相矛盾。竟不如我这半世亲见亲闻的这几个女子，虽不敢说强似前代所有之人，但观其事迹原委，亦可消愁破闷。至于几首歪诗，亦可以喷饭佐酒。其间离合悲欢，兴衰际遇，俱是按迹寻踪，不敢稍加穿凿，至失其真。只愿世人当那醉余睡醒之时，或避事消愁之际，把此一玩，不但洗了旧套换新眼目，却也省了些寿命筋力，不比那谋虚逐妄。我师意为何如？"

空空道人听如此说，思忖半晌，将这石头记再检阅一遍，因见上面大旨不过谈情，亦只实录其事，绝无伤时淫秽之病，方从头至尾抄写回来，问世传奇。

从此，那空空道人就有了那十六个字的领悟。可以看出，作者不但没有在这里宣传什么"色空"，倒恰恰在这里为这本书只写了"或情，或痴"的"几个女子"作辩护。值得注意的是，空空道人得到这十六个字的领悟后，"遂改名情僧"。道人变成了和尚，"情"代替了"空空"，看来这位道人看了这本书后，也有了情了。这种说法，多少也带着些"钻牛角"的气味，比较恰当的说法似乎是：空空道人的十六个字的领悟，和他的改名情僧，都是作者诙谐的笔墨，不可太认真深究。如果一定要研究这十六个字，也该把上下文联系起来看，联系上下文，看不出作者在宣传什么"色空"，更不能从这里得出"色空"是《红楼梦》的"主要观念"。

"色空"说者认为《红楼梦》第五回中所写的"《红楼梦》十二支曲"，是他的"色空"说的重要证据，并特别强调最末一支曲子"飞鸟各投林"的末尾一句"好一似食尽鸟投林，落了片白茫茫大地真干净"，认为可以说明全书主旨。这一回书的确有着"色空"观念，十二支曲，特别是末一支，是在宣讲"色空"，可是应该分析这回书在全书中究竟占了多大地位，究竟反映了多少作者的观念。我们不难看出，这十二支曲的表演以及其他有关"色空"的描写，这回书是明白地交代了它的目的。这回书写的是贾宝玉神游太虚幻境，太虚幻境的警幻，称赞贾宝玉是"天下第一淫人"，称赞贾宝玉"痴情"是"闺阁良友"，说：

> 淫虽一理，意则有别。如世之好淫者，不过是悦容貌，喜歌舞，调笑无厌，云雨无时，恨不能天下之美女，供我片时之趣兴，此皆皮肤滥淫之蠢物耳。如尔则天分中生成一段痴情，吾辈推之为意淫。惟意淫二字，可心会而不可口传，可神通而不能语达。汝今独得此二字，在闺阁中固可为良友，然于世道中，未免迂阔怪诡，百口嘲谤，万目睚眦。今

> 既迁令祖宁荣二公剖腹深嘱，吾不忍君独为我闺阁增光，而见弃于世道，故引子前来，醉以美酒，沁以仙茗，警以妙曲，再将吾妹一人乳名兼美表字可卿者，许配与汝，今夕良时，即可成姻，不过令汝领略些仙阁幻境之风光尚然如此，何况尘境之情景哉！而今后万万解释，改悔前情，留意于孔孟之间，委身于经济之道。

这里清楚指出，十二支曲子的演奏，是由于贾家祖宗"宁荣二公的剖腹深嘱"，是由于不忍贾宝玉"独为闺阁增光而见弃于世道"，是为了让贾宝玉"改悟前情，留意于孔孟之间，委身于经济世道"。根据此后全书整个故事的发展，根据作者通过贾宝玉等人对爱情、对孔孟与经济之道的明确态度，根据贾宝玉始终走的是"闺阁良友"的道路，而不是与此相反，去"留意于孔孟之间，委身于经济之道"等这一重大情节，太虚幻境里对贾宝玉的"色空"的警戒，绝不能说是全书或作者的"主要观念"。就这种警戒的目的性来说，倒是很符合贾政的"主要观念"。很显然，贾政的思想绝不是作者的思想，更不是全书的思想，倒是全书所要否定的思想。

至于"色空"说者到处提到的，也是"色空"说根据之一的《红楼梦》第十二回中那面"风月宝鉴"的穿插，正像何其芳同志在他的《没有批评，就不能前进》一文中所指出的，应该看做"是作者专为贾瑞那一类不知道爱情为何物的好色之徒写的"，不能拿它来照一切的人。上面摘引过的《红楼梦》第五回中警幻对"淫"的解释，就区分了爱情和"皮肤滥淫"的不同。很显然，"皮肤滥淫之蠢物"的贾瑞，绝不能和"痴情"的贾宝玉混为一谈，相提并论。"色空"说者到处使用"风月宝鉴"，试想想如果让贾宝玉也去"正照风月鉴"，一面是林黛玉，一面是骷髅，那么《红楼梦》全书，包括它的全部思想意义和现实意义，不知会变成什么书了。

"色空"说者从《红楼梦》书中提出的证据，不仅仅只是书中的一个片段或几句话，而且所割取的这些片段，这些字句，又恰恰不是原书感人的地方，恰恰是一般读者都不注意的地方。然而其"色空"说，就根据的是空空道人所领悟的十六个字，就根据的是《红楼梦》的十二支曲，就根据的是跛脚道人的"好了歌"等，这些地方，由于实在不能动人，因而许多人非常合理地把它忽略了，有的甚至读到这些地方就跳了过去，根本不看。究竟什么是重要的地方？在这里，"色空"说者和一般读者发生了分歧。这一分歧，又牵涉到一个属于常识的问题：小说和论文不同，和一般历史的记载也不一样，不能拿读史或读论文的方法来读小说。小说家需要用活生生的形象，用自己所创造的人物编织的故事去感染和打动读者。小说中不能感染或打动人的地方，不但客观上不能产生什么大的效果，而且就作者主观来说，也常常是作者对生活理解有问题，或者是写作不够着力的地方。对于这些地方，读者有理由把他们忽略了。"色空"说者却偏要在这些地方去苦心钻研，偏要在这些地方去寻求"微言大义"，很显然，"色空"说者在这里完全忘记了《红楼梦》是一部小说，以至愈钻愈古怪，不但把《红楼梦》当作《春秋》，简直把《红楼梦》当作《烧饼歌》和《推背图》了。这样的钻研，当然只能是愈钻愈糊涂。

《红楼梦》的"主要观念"究竟是否"色空"且先看看原书吧。

《红楼梦》所写的主要情节是贾宝玉与林黛玉的爱情生活和他们的不幸结局，是围绕着贾宝玉、林黛玉的一群女子的生活和她们的不幸结局。书中的主人公自然是贾宝玉和林黛玉，作者也主要是通过他们来反映、来表达对爱情、对爱情生活、对封建礼教、对功名利禄等许多问题的态度和见解。对于本书的一个主要问题——爱情，作者在第五回中通过警幻，在第一回书中通过"石头"，提出了他自己的一些看法，他所主张的爱情，既与"皮肤滥淫"有区别，也有别于过去那些才子佳人等书中所写的一套，他赞美的是真实的、纯洁的、热烈的爱情。值得注意的是，作者已清楚意识到，他所赞美的爱情生活，他对女性的尊重，他对功名利禄的看法，和当时的社会是不相容的，是会被当时的社会认为"迂阔怪诡"，是会遭受到当时社会上人的"百口嘲谤，百目睚眦"的，是与孔孟之学、经济之道背道而驰的。《红楼梦》全书从头到尾所赞叹的是爱情、爱情的生活以及被封建社会所歧视所轻侮的一些不幸妇女；贯穿《红楼梦》全书，有这样一些思想：对利禄对孔孟的鄙弃厌恶，对爱情对生活的执著热爱，对妇女对个性的特别尊重。所有这些，都和地主贵族阶级的正统思想直接违背，因此必然要和封建的黑暗势力发生了严重的冲突。在这些问题上，作者是站在地主贵族阶级正统思想的叛逆者的立场上的，而且甘冒"古今不肖无双"的大不韪。作者把他的主人公摆在了"诗礼簪缨之族"、"温柔富贵之乡"那样的一个炙手可热的大贵族的家庭里，并和那里统治势力发生纠葛，展开了斗争，也在这些纠葛与斗争中，揭露了这个家庭以及通过这个家庭所接触到的当时上层社会的各种黑暗和罪恶。

　　爱情、妇女，是中国封建社会生活中有着联系的两个重要问题，正是在这两个问题上，在封建道德、封建礼教做幌子的封建地主家庭特别是封建大家庭里，存在着特别多的黑暗和罪恶。封建的黑暗势力，是不允许青年男女正当爱恋的，在这种势力下面，爱情和爱情生活正像压在大石下的偷生的小的花朵，不等成长抬头便被压迫、被窒息得枯萎凋谢了。《红楼梦》正是在赞美这小的生命，为这小的生命的生存辩护，为它的存在斗争。在当时社会条件下，这一斗争，很显然，注定是要失败的。这便是《红楼梦》成为悲剧的一个重要根源。《红楼梦》的作者把他的男女主人公贾宝玉和林黛玉，放在一个显赫的封建大家庭的特殊地位上，成为连同这个家庭最高统治者贾母等许多人钟爱的对象。可是就是这样，也仍然抵抗不了这个家庭的黑暗势力，他们那些在当时被认为"怪诡"的思想和行动，得不到甚至"疼爱"他们的人的宽恕，因此，或者抑郁而死，或者被逼得疯癫、痴呆，最后落得出家当和尚的悲惨结局。《红楼梦》对他们的爱情生活唱起了颂歌，对他们的不幸的结局表示了深深的哀痛。封建的黑暗势力，摧残了许多不幸的妇女，这些妇女在封建社会里是被侮辱被损害的对象。《红楼梦》描写了这些不幸妇女的悲惨命运，描写了不同出身、不同地位、不同性格、不同气质、不同遭遇然而结局却都是悲惨的妇女群：晴雯、金钏、尤三姐、尤二姐等人都在封建势力的压迫下一个个惨死了，迎春一生过着被虐待的苦痛生活，惜春出了家，妙玉出家后又被劫走，等等。《红楼梦》对这一群妇女也唱起了颂歌，对她们的不幸也表示了深深的哀痛。

如果说《红楼梦》只是歌颂了爱情、歌颂了不幸的妇女，这当然是缩小了《红楼梦》的巨大的社会意义。作者不只是写了这些。作者歌颂的爱情，不是才子佳人式的爱情，作者对妇女的态度，也有别于过去和当时一般文人对妇女的态度，这些新的内容，就决定了他的颂歌会变成挽歌，他所歌颂的人们将和当时的黑暗势力发生冲突。也就因此，作者的思想和笔锋就不得不突破一般描写爱情、描写妇女的小说的狭隘的天地。像前面讲到的，《红楼梦》在歌颂贾宝玉、林黛玉的爱情生活和歌颂晴雯、尤三姐等人的同时，也写出了贾府这个大家庭里的许多恶人恶事，并描写了这两种力量的矛盾和冲突。《红楼梦》的作者怀着分明的深刻的憎恶，用尖锐的笔触描写了这些恶势力的丑恶嘴脸，描写了这个"诗礼簪缨之族"的封建道德、封建礼教守护者极端的荒淫无耻、无恶不作，描写了他们的精神生活、他们的整个生活的极端卑鄙、极端腐朽。作者把他的主要故事安置在贾府这样一个大家庭里，这个家庭是"百脚之虫"，和当时的上层社会有着多方面密切的联系，也就因此作者能从各个方面来展开他对这个社会的黑暗和罪恶的尖锐批判。《红楼梦》的所有这些描写，构成了中国封建社会生活的巨大画幅，成为了中国封建社会社会生活的百科全书，它深刻地暴露了作为地主贵族阶级精神支柱的封建道德、封建礼教的极端虚伪，写出了封建家庭和整个封建社会上层机构的行将崩溃和走向灭亡的趋势。

以上所讲到的这些，正是《红楼梦》最感人的地方，也正是一般读者都能留意到的地方，所有这些深刻的、丰富的反封建的、民主主义和人道主义的进步内容，是《红楼梦》最主要最基本的内容，它所反映的思想倾向，也就可以说是《红楼梦》的"主要观念"。这和"色空"论者的"色空"说是恰恰矛盾的：《红楼梦》的"主要观念"不是否定爱情，而正是热烈地歌颂爱情；不是否定生活，而正是热爱生活；不是对现实的漠不关心，而是对现实的丑恶现象进行尖锐的批判。说《红楼梦》的"主要观念"是"色空"，不但是从根本上否定了《红楼梦》的社会价值，而且完全不符合这本书人人都可看得见的实际内容。"色空"论者拿了一面自己的"风月宝鉴"来看《红楼梦》，结果把《红楼梦》许多重要的地方都看反了。

"色空"论者解释其"色空"的论点时，特别强调《红楼梦》的悲惨的结局，认为高鹗续书在这方面存在问题，如果曹雪芹自己写下去，就会写得更"惨"，因而他的"色空"说就可证明是正确的了。这种说法显然是不对的。悲惨的结局不能等于"色空"，如果解释作"色空"，那么一切悲剧的"主要观念"就都是

"色空"了。问题是作者对这个"悲剧的结局"如何解释，抱什么态度。只有作者对这"悲剧的结局"解释作人生或爱情的空虚，否定人生，否定爱情，才可以说作者存在"色空"观念。《红楼梦》里的贾宝玉和林黛玉，结局虽然都是悲惨的，但他们一直到最后都没有表示这样的意念——认为爱情虚妄。一直到最后，他们对人生都是热爱的。林黛玉的死和贾宝玉的出家，都是封建的黑暗势力逼迫的结果，而不是他们对人生、对爱情有了什么玄妙的领悟，认为人生、爱情原不过是一场空虚，要是这样，林黛玉就不必"抑郁"而死，贾宝玉的出家也就真的是飞升、解脱，那么，《红楼梦》就和"韩湘子出家"的"主要观念"一样，就不能说是什么"悲剧"了。

应该特别重视《红楼梦》里十分丰富的反封建的内容，应该特别重视在那个时代说来是十分难得的作者的进步的思想倾向。像纠正资产阶级一些唯心论者对中国许多优秀文学遗产的谬误看法一样，资产阶级唯心论者对《红楼梦》的错误看法，也应纠正过来。自然，也不可过于夸张《红楼梦》和《红楼梦》作者的进步倾向，使之超越了时代的可能。比如认为《红楼梦》反封建很彻底，贾宝玉是反封建的"英雄"、是"新人"，曹雪芹是新兴资产阶级或劳动农民的代表等等。这些都是对《红楼梦》、对贾宝玉、对曹雪芹的误解，首先是对《红楼梦》作者所处的时代的误解。曹雪芹所处的时代，距辛亥革命还有一个半世纪，距鸦片战争也应有三四十年，当时并没有什么新兴的资产阶级，因此他也不可能作为它的代表；他也不是劳动农民的代表，因为《红楼梦》里找不到作者的农民观点和农民立场，作者对书中出现的农民，虽然主要的是表示了同情，但同时也给了一些嘲笑，比如对刘姥姥的漫画式的描写便是一个例子。从《红楼梦》里进步的思想、进步的内容来看，特别是从它对当时上层社会的黑暗和罪恶所作的多方面的深刻的批判来看，可以肯定作者是地主贵族阶级正统思想叛逆者，是地主贵族阶级的"浪子"，这些进步的思想内容，反映了当时人民的一些要求和情绪，这是《红楼梦》人民性的所在，是《红楼梦》的主要方面。但是从《红楼梦》也可以看出，作者还没有完全叛离他的阶级，他基本上依然还站在地主阶级内部，他虽然看到封建社会、封建制度的种种罪恶，并从各方面深刻地、愤怒地批判了这些罪恶，但是他并没有这样的企图：要根本否定和推翻整个封建社会和封建制度。看了《红楼梦》，我们会得到这样的感觉和结论：封建社会和封建制度已完全腐朽，不能再让它存在下去了。但这是我们的感觉，我们的结论，这个感觉，这个结论，和作者自己的认识是有距离的，不能认为我们认识到的，作者也认识到了。必须承认《红楼梦》作者的思想还有着他一定的局限性，这种局限性，是历史条件决定了的。比如作者虽然十分痛恨贾家的黑暗和罪恶，但对于这个家庭的衰落，却抱着惋惜的态度，有着不胜凄凉的感觉，而且这种情绪还感染了一些思想不十分健康的读者。在这本书里，作者不但丝毫没有要推翻当时社会制度的意图，而且对封建社会最高统治者还怀着较大的敬意，比如第三十六回谈到"死谏"的文人为什么是沽名钓誉，作者通过贾宝玉是这样解释的："要知道那朝廷是受命于天，他非圣人，那天也断断不把这万几重任与他了，可知那些死的都是沽名。"还说："必定有昏君，他方谏，只顾他邀名，猛拼一死，将来置君于何地？"正因为作者思想的一定局限，正因为作者一面仇恨地主贵族阶级的丑恶，和这些丑恶做斗争，一面自己反又离不开这个阶级，又和这个阶级在思想感情上不能完全分开，因而发生苦恼，对前途感到悲观，有时不免发出人生梦幻的叹息。《红楼梦》写贾宝玉出家，自然是对当时社会的一种抗议，但同时也不能不说是找不到出路的一种表现。《红楼梦》

开卷第一回作者自己说："曾历过一番梦幻"，指出在这本书中"间用梦幻等字却是此书本旨"等语，虽然不可以认真呆看，相信这便是作者写作的"主要观念"，但从《红楼梦》里所反映出的作者的感伤情绪和有时流露的一些虚无思想，却不能不说作者的思想里的确存在有这种消极的成分。如果要说："色空"观念，那么，这种悲观叹息，这种人生梦幻的说法，就可以说是"色空"观念的成分。但所有这些，在全书中所占的地位是很不重要的，绝不能把它加以夸大。任何一个伟大的作家，他的思想都一定要受到他所处时代、所在阶级的限制，他的作品一定要反映这个限制，在这一方面打上他的时代、他的阶级的烙印。因此不能在这一方面责备作者，向作者提出过高的要求，并以此降低作品的价值和意义。《红楼梦》是我国十八世纪中叶文学园地中开放的一朵灿烂的奇葩，这朵奇葩已成为我们民族传世的珍宝，它不是幻存在天国，而是植根在地上，因此时代的风沙不免会在它的枝叶上面多少留下一些尘埃，批评者如果抓住一片小叶，用干瘦的手，反复把玩，取下一粒尘埃，著书立论，说是抓住了"主要观念"，岂不荒谬！这种批评观点，这种批评方法，应该是抛弃的时候了。

1954 年 12 月 13 日

（原载 1955 年 1 月号《人民文学》）

关于李煜的词

一

  李煜的作品，在他生前和死时，徐铉都说有文集三十卷及《杂说》百篇。[①] 到南宋初，距李煜死后一百多年，晁公武《郡斋读书志》中所载的《李煜集》，标明只有十卷。宋史艺文志内也载有《南唐李后主集十卷》。这类李煜的集子，现在都找不到了。李煜的词向来都是与李璟的词刊在一起，现在所知道的最初载有李璟和李煜词集的书目，是南宋末陈振孙编的《直斋书录解题》，其中所载《南唐二主词》，标明只有一卷，南宋时的刊本现在已找不到了，现在所能见到的最早的刻本有明万历庚申的墨华斋本。这个本子，据说出于宋本，其中刊载的李煜的词只有三十四首，这三十四首中的一首《望江南》和一首《望江梅》都各应分作两首，总共应该是三十六首。王国维给《南唐二主词》作补

---

  ① 见《徐公文集》卷十八《御制杂说序》及卷廿九《大宗左千牛卫上将军追封吴陇西公墓志铭》。

遗，补李煜词九首。清光绪时邵长光从苏东坡集中录得一首《开元乐》补入李煜词。把这些加在一起，李煜的词总共只有四十六首。只是，这四十六首中，有四首《谢新思》已残缺不全了，其中第一首只有一句；有两首《更漏子》，可以确定是温庭筠的；有一首《阮郎归》（"东风吹水日衔山"）和一首《浣溪沙》（"转烛飘蓬一梦归"）也极可能是冯正中的；一首《后庭花破子》（"玉树后庭前"）不能断定是李煜作还是冯正中作或者是别的人作；一首《长相思》（"一重山，两重山"）又见于邓肃的《栟榈词》；一首《捣练子令》（"深院静，小庭空"）《词谱》注为冯延己作；另一首《捣练子令》（"云鬟乱，晚妆残"），是不是李煜作的，也有疑问；一首《长相思》（"云一缂，玉一梭"）《乐府雅词》以为是孙霄之作；一首《蝶恋花》（"遥夜亭皋闲倒步"），或说是李冠作，或说是欧阳修作。除掉这些，大体可以确定是李煜的词只有三十二首。①　这里所评论的就是这三十二首。这三十二首词，现在很难一首首地确定写作在什么时候，甚至有个别的词，究竟是李煜被俘前写的还是被俘后写的，作这样大的划分也是有困难的。但每首词所写的内容，所跃动着的作者的情感，是明确的。为了便于说明下面的一些问题，为了弄明白李煜在词里到底写了些什么，可以把李煜的词大体分作三类：一类所描写的是宫廷的或一般男女之间的欢乐生活。这些词大致可以认为是被俘前的作品。这一类作品，有的直接描写宫廷的享乐生活，例如：

　　　　红日已高三丈透。金炉次第添香兽。红锦地衣随步皱。

----

　　①　这三十二首中，有一首《菩萨蛮》（"花明月暗正轻雾"），又见于杜安世的《寿域词》，只有个别字不同；有一首《相见欢》（"无言独上西楼"），《花草粹编》引《古今词话》以为孟昶作。由于这两首词所具有的李煜的风格比较显著，又历来为绝大多数人认定是李煜作的，故肯定为李煜作。

佳人舞点金钗溜。酒恶时拈花蕊嗅。别殿遥闻箫鼓奏。

——《浣溪沙》①

有的并不带有宫廷特有色彩，只是一般描写男女之间的欢乐和情欲，例如：

铜簧韵脆锵寒竹，新声慢奏移纤玉。眼色暗相钩，秋波横欲流。雨云深绣户，未便谐衷素。宴罢又成空，魂迷春梦中。

——《菩萨蛮》，

花明月黯飞轻雾，今朝好向郎边去；刬袜步香阶，手提金缕鞋。画堂南畔见，一向偎人颤："奴为出来难，教君姿意怜。"

——《菩萨蛮》②

第二类所写的内容是别恨离悉及感时、伤春等等。这一类作品又可划分为两个部分：一部分的内容是一般词人所惯于描写的一些小小的哀愁，如相思、伤春等等，其中有的只是为作词而作词，很少或甚至没有什么真实的感情。这是李煜词中比较逊色的作品。这一部分作品，大体上也可以认为是被俘前写的，例如：

亭前春逐红英尽，舞态徘徊，细雨霏微，不放双眉暂时开。绿窗冷静芳音断，香印成灰，可奈情怀，欲睡朦胧入梦来。

——《采桑子》

樱桃落尽春归去。蝶翻轻粉双飞。子规啼月小楼西。玉钩罗幕，惆怅暮烟垂。

---

① 这样的词还有"寻春须是先春早"（《菩萨蛮》）、"晚妆初了明肌雪"（《玉楼春》）。

② 这样的词还有"蓬莱院闭天台女"（《菩萨蛮》）、"晓妆初过"（《一斛珠》）。

　　别巷寂寥人散后，望残烟草底迷。炉香闲袅凤皇儿。空持罗带，回首恨依依。

　　　　　　　　　　　　　——《临江仙》①

另一部分所写的是富于真实感情的离愁别恨。这一部分作品，比较动人，写作的时间可能是被俘前，但也可能是在被俘后，例如：

　　无言独上西楼，月如钩，寂寞梧桐深院锁清秋。剪不断，理还乱，是离愁，别是一般滋味在心头。

　　　　　　　　　　　　　——《相见欢》②

　　别来春半，触目愁肠断。砌下落梅如雪乱，拂了一身还满。雁来音信无凭，路遥归梦难成。离恨恰如春草，更行更远还生。

　　　　　　　　　　　　　——《清平乐》③

第三类所写的内容是追怀往事，悲伤当前的不幸。这些作品大都写的是或流露了亡国之恨，大体上可以认为是被俘后写的。这是李煜的词中最能感染人因而也最为人所传诵的一类，例如：

　　帘外雨潺潺，春意阑珊。罗衾不耐五更寒。梦里不知身是客，一饷贪欢。　　独自莫凭阑，无限江山，别时容易见时难。落花流水春去也，天上人间。

　　　　　　　　　　　　　——《浪淘沙》

---

① 这样的词还有"秦楼不见吹箫女"（《谢新思》）、"庭空客散人归后"（《谢新思》）、"晓月坠"（《喜迁莺》）等。

② 这首词前后两段最末一句中的"深院"和"滋味"下一般都应用逗点断开，兹按词意略去这两个逗点。下面所引起的另一首《相见欢》，也同样略去了两个逗点。

③ 这样的词还有"辘轳金井梧桐晚"（《采桑子》）。

　　春花秋月何时了，往事知多少？小楼昨夜又东风，故国
不堪回首月明中。　　雕阑玉砌应犹在，只是朱颜改。问君
能有几多愁？恰似一江春水向东流。

——《虞美人》

　　林花谢了春江，太匆匆：无奈朝来寒雨晚来风。胭脂
泪，留人醉，几时重？自是人生长恨水长东。

——《相见欢》①

此外还有两首《渔父》和两首《望江南》（"闲梦远，南国正芳
春"和"闲梦远，南国正清秋"），不能归入以上三类中的任何一
类。《渔父》词写的是"渔父"的自由生活，调子是欢乐的，很
可能是被俘前过着享乐生活时的作品。两首《望江南》，虽然调
子也是愉快的，但却是过去欢乐生活的追忆，生活在江南是不会
写这样的词的，因而大致可以认为是被俘后的作品。

二

　　从以上粗略的介绍可以看出，李煜词的内容是很狭窄的。李
煜词虽然并不是首首或绝大多数都描写出了宫廷生活的特征，或
者是描写出了囚徒生活的特征，但是也没有任何根据可以说：李
煜在他的任何一首词中描写了他的小的生活圈子以外的什么事
物。而且，对宫廷生活的描写，并不需要首首都出现"别殿"、
"禁苑"、"春殿嫔娥"；对囚徒生活的描写，也并不需要首首都出
现"臣虏"之类的用语。有的同志强调研究文学作品要研究时代

---

　　①　这样的词还有"多少泪"，"断脸复横颐"（《望江南》）、"昨夜风兼雨"（《乌
夜啼》）、"风回小院庭芜绿"（《虞美人》）、"人生愁恨何能免"（《菩萨蛮》）、"往事只
堪哀"（《浪淘沙》）、"四十年来家国"（《破阵子》）。

背景和作者的生活。这是谁都同意的。如果不是离开作品，而是根据作品，研究了李煜这个人的情况，我们可以看出，李煜的词不论是写欢乐生活的如"红日已高三丈透"，不论是写离愁别恨的如"无言独上西楼"，不论是写伤怀往事的如"春花秋月何时了"，都写的是李煜个人小圈子里的生活。当然，并不是说，李煜的每一首词所写的都是李煜的真实生活中确确实实有过的事情。我只是说李煜的词中所反映的思想内容和感情范围都没有离开他那生活小圈子——先是帝王生活，后来是囚徒生活。就现有的词来看，李煜甚至连想也没有想过他那生活小圈子以外的什么人。一句话，他只是歌唱自己，不论是欢乐之歌或者是悲歌。就是歌唱他自己，这几十首词当然也没有写出李煜的生活的全部。比如，李煜也曾参禅打坐、也杀过潘佑、李平；据说也到监狱里看过囚犯，也批评过韩照载的淫侈；李煜在江南当了十四年半的"国主"，自然不难想见还有其他许多"国主"所特有的政治生活和个人生活；李煜是李璟的儿子，也不难想见他们之间会有一定的感情；李煜的祖父的政治见解和生活习惯，也可能对李煜发生过一定影响，等等。这些都没有在李煜的词里得到直接或间接的反映。因而我们在分析李煜的词时，不一定要把这些都联系起来。我不是认为李煜是帝王就只能写帝王生活，比较好的帝王也可以关怀祖国的命运、关怀人民的生活、关怀士卒的辛苦，也可以使自己的思想感情突破自己生活的宫廷范围的。但是在李煜的词里不存在这样的内容和情况。王国维在《人间词话》中评论李煜的词说：李煜"俨有释迦基督担荷人类罪恶之意"。这未免夸赞得太过分了。有人也许会提出两首《渔父》来，质问道：难道这也是歌唱李煜自己吗？是的，这两首词写的是"渔父"，但这是怎样的"渔父"呢？这里把两首词抄下来：

> 浪花有意千重雪，桃李无言一队春。一壶酒，一竿纶，

世上如侬有几人？

　　一櫂春风一叶舟，一纶茧缕一轻钩。花满堵，酒满瓯，

万顷波中得自由。

这是生活于"一壶酒，一竿纶"或"花满堵，酒满瓯"中十分逍遥自在的"渔父"。这能说描写的是劳动渔民吗？过去有不少做大官的为了表示自己风雅，自称什么"山人"、什么"野樵"、什么"居士"，连清朝乾隆皇帝还把自己在皇宫里的一个住处题名"遂初堂"，但这并不表明他们真正厌弃富贵，真想退隐。这只不过是风雅的点缀，顶多也不过是富贵生活过得太腻了，要找点新的刺激，有如餍足了鱼肉，想吃点菜蔬一样。因此，就是单单把李煜的仅有的两首咏"渔父"拿出来，也不能证明他已从宫廷走到了或怀念到了民间。正如从"遂初堂"的题名看来似乎表示要隐退的乾隆皇帝，仍然还是乾隆皇帝。

　　评论任何作家，都要看他的作品究竟反映了多少现实生活。李煜的欢乐、哀愁和悲歌，应该说也反映出了当时现实生活的一些情况，但不能不说从这一最为重要的方面来看，对李煜的词的过高赞扬是不恰当的。

　　有人这样为李煜辩护，以为词这样一种形式，只能描写男女之爱，离愁别恨等一类个人的生活感触，不可能表现比较复杂的内容，因而认为批评李煜的词的内容太狭窄是不理解词这种文学形式的特点。不错，由于词特别是一般称作小令或短调的小词的形式的限制，① 容纳不了太复杂的内容，比如不能用词写《孔雀东南飞》或《长恨歌》之类。但是小词和小诗一样却可以抒写多种思想和感情。苏轼、辛弃疾、张孝祥、陆游等人的一些词，证明了词可以缠绵哀怨，也可以慷慨悲歌；可以写男女相思，也可

---

① 李煜的所有的词除一首《破阵子》稍长外，都是很短的小词。

以伤世感时。比如苏轼的极为豪放的"大江东去"（《念奴娇》）、辛弃疾的充满豪气和爱国感情的"千古江山"（《永遇乐》）、张孝祥的悲愤国事的"长淮望断"（《六州歌头》）、陆游的充满着爱国感情的"当年万里觅封侯"（《诉衷情》）等等，都不能不算作好词。

这里可以联系到李煜词的爱国主义和人民性问题。肯定李煜词具有爱国主义情感的，只是抓住了李煜词中的个别用语，如"故国"、"家国"、"江山"之类，而不管这些用语的具体含义。用了这些用语，被作为爱国主义思想的根据的，除了为大家所知前面已经引过的"春花秋月何时了"（《虞美人》）和"帘外雨潺潺"（《浪淘沙》）外，还有下面两首：

> 人生愁恨何能免，销魂独我情何限！故国梦重归，觉来双泪垂。离楼谁与上？长记秋晴望。往事已成空，还如一梦中。
>
> ——《菩萨蛮》

> 四十年来家国，三千里地山河，凤阁龙楼连霄汉，玉树琼枝作烟萝，几曾识干戈：一旦归为臣虏，沈腰潘鬓消磨。最是仓皇辞庙日，教坊犹奏别离歌，垂泪对宫娥。
>
> ——《破阵子》

这些词都在怀念、悼惜"故国"和"往事"。而且可以看出，所以提到"故国"，正是由于怀念"往事"。在"人生愁恨何能免"一词中，"往事"的具体内容是没有写明白的；"春花秋月何时了"一词中的"往事"，则分明指出了"雕阑玉砌"；"帘外雨潺潺"一词则提到了"一晌贪欢"；"四十年来家国"一词则提到"凤阁龙楼"、"玉树琼枝"。而且细查李煜的历史和李煜别的作品，都不可能发现李煜在国计民生方面，在统一中国方面，有过什么雄图大略，因此李煜所谓的往事，就只能是李煜自己享乐生活的往事，李煜所谓的故国，也只能是与他的往事有关的李煜的王朝。很显然，这些都不能叫做什么爱国主义。必须指出，对于南唐这样的王朝，根本就不可能产生什么爱国主义。列宁说：爱国主义是"千百年来巩固起来的对自己独有的祖国的一种最深厚的感情"。而南唐，则立国不过四十年。爱国主义的产生所以需要千百年的时间，这是由于爱国主义是这样一种深厚的感情，它有着全民的意义。要产生这样的情感，就必须在经济上、文化上、生活习惯上等等方面形成全民的特殊的传统和利益。而这些，却绝不可能是在几十年以至百余年所可能产生的。因此，对于南唐这样的国家，"爱国主义"本来就是不存在的。有的人认为，按照列宁的说法，在像南唐这类封建小国的范围内，可能产生一种这个小国的爱国主义，理由是："在一个立国只有几十年的封建小国范围以内产生的爱国主义，应该看做也是合理地继承着那种'千百年来巩固起来的对自己独有的祖国的一种最深厚的感情'的。"① 这种说法是不正确的。首先，这种"继承"就存在问题，不能认为"合理"。自秦汉以来，中国人的"自己独有的祖国"就已有了固定的概念，这就是统一的中国。虽然，在五代以前，中国曾经经历过三国和南北朝的分裂，但中国人"自己独有的祖国"的概念并没有因此改变。如果中国人在三国时，"祖国"的思想感情也分裂为魏、蜀、吴三个，在五代时又分裂为"南唐"、"吴越"等等，而否定了统一的中国，那么千百年所形成的"祖国"这个概念岂不是太不巩固了么。把祖国的概念由"中国"而变为"魏"或"蜀"、"南唐"或"吴越"，分明是改变，怎么能叫"继承"，而且是"合理地继承"！事实上，这种改

---

① 见《光明日报》《文学遗产》第 103 期许可写的《读〈关于李煜的词的讨论〉》。

变在中国人民的历史上是不存在的；事实上，中国人民的祖国——"中国"这个概念并不那样薄弱，可以随便忘却或抛弃。在秦汉以后，汉族人民离开了以汉族人民为主体的统一的中国这样一个祖国的观念，而另外去找一个什么祖国，并且把这叫做什么爱国主义，这是荒谬的。和这个问题有关，在这里还应该谈谈屈原的爱国主义和汉族人民的爱国主义问题。谈到过去中国人民的爱国主义，所以要提出汉族人民的爱国主义，这是由于在外国帝国主义的势力侵入我国以前，统一的中国不只是事实上是以汉族人民为主体，而且事实上汉族和其他各族并没有被一个共同的祖国所统一，各族之间事实上是互以异族相看待并在政治上相互歧视的。这就是为什么蒙古人建立了元帝国和满洲人建立了清帝国，汉族人民都认为是亡国。这也就是为什么岳飞、史可法的思想、行动，我们称为是爱国主义的。这种情况，在外国帝国主义势力侵入我国之后，自然有了改变。中华人民共和国成立以后，中国人民不只在名义上而且在事实上包括了中国的各族人民。因而，今天如果再说什么汉族人民的爱国主义，那就是十分荒谬的了。这种不同的情况是应该加以区别的。至于秦汉以前，那时虽然已有了中国这个概念（应该指出，这个概念在秦汉前已经有了千百年长时期的酝酿），而且在武王伐纣以后，便已有了一个共同尊奉的周天子。但在事实上，中国那时还没有统一。屈原时的楚和秦，不只是分裂的两个国家，而且是风习、信仰、语言和文化传统都有着差异并互以异族相看待的两个国家。屈原时的中国情况与楚国的情况与李煜时的中国情况与南唐的情况有这样的区别，因此我们肯定屈原的爱国主义而否定南唐会产生什么南唐的爱国主义。这里顺便可以提出，"国家"一词或"国"这一个字，和别的词或字一样，由于用法不同，可以有各种不同的含义：比如有作为阶级压迫的工具的国家，也有封建割据的国家，还有爱国主义一词里所指的国家。这三者显然不能混为一谈。爱国主义一词里所指的国家不能与封建割据的国家相混，如果相混，那么爱国主义就变成封建割据主义了。爱国主义所指的国家，也不能与作为阶级压迫的工具的国家相混，如果相混，那么劳动人民在自己当家作主的社会主义以前的社会里，就根本不应该有什么爱国主义，如果有，那么他们的爱国岂不是等于爱压迫他们的工具了么？

　　具体分析了李煜的词的内容，关于人民性问题，也同样可以肯定地说：并不存在。李煜的所有的词不但没有反映一丝一毫当时人民的声音和愿望，就连间接又间接对当时人民有利的思想和情感也找不出来。认定李煜的词具有人民性的人，不得不在一些与人民性没有什么必然关联的地方大做文章。除了所谓爱国主义思想情感和上面谈到过的两首《渔父》外，有的抓住了李煜被俘的事实，以及被俘后所写的那些追怀往事的词，就说李煜用"囚徒"的感觉去思考和理解问题，如何具有反抗性，如何是"不屈服者"，而这些也都被归入了人民性。且不说被俘后的李煜是什么样的"囚徒"，"囚徒"是否就是人民或一定就与人民站在一起或一定具有人民性。也不去讨论不论什么样的"反抗"和"不屈服"是否都是人民的或具有人民性的。首先，李煜的"反抗性"就根本不存在。这种认为李煜有反抗性甚至是不屈服者的说法不仅与李煜的历史事实完全不符，在李煜的词里也找不到任何根据。可以断定是李煜被俘后所写的词，像上面举出的，除了哭哭啼啼诉说他自己的境遇，哭哭啼啼怀念过去的享乐外，哪里有什么反抗的表示。如果说这样的哭哭啼啼就是反抗，那么屈服和反抗也就没有什么区别了。有的抓住了李煜写妇女、写男女之间的欢乐和相思的词，就说李煜如何歌唱真挚的爱情生活，并且认为这样就突破了作为国主的李煜的局限而具有人民性了。有的甚至把"花明月黯飞轻雾"一词所写的偷情，也说成是什么人民性。

在李煜的许多词里，那些写妇女、写男女间一切关系的，究竟哪些表现了无可怀疑的真挚的爱情，是值得怀疑的。写宫廷享乐生活，里面出现有"佳人"、"嫔娥"的"红日已高三丈透"（《浣溪沙》）和"晚妆初了明肌雪"（《玉楼春》），没有表现什么真挚的爱情是不用说了。"铜簧韵脆锵寒竹"（《菩萨蛮》）里的"眼色暗相钩，秋波横欲流。雨云深绣户，未便谐衷素"和"晓妆初过"（《一斛珠》）里的"绣床斜凭娇无那，烂嚼红茸，笑向檀郎唾"的调情也不能说一定是什么真挚爱情生活的描写。"亭前春逐红英尺"（《采桑子》）等词，包括不一定是李煜作的"一重山，两重山"（《长相思》）在内，所写的相思等等，只是一些词人填词时习用的调子，也说不上表现了什么真挚的爱情。至于那首"花明月黯飞轻雾"（《菩萨蛮》），所描写的只是女人赴幽会的紧张心情，也没有显示什么真挚的爱情。即算李煜所写的其他各式各样的作品里，比如追悼大周后的挽诗，可能多少表现了一些真挚的爱情；即使把李煜那些不一定表现了什么真挚的爱情的词都算作表现了真挚的爱情；但这样的爱情和人民性又有什么关系呢？为什么过去的统治阶级就一定连自己的妻子和情人都不可能有真挚的爱情？为什么有了就超越了他自己的阶级？很显然，马克思列宁主义是没有这样稀奇古怪的"阶级论"的。至于说偷情就具有人民性，那就更是荒谬。要是这个说法正确，那么西门庆和潘金莲就都具有丰富的人民性了。

正是由于李煜在他的词里所表现的他的思想、感情的狭窄，或者只是个人的享乐，或者只是个人的愁恨，因而李煜的词的思想性是不高的。李煜那些思想性比较强一些的被俘后的作品，其中所表现的思想情感用李煜自己的话归纳起来，也只不过是："往事已成空，还如一梦中"，"自是人生长恨水长东"，等等。这样一些感叹，就思想感情来说，也不能说有什么特别新颖和特别深刻的地方。

李煜一些被人传诵的属于被俘后所写的词，基本的调子是伤感的。感伤在过去的作品中不一定是什么缺点。过去有许多好诗是很感伤的。问题是感伤什么。李煜词中所写的感伤，不是悲伤什么可贵的理想的破灭，不是对社会黑暗的不满，也不是对民生疾苦的哀怜，不但不同于屈原的《离骚》，也不同于蔡琰的《悲愤》，甚至不如曹植的《赠白马王彪》，因而没有什么积极意义。李煜那些歌唱欢乐生活的词如"红日已高三丈透"、"铜簧韵脆锵寒竹"、"花明月黯飞轻雾"等，虽然调子是愉快的，但由于或者写的是宫廷享乐，或者写的是偷情或调情，对这样的内容，也不必要特别加以赞美。

总之，李煜的词的思想情感虽不能说是如何太坏，至少也是不值得推崇的。在评论李煜的词的时候，对李煜词思想内容上的这些缺点和局限是不应该忽视的。

三

李煜的词没有什么人民性的内容，但也不能说是反人民的。那些写一般相思、伤春等小小哀愁的词和那些写一般离愁别恨的词，自然不能说是反人民的，就是那些分明以帝王身份出现的词，也不能归入反人民之列。比如"红日已高三丈透"，描写宫廷的歌舞，"四十年来家国"，写破国时的情况，这两首词不论思想和感情，既不能说有什么人民性，但也不能说有什么地方反人民。对于"没有什么人民性但也不是反人民的"的说法，有些同志纷纷表示反对。有的简单说，这是不可能的；有的说，这违反了列宁论"两种民族文化"的原则；有的大声斥责说，这是超阶级的谬论。首先，应该指出，这是事实，而且这一事实不只存在于李煜的作品中，也存在于别的许多古代作家的作品中。这些作品，用"没有人民性就是反人民的"的公式是解释不通的。比如在我国最为普及、很长时间被用为童蒙读本的《千家诗》，第一首是程颢的《春日偶成》：

　　云淡风轻近午天，傍花随柳过前川。时人不识余心乐，将谓偷闲学少年。

杜甫的诗集第一首是《游龙门奉先寺》：

　　已从招提游，更宿招提境。阴壑生虚籁，月林散清影。天阙象纬逼，云卧衣裳冷。欲觉闻晨钟，令人发深省。

这两首诗都不能说具有什么人民性，但也不能说是反人民的。如果用"非人民即反人民"的公式，这两本集子——一本是过去给孩子们读的，一本是研究中国诗歌所必读的，一开卷便都解释不下去。这种"不具有人民性但也不是反人民的"的作品所以存在，是由于人的生活，以及根源于人的生活的人的思想感情，并不那样简单。不错，在阶级社会里，每个人都是自觉或不自觉地站在一定阶级立场上，没有什么超阶级的人的存在。因而作家和他的作品也不能是超阶级的。但是，人除了直接或间接参加阶级斗争，直接或间接对敌对的或自己的阶级表示反对或拥护外，还可以有别的生活要参加，还可以有别的意见要发表，还可以有别的感情要抒发。比如纯粹个人之间的情爱及对自然界美的事物的欣赏等等，都不一定与人民的立场或反人民的立场有什么关联。写个人之间情爱的，如有名的潘岳的《悼亡诗》，写他对死去的妻子的悼念，只及于夫妇间的情爱，既没有对当时的社会或那一阶级发表意见，也没有宣传他的恋爱是拥护封建主义的还是反对封建主义的。这首诗也没有涉及进步的人生观或反动的人生观这一问题。因此，说它具有人民性或反人民都是没有根据的。李煜悼念自己妻子所写的《昭惠周后诔》，虽然艺术成就很差，其思想内容也可以说同样的话。王维的下面一首名诗，也不能把它归入人民性或反人民的任何一方：

　　谓城朝雨浥轻尘，客舍青青柳色新。劝君更进一杯酒，西出阳关无故人。

写自然景物的传诵人口的名诗，如王维的《登鹳雀楼》：

　　白日依山尽，黄河入海流。欲穷千里目，更上一层楼。

王维的一首五律《汉江临汎》：

　　楚塞三湘接，荆门九派通。江流天地外，山色有无中。郡邑浮前浦，波澜动远空。襄阳好风日，留醉与山翁。'

王维的另一首五绝《鹿柴》：

　　空山不见人，但闻人语响。返景入深林，复照青苔上。

张继的《枫桥夜泊》：

　　月落乌啼霜满天，江枫渔火对愁眠。姑苏城外寒山寺，夜半钟声到客船。

马致远的《秋思》：

　　枯藤老树昏鸦，小桥流水人家。古道西风瘦马，夕阳西下，断肠人在天涯。

　　　　　　　　　　　　　　　　　——《天净沙》

这样一些关于自然景物的描写，怎么可以给它们作人民性或反人民的判决？而这样一些作品，在我国古诗中是不少的。有些诗虽然咏叹人生，但也不牵涉人民性或反人民。比如阵子昂的有名的《登幽州台歌》：

　　前不见古人，后不见来者，念天地之悠悠，独怆然而涕下！

这二十二个字，所写的对往古和未来都感觉渺茫的叹息，自然不能说有什么人民性，但同样也不能说是反人民的。为李白所十分赞赏的崔颢的有名的《黄鹤楼》：

> 昔人已乘黄鹤去，此地空余黄鹤楼。黄鹤一去不复返，
> 白云千载空悠悠。晴川历历汉阳树，芳草萋萋鹦鹉州。日暮
> 乡关何处是，烟波江上使人愁。

这首诗中的一点叹息，也无法说它具有人民性，或者是反人民的。

　　这里所谈的一些事实，以及根据这些事实所得出的结论，是否违反列宁的论两种民族文化的说法呢？这里所谈的和列宁所说的根本不是一个问题。列宁关于"在每一种民族文化中都有两种民族文化"的说法，见于其 1913 年所著的《关于民族问题的批评意见》一文里。这篇文章所驳斥的是崩得派的资产阶级的反动的民族主义思想。列宁在这篇文章里所说的"民族"，明明白白指的是"现代民族"；所说的"两种民族文化"，明明白白指的是民主主义的与社会主义的文化和资产阶级的文化。这样的话怎么可以引申为"不是人民的文学，就是反人民的文学"，而且又怎么可以和李煜的词联系起来？可见，认为不是人民的就是反人民的这种说法，既与文学的实际不符合，也找不到马克思主义的理论根据。认为可以有"不具有人民性但也不反人民"的作品，是否就否定了作家和作品的阶级性呢？这要看对阶级性如何理解。人是有阶级性的，但并不是一个人在任何时候任何一举一动都牵涉到阶级利害。比如像上面所说的对自然界某些美的事物的欣赏、只及于个人情爱不牵涉阶级立场的吟咏等等，就不一定都具有有利于某一阶级不利于另一阶级的阶级标志。尤其是小诗小词，还有这样的情况：有的只是抒写作者一刹那的一点感触，并不代表作者的基本思想或甚至与作者的基本思想矛盾；有的甚至只是由于点缀装饰，如分明热衷于富贵却故作渴望归隐的诗；有的甚至只是由于在艺术上摹仿或争胜于别人，比如别人写渔父，也写渔父，别人写离愁，便也写离愁，根本不反映作者的什么真

实思想。这样的情况，在我国古代作家的诗歌中是不难找到的。前面谈过的李煜的两首《渔父》，可以是一个例子。大家都知道的隋代杨素的《山斋独坐赠薛内史二首》，也是一个例子。这两首描写深山岩壑清秀的景象和幽寂恬淡的生活，显示作者俨然像是一个清高的隐士，和贪鄙的杨素的性格显然是不符合的。而且，就是在一首诗里明确显示了作者的阶级地位，也不一定能说这首诗是人民的或者是反人民的。作家的阶级性，应该从他的作品的总的倾向去判断；作品的人民性或反人民的倾向则应该看这篇或这些作品所流露的思想情感和当时人民的关系怎么样。李煜的阶级地位，是没有疑问的。李煜在他的作品中，不论是被俘前对欢乐生活的描写如"红日已高三丈透"，或是被俘后的悲歌如"四十年来家国"，都写出了李煜的这种阶级地位。但即使这些分明写出了作者阶级地位的作品，像前面所谈过的，也不能说它们是具有人民性的或者是反人民的。总之，如果实事求是分析李煜的作品，应该承认李煜的词的思想内容确是既不具有人民性，但也不是反人民的。正因为李煜的词不具有人民性，虽然艺术性很高，我们不能过高评价它们的思想内容；正因为李煜的词也不是反人民的，由于艺术上的成就，我们仍然要把它们作为应该接受的宝贵遗产。

　　李煜的一些为人所传诵的词，基本的调子是感伤的，有的具有颓废的色彩；李煜的感伤，像前面所说的又并不具有什么积极意义。但是，应该承认，有显著颓废色彩的作品，在李煜的词中是比较少的。李煜在被俘后所写的一些调子很感伤的词也不发生把人引向颓废和绝望的作用。这些感伤的词有这样一个特点：只是悲叹欢乐生活的消逝，而不是根本否定人生；今天所以叹息、悲伤、引为"无限恨"事，正是对过去欢乐生活的热烈留恋和执著。比如前面提到过的"春花秋月何时了"的怀念"雕阑玉砌"，

"帘外雨潺潺"的"一晌贪欢"。下面一首《望江南》，更能清楚显示这一特点：

> 多少恨，昨夜梦魂中，还似归时游上苑，车如流水马如龙，花月正春风。

这样一种感伤和李煜在金陵城破后肉袒出降，降宋后还上表言贫要求增给月俸的实际行动，是符合的。我们并不责难——自然也不歌颂李煜的这种强烈的求生和享乐的愿望，指出这点只是说明李煜在被俘后写的词虽然满纸愁、恨，却为什么并不引人走向颓废和绝望。

四

李煜的词，在思想内容方面，不仅不是反人民的，而且由于有许多都写的是真实生活中的真实感触，而这些词中对美好的过去的怀念，对不幸的今日的咏叹，又很容易引起一般人的共鸣，因而引起了不少人的爱好。

李煜的一些为人所传诵的好词，在内容方面，一个最大的特点是写的真实生活中的真实感触。这是使他和唐五代其他词人区别开来并比别的词人较为出色的地方。比如《花间集》所选收的温庭筠等人的作品，除少数例外，大都是感情虚假、语言雕琢。欧阳炯为《花间集》所作的序文说这些作品的创作是"镂玉雕琼"、"裁花剪叶"，很能道出这些作品的特点。李煜有些不好的词，像前面所说的有些写相思等内容的，也可看出雕琢的痕迹，和花间一派词人的词没有什么明显的差别，因而在这一类词里，可以和温庭筠等人的词相混。但那些不是"为作新词强说愁"而是写了真实的生活感受的，不论描写欢乐的生活，如"蓬莱院闭无台女"、如"花明月黯飞轻雾"等，不论描写悲愁的生活，如

"帘外雨潺潺"、如"无言独上西楼"等，都能显示李煜自己的特色。温庭筠是唐五代极为重要的词人之一，他所写的词，有的是好的，但绝大多数都缺少真实的生活感受，和当时不少词人一样，只是在那里一味地雕琢；在李煜的许多词中则生活在跃动，几乎使人可以触觉。正是这样，李煜的词使人感觉真实，感觉和他笔下的景物没有什么间隔。

李煜的一些为人所传诵的好词，在内容方面，另一个值得提出并与前面一个特点有关的特点，是他的词中怀念过去生活、悲伤当前不幸的那种人生的咏叹。这些咏叹是根源于他后期的不幸的生活遭遇。正是有了这种遭遇，又准确反映了这种遭遇的感受，李煜才写出了为许多人所熟知而在温庭筠、冯正中等人词中不曾有或很少有的如"自是人生长恨水长东"、"别时容易见时难，流水落花春去也，天上人间"、"问君能有几多愁，恰似一江春水向东流"等感慨。这样一些感慨虽然并没有突破李煜个人的思想小圈子，但在《花间集》或《阳春集》中却很难找见。在这个意义上，也仅仅在这个意义上，我们承认王国维所说的"词至李后主而眼界始大，感慨遂深"的说法有一定的正确性。由于旧社会中，有许多在黑暗势力压迫下的人的遭遇是不幸的，生活是日趋没落的，不少的人在生活中经历了希望破灭或安适生活被毁坏的命运；由于在旧社会里或新社会里，人们都可能产生对过去某些事物的怀恋，因而李煜的这种感慨很容易引起一些人的共鸣。但是，应该指出，李煜的这种感慨，虽然和这些人的情感类似，比如或者都感到今不如昔，都怀念旧日、悲伤现在或者虽无什么不幸和悲伤但都怀恋过去什么事物等等，但在本质上却是不同的。因为一般人所惋惜的不是王位的丧失，一般人所怀念的不是雕阑玉砌、车水马龙的生活。愿意对作家和作品进行阶级分析的人，不应该把这种不同混淆起来。有这样的不同，但却能引起共鸣，这是由于词这种文学形式的表现方法所具有的特点。词，特别是短小的词，由于形式的限制和形式的特点，只适宜于抒情，而不适于也不可能像散文一样叙事。用词的形式，作家写自己的哀愁，常常只能写出哀愁的情状，不能具体叙述这些哀愁的性质和原因。比如下面的一首《望江南》：

> 多少泪，断脸复横颐。心事莫将和泪说，凤笙休向泪时吹，肠断更无疑。

这首词中的"心事"到底是什么样的心事，在这里是没有也很难具体交代。又如下面的一首《浪淘沙》：

> 往事只堪哀，对景难排。秋风庭院藓侵阶，一行珠帘闲不卷，终日谁来？　金锁已沉埋，壮气蒿莱。晚凉天静月华开，想得玉楼瑶殿影，空照秦淮。

这首词中"只堪哀"的"往事"究竟指的什么往事，是没有也很难具体写出来的。虽然可以看出，这里提到的"往事"和下面的"玉楼瑶殿"有关系，但究竟是怎样的关系，这首词是没有——事实上也很难详细说明。又如最为大家所传诵的那首"帘外雨潺潺"里的"别时容易见时难"，可以看出和"无限江山"是有关系的，但"无限江山"里的"江山"又是什么呢？词里没有也很难具体地详细地交代。又如同样最为大家传诵的那首"春花秋月何时了"，其中提到的"往事"，虽然可以看出是怀念"故国"，而且是与"雕阑玉砌"有关，可是这个"故国"，究竟是什么样的故国，却没有具体写出来的。如果联系作者的最基本的情况，李煜所写的这些"往事"、"故国"、"江山"等等，其具体意义，原是很明确的，但读词的人却可以不去做这样的联系。正因为如此，读李煜的词的人，可以把自己和李煜完全不同性质的触发同李煜的词联系起来，并用李煜的词句来抒发自己的感慨。比如李长之先生说，李煜的"无限江山，别时容易见时难"等作品，

"在日本帝国主义侵占华北的时候就曾强烈地刺激着青年人对于祖国的恋情的"，便是一个例子。很显然，李煜的一些词句在这里激发起爱国青年的爱国情绪了，但我们绝对不能说李煜所说的"别时容易见时难"和这里所指的青年人的爱国情绪在本质上是相同的，并从而断定说李煜的词具有爱国主义思想。事实上李煜词本身的意义和读李煜词而引起的感慨是两回事，绝对不能混为一谈。有的人说，作家的主观意图和作品的客观意义是可以不同的，可以承认李煜没有爱国主义思想，但却可以说李煜的作品的客观意义具有爱国主义思想。这样来解释作品的客观意义是不妥当的。作品的客观意义可以不同于作家的主观意图，但这种客观意义必须是作品本身所客观具有，而不是读者随便加上去的。比如《红楼梦》在客观意义上是彻底批判了整个封建制度，显示了封建制度的必然灭亡，这些都不一定是曹雪芹写这部书时的主观意图。但《红楼梦》之所以有这样的客观意义，是因为《红楼梦》里的确对封建制度作了这样的批判，而不是任何一个读者给加上去的。李煜的"无限江山，别时容易见时难"，却根本不包括什么爱国主义的客观内容，青年人的爱国主义情绪被激起了，那只不过是李煜对自己王朝的丧失的悲痛和青年人对自己祖国领土的丧失的悲痛，在表面上有些相似，这种相似可以用一些相同的词句比如"无限江山，别时容易见时难"来表达罢了。

五

李煜的词所以能引起不少人的爱好，像上面所说的，在它的思想内容方面是有根据的，但值得我们特别重视的应该是它的艺术描绘方面的成就。自然，这方面的成就，和思想内容是有关联的。

　　李煜描写真实的生活感受时，在语言上也和那些堆砌绮词丽句的有所区别。和温庭筠等人比较，李煜的词的语言，一个显著的特点是朴素清新。温庭筠所写的词，像一般人所指出的，在语言上很喜欢用一些华丽的字句，到处堆金积玉，浓抹艳汝，"金凤凰"、"金鹧鸪"、"金鸂鶒"、"金翡翠"、"玉笛"、"玉筝"、"玉炉"、"玉楼"、"绣罗襦"、"绣凤凰"、"画幌"、"画屏"、"画楼"等一类用语触目皆是，因而词中人物的面貌和活动，便都被这些过重的装饰和太浓的颜色给遮掩了。比如翻开《花间集》，第一首温庭筠的词就是：

> 小山重叠金明天，鬓云欲度香腮雪。懒起画蛾眉，弄妆梳洗迟。　　照花前后镜，花面交相映。新贴绣罗襦，双双金鹧鸪。

又如他的一首《归国遥》：

> 香玉，翠凤宝钗垂麗䂮。钿筐交胜金粟，越罗春水绿。　　画堂照帘残烛，梦余更漏促。谢娘无限心曲，晓屏山断续。

这些词读后只觉金碧耀眼，前一首只看见一个贵妇人在那里照镜子，后一首则一点生活气息都没有了。李煜的词则很少使用这样的词句。李煜也后妇女，并且是宫廷中的妇女，比如"红日已高三丈透"里的佳人，虽然也提到"金钗"，但却没有满身珠翠的感觉。另外一首"晓妆初过"，分明提到晓妆，却没有写晓妆后女人头上和身上的妆饰，而是写女人的神情笑貌。李煜的一些词分明写的是宫廷里的生活，比如"寻春须是先春早"、"红日已高三丈透"、"晚妆初了明肌雪"，都提到"别殿"、"禁苑"、"春殿"，却没有用金玉珠宝和浓艳的颜色去装饰、涂画。虽然如此，李煜笔下的妇女和宫廷的环境却不是黯然无色的。这里可以看出李煜语言的特色，也可以看出李煜的艺术趣味。正是由于这一特色，李煜的词才使我们读后没有一点雕琢的感觉。

　　李煜的词，在语言方面，和前一个特点有关的特点，是浅显明白。晚唐一些唯美派诗人有些诗，如李商隐的有名的《锦瑟》，词义晦涩，使人很不容易理解。温庭筠有些词，由于过于雕琢，词义也不十分明白。比如下面他这首有名的《菩萨蛮》：

　　　　水精帘里颇黎枕，暖香惹梦鸳鸯锦。江上柳如烟，雁飞残月天。　　藕丝秋色浅，人胜参差剪。双鬓隔香红，玉钗头上风。

这首词只有仔细揣摹，才能明白第三句以下写的是入梦。至于使用代字，更是不少词人在语言上一个共通的毛病。最早论词的书，南宋淳祐间沈义父所作的《乐府指迷》，谈到炼句下语，竟公然主张必须使用代字，说："如说桃，不可直说破桃，须用红雨刘郎等字；如咏柳，不可直说破柳、须用章台灞岸等事……"李煜的词，除了个别例外，几乎完全不用代字，也很少使用怪僻的字句，不论是描写欢乐生活如"花明月黯飞轻雾"、如"晓妆初过"，不论是描写离愁别恨如"无言独上西楼"、如"别来春半"，不论是描写亡国之恨如"帘外雨潺潺"、如"春花秋月何时了"，差不多每一首读起来都是明白如话，没有"填"词的感觉。

　　李煜的词，在语言方面，又一个值得提出的特点是准确洗练。这是李煜艺术上的一项重大成就。语言的精炼，是我国所有艺术上成就较大的诗人和词人的一个共通的优点，特别是小诗小词，由于形式的要求，过于繁冗的词句是无法使用的。比如温庭筠等人的词，也是注意锤炼词句的。问题是这些词句所构成的形象的内容是否丰富。像上面所举出的温庭筠的那首《菩萨蛮》和《归国遥》，一句一句来看，也觉得词句是简练的，但就整首词来看，那样的描写却不能不说是堆砌、浪费了。李煜很善于选取那些最能准确表现事物特征的词句，用很少的字描画出鲜明、动人的形象。比如上面提到的那首"花明月黯飞轻雾"，虽然思想内容不值得称道，但艺术的描写却应该承认是十分成功的。这一首词总共只有四十四个字，却把环境气氛，人物的面貌、行动，以至最细微的心理和最细微的动作，都描写得无不跃跃欲动。又如"无言独上西楼"，总共只有三十六个字，却把凄凉寂寞的心情和环境，写得栩栩如生，令人寻味无穷，使读者也跟入到他那精神的和自然的环境中去了。再如"往事只堪哀"，其中的"秋风庭院藓侵阶"，寥寥七个字，就已把那凄凉寂寞的情景生动地勾画了出来。李煜在语言上的这些优点，是很值得我们写新诗的同志们认真学习的。

六

谈到李煜的语言的特点，前面已经多少提到李煜在塑造形象方面的成就。李煜所塑造的形象，和当时别的许多词人比较起来，是有他自己的特点的。这也和李煜所写的是真实的生活有关。李煜描写人物，总是写人物的生活，把他们放在生活里面，使他们自己活动起来，而不是把人物当作静物写生的对象。仍然拿上面举出的温庭筠的那两首词来看："小山重叠金明灭"写的是"弄妆"，但却只看见"妆"，只看见头发和头发上的金花，衣服和衣服上的花朵，而弄妆的人却不见了。"香玉"翠凤宝钗垂丽毂"也不见人的面貌，只写了一些装饰。李煜的许多词则写出活生生的人物，比如：

> 晓妆初过，沈檀轻注些儿个。向人微露丁香颗，一曲清歌，暂引樱桃破。　罗袖裛残殷色可，杯深旋被香醪浼。绣床斜凭娇无那，烂嚼红茸，笑向檀郎唾。
>
> ——《一斛珠》

这首词虽然不是李煜词集中特别好的好词，可也把人物写得十分生动。此外如前面举过的"红日已高三丈透"的写歌舞、"铜簧韵脆锵寒竹"的写男女的欢乐、"花明月黯飞轻雾"的写偷情等等，其中的人物也都是生动活泼的。

李煜很善于结合人物的心理、活动，描画出使人感觉仿如置身境里的氛围。比如那首描写偷情的"花明月黯飞轻雾"，就是这"花明月黯飞轻雾"七个字，就把整个环境的气氛渲染了出来，在"花明月黯飞轻雾"里，人物的动作和心理显得更加动人了。在描写离愁别恨的词里如"无言独上西楼"里的"寂寞梧桐深院锁清秋"，在描写亡国之恨的词里如"往事只堪哀"里的"秋风庭院藓侵阶"，都能造成一种气氛，使寂寞悲愁显得更加沉重感人。

应该指出，正是由于李煜写人是在写人的生活，是把这些人物投放在生活的环境里，因而李煜的描写不流于琐碎、纤巧。这也是李煜和当时一些词人有区别的地方。

李煜不只是写人和人的行动，形象很突出、生动，就是那些主要不是写人和人的行动而是抒发人生哀愁的词，也仍然能写出动人的形象。和李煜的生活情况一致，李煜一些艺术上成就较好的词，前期是那些欢乐生活的描写，后期则是那些感染力较大的不少人传诵的悲悼过去的哀歌。这些对哀愁的咏叹，所以具有魅力，使许多人叹赏，是因为李煜善于描写哀愁的情境，善于通过准确的比喻，把那些不易具体触摸的哀愁加以具体化了。在这些词里虽然没有或没有着力写人的具体活动，但仍然能具体感知那些哀愁叹息着的人物的面貌。比如那首"无言独上西楼"，直接写到人的行动的，就只有"无言独上西楼"六字，其他几句是写环境和愁苦的情况，但哀愁的主体的人，由于哀愁的情状和环境的气氛的点画，也在我们的感觉中显得清晰突出，有若须眉毕露了。"春花秋月何时了"，甚至根本没有一句提到人的活动，但词里悲哀的主人，在我们的感觉中，面貌仍是很清楚的。李煜对自己的哀愁的咏叹，像那些为我们所熟知的，都是通过一些巧妙的比喻，这些比喻哀愁的事物，像"春花秋月何时了"里的"一江春水向东流"、"帘外雨潺潺"里的"落花流水春去也，天上人间"、"林花谢了春红"里的"自是人生长恨水长东"等，生动地写出了哀愁的无尽和跃动。值得注意的一点是，这样一些比喻，成为了全首词的有机的不可分割的组成部分，是存在于这首词所描画的情境中，并合理地来自这些情境。这些情境要求这样的比喻。由于借助于比喻因而具体化的这些人生咏叹，描写得很准确、很生动，艺术上的成功，产生了动人的魅力。这就是为什么虽然李煜的悲歌的思想内容，并没有什么特别深刻和新颖的地方，却那样吸引人，以至有的人就用李煜的这些词句来表达自己的感慨。李煜这方面的成就，也是值得我们很好地研究的。

七

从上面的分析，对于李煜的词的评价，自然会得到这样一个看法：李煜的词，在内容方面，主要是描写真实生活这一点有别并高出于当时的一些词人，其他是没有什么可以值得特别推崇的。但是，李煜的词的艺术描绘方面的成就却应该说是很高的。我们接受李煜的词这样一宗遗产，主要是艺术描绘方面，而不是思想内容方面。由于李煜的词的内容方面给人的感奋，将一天天地减弱，因而李煜的词的思想性和艺术性之间的价值的差异就将一天天更加显著起来。有的人认为：一篇作品既有高度艺术技巧，就不可能没有人民性。有的人把人民性作为艺术性的最高标准。这种把思想性和艺术性如此结合以至混为一谈的看法，是不正确的，是和文学的实际不相符合的。毛泽东同志在《在延安文艺座谈会上的讲话》中，清楚指出："文艺批评有两个标准，一个是政治标准，一个是艺术标准。"指出："有些政治上根本反动的东西，也可能有某种艺术性。内容愈反动的作品而又愈带艺术性，就愈能毒害人民，就愈应排斥。"我们今年纪念伟大的俄罗斯作家陀思妥耶夫斯基逝世七十五周年，对于陀思妥耶夫斯基，高尔基在苏联作家第一次代表大会所作的报告《苏联的文学》中，曾经作过这样的总的评价："陀思妥耶夫斯基的天才是无可辩驳的，就描绘的能力讲来，他的才能只有莎士比亚可以与之并列。但是作为一个人，作为'人类和世界裁判者'他就很容易被认作是中世纪的宗教审判官。"也许高尔基在他的这个报告中对陀思妥耶夫斯基的作品的思想方面，谈得不够全面，甚至有值得商榷的地方。但是，总的说来，陀思妥耶夫斯基艺术描绘能力方面的巨大成就和同时在他的思想里有着很为反动的东西，却是无可怀疑的。因为陀思妥耶夫斯基的作品包括一些思想上不好的作品在内，有着强大魅力，这是事实；陀思妥耶夫斯基作品中存在着那些反动的说教，那些对革命民主主义的敌视，这也是事实。自然不能把中国的李煜和俄罗斯的陀思妥耶夫斯基等同起来。只是，陀思妥耶夫斯基的事例证明了一个作家的作品在思想方面和艺术方面的评价可以是不一样的，这对正确理解和评价李煜的词可以有帮助。虽然作为一个整体的一篇作品，艺术性和思想性不可分割，但我们在剖析作品时，思想性和艺术性仍可分别加以评价。作家的艺术描绘能力是一种技巧，和正确的思想并无必然的关联，正如雕花、刺绣的工人或别的工匠，他的技能既可为封建贵族服务，也可以为劳动人民服务。自然，文学的描写对象是人，是人的生活，和雕花工人所面对的自然景物不同，作家在进行创作的时候，不得不对所描写的人和人的生活表示自己的意见。这就是说，描写人的生活不能离开对人们生活的理解和评价，比如李煜的有些描写离愁别恨的词，像"别来春半"等，所以比一般词人写得特别感人，是和他对离愁别恨比一般词人有较深切的感觉是分不开的。一个作家思想上的缺陷常常限制了他的眼界，妨碍了他对事物的理解，因而限制或损害了他的艺术描绘能力。比如李煜就没有也不可能描写劳动人民的生活，他只能写他那小圈子的生活；就是对他自己的宫廷享乐生活，也不可能抱持批判的态度，因而妨碍了对这样的生活作正确的、全面的、深刻的描写。但是，在视界以内，在熟悉事物的范围以内，在不表现作家的缺点和短处的地方，一个思想上有缺陷的作家，仍是可以充分发挥他的艺术描绘能力的。而且，即使他在政治上是站在剥削阶级方面，如果他在他的作品范围里，并没有散布什么反动的思想，他的作品也不一定对人民产生什么毒害。李煜的作品所以应该作为宝贵的遗产，是因为他的艺术描绘方面卓越的成就；李煜的作品所以不能评价过高，是因为它所反映的现实很狭窄，缺乏进步的思想内容和积极的社会意义；李煜的作品所以不应该排斥，是因为它并没有散布什么反人民的思想和别的什么毒害。只看到李煜的词的内容方面的缺点，主张完全把它们抛弃，这是粗暴的、不妥当的；但如只看到李煜的词在艺术描绘方面的成就，就把它们评价过高，也是不应该的。

李煜的词将因它的艺术描绘方面的成就成为民族的宝贵遗产，长久获得保存，长久供给人们美的享受，但它在思想感情方面的感人的力量，除了那些不牵涉阶级、政治立场，表现一般人所共有的感情如离愁别恨等好词外，则由于社会生活的变化，将会逐渐减弱以至有的将会消失。在这一方面，李煜的词和屈原、杜甫等人的作品存在有很大的不同。屈原、杜甫等人是以自己作品中所表现的思想情感感奋读者。屈原、杜甫等人的时代虽然早已过去而且不会再有，但是屈原的遭遇和杜甫的哀愁，他们的人格和思想，却是永远能感动人并引起人的崇敬的。李煜却不是以自己的人格和思想去感动读者，许多读者也并不为李煜的不幸遭遇——他的亡国之恨所感动。像前面提到过的李长之先生所说那些因"无限江山，别时容易见时难"而激发起爱国青年的爱国情绪，他们之所以被激动，不是由于李煜的词里的什么爱国主义精神，而是青年们自己的爱国主义思想，李煜的词句只不过是触发了这种思想和可以用来表现青年们的这种思想罢了。屈原、杜甫等人的那些最好的作品，是以它们自身所包含的思想感情去感动读者；李煜的那些最为动人主要是表现了亡国之恨的作品，则主要是以它的美好词句，或者被有的读者用来表现和自己只是类似但却不同的思想感情，或者只是触发了读者的某种类似的感慨。因此，当读者不存在这种感慨的时候，李煜的词就不能发生什么感动的作用了。有的人认为，就是共产主义社会吧，不如意的事也是有的，因此"人生长恨水长东"的句子，在共产主义社会里也是用得着的。不错，在共产主义社会里并不是诸事如意的，比如人也不能保证不死，因此也有哀愁，甚至是很大的哀愁，像自己最亲爱的什么人死了之类，但是这种哀愁，和李煜亡国之恨的哀愁的性质不一样，不能构成什么"人生长恨"。论到李煜的词的社会影响问题，需要分析这种情况。

1956 年 6 月 5 日完稿

（原载《文学研究集刊》1956 年第 3 册）

论文学艺术的特性

一　什么是文学艺术的特性

　　文学艺术产生在人类的幼年，两千多年来，不断地有许多人在探索和议论着它的特性，给它下了各式各样的定义。似乎比起哲学及各种社会的或自然的学科来，对文学艺术的看法算是最为分歧众多了。如果说文艺独特，这或者也可以算作是独特的一种表现。但把我所知道的一些对文学艺术的分歧意见归纳起来，大概不外乎这样两类：一是认为文学艺术是与客观现实没有什么关系的一种纯主观的神秘的精神活动的产物，不可捉摸，也不可解释，以至有些人把艺术的活动归之于神授，把作家或艺术家看做是疯子；和这相对立的说法，则认为一切文学艺术都是现实的一种反映，生根于现实生活，也可以由现实生活来解释。从纪元前四世纪的亚里士多德① 一直到 19 世纪 50 年代的车尔尼雪夫斯基，

---

　　① 在柏拉图之前，古希腊人就已有了文艺是现实世界的模枋这样一种朴素的说法。我国的一部古书《礼记》，其中的一篇《乐记》也主张诗歌音乐是外界事物的反映。

都是主张后面一种说法的。这是一种合理的解释。但是对文学艺术现象作真正的科学解释，应该说是在马克思主义出现之后。由马克思和恩格斯所建立后来又为列宁所发展的辩证唯物主义和历史唯物主义的学说，在人类思想史上投射出一道灿烂的光芒，使一切社会现象，包括文学艺术在内，它们的本来面目，它们的内在规律，都豁然显现出来了。大家都知道，马克思列宁主义把文学艺术看做是一种社会现象，是一种意识形态，它的起源、发展，它和现实生活的关系，它在阶级社会里的阶级实质，它和社会经济基础的相互关系，这一切，都和别的一切意识形态所共有的根本性质没有什么两样。谈到文艺的特性，如果把这些都否定了，比如认为文艺和现实无关，在阶级社会里文艺是超阶级的，文艺不被社会时代所制约也不影响社会时代等等，那就必然要走向错误的道路，走向神秘主义。

　　自然，文学艺术是有它自己的特性的，正如别的一切意识形态以至天地间一切种类的事物一样。这也是马克思、恩格斯和列宁所一再强调的。否认了这种特性，把文学艺术和其他社会意识形态比如政治经济学等同起来，用经济现象的特性和规律去解释文学艺术现象，也必然要走向错误道路。这种错误观点通常把它叫做庸俗社会学。

　　在我们的文学艺术工作中，包括文学艺术的某些批评和领导，庸俗社会学的错误观点是存在的，它大大妨碍了我们的文学艺术工作的发展，这是需要认真反对和克服的。但是同时，那种

（接上页注）

据郭沫若考证，《乐记》作者公孙尼子是孔子直传弟子。孔子卒于纪元前479年，如郭氏说法可靠，公孙尼子的学说自然也早于亚里士多德。因前者只是只言片语，后者的确实年代还有争论，故只好从亚里士多德讲起。

过分夸大文学艺术的特性，把文学艺术神秘化的错误思想，在一些人中也是存在的。今年四、五月间，在文学艺术领域，就有些人在反对庸俗社会学或教条主义时，就说文学如何特殊，叫嚷党不能领导文学艺术，说什么文学艺术事业应该从社会主义事业中独立出来，仿佛只有他们才真正懂得文学艺术，才真正尊重文学艺术似的。

文学艺术的特性究竟是什么呢？我们看一幅画、观一出剧、读一篇小说或者一首小诗，这幅画、这出剧、这篇小说或这首小诗，总要给我们一些印象，如果这些印象我们能够理解，就总要告诉我们一些东西，总要反映一些人生的现象或人所看到的自然现象。这种反映就是现实的反映。要是我们所欣赏的文学艺术作品，像别林斯基所说的，能够把现实的真理带给我们，使我们看了这样的作品，能够增加对现实的领悟和认识，能够提高我们的思想和感情，那么，我们就可以说这样的作品反映了现实的本质，我们就可以承认这样的作品是好的作品，就反映现实、反映现实的本质并因这样的反映作用于人的思想和感情这一根本的性能来说，文艺和别的意识形态，比如和哲学、科学，是没有什么不同的。不能从这方面去寻找文艺的特性。有些人是反对这种说法的。比如，大家熟知的近代资产阶级颓废主义有这样一种"艺术"，它的创作过程是：在驴子的尾巴上绑一支笔，下面铺上纸，驴尾摇动，纸上得到一些乱七八糟的线条，据说这就是伟大的"杰作"。天晓得，这真是"不可知的杰作"！今年在美国又有了新的新闻，说是猩猩也是伟大的艺术家了。这样的"艺术"，自然是不反映什么现实。但是，这种驴尾巴或黑猩猩的"杰作"，它们的存在也是现实的一种反映：它真实地反映了欣赏这些"艺术"的人的灵魂，它真实地反映了产生这样的"艺术"的社会的本质。如果承认这些是艺术，那么艺术和科学，在和现实的关系这一点上首先就是根本不同的。可是，我们是把这些驴尾巴和黑猩猩的"艺术"算在艺术之外的，因为，要是承认这些莫名其妙的疯狂是艺术，就是对艺术的最大的侮辱。

除掉了这些驴尾巴之类的"艺术"，文学艺术的特性究竟是什么呢？读一篇小说和读一篇分析历史事变的科学论文，比如读《阿Q正传》和读关于辛亥革命的科学著作，它们的区别，首先表现在《阿Q正传》有活生生的人物和故事，而后者则缺乏这些。读着《阿Q正传》，我们仿佛置身在事件里面，仿佛目睹这一事件和这一事件中的人物；读着分析辛亥革命的科学著作，却只是使我们从道理上了解辛亥革命的起因、发展和结果，它的成就和局限，只是使我们从道理上接受辛亥革命的教训。这里就提出文学艺术的一个重要特点：活生生地再现现实。科学和哲学反映现实，是概念的叙述和分析，文学艺术却是对现实活生生地再现。这就是从亚里士多德起到别林斯基、车尔尼雪夫斯基等人的再现现实的理论。这再现现实可以是人所感受的客观的现实的世界，也可以是人的内心世界。文艺要活生生地再现现实，必须借着形象，离不开形象，因为活生生的现实世界是形象的，是可以感受的。这就是大家所熟知的文艺的形象的特质。文学的"文"字，在我国本来就是"文采"的意思。《文心雕龙》的《情采》篇说："圣贤书辞，总称文章，非采而何？"指出所以叫做文章是由于有着文采。下面接着说："夫水性虚而沦漪结，木体质而花萼振，文附质也；虎豹无文则鞟同犬羊，犀兕有皮而色资丹漆，质待文也。"指出文采的现实根源，指出现实的事物离不开文采。谈到文艺的特质，革命民主主义者别林斯基说：科学和艺术的区别，"不在于处理的对象不同，而在于处理的方法不同。哲学家使用推理来表达自己，诗人却使用形象和图画；可是他们所表达的事物是同一种东西"①。马克思主义者普列汉诺夫也说:"评论家借了理论的推理的助力发表自己的思想,和这相对,艺术家则以形象来表达自己的思想。"② 社会主义现实主义文学和文学理论的奠基人高尔基也讲着相类似的话:"借哲学形态化为思想,借科学形态化为假说和理论,借艺术形态化为形象"③。文艺有了这样的特质是否比其他意识形态特别优越呢? 有的人说,文学艺术的长处是综合地反映生活,是反映生活的整体。是的,在"活生生地再现现实"这个意义上说来,文艺是有它的优越性的,文艺在反映现实生活的本质时,并不抛弃生活的细节,因此人们看了文艺作品,就有了仿若亲身阅历的感觉。科学和哲学的理论却不能给人以这样的感觉。但是,和哲学或科学比较起来,文艺就没有它的短处吗? 像世界上的万事万物一样,文艺的长处也产生了它的短处。文艺的"活生生地再现现实"这一性能,就不抛弃生活的细节来说,它是把生活作为总体来反映的,但也因此它不能像哲学或科学那样系统地全面地反映生活。比如《阿Q正传》,只能说深刻地反映了辛亥革命时现实生活的一些本质,却不能说辛亥革命的全部,都被这一篇小说系统地全面地反映了。《阿Q正传》篇幅较小,但是就拿篇幅巨大的作品来说吧,比如马克思和恩格斯所十分赞美的巴尔扎克的《人间喜剧》,恩格斯说这部巨著"给予了我们一部法国社会的卓越的现实主义的历史",认为"在这个中心图画的四周",巴尔扎克"安置了法国社会的全部历史,从这个历史里,甚至在经济的细节上(例如法国

---

① 别林斯基:《论所谓纯粹艺术问题》。译文见改版前二卷六期《文艺报》。

② 普列汉诺夫:《艺术与社会生活》。见周扬编《马克思主义与文艺》,解放社版,第75页。

③ 高尔基:《关于创作技术》。见周扬编《马克思主义与文艺》,解放社版,第77页。

大革命后不动产与私有财产之重新分配），我所学到的东西也比当时所有专门历史学家、经济学家与统计学家的全部著作合拢起来所学到的还要多"①。巴尔扎克自己也骄傲地说："人们开始了解，在较大的程度上把我看作一个历史学家比看做小说家更为恰当。"② 可是尽管这样辉煌巨大的著作，也不能代替叙述和分析当时法国社会的科学的历史。正如任何一部叙述当时法国社会的科学的历史不能代替《人间喜剧》一样。列宁把托尔斯泰的著作称作"俄国革命的镜子"，它和叙述当时俄国社会的科学的历史，也可以说同样的话。如果不是这样的话，小说和历史就应该有一个被废除了。可是数千年来，文学作品和历史著作并存，将来还要并存下去，这一事实就说明了都有存在的理由，说明了谁也不能代替谁。

用形象来再现现实是文艺反映现实的特殊方法。和这一特殊方法有关，形象的构成，再现的现实的主要方面和局限，以及因此对人的生活所起的主要作用，也和别的意识形态，比如科学，有着区别。文艺用形象再现现实不能像照相机一样地把眼睛所感觉到的景象一丝不变地拍摄下来，它必须显示现实的本质。这就需要对观察到的现实生活的现象进行概括。科学的概括表现于抽象的推断，艺术的概括则要表现于活生生的形象。科学的概括不但必须根据实实在在的事实，概括的本身也必须是完全合乎事实的，它或者是这些事实的统计，或者是这些事实的抽象的分析和推理。现实主义的作家和艺术家创作活动中的艺术概括，根据显然也是实实在在的事实，但是概括的本身却不能是这些事实的统

---

① 恩格斯：《给哈克纳斯的信》。见《马克思恩格斯列宁斯大林论文艺》，第21—22 页。

② 巴尔扎克给韩斯迦夫人的一封信。这句话转引自普塞柯夫著《巴尔扎克》，新文艺出版社中译本，第68 页。

计或抽象的推理，因而不可能完全合乎事实。比如，小说家塑造一个人物，这个人物虽然是由于观察了许多真实的人产生出来的，但却不能是这些人物的统计和综合。鲁迅说他的小说中的人物是有模特儿的，但是人物的模特儿"没有专用过一个人，往往嘴在浙江，脸在北京，衣服在山西，是一个拼凑起来的角色"[①]。鲁迅这一段话只是说创作一个人物需要观察许多人，是观察了许多人所得到的结果。这段话所说的"拼凑"实际是指的艺术的创造，而不是机械拼凑。如果不是这样，如果只是把一个浙江人的嘴安在一个北京人的脸上，再穿上一件山西人的衣服，这还成一个什么人了呢？小说家创造人物是以真实的人作根据的，但创造出的人物却完全是自己孕育出来的一个崭新的人。不然的话，这个人物就没有生命，就不像一个活人了。即使这个人物是以一个人作模特儿，或者就写的是一个真实的人的真实的故事吧，为了凸显这个人物，小说家也是可以而且往往是要超出这个真人真事的真实的圈子而写入事实上并不存在的一些什么的。不然的话，这篇东西就不应该叫做小说而应该叫做一个人的传记了。要这样来进行概括，来进行创造，就需要虚构，就需要巨大的想象和幻想。科学也是需要想象和幻想的。有人认为科学和艺术的区别表现在需不需要想象和幻想上面，认为艺术是需要想象和幻想的，科学则排斥这些，因此认为艺术家想像力特别发达，科学家则只埋头于实际，缺少想象的能力。这是对科学和科学工作的误解。是的，最简单的演算和对最简单的自然现象的说明，比如一加一等于二，溶液冷却到摄氏零度就凝固成冰等等，是不需要任何的想象更不需要什么幻想的。但是，对最简单的生活现象或自然现象的描写，比如对眼前一丛菊花的写生，对自己最平常的一天生

---

　① 鲁迅：《我怎么做起小说来》。见《南腔北调集》。

活的记录，又需要什么想象和幻想呢？如果抛开大家已经知道的科学常识，一切探讨人生或自然奥秘的真正的创造性的科学活动是需要想象和幻想的。康德关于星体起源的学说，马克思、恩格斯关于远古人类的起源及未来共产主义社会的学说，以至医学家探究一种疾病，生物学家探究一株植物的生活性能，如果不是实验已有的发现而是探究未知的新的事物，都离不开想象和幻想的活动。没有想象和幻想，艺术不能产生，科学也是不能发展的。比如，在飞机发明之前，科学家要是没有在空中飞行的幻想，现代的飞机是不可能产生的；在无线电发明之前，科学家要是没有在千万里地间通话的幻想，无线电也是不可能产生的。关于幻想，皮萨列夫有一段著名的言论被列宁所肯定并录引在他的著作《做什么？》里，这段话是这样说的：

> 有各种各样的分歧，——皮萨列夫论到幻想与现实分歧问题时写道，——我的幻想可能追过自然事变进程，也可能完全跑到任何自然事变进程始终达不到的地方。在前一种情况下，幻想是没有什么害处的；它甚至能帮助和加强劳动者的毅力……这种幻想中并没有什么可以败坏或麻痹劳动能力的东西。甚至完全相反。如果一个人完全没有这样来幻想的本事，如果他不能间或跑到前面去，用自己的想像力来完满周到地推想刚才开始在他手下形成的作品，——那我就真是不能设想：究竟有何种刺激力量会驱使人们在艺术、科学和实际生活方面举行广大而劳苦的工作，并把它贯彻到底……只要幻想的人真正相信自己的幻想，仔细地考虑生活，把自己的阅历与自己的空中楼阁相比较，且一般就诚恳努力实现自己的幻想，那么幻想与现实分歧就不会有什么害处。当幻想与生活有多少接触时，那就一切都会顺利了。

列宁在引录了这段话后还紧接着说："不幸的是这样的幻想在我

们的运动中未免太少了"。①可见，在科学活动中，在革命的运动中，幻想也是不能缺少的。但是在这一方面文学艺术和科学是有区别的。最显然的是：文学艺术常常是离不开虚构。《红楼梦》里的林黛玉和大观园在现实里是不存在的，如果有人要像考察杨贵妃一样去考察林黛玉的真实的家谱，要像找寻圆明园一样去找寻大观园的遗址，这个人不是因为看《红楼梦》而着了魔，就是对文学缺乏起码的知识。但是，科学的著作，包括科学的假设在内，如果经不住事实的对证，那么这样的科学著作就应该被认为是非科学的，被认为没有科学价值了。科学和艺术都需要想象，但科学的想象和艺术的想象不同：科学的想象，目的是在预见未来或虽已存在但尚未被人实际掌握的事物，是未来的存在或未来可被认知的存在，必须为未来的事实所证明；艺术的想象，目的是在构成形象以反映当前或过去的现实，它所构成的人物或故事，在过去、当前和未来常都是并不真正存在的。在科学的著作中，并不包括科学家摸索事物的全部想象而只写出这些想象的最后结论，这就是科学的假设，这些假设为一定的客观事实所支持，并为了解释这些客观事实而发生；在文学艺术作品中，作家、艺术家的想象，构成了作品的本身，它本身就被描绘为仿佛是真正的存在。因此，和科学比较起来，艺术的想象和幻想更为自由，在作品中站的地位更为显著、更为重要。别林斯基曾经这样回答"难道科学家就缺乏想象能力吗？"这样一个问题："事实是：在艺术中，想像力负担着最活跃的，最主要的任务；在科学中，这任务则属于心灵和理智"。② 这是合乎艺术创作的实际的。

文学艺术在形象的构成上有上面讲的那样的特质，文学艺

---

① 列宁：《做什么？》1950 年莫斯科中文本，第 182—183 页。
② 别林斯基：《论所谓纯粹艺术问题》。

所再现的现实的范围和它的主要方面，和科学也有着一些差别。文学艺术的对象是人的生活及人的感受所能感知并能给予人美的感觉的事物，科学的事物则要广大得多。比如科学家借着科学仪器和科学的推算可以观察和研究人的感受所不能达到的巨大的天体运转或微渺的原子活动，文学艺术则不描写这些。为考古家观察研究的一段岩层，一颗远古猿人的牙齿，一片破碎的甲骨，虽然能为人的感受所感知，但因为这些事物不能给予人美的感觉，因此也不能成为文学艺术描写的对象。文学艺术，特别是文学，描绘的对象着重在人，特别是人的内心活动。

艺术家特别是作家，在描写人的生活时，自己是带着激情，是着重描写人的内心世界、人的感情生活的，文学艺术的主要作用也在于给人的思想感情以感染，激起人的高尚的思想和情感。因此，感情的因素在艺术中是站着很为重要的地位的。托尔斯泰在他所写的《什么是艺术》一书中，把艺术定义为人类传播感情的一种交际方法。① 把艺术看做只传播人的情感，自然是不正确的，因此普列汉诺夫在他所写的《论艺术》一文中，一开头便正当地批评了这一论点，认为"说艺术只表现人们的感情，也一样地不对的。不，这也表现他们的思想，然而并非抽象底地，却借了灵活的形象而表现"②。一个人的感情总是产生在一定的思想基础上面，并且是这一定的思想的具体表现。艺术反映某种人的感情，同时也就反映了某种人的思想。因此，没有一种只表达人的感情而不表达人的思想的艺术。也不能说，科学活动可以与感情完全分离。任何一个忠实于自己工作的科学家，对于自己的研

---

① 托尔斯泰的这本书，商务印书馆 1921 年出版的耿济之的中译本译作《艺术论》。托尔斯泰给艺术所下的这个定义见该书第五章。

② 普列汉诺夫：《艺术论》。鲁迅译。人民文学出版社 1957 年重排本，第 2 页。

究工作总是热爱的，也必然对自己所研究的对象，即使是没有生命的矿石，也赋有一定的感情。因为科学家是人，他对他志愿而又长期从事的工作，不可能不产生热爱。同时，更重要的是，一切科学总是为人民服务的，一切有思想有良心的科学家，总是怀着激情关心自己的科学成果所带给人们的福利。但是，科学家的激情不能成为科学著作的构成部分，至少不能成为科学著作的主要构成部分。就表露科学家的感情来说，比如马克思所写的《资本论》，虽然作者在这部书中表现了对资产阶级及资本主义制度的很深的憎恶，表现了作者对工人阶级的深厚的同情，但是全书从头至尾是根据严格的科学要求对经济现象所作的最为理智的分析，就是表露了作者很大激情的"论所谓原始积累"那一章，也不改变这一情况。就显示人的情感来说，在科学的领域里，即使是研究人的心理活动的心理科学吧，也是把心理的现象分割开来，按照科学研究所需要的顺序而不是按照一个活人的样子，分别问题加以分析，看不到跃动着思想情感的完整的活人的形象。因此，就是在分析人的感情时，科学的任务也是在于理智的判断。作家和艺术家则有可能而且需要把自己的感情最充分地表露于作品。抒情诗是不用说了，小说、戏剧或以人物为主要内容的美术作品，作家或艺术家在创造他的人物时，必须以最大的激情与自己所创造的人物一同呼吸，和他们共同欢乐共同哀愁，有不少作家经历了描写作品中主要人物死亡时似乎自己也死亡了一次的情境。作家以这样的激情创造作品，也把这样的情感表现于作品，并以这样的情感去感染读者或观众。就是描绘虫、鸟、花、草、树木、山水的绘画，美术家对于这些描写的对象也是有着一定的情感并把这种情感表现出来以之感染观众的。这里还可以再谈一谈文学艺术描写的范围。借着最精密的科学仪器，天体的运转和原子的活动是可以观察的，它们也都有着形象，文学艺术所以不去描写它们，是因为它们不常为人们所感觉，人们不能至少暂时还不能对它们发生什么情感，而天体的一部分，比如太阳、月亮和人们望得见的闪烁的众星，由于它们常常照临大地，人们能够对它们寄予情感，因而它们成为了许多诗人歌咏的对象。一些虽然不用科学仪器也能为人们所感觉的有形的事物，要是作家或艺术家对它们不产生一点感情，这些事物也是不会成为作家或艺术家描写的对象的。

　　我们从人人都易于在文学艺术作品中感触到的形象，到作家艺术家创造这些形象所展开的想象和幻想，到文学艺术家所反映的现实的主要内容，到作家艺术家的激情及其在作品中的表现这样一些方面，论述了文学艺术的特性。谈到好的成功的文学艺术，所有这一切，都必须和文学艺术一个最根本的问题联系起来。这就是美的问题。要是这一切和美没有任何关系，就失去了文学艺术的意义。比如曾经被别林斯基、普列汉诺夫、高尔基等人所一致认为是文学艺术的根本特性的形象，要是不是美的形象，就不能认为有什么艺术价值。谈到形象的美的问题，使我回忆起幼年在学校读书时看到的一些科学挂图，特别是那些动物挂图，上面如实地画着牛、马、羊等的形象，这些形象在动物学的教科书里也是找得到的，这些图形尽管画得很细致，但却不能叫作艺术作品。相反地，我们许多人都看过徐悲鸿所画的马，尽管徐悲鸿笔下的马不如科学挂图上的马画得那样仔细，不合乎教学的要求，比如马是奇蹄类还是偶蹄类，从他的画上是弄不明白的，可是徐悲鸿的马却是真正的艺术作品。所以这样，就是由于科学挂图不能给人美感，徐悲鸿的画却是能给人美感的。1954年民主德国送给了我国一个机器人，这个机器人做得十分灵巧，连血管和神经的分布都是像真人一样，而且，还会说话，这真是够活生生的了，可是和那些缺胳膊缺眼珠的古代希腊著名的雕塑比较起来，却应该承认希腊古代那些著名的雕塑有着更高得多的艺术价值。这原因也在于后者能给人以美的感觉，而前者却只能给人以科学的知识。机器人本来是科学的创造，从科学的角度来说，给机器人以很高的评价是应该的，但却不能从艺术的角度来评价它，正如我们不能给最精密的电子计算器以美的评价一样。我看过这样一幅绘画，主要的画面是一架画得很精细的机器。我很为这位作者惋惜：它不可能成为艺术品，因为它不给人以美的感觉；它也不合乎科学的需要，因为比起机器的图样来，它又很不科学了。我也常常读到这样的文学作品，作者描写人物的形象，眼睛、鼻子、眉毛、身长、体态什么都写到了，可就是不能引起读者的兴趣，不能给人以鲜明的印象。这使我想起了寻人的广告，这些广告除了写出要找的人的姓名、籍贯、年龄、性别等等，也常常开列了这个人的面部特征，这些特征应该承认确实是这个人的特征，根据这些特征也确实可以把人找到。可是谁读了这样的广告都不会认为它是艺术作品。我想主要的也还是由于这样的广告不具有美的条件，不能引起人美的感觉。文学艺术的对象，也必须具有美的价值或者被描写后能够具有美的价值，不然的话，也不可能成为文学艺术描写的对象。比如那些自然景物，不论大如日月，小如虫介，美术家要画它，诗人要歌咏它，总必须是它能给人以美的感觉。一个精神正常的美术家或作家，绝不会用它的色彩或语言去专门描写那些使人看了十分憎恶的丑恶的事物，比如我们十分欣赏齐白石画的虾和蟹，可是就没有看见或听说有什么美术家专门致力于画蛆虫。人的情感要发而为歌咏并能给人以感染，也必须是具有美的成分，那些十分丑恶的情感，是不可能写成真正的诗的。罗斯金说过这样一句很正确的话：少女能够为失去了的爱情而歌唱，守财奴却不能为失去了的金钱而歌唱。自然，文学、戏剧和美术的创作中，都有讽刺性的作品，这些作品，目的就是在于揭露丑恶，因此它要描写丑恶。不过，这种描写必须是讽刺的。丑恶本身没有美，而且是美的反面，但是对丑恶的讽刺，却可以是美的。一个正常的人或者是道德没有败坏的人，读着这样的作品，不会是欣赏丑恶，而是欣赏对丑恶的讽刺，这样的欣赏仍然是美的欣赏。自然，那些立意在引导人道德堕落的作品是有的，比如现在在美国流行的那些教人为盗、教人杀人的电影和小说以及古今中外都有的那些下流的黄色小说，这样的一些作品，我们应该合理地把它们放置在坏的文学作品之列。关于艺术的特性，马克思曾经在《政治经济学批判导言》中讲过下面一段话：

> 在头脑中当作思维整体而出现的那样的整体，是思维着的头脑的一种生产物，这个头脑以它所惟一可能的，不同于对这个世界从艺术上、宗教上、实务精神上去掌握的方式，去掌握世界。现实的主体，在头脑只是思辨地理论地对待它时，它同从前一样仍然保持着它的独立性而留在头脑之外。[①]

马克思在这段最深刻最透彻阐明唯物主义基本观点的话里提出了掌握世界有科学的、艺术的、宗教的和实务精神的四种不同的方式。马克思是在"政治经济学的方法"这个题目下谈到这个问题的，这段话中所说的思维着的头脑思辨地理论地对待现实，即指的是用抽象、分析等方法科学地掌握世界的方式。这四种掌握世界的方式，意思是指从四种不同的角度、观点和要求去观察、理解和认识世界，科学方式指的是从理性的要求认识世界，宗教方式指的是从神的观点理解世界，实务精神的方式指的是从实用的观点对待世界，艺术方式指的是从美的角度观察世界。统一的客

---

① 马克思：《政治经济学批判》。人民出版社 1955 年译本，第 164 页。

观的世界只有一个，但人们却可以从不同的角度、观点和要求去观察、理解和认识，由于角度、观点和要求不一样，观察、理解和认识的结果也就有着差异。美的问题是一个十分复杂的问题，但却是一个完全可以理解的问题。一切唯心主义的美学家都把美的问题讲得十分神秘，唯物主义者却把美放置在现实生活的基础上面。马克思在《经济学——哲学手稿》的第一个手稿中分析到人和动物的区别时曾指出人类是"依照美的规律来造形"① 的。人之异于禽兽，表现之一就是能按照美的规律来进行创造，这本来是一切正常的人都具有的性能，是人人都能观察感受得到的人的生活中极为普通极为寻常的现象，② 并不像原子分裂的现象那样，需要极为复杂的科学设备，在专家指导之下才能进行观察。关于美的一系列问题的分析，不是这篇文章的任务，这里只讲一个问题：从美的观点观察、理解世界和从科学的观点观察、理解世界比较起来有着什么显然的差异。不论是看一幅画，听一首歌曲，观一出剧，或者是读一篇文学作品，那些可以称作美的事物，总是能给我们一种具体的感受的，这种具体感受常常是由于形象所引起。这就是美的感受的性质。凡美的事物都是可以被感受的，人们也只有从具体感受中才能认识美，失掉了具体感受，美也没有了。科学的推理或判断及那些抽象的理论，却不能给人以什么具体的感受。和美的感受性质有关，美的又一个特点，不论是自然界所呈现给我们的美的事物，或者是具有美的价值的绘画、音乐、诗歌、小说和戏剧，都是可以被欣赏的，而科学，不论是什么样的科学，却不能作为欣赏的对象。因此我们只能说欣

---

　　① 马克思：《经济学——哲学手稿》，人民出版社 1957 年中释本，第 59 页。
　　② 车尔尼雪夫斯基在他的著名的美学著作《美术与现实之美学关系》中曾说："美是生活。"

赏什么文艺作品，却不能说欣赏什么科学著作，即使是具有具体形状的许多科学创造物，也不能作为我们的欣赏对象，比如我们不能说欣赏万能车床。对于美的感受和欣赏，常常由于各个人的心理条件的差异而发生差异，这种差异是不能像科学一样强求一致的。这就是美的感受和欣赏的主观的成分。美的事物是客观存在的，没有客观存在的美的事物也就没有美感。这是美的客观性质。但是，人们认为什么是美却显然有着主观的因素，和科学的认识事物相比较，主观的因素显然起着很大的作用。从科学的角度来观察、认识一切事物，自然也是不能不有着观察、认识者的主观，但是科学的认识有一个严格的客观尺度，要求认识完全与客观符合，否则就是不正确的认识，这种正确的认识自然只能有一个。从美的角度来观察、认识一件事物，什么是美的事物，虽然也可以有着一个大致的客观标准，却不能像科学的认识那样一分一毫都绝对统一，不能有什么分歧。对于美的事物的欣赏，各个人可以保留自己个人的主观的印象和爱好，这种印象和爱好是不能统一为一个的。比如很多人都可以同意那开放得很好的菊花是美的，但究竟黄色最美还是白色最美，各个人却可以保留自己的爱好，不能统一规定一种颜色，认为只有特别喜欢这种颜色才是正确的。人们可以共同认为李白和杜甫的诗写得很好，可以共同认为比起同时代其他诗人来，李白和杜甫的诗应该评价得高一些，李白和杜甫的诗各有什么长处和短处也可以进行客观的分析，但对于李白和杜甫，各个人却可以保留各个人的偏爱，不能规定只有特别喜欢其中哪一个人的诗才是正确的。而且，即使是同一个人对于同一事物，由于环境或个人心情的变化，也可以产生不同或甚至是相反的感觉。比如，在十分艰苦的战争环境中，人民过着艰苦的生活，都穿得很朴素，忽然出现了一个讲究穿着的人，这种"讲究"是会引起厌恶被认为不美的，因为它和周围的生活太不调和；环境改变了，这种看法也会发生一些变化。又如，一个人在心情愉快的时候和由于什么不幸而陷于忧伤的时候，对于欢乐的乐曲，感觉会是完全不同。很显然，从科学的观点看来，对事物的科学认识，不能像这样的变化。美的认识需要具体感受，人对于美的事物抱着欣赏的态度，美的感受因个人的主观而有着差异，这一切和科学的认识事物是存在着差异的，但不能因此像那些直观论者一样把美的感受和科学的认识绝对分开和完全对立起来。直观论者认为要欣赏美就必须排除人的理智，克罗采甚至认为为了美的欣赏必须排除任何概念。① 按照克罗采的主张，能欣赏美的就只有动物或与动物相近的婴儿了，因为智力多少有些发展的人接触外界，总是有概念参加的。② 事实上，尽管从美的角度和从科学的角度观察理解一件事物结果常常有着差异，但理智的活动经常是参与人的美的感受并使美的感受更为准确和更加持久的。一个最粗浅的例子：我国古代有许多诗人歌颂在严寒的日子开花的梅花，对梅花耐寒的性能的了解，不是增加了人对梅花的美的感觉吗。于是美学中的许多重要范畴，比如崇高、雄伟、讽刺、幽默等等，人要获得这些方面美的感觉，更是不能缺了理智的参加了。和把理智同美对立有关，有许多人把美和善对立起来。托尔斯泰就认为美和善不能相容。他说："'美'的意义不但不和'善'相合，并且是极端相反的，因为'善'大半和"嗜好的战胜者"相合，而'美'却是所有人类嗜

---

　　① 克罗采：《美学原理》。傅东华译，商务版，第3页。
　　② 克罗采虽然不得不"再让一步"承认"文明人直观中大部分浸润着概念"，但却认为"那些所谓混合着融合着直观的概念，其实在它真正混合融合的范围，已经不复是概念，因为它已失去所有的独立和自由了。它当初原非不是概念，但如今已成为直觉的简单元素了"。

好的根据。"他说"我们越注意于'美'便越与'善'相离。"①
因而托尔斯泰否定艺术的美的意义。事实上，尽管"善的"不一
定就是"美的"，但美却不能与恶相连，很难想象，一个人认定
某某事物是恶的了，却同时会对之产生美感。尽管一部作品，比
如是一部文学作品，语言文字很洗练，人物等的刻画也很生动，
但如表现的是很坏很恶劣的思想，而我们又明确感觉到这种思想
的恶劣，那么那些洗练的语言和生动的描写在我们的感情上只会
是产生厌恶，而绝不会认为这样的作品是美的创造。只有这样的
作品，它的思想内容虽然并无什么光彩，甚至是不怎么好的，但
却并不与善对立，即并不是恶劣的，它的洗练的语言和生动的描
写，才会使人感觉到美。这就是艺术性较高而思想性较差的作
品。这样的作品如果思想内容也很好了，那么，它给人的感觉不
是会更美些吗。

二　论所谓形象思维

像前面所说的，形象不是文艺的惟一特性，但却是文艺的最
基本的特性。可是，文艺的这一特性，包括形象和形象的构成，
是并不神秘也并不特别奇妙的。这是我想谈一谈被很多人多次谈
论到的形象思维问题。许多人认为有一种和一般思维完全不同、
为作家和艺术家所运用的形象思维。因此，不但文学艺术特殊，
连作家艺术家的思维也是十特殊的了。我以为这种说法是不正确
的，至少，形象思维这个词是不科学的。别林斯基在 1838 年写
的一篇论冯维辛和查果斯基的文章里给诗下了一个定义："诗是
形象思维。"三年以后 1841 年别林斯基写了一篇题目叫《艺术观

---

① 　托尔斯泰：《艺术论》。耿济之译，第 84—85 页。

念》的论文，① 这篇论文一开头就给艺术下了这样一个定义："艺术是真理的直观，或者是形象思维。"别林斯基自己给这个定义加了一条注，说："这个定义还是第一次用俄文说出来，不论在俄国的任何一种美学、诗歌或所谓文学理论中都没有这个定义。"别林斯基这篇论文的基本观点完全是黑格尔的唯心主义，他的这个"形象思维"的艺术定义也完全是从黑格尔的"绝对理念"那里来的。比如他说"现存的一切，所有的一切，即我们叫作物质和精神，自然界，生命，人类，历史，世界和宇宙这一切，都是自我思考着的思维"。而"思维的出发点是神圣的绝对理论念"。他认为思维被体现于人，有三个发展阶段，构成三种方式：宗教的、艺术的和最高最后的纯思维。他说：

> 精神在人的身上发现了自己，找到了他的充分而直接的表现，意识到了自己是一个主体或人。人是被体现了的理性、思维的实体，这个称号使人同其他一切实体有所区别，使人像皇帝一样巍然挺立在一切造物之上。与自然界中所存在着的一切一样，仅仅按着他的理性活动来说，那他就越发是思维了，因为人的理性像一面镜子一样，重视着整个存在，即具有一切现象（物质的和精神的）的整个宇宙。这个思维的中心和焦点就是他的自我，而思维则把他所思维的任何事物（连自己也包括在内）与我对比起来，并通过我而把他反映出来，他生下来虽然没有获得任何观念，却已经是思维的，因为他的本性直接地给他揭开存在的秘密，因此，过着幼年时代的各民族的一切原始神话并不是捏造、杜撰和虚构，而是关于神和世界及它们之间的关系的真理的直接启

---

① 这篇论文已由齐云山和王月兰译成中文，刊于1957年第2期《哲学译丛》上，以下的引文都引自这篇文章。

示，这些启示以它们的形象性作用于幼稚的头脑并非是直接的；而是通过想象原初就传递给感觉的。这就是在其哲学定义——真理的直观——中的宗教。①

在任何过着婴儿时代的民族中都表现出一种强烈的倾向：以显明的感性方式来表现自己的概念领域，从象征开始，直到诗的形象为止。这是思维的第二种方式，第二种形态——艺术，艺术的哲学定义就是真理的直观。②

最后，充分发育和成熟了的人要转移到最高的、最后的思维领域中——脱离了一切直接事物的、始终上升到概念和依据着自我的纯思维中。

在这篇文章中，别林斯基是把万事万物都看做"自我思考着的思维"，而"形象思维"只是发展着的思维在人的身上的一个发展阶段。这纯粹是黑格尔的唯心主义的论调。别林斯基的"形象思维"的艺术定义，和黑格尔的"艺术之内容为理念，其形式为感性形象之体现"③及"美是理念的感性显现"④的说法是完全一致的；别林斯基的思维发展的三种方式，和黑格尔的理念和形象的三种关系，⑤基本论点也是相同的。这些说法显然是根本错误的。

有人把前面引出过的马克思的《政治经济学批判导言》那一段话作为根据，以为马克思说的"掌握世界"的"方式"指的是思维，因而，似乎马克思也主张有一种独特的艺术思维，马克思

---

①　这里的"真理的直观"中的"观"是观念的意思，为了与下文的"真理的直观"区别，似可译作"真理的直接的观念"。

②　这里的"真理的直观"中的"观"是观察的意思，为了与上文区别，似可译作"真理的直接观察"。

③　见1955年柏林版黑格尔《美学》，第108页

④　同上书，第146页。

⑤　同上书，第113—118页。

的那一段话，我是像上面那样来解释的，那样的解释自然不一定正确，但认为马克思讲的"掌握世界"的"方式"指的是思维，却可以肯定地说是不妥当的。要是这样说合乎马克思的原意，那么就需要把唯物主义者的马克思化为写"艺术的观念"时的唯心主义者的别林斯基了。马克思在那段话中明确举出了"掌握世界"有科学的、艺术的、宗教的和实务精神的四种。如果说这四种方式指的是四种思维，"科学的"是逻辑思维，"艺术的"是什么"形象思维"，那么"宗教的"和"实务精神的"又各是一种什么思维呢？是不是除了"逻辑思维"和什么"形象思维"，还有什么"宗教思维"和"实务精神的思维"呢？显然是不能这样说的。

我以为，人的思维，如果指的是正常人的正确的思维的话，它的根本特性和规律只有一个，而思维的内容却可以是各种各样的。就思维来讲，文艺的特性，正像别的事物也有特性一样，不表现在思维的方法而表现在思维的内容。

作家和艺术家创作他的作品，大致可以分作两个过程：认识现实的过程和创作的过程。在这两个过程中，作家和艺术家的思维究竟有什么特点呢？

在认识现实的过程中，科学家和艺术家都需要感性认识和理性认识。有人以为科学家所思维的都是些抽象的概念，这是误解。如果科学家只在抽象的概念上打圈子，那么这样的科学家除了重复别人的意见外，是很难有别的什么作为的。任何科学家都有具体的研究对象，对于他所研究的具体对象，都需要进行极为细致的具体观察，都需要研究具体观察中的一些极为细微的现象。文学艺术的主要对象是一个个活生生的人，而且着重要研究一个个活生生的人的内心世界，因此一个作家或艺术家需要比一切从事别的劳动的人更仔细地观察、了解一个个活生生的人及人的内心世界，正如一个原子物理家需要比一切别的人更仔细观察了解原子的性能和活动一样。有人说，作家和艺术家特别敏感，观察事物特别仔细。是的，作家和艺术家对于他所研究的对象是特别敏感和仔细的。但是研究别的事物的人，如果他够得上称作对他的研究有经验的话，对于他所研究的对象，难道不也同样特别敏感和仔细吗？我们大家大都接触过一些中医医生，这些医生中比较有经验的人，只要按按脉搏，望望气色，就可以敏捷而又准确地判断一个病人的得病原由和病患所在。我还听人说过有好多工程师，他只要听听机器的声音，就可以敏锐而又准确地断定这部十分复杂精密的机器什么部件出了毛病。一个好的医生对疾病的敏感是值得惊叹的，一个好的工程师对机器的敏感也同样值得惊叹的，但不能说他们的敏感如何神秘。如果不是白痴，一个人对事物的敏感是完全可以锻炼出来的。举一个最粗浅的例子：抗美援朝时在朝鲜前线生活过的人，几乎每个人对于敌人的飞机都有十分敏锐的感觉，他们能敏锐地觉察到敌机的细微声响，而且能敏捷而又准确地判断敌机的种类和架数。一个有经验的作家或艺术家应该像有经验的医生对于病人的疾病、有经验的工程师对于机器那样地熟悉人，对人的心理和行动以及表现这种心理与行动的形象具有高度的敏感，像医生捕捉疾病，工程师捕捉机器的毛病一样善于去捕捉表现人的心理和行动的形象及这些形象的特征。像医生对于疾病、工程师对于机器、作家艺术家对于活生生的人的心理和行动及其他所要描写的对象，需要进行透彻入微的观察，需要观察那些被一般人所忽略了的或观察不到的事物。比如一个小说家在观察一个人的时候，这个人的面部表情、手的姿势、走路的样子以及比这还要细微许多的动作都要看得很仔细，而做别的工作的人却不一定要注意这些。正像医生之所以为医生，工程师之所以为工程师一样，作家艺术家之所以为作家艺术家就需要具备这样的本领。具有这样本领的作家和艺术家是值得尊敬的，但不能因此就认为比从事别的工作的人特别高超，因为从事各种工作的人都各有各的特殊的本领。也不能说，除了观察、注意的事物的不同，作家和艺术家在观察认识现实的过程中有什么与众不同的特别的思维。作家艺术家是注意捕捉事物的形象的，可是不能说这就叫形象思维。因为，像小说家细致地观察人的形象一样，科学家也要细致地观察他所研究的事物的形象，比如植物学家观察植物的形象，动物学家观察动物的形象。如果这就叫形象思维，那么科学家观察认识现实也在进行形象思维了。而且，人的思维活动本来就是以外部世界的具体感觉为基础并包括了有具体形象存在的表象的过程在内的，如果不是纯粹的抽象的推理，不是演算什么方程式，人的思维常常是具体的，常常是伴随着具体事物的形象的。思维活动是人认识现实的理性活动，所谓思维必须是大脑认识活动的这一阶段向另一阶段的推移，因此不可能离开概念、推理和判断。试想，只是一些形象，没有任何概念、判断和推理参加，只是把眼睛从这一形象移到另一形象，如何进行思维呢？又如何可以叫做思维呢？要是这样来强调文学艺术的形象的特性，结果就不能不陷入像上面所说的直观论者克罗采的泥坑。任何一个有思想的作家艺术家，在他观察、认识现实时，总是为一定的思想所指导，就是在捕捉生动的形象时，也离不开理性的活动。因为，他要研究这一形象的意义，要研究这一形象是否是表现了事物的本质特征。因此，对于一个有思想的作家或艺术家① 来说，捕捉形象的活动也是一种理性的活动，一个作家是否能捕捉住那些表现事物本质特征的形象，取决于这个作家的思想情况。我曾经遇见过这样一个写剧本

---

① 既然是作家艺术家就总应该是有思想的。

的青年，他曾经在工厂和工人们长期生活在一起，因而对工人的生活有不少亲眼见到的具体印象。他回到他所在的创作组，向大家讲述他的收获，他的收获是些什么呢？比如，他讲得最为具体最有兴趣的是：有一个工人，高个子，他喜欢买裤子，各种式样各种颜色的裤子他都买，自己穿不了，就放在那里；另一个工人，是个矮个子，他有别的嗜好，喜欢买帽子，大的小的、这种式样那种式样的、这种颜色那种颜色的都买，戴不了这许多就陈列起来。他仔细记下了并十分清晰地向我们讲了这两个工人买裤子或买帽子时的神情，和他们买回裤子或帽子时在宿舍里向大家展览的姿态。至于这两个工人为什么有这样的行动，这种行动显示了什么，他却讲不出来，他只觉得这是有趣的。此外，他还记下了一些人抽烟或吃饭的样子，但也只是记下了这些样子。也许，这些形象对于一个从事创作的人是都应该记下来的，但如果这些形象没有思想与内容，讲不出他们的意义，记下这些形象又有什么意义呢？比如，就是这个年轻作者，尽管搜集了许多诸如此类的形象，却无法根据这些来创作剧本。他注意并搜集了这些趣事，可是就在他旁边的一个劳动模范的生动的模范事迹，他却视而不见。作家不是为捕捉形象而捕捉形象，而是为了反映现实的本质而捕捉那些有特征意义的形象。这就不但需要感觉，而且需要思想，需要像科学家一样对现实进行研究。高尔基很着重地讲过："无论科学或艺术文学，在其中起基本作用的，是观察、比较和研究。"作家在观察、比较、研究客观事物时需要思维，这种思维活动和科学家的思维活动是没有什么不同的，只不过像上面说过的，作家所着重观察、比较、研究的具体事物和科学家有些差异。此外，作家除了抽象地了解事物的意义和本质，[①] 还着

---

① 事物的意义和本质总是概括和分析的结果，总是比较抽象的。

重注意并记下了那些表现事物本质特征的个别形象，科学家虽然也观察到了他的研究对象的具体形象，也观察得很仔细，但却常常是舍弃了这些形象，至少是舍弃了那些在科学家看来对说明抽象结论没有什么必要形象，只概括地往往是不用任何形象地记下他观察研究的结果。

至于作家进行创作，前面已经提到过，比之科学的创造，需要更多的想象和幻想。高尔基说："想象是创造形象的文学技术之最本质的一个方法"，[①] 认为想象便是"凭借形象的思维，是'艺术的'思维"[②]。可见高尔基所说的特别加了引号的"'艺术的'思维"就是想象，想象便是"凭借形象的思维"。想象不为作家和艺术家所专有，除了白痴，任何一个人都具有想象和幻想的能力。只不过作家和艺术家的创作活动，想象和幻想占着特别重要的地位罢了。此外，作家和艺术家的一个重要任务，是要在他正式进行创作之前，在头脑里进行长期的孕育，塑造他的形象。虽然任何想象，都是要在头脑里塑造形象的，但一般人日常所有的想象，塑造形象所经历的时间大多较短，而且这些形象常常是很快便从头脑里消逝了。作家和艺术家在头脑里塑造形象却要经历较长或很长的时间，并要逐渐把这些形象固定下来，使它得到表现。科学家也需要这种相同的活动，只是想象的内容和塑造的形象不同罢了。苏联科学家发射出了一颗人造卫星，这个"小月亮"现在正在我们头上飞行。苏联科学家设计这个"小月亮"是经历了很长的时日的，当这颗卫星没有实际设计成功之前，"小月亮"以及"小月亮"环绕地球运转的形象在苏联科学

---

① 高尔基：《关于创作技术》。见周扬编《马克思主义与文艺》，解放社版，第78页。

② 同上书，第76页。

家们的头脑里肯定是早就孕育着了。马克思说：

> 蜘蛛的工作与织工的工作相类似；在蜂房的建筑上，蜜
> 蜂的本事，曾使许多以建筑师为业的人惭愧。但是使最劣的
> 建筑师都比最巧妙的蜜蜂更优越的，是建筑师以蜂蜡筑蜂房
> 以前，已经在他的脑筋中把它构成了。劳动过程终末时所获
> 得的结果，已经在劳动过程开始时，存在于劳动者的观念
> 中，已经观念地存在着了。①

可见，这种孕育、塑造形象的本领是人区别于动物的一种特性，
而不是作家和艺术家区别于其他人的特性，由于对象和任务的不
同，除了想象在文学艺术活动中占有特殊的地位，除了想象的内
容和想象中所塑造的形象科学的和文学艺术的有着差异外，作家
和艺术家的想象中感情的因素也占有特殊的地位。作家和艺术家
要深入去设想自己想象中的人物的感情。高尔基说：

> 动物学者，在研究牧羊的时候，没有必要把自己想象为
> 牧羊，但是，文学家在描写吝啬汉的时候，虽然是不吝惜东
> 西的人，也必须要把自己想象作吝啬汉；描写贪欲的时候，
> 虽然不贪欲，也必须要感到自己是个贪婪的守财奴；虽然意
> 志薄弱，也必须带着确信来描写意志坚强的人。②

这种"设身处地"的想象在普通人的心理活动中也是存在着的，
只不过不是普通人经常的心理活动罢了。

　　形象思维这个词所以不科学，像上面说的，思维是大脑的一
种认识活动，离不开概念、判断和推理，不能只是一堆形象。人
想象什么，总为一定的思想感情所推动，而在塑造形象中，更有

---

　　① 马克思：《资本论》。人民出版社 1953 年中译本第 1 卷，第 192 页。
　　② 高尔基：《关于创作技术》。见周扬编《马克思主义与文艺》，解放社版，第
78 页。

较为复杂的理性活动。人的想象和单纯的感觉不同，必须为一定的思想情感支持。作家和艺术家在头脑中塑造形象，总是要思考形象的意义，赋予形象一定意义的。比如果戈理在《死魂灵》中成功地塑造了许多地主的形象，每个形象的塑造都是为了表现这个人物的性格，同时也都表现了果戈理对这个人物的态度。这是果戈理深入观察和研究现实的结果。比如，果戈理是这样描写梭巴开维支的：

> 当乞乞科夫横眼一瞥梭巴开维支的时候，他这回觉得他好像一匹中等大小的熊。而且仿佛为了完全相像，连他身上的便服也是熊皮色：袖子和裤子都很长，脚上穿着毡靴，所以他的脚步很莽撞，常要踏着别人的脚。他的脸色是通红的，像一个五戈贝克铜钱。谁都知道，这样的脸，在世界上是很多的，对于这特殊的工作，造化不必多费心机，也用不着精细的工具，如磋子、锯子之类，只要简单的劈几斧就成。一下——瞧，这里罢，鼻子有了——两下，嘴唇已在适当之处了，再用大锥子在眼睛的地方钻两个洞，这家伙就完全成功。也无须再把他刨平，磨光，就说道："他活着哩"送到世上去。梭巴开维支也正是这样一个结实的，随手做成的形象：他的姿势，直比曲少，不过间或转一下他的头，为了这不动，他就当然不很来看和他谈天的对手，却只看着炉角或房门了。①

这不只是梭巴开维支面貌的外部形象，而且是或者说更重要的是梭巴开维支精神的深刻批判，作者在这段描写中对这个人物的辛辣的讽刺是用不着多说的。难道这样的形象只是靠看了许多地主的面孔而不依靠对这些地主们精神世界的仔细研究和分析就能够

---

① 《死魂灵》，文化生活出版社 1937 年版，第 142—143 页。

塑造出来吗？一个作家的想象，他的塑造形象的活动，总是十分明确地为他自己的理想和感情所激起、所支持、所决定，并为了表现这样的思想和情感而活动的。这就是作家的想象和幻想同精神病患者的想象和幻想主要的不同地方。甚至也可以说这也是同普通人，甚至是同抱有极为崇高的理想和感情的人因个人琐事而激发起来的没有什么社会意义的想象和幻想不同的地方。因为，一个作家创作他的作品，总是希望他的作品有着社会意义的。不然的话，他也就没有理由去进行创作了。

　　形象思维这个词不只是不科学，而且会造成一连串的误解：以为艺术很神秘，作家艺术家有自己独特的思维，以为用感官收集形象就可以了，不必要对社会现象问题进行深入的研究；以为作家艺术家只需要有敏捷的感觉就可以了，不必要有崇高的思想和感情，不必要有进步思想的指导，以至认为一切理智的活动都是与文学艺术相敌对的。比如有人反对对工人农民等有了"抽象概念"然后再到生活中去寻找具体人物，以为这是公式化概念化的根源。如果，先有了一个"抽象"的公式，然后到生活中按这个公式找材料，以这些材料来表现这一公式，自然是不对的。但如读了马克思主义著作，对工人农民等有了些"抽象概念"，以这为指导去观察活生生的生活，先有了这样的"抽象概念"对于了解生活又有什么妨害呢？有了这样一类"抽象概念"的指导，不是能更正确地了解生活吗？如果认为这也损伤了文学艺术家的特性，那么用进步思想指导创作，也就应该取消了。而且，事实上，任何一个人，不论有无马克思主义的指导，如果他所观察了解的不是他从没见过也从没听过的陌生事物，就不可避免地在他头脑里有些对于这些事物的"抽象概念"。总之，这样来强调文学艺术的特殊性，必然会忽视理性的活动，而任何忽视理性活动的倾向，都必然要走到直观主义，都必然是要取消文学艺术的思想性。

有些人以为提出并强调形象思维就可以防止文学艺术的概念化，以为所以产生概念化就是缺少形象思维。这种说法是不妥当的。概念化的根源不是由于缺少什么形象思维，而是由于缺少生活，由于作家不是从具体的生活出发而是从抽象的概念出发来进行创作。如果缺乏对生活透彻而深入的了解，只是纵目四观，从有形有色的大千世界中很方便地去抓一些感官所能感到的具体形象，而且不管这些形象反映了什么，也许概念化是没有了，但是写出这样一些感觉又有什么意义呢？

1957 年 10 月 27 日完稿

（原载《文学研究》1957 年第 4 期）

形象、感受和批评

一

　　湖边一株垂柳，可以作为美的欣赏对象，也可以作为科学的研究对象。一篇或一部文学作品，可以作为文学研究的对象，也可以作为别的学科如语言、历史以至经济学或考古学等的研究对象。由于研究的角度不一样，对同一作品，也就可以有很不相同的评价。比如，有的古代作品，从历史研究的角度来看，由于某一描写，甚至只是某一特殊的词汇，提供了重要的历史资料，因而极为宝贵、重要，但从文学研究的要求看来，它却可以是没有什么价值的。究竟如何评价，就得看把它作为什么对象了。因而，对文学作品进行文学批评，首先必须确定这一批评的性质。这样，方法和要求才不致发生谬误。有时我们会遇到这样的批评：只是从一般意识形态的角度来议论作品的思想，而没有分析艺术，也没有把这些思想作为艺术作品的去议论。在这里，批评者看到了文学的意识形态的性质，这自然是很对的；但却忘了它是一种特殊的意识形态，这就是不小的疏忽。如果，作品的思想内容很坏，批评自然应该集中于这坏的思想上面；如果，作品宣传了一种新鲜的可贵的思想，批评自然也可以用全力来宣传这思想。但是，即使是这样的对象，要准确认识这些思想，要准确估计这些思想的坏作用或好作用，要真正有力地批判坏思想或宣传好思想，也不能不充分考虑到它们是文学作品，也绝不能丢掉这一立脚点。我以为，有的批评所以写得不成功，根本毛病，往往是由于失去了这一立脚点。这一立脚点丢掉了，批评就往往会是肤浅的以至不能不是错误的。这样的批评对作者和读者都很少或不可能有什么帮助。这里，就牵涉到了文学的特点，阅读文学作品和非文学的著作在感受和批评上存在什么区别这样一些问题。

要是我们议论的是一幅绘画，那么它与一篇科学论文的区别自然是很显著的。人人都可以清楚看到并马上指出一个根本要点，那就是大家经常所谈到的形象或艺术形象。绘画要画出事物的形象，而且是使人发生美感的形象；科学论文，即使十分具体地叙述一件事物，一般也不构成美的形象，自然也不要求用艺术形象引起人的美感。这一区别也从根本上规定了：二者对于人的思想感情的影响，采取的是不同径路，发生的是不完全相同的效果。绘画要通过美的形象，通过美感，显著地打动人的感情或引起人的某种情趣，并因之对人的思想意识发生作用；而科学，则是通过对事物的叙述和分析，通过明确的论点，给人以知识，显著的作用于人的思想观点，并因之而影响人的感情。

这里值得提出的是，不只是形象的手段不一定构成形象，而且，并不是一切形象都引起美感。大致说来，形象可以分作两类，艺术的和非艺术的。比如科学挂图，所画的一些图形，像动植物之类，不能说不是形象，但却不是艺术的形象，它是作为被感知的事物来描画的，科学的使命要求把描画的事物作为科学的对象，要求对事物的外形作客观的精确的描写，目的是给人以科学的知识。艺术的形象所描画的，则是作为被欣赏的事物，艺术的使命要求把描画的事物作为人所欣赏的美的对象，要求不仅正确描画出事物的外形而且要着重描画出人对事物所感到的美。当然，不能把科学挂图一类的描绘和艺术的描绘完全对立起来，比如有些科学挂图可以产生美感，具有艺术价值，而艺术创作要对事物作真实的描写，也必须遵守一定的科学要求，像组成对象的各个部分的部位安排、比例以及合乎视觉实感的透视等等。但由于两者的职能不同，到底不能完全混同起来。比如，八大山人画的荷花是很好的艺术品，但似乎不完全适合科学挂图的要求；一般的科学挂图尽管画得十分科学，也似乎不好作为艺术创作的范本。欣赏或评价艺术作品，对于形象，似乎至少必须把这两者区分开来。那么，艺术形象和非艺术形象究竟如何分别呢？从艺术的感受上来说，对于好的艺术形象的肯定和赞扬，我国很早就传下来一个字，叫做"活"。对好的画、好的雕塑和好的戏剧表演所塑造的形象，差不多都用这个字去形容，去称赞。比如盖叫天演武松演得很好，人们就赠给他一个最好的称号，叫"活武松"，称赞他把武松演"活"了。我国民间还流传着不少关于一些艺术大师和能工巧匠的传说，说他们是仙人，他们的艺术作品能够活了起来。反之，对于不成功的形象的批评，一个致命的字，就是"死"。"活"或者"死"，就是我国历来对艺术形象或非艺术的形象、成功的艺术形象或不成功的艺术形象所常用的也可以说是抓住要点和含义很深的评语。用"死"或"活"来评价形象，就包括这样的意思和要求：描绘或者塑造一个事物的形象，不仅要符合事物的外貌，而且要求表达和显示出事物的内在的实质和精神。这就是所谓不仅要求形似还要求神似。一般都认为，神似比形似难，也比形似更重要。我国各门艺术的不少艺术家在创造艺术形象上所特别着重追求的，从来可说都是在神似这个方面。比如我国绘画上一向作为创作与批评的准则的谢赫的六法，第一条就是"气韵生动"，它成为了我国画论的中心；我国的戏剧表演也一向要求做到"出神传情"。形象要活起来，要做到既形似又神似，就要求从运动中去把握和表现事物的特质与神情，因为活或者是生总是与动相联系的，一切活着的事物都在运动，只有完全死亡的东西才是寂然不动的。因此雕塑或绘画尽管其形象本身是静止的，艺术家却要努力表现动，努力要抓住事物的最富于生命和特征的动的瞬间加以表现，使人发生动的感觉。有生命的能活动的对象自然要使之活动，使之显示生命和活的个性，就是没有生命的原来并不活动的对象，艺术家也往往努力要使它的艺术形象活动起来，给它以生命。常常是这样：艺术家由于自己的艺术兴趣，为一定对象的某一姿态所吸引，对象的外貌和某种特性唤起了艺术家的想象和联想，因之发现了对象的神态，于是在艺术家的心目中，对象就变为了活物。就是说，是艺术家把某种感情和某一精神赋予了对象，于是原来没有生命的对象就获得了生命。① 我国古代留下的许多极为珍贵的美术杰作中，不仅描画的人物神态活泼，栩栩如生，就是山、水、泉、石也都画得极有情趣，满含生机。山上的烟云以至山下的岩石原是没有生命的，但在杰出的画家笔下却可以活了起来，有了生命，因而形成鲜明的生动的艺术形象。这里的形象，一方面，符合对象的外貌与特性，因而任何一个人都可以拿它去和客观事物相印证；另一方面，这描画出的形象，即使不是高度的概括了众多同类事物后产生的典型，而是某一具体对象的写生，它也是艺术家的自己的独

---

① 我国有句老话，叫"触景生情"。触景而可以生情，自然是这一整个景象或者只是它的某一形态或某种特性，和被它触发的某种情感，存在某种联系。这里，情因景而触发，而景也就可以成为情的象征或寄托物，触景生情的同时或结果，景也情化了。这样，没有生命的景象就可以获得情感，因而有了生命。

自的创造，被决定于这一艺术家的艺术修养和艺术趣味，反映了这一艺术家的思想和情趣的高低，因而不是任何一个人都能同样见出事物的同样的神态和作出同样的描写。这样，成功的生动的艺术形象，就既符合对象的外貌，又传达了对象的内在精神，并在传达对象神态的同时传达出艺术家的艺术思想和艺术情趣，他对事物的态度、理解、评价和希望。这样的艺术形象，由于形和神都符合客观事物，并因此而把这一客观事物写活了，就具有较高的真实性。同时，这样的艺术形象，既然反映和表达了艺术家的艺术思想、艺术情趣，他对事物的态度和感情，因而对欣赏它的人就能在思想感情上发生作用。如果艺术家在这一幅画中所表现的思想、感情和趣味为观赏者所接受，肯定是好的，由于形象的真实、生动，就能产生一种魅力，对观赏者发生美感。这样，它就成为了美的形象。①

绘画、雕塑等艺术的美的形象这一特点，实际上也是许多人都同意的一切文艺的共同特点。文学的特点也只能这么来规定。因为，如果丢弃了形象，不论从内容上来说也好，或者是从表面的形式来看也好，都很难使它和也是运用文字但却不是文学的著作比较清楚地区分开来。如果我们不是谈文学的意识形态的一般的本质，不是一般地谈文学作品的思想意义，而是去考察对文学的具体的感受，那么文学作品之所以是文学作品，是艺术的创造，它的特征就不能不仍然归之于形象，而且也不能是一般的形象而也必须是活的美的艺术形象。人们合理地要求在文学作品中嗅到、感触到生活的气息和泥土的芬芳，不仅要求听到、感触到

---

① 这里应该特别强调内容决定形式的原则，只有作品的内容在读者看来是美好的，至少是可以接受的，表现这内容的美好的形式才能引起读者的美感，而作品的美则存在于内容和形式所结合成的艺术整体中。

作品中人物的心脏的跳动，而且要求看到、感觉到那些没有生命的事物也活了起来。毛泽东同志的许多诗词，就突出地具有这一特点。在毛泽东同志的笔下，高山、大地都变成了活物，成了巨大的使人情感高扬的活的艺术形象。

文学的形象的物质，在阅读一切比较成功的文学作品时都可以很分明的感到。我们的阅读如果确是欣赏而不是为了匆忙的寻找什么概念，那么在一部优秀的文学作品前面，一般情况大概总是首先被作家所塑造的生动的艺术形象或可以引起形象效果的生动描写所吸引，也正是通过这些形象或描写而自觉或不自觉地接受作者在作品中所散发的思想感情，为它感染，以至和它共鸣。

一切文学艺术的特征都是形象，都是活的美的艺术形象，但是文学形象的构成和它所给人的感受，却和其他的艺术形象像绘画、雕塑等有着区别。绘画用线条和色彩、雕塑用泥土或木石、戏剧则用演员的活的形体创造形象，这些形象是一种物质存在，可以直接用眼睛看到。文学塑造形象使用的是语言，是由一个个概念组成的语言，它本身没有色彩，也感触不到它所代表和描画的事物的形体，因而人们欣赏文学形象，不能凭据感官，而要通过心灵，依靠想象和联想。这样，一方面，在某种意义上说来，塑造文学形象比绘画、雕塑为难，比如画家用绿色作品，看到的人就有实实在在的绿色的感觉，而依靠语言文字，要使形象给人以鲜明的绿色的感觉就比较困难，[①] 至于要写出浓淡不同的很多种绿色，则语言文字几乎是有些无能为力；绘画、雕塑、舞台上的演员所塑造的形象，即使不那么成功，却可以是形象，文学运

---

① 不是用了颜色的字眼就可以使人有鲜明的颜色的感觉，比如王安石的"春风又绿江南岸"，可以给人以鲜明的绿的感觉，而如果用一些滥调像"桃红柳绿"、"红男绿女"之类，即使颜色的字眼再多，也不能给人以鲜明的颜色的感觉。

用语言要写出形象却比较的不那么容易。但另一方面，文学塑造形象，由于脱离了物质的束缚，由于可以获得读者的想象和幻想的特殊的助力，比之绘画、雕塑却有着更好的便利条件，有着更大的活动空间和更大的活动自由，可以表现绘画、雕塑等所不能或难于表现的内容。而且，在文学作品中还可以出现一些议论，这些议论可以成为形象的必要的有机组成部分，不但不破坏艺术形象，还能使艺术形象更加鲜明、突出。文学作品的艺术形象和可以用视觉观赏的艺术的艺术形象之间存在的一些差异，它和思想领域里其他不少门类的著作都以语言文字为手段的这一共同点，使有的人对形象是否也是文学的特征发生了怀疑，也很容易使一些人在阅读、欣赏、分析和评价文学作品时，看轻、忽视以致丢掉作家辛苦缔造的或作家应该努力创造出来的艺术形象。不像在一幅画前面，人总得先看画，先有了具体的形象感受，然后才能据此来议论它的思想、它的社会意义。由于忽视或丢弃了艺术形象，对作品的思想也就会提出不很妥当的要求，或作出不很恰当的分析。

二

文学的形象的特质，要求我们阅读或批评文学作品时，重视艺术形象的感受。这种感受不能离开想象和联想。阅读文学作品，如果收藏了想象的翅膀而只是思辨的头脑的思辨活动，就将看不清以至看不见艺术形象，就将无从获得对艺术形象的艺术感受。这种阅读就将是单纯地沿着抽象的思想途径前进，而沿着这一途径愈走愈远，就将越来越背离对作品的真正欣赏和正确理解。文学作品的艺术形象，可以像一幅清晰的图画那样描写得细致完整，一丝不苟。要看到这样的形象，只要很简单的联想和想象就可以了。但文学作品形象的构成，还可以或者说经常是采取别的一些方式。比如，只描写人或事物的某一特征。这一特征由于抓得对，写得好，整个形象会活了起来，但从字面上看，却并没写出整个。这里就需要读者的想象去补充那意到笔不到的部分；没有这样的想象的补充，就不能对作者实际上已写出的形象获得清晰完整的感受。又如，文学作品描写一个人或一件事物的形貌，可以间断地分作几次，先画一个鼻子，然后再写一双眼睛；也可以不作正面的刻画，而从许多侧面来衬托。要抓住这样的形象就需要读者较为复杂的想象活动，需要在头脑中对形象作艺术的综合；不然的话，作品中本来鲜明完整的形象，在读者头脑中却可以是不那么鲜明完整。还有这样的情况，有的人在阅读文学作品时，能为艺术形象所打动，但当他一提起笔来批评作品时，这些感受就被抛开了，仿佛欣赏是一回事，而批评却是截然不同的另一回事，欣赏像是在形象的花园中散步，批评却像是走到概念的框子中去了。这样的批评自然也就是非艺术的。

很粗糙地区分，阅读和批评文学作品，可以有两种方法：一种只是理性的了解，是离开艺术感受，只了解作品的意思，在意思上推理；一种则重视感受，是通过感受，进行欣赏、求得了解，重视形象的吟味，并以此为基础，分析、判断作品的思想和艺术。前者是读科学著作的方法，后者才是读文学作品的方法。我国古代把《诗经》列为六经之一，一方面这是对诗的重视，一方面也是把诗和其他经籍的内容在性质上混淆起来，有些学者就是用阅读、注释、评价《易》、《书》、《礼记》、《春秋》即哲学、历史等的方法来阅读、注释、评价诗。在今天的文学批评中，我们也仍然可以找到和这相同或相类似的批评。用阅读科学著作的方法读文学作品，就会是：对作品的主题只着眼于是否正确，而不去看如何表现；对于作品的题材只评论是好是坏、意义大小，而不去考虑表现如何；对于作品所写的人物只看行为如何，作思想行为的优缺点的鉴定，[①] 以至实际上是用抽象的善恶的概念集中成的主观而又简单的规格作为评价的尺度，[②] 而不去考察这些人物是否是写活了；对于作品中所写的生活，只从道理上去看是否正确，是否全面，而不去察看、体味是否写出了生活的色彩、生活的气息和生活的情趣；对于作品中所抒发的感情，只去分析它的性质，判断它是否健康，而不去体察它是否能感人，是否有热力和生气。这样来阅读或评价作品，不能不丢掉艺术，而由于艺术的丢失，所要抓住的思想也常常会发生错误，往往只能看到那些比较表面的意思，而却看不到那些蕴藏在形象中比较含蓄因而也是比较深刻的思想。就是看到的，由于看得太浮面，也往往不能理解得很全面；有时，由于只抓到浮面的意思，加上主观的推理，还会过分地夸大了它的意义，把它评价过高，解释错误。如果肯定用读科学著作这种方法读文学作品，那么文艺作品中的许多艺术创造，不是被忽略了，就会被认为没有意义。比如，"僧敲月下门"和"僧推月下门"，只差一个字，在艺术感受上有

––––––––––––––––––

①　这样的鉴定是有问题的。一个战士，在战斗中立下几次大功，鉴定这些功劳的时候，会引起人们的极大钦敬。把这样的战士写入小说，如果没有塑造出有血有肉的艺术形象，即没有写活，那么即使增加几倍的功绩，也不能很深的感动人，像面对真人或这一真人的鉴定那样。这是由于，前者在鉴定的后面有真实的人存在，后者虽罗列了不少英勇事迹，而真实的人却丢失了。或者，由于后者没有用形象揭示出这些英勇事迹的意义，没有把动人的英勇事迹像绿叶扶红花一样凸现出来，却让它消失或冲淡于其他一些情节里。这就是为什么，我们阅读某些根据真实事实所写的小说，反而不如一则简单的新闻报道动人。

②　我们可以看到这样的批评，认为某某作品中的人物写得不够典型，或者没有把本质的真实写出来。所谓的"典型"或"本质的真实"，不是来于丰富多样的现实生活和对它的真正理解，而是批评者头脑里的主观的简单的规格。比如一个正面人物，就必须是主观上所要求的一切或不少善的集中，如果不备，或备而不达要求的程度，就是"不够典型"，或没有写出人物的"本质真实"。

很大的差别；但如只就社会意义来看，推、敲全都可以，就不存在什么区分，也不必去区分。"春风又绿江南岸"与"春风又到江南岸"，也是这种情况。如果丢掉艺术感受，那么贾岛的苦苦推敲和王安石的苦心考虑，就全都成为多余的了。

强调艺术形象和艺术形象的感受，不等于不要或轻视思想，问题是如何来了解文学作品的思想和它的思想意义。文学艺术是反映和表达人的思想感情的一种方式，也是人的精神上的需求的一个方面，它用形象的、感性的手段，通过美感、通过美的欣赏，作用于人的精神世界，而在反映、表现、启发和影响人的感情、情趣和想象方面表现得特别显著，可以说这些是文艺所特别着重的，[①] 以至常常是不可缺少的。对文学作品进行思想分析，理解、认识和评价它的思想、思想意义和思想作用，应该看到这些，应该从这里出发。在这里，不能够不适当地夸大文艺的特点和特性，但也不能把它否定。直观论者片面地夸大美的欣赏的感性的、直观的作用，把它和功利以至和理性、和概念对立起来，要把这些"对立物"驱除净尽。这自然是十分错误的。有的人，把人的思想和感情机械地分割开来，甚至对立起来，以为文学只作用于人的感情。这自然也是十分错误的。但是，美的欣赏，感性的作用很重要，却是不能否认的；文学艺术特别作用于人的感情，或者影响人的感情特别显著，也是不能否认的。

因此，阅读、欣赏、批评文学作品，应该重视人的作品的艺术形象，重视作品所给人的感受，特别是那些能深深打动人的地方。严肃的诗人与作家以自己的充分的热情去接触、感觉和描绘现实生活，读者或文艺批评工作者也需要以自己的充分的热情去

---

① 这里所说的特别着重，是与其他意识形态比较而言，不是说文学不特别重视思想。而且，感情和情趣以及想象都不能离开思想。

接触自己所阅读或所要评判的作品，去对待那充溢着作家思想感情、跳动着生活的图景的作家的创造。作家进行创作，需要对现实生活中的形象具有敏锐的感觉；读者阅读文学作品，也需要对作品中的形象具有敏感。

阅读文学作品时所获得的具体的感受，应该是文学批评的根据和出发点，离开了它，正如评论绘画而离开了视觉的感受，评论音乐而离开了听觉的感受，批评就失去了应有的根据。毛泽东同志一再教导我们，做任何事都必须从实际出发。文学批评的实际，就是文学作品的实际内容，它的全部艺术成就，就是在欣赏作品中所给予人的实际感受。这种感受，也就是作品所发生的实际影响和实际作用，是作品的实际的社会效果。只能从这些具体实际出发，而不能从概念、从文学原理出发，不能拿一套什么死的公式去套千差万别各有自己特点的文学创作。尽管构成文学作品可以有某些共同的要素或方面，这些要素或方面是欣赏或评价任何作品都应该加以注意的，比如主题思想、结构、语言等等。但批评甚至只是介绍作品，却不能像填户口登记表一样，一项项加以填写。正如任何人都有五官四肢，看一个人美丑如何，哪一项也不能疏忽，但我们在描述一个人的面貌时，却不能全都是从头发一直讲到脚跟，而要描述这个人的特点，这个人惹人注意的地方。即使像《死魂灵》里那个被作者讽刺地称为"通体漂亮的太太"，作家对她的外形的描写似乎也只是"把头做梦似的歪在肩膀上"，不曾通体一一加以交代。什么都写到，就说明什么也没有抓住；什么都批评到，就常常会是对什么都没有作认真的、真正的批评。

如果阅读一部作品不能获得任何感受，也留不下任何印象，那么作品和读者就没有发生联系，彼此都不认识，这部作品对于阅读的人就不能成为批评的对象。

三

强调对作品的具体感受，我的意思，并不是说任何人对一部作品的任何印象都是正确的；也不是说，写出对作品的具体感受就算完成了文学批评的任务。我只是说，应该重视具体感受。尽管不是一切感受都是正确的，但任何正确的批评都不能抛开具体的感受。每个人读文学作品，大概总会有些感受，把这些感受写下来，应该说也是一种批评，甚至可能是十分中肯的批评，但却不一定都是科学的批评。我们认识事物，需要一定的认识过程；正确理解作品，也需要一种过程，需要在欣赏中对作品的感受不断深化的过程。人们接触过程，如果作品的内容不是那么单薄，如果鉴赏者不具有某种特殊条件，开始所获得的印象往往是那些比较显著或比较表面的动人的部分，而作品的深刻意义，它的总的、整体的意蕴，特别是那些比较微妙的创造，常常是要经过反复欣赏和仔细吟味才能得到。①

单纯讲述个人的印象和感受，同科学的批评比较，还有一点不同，前者是主观的，后者则要求努力做到客观。任何人欣赏、阅读作品，主观的因素都起着很大作用，每个人都可以也都有着自己的个人爱好。由于爱好的不同，对作品的关注以至评价也就会产生差异。一般人是根据个人的爱好来选择并议论作品的，科学的批评则要求批评者把自己放在公正的评判者的地位。但是，任何专业的批评家也都不可免地保留有个人的爱好。保留有这种爱好，不能说就一定妨碍评论的公正和准确，正如一个人对于别人的友谊和感情可以而且不可避免地有厚有薄，但并不一定妨碍

---

① 曾被人一再提到的阎立本观张僧繇画的故事便是一个很好的例子。

他对于这些人的优点与缺点的公正评论。而且，一般说来，只有有了个人的特别爱好，才能品鉴入微，作品的特色，它的细微的然而确是特别精致的创造，才可能被挖掘出来，才可能讲得最准确。即使由于个人爱好而对作品的评论有了偏差，如果不涉及阶级立场问题，不涉及根本原则问题，他本人又不一定硬要把自己的偏见强加于人，那么，这样的个人爱好以至这样的偏差，也应该是被容许的。假如这些偏见中包含有某些以至只是一点确是可贵的发现，那么它就比虽然没有大的毛病但却全篇等于废话的评论更有用处。当然，我们要求发展的是正确的客观的科学的批评。但是，正确的批评只有在不同意见的争鸣中才能很好发展起来。而且，尤为重要的是，文学批评的客观性、科学性和自然科学的研究的客观性、科学性不一样。自然科学的研究，如果大家的观点、方法都合乎科学，那么所得出的每一科学论点，大家都会是完全一致的，因而自然科学的研究可以对所研究的问题以至某一研究范围作结论。文学批评，自然也要合乎作品的实际，也要求大家有共同的正确的立场、观点和方法，但这里还有着批评者个人的思想感情的参加，因而即使根本看法大家一致，每篇评论却都反映了批评者的个性，因而是独创的。文学评论的一些根本重要论点也可以作结论，却不能像自然科学那样地作结论。这就是虽然屈原的《离骚》已有不少评论，但不能说哪一篇已对它作了总结，因而不需要以后再研究了。

文学批评的最中心、最基本也是最经常的活动，是评价作品。对作家的评论，也必须建立在作品批评的基础之上。这种批评不同于广告，不同于新书提要，也不同于剧院或电影院的说明书，它的任务不是把大家都能读懂的作品的内容加以介绍、加以说明，而是要在辛勤的探索中把作品里为一般读者所不易理会的深刻意义、它的艺术成就和微妙创造提示出来，作出为一般读者所不易作出的对这部作品的准确判断和准确估价。如果，批评只是讲这样一些话，这些话是一般读者自己从阅读中就能得到的，那么这样的批评除了某种特殊原由就很难说有什么作用。因此，认真的批评并不那样轻易和简单。它和别的科学或艺术的活动一样，需要多方面的知识和艰苦的劳动。即使仅仅一般地判断一部作品的好坏和好坏的程度，也必须进行复杂的研究和比较。这是由于，文学创作和工业制造不一样，不能定出一套简易而又科学的标准规格，而要凭借批评者已有的关于文学、生活、社会等多方面的知识与经验，并需要从整个文艺发展的角度来观察、衡量所批评的特定对象，把它与作者其他的同类或不同类的作品，以及其他作家所写的同类作品，加以仔细的对比。这样，才能找出作品的特点，才能比较准确地估计这一作品的成就和意义，也才可以说批评有了可靠的根据。①

通常我们把作家写作作品这一活动称作创作，而不称为制作，甚至把写出的作品也称为创作，这是由于文学写作的活动及其目标是创造，或者更准确地说，是独创。批评作品，就是批评作家的自己的独特的劳动结果，就是探究作家在他的作品中所作出的独特的创造。因此，对文学批评来说，最主要的是要掌握所批评的作品的特点，这一点掌握住了，才能说真正掌握了作品；否则，作品对于批评者来说，还是未被认知的对象，自然也就不可能有真正的批评。比如，面前摆着两部作品，都写的是解放战争，都塑造了战士中的英雄形象，如果这两部作品不是互相抄

---

① 当然，这样的对比并不需要都写到评论中去，正如马克思为了写《资本论》，读了很多书，占有不少资料，考虑了不少问题，并不把所掌握的资料、所思考过的问题都写到书里去。

袭，批评的任务就是要找出它们的各自的特点，而不是抛开这些特点，只是一般地赞美塑造的英雄形象是英勇的，不怕牺牲的，具有无产阶级的崇高品质，能给人以大的教育和鼓舞，等等。如果这种尽管十分正确但却一般的赞美就是对作品的批评，那么这样的批评就不仅适用于两部作品，而且适用于许多同类性质的作品，由于这样广泛的"适用"，因而也就不能说它对哪一部作品作了真正的批评，它究竟批评了哪一部作品。如果一部作品没有自己的独创，没有自己的特色，那么除开为了研究这一现象，探究这一问题，或者为了纠正对于这一作品的某些错误说法，或者由于其他什么特殊原因，一般说来它是不大适合作为批评的对象的。因为，对于这样的作品，除了批评它没有独创和特色外，还能再说什么呢？应该说，所有好的或比较好的作品都具有自己的特色的，但作品的特色不是一下子就能掌握住。我们会见到这样的情况：在有的批评中，有时把不是特色的地方说成是特色，作品的真正的特色却反而被忽视了。有时我们自己阅读作品也会遇到：在欣赏中能够感到这部作品有它的不同的风味，有新的创造，但却掌握不住，说不清楚。这都说明，对所批评的对象，还不够了解，还不够熟悉，还需要进行更深入、更细致的分析和研究。当然，我们在分析具体作品时不能离开一般原则，不能离开马克思主义的根本原理的指导，也需要从具体作品的具体分析中得出一般性的原则，比如恩格斯在批评哈克纳斯的《城市姑娘》时，提出了现实主义的原则。但是这样的原理、原则不仅不代替对个别作品的特色的具体分析，而且是为了和有助于对作品的特色的分析。在这里，一般不是消灭了特殊，而是照亮了特殊。我们大家都欢迎使事物面貌清晰的照亮，而不欢迎使事物模糊混沌的消灭。

批评作品，不仅要注意抓住和特别重视每一作品的特色，而且要像斯大林所正确指出的，注意抓住和特别重视这一作品的总的倾向[1]，抓住和特别重视这一作品的主要特征和基本思想[2]，区别什么是枝节，什么是主体。这似乎是正确分析、评价任何事物都该加以注意的，尤其是评价文学作品，它应该是一条特别重要的原则。这是由于，文学创作和其他著作不一样，它的特殊任务是真实地描写活生生的生活，在它的描写范围内，要求做到细致、生动、全面，因此文学创作尽管要求朴素，而一篇成功的、非概念化的作品，它的内容总是像生活一样，即使只是一个侧面，也是十分丰富和有着多方面的联系的。在总体的形象所要求的范围内，作家不能躲避自己的弱点。对复杂的生活内容和生活样态作细致、生动、全面的描画，就很难要求每一点都那样正确。而一个优秀的作家又总是以最大的热情去对待生活与自己的创作的，因而在对生活作细致、生动和全面的描写的同时，也无可避免的在一定范围内不能不同时细致、生动、全面地反映作者的思想情感。如果我们承认一个人的思想感情是复杂的，要完全掌握马克思主义的正确观点和完全站在无产阶级的正确立场，需要一个长期的改造过程，又不能要求彻底改造好了才写作品，也不能在作品中作伪，那么一部作品，正如一个活生生的人的实际思想一样，有着一些不是那么正确的思想感情，也是很难完全避免的。而且，作家创作作品，除了思想认识，还需要其他许多条件。一个作家即使在思想上认识到自己的作品的思想的弱点，如果缺少其他条件，也很难把这弱点纠正过来。对于某些不甚重要的弱点，如果条件不具备而硬要纠正，有时反而会弄得更

----

[1]　斯大林：《致费里斯·康同志》，《斯大林论文学与艺术》，人民文学出版社版，第62页。

[2]　斯大林：《给别塞勉斯基同志的信》，人民文学出版社，第69页。

糟。① 当然，这些不正确的思想感情都应给予批评，不能把不正确的看作是正确的，也不能不指出它。问题是，有如我们对一个人的看法一样，应该正确估计这些缺点或错误的大小轻重，它在整体中究竟占一个什么位置。如果一部作品的缺点甚至错误在作品中不占主要地位或在实际上不起多大作用，而作品的主要部分、它的总的倾向，它所给予人的主要影响是好的，那么就应该肯定这部作品是好作品，或基本上是好作品，不应该用非主要的去抹杀、否定主要的。对于基本上不好或总的倾向和给予人的主要影响不好的坏作品，自然也不应因个别优点而错误地在总的方面加以肯定。确定作品的总的倾向、它的主要的和基本的东西，不能完全根据作家的主观意图，也不能只是看作家在创作中哪一个地方付出的劳动最多。因为作品的实际成就可以和作者的主观意图不一致，而作品各部分实际成就的大小也不总是和所付劳动的多少成正比。应该看作品的实际。应该看作品中通过形象所实际表达出的主要的东西，应该看作品中那些由作者的丰富的生活体察、充沛的思想感情、熟练的艺术技巧所凝结、所创造出的主要的生活图景，特别是这些形象中给人印象最深、最能打动人、因而影响作用最大的部分。因此有些小说尽管某些个别细节以至个别的较大的情节写得不成功，有些个别人物以至作者所主要描写并贯穿全书、处于主要地位的人物写得不好，也仍然可以是很好的小说。

正确评价作品和作家是文学批评的最基本、最中心和最经常的任务，但一切好的批评，它的作用和意义却绝不只限于所具体

---

① 我的意思不是说作品中的思想弱点可以不要求加以纠正，作品中的思想错误特别是重大的思想错误是必须加以纠正的。我的意思只是说纠正这样的弱点或错误需要一定的条件。

批评的对象，而常常是通过对具体作品或作家的批评总结出新的文艺经验，以至找出新的文艺的规律。作家的劳动是细致、复杂和艰苦的创造性的劳动，而无产阶级的、社会主义的文学又是一种最新的文学，存在许多新的问题，因而总结经验、寻找规律就有着更为迫切的需要，也有着更好的条件和更多的可能。自然，这里所提出的任务和问题，已超越于一般所了解的批评而是属于理论的范围了。事实上，理论和批评是密切关联的，一切好的可靠的理论，常常是从实际的具体的批评中归纳、产生出来的；而理论，也常常是在具体的批评中显示它的力量和实际作用。

好的文学批评，即实事求是的、辛勤探索的、在总结经验与寻找规律方面获得成果的批评，大大地有助于文学的发展，是促进文艺发展的巨大力量。一方面，它在文学创作和文学欣赏上帮助作家、引导读者，并直接向广大群众宣传、启示生活的真理；一方面，它又和一切错误的思想与倾向斗争，捍卫无产阶级的文艺阵地和思想阵地。

1961 年 10 月

（原载《文学评论》1962 年第 1 期）

关于艺术感受

　　阅读文学作品，和阅读科学著作不同，除了理解，还需要感受，需要艺术的感受。只有通过艺术感受，才能真正理解作品；正确、深入的理解，则能加强感受，使感受更加深刻、细致。艺术的感受不同于其他感受：所感的对象，是诉之于感官，或在心理上，通过想象，可以产生感官触觉似的效果的美的创造；而这样的创造对于感受者的主观，则总是要作用于感情或特别显著地作用于感情。因而在艺术感受中，感性的和感情的因素占有特别显著的不可缺少的重要地位。这两者都要通过艺术形象，因艺术形象而发生作用。

　　应该说，很多重要的文学形式，像所有的小说、所有的戏剧以及绝大多数的诗和散文，都是以塑造生动的艺术形象为艺术上绝不可少的重要任务。有着故事、人物和情节的小说与戏剧不用说了，就是没有故事、人物和情节的非常短小的小诗，它的艺术魅力也大都是在鲜明的艺术形象上。在这一方面，我国的古诗有着极为珍贵、极为丰富的创造，我们读着这些优美的尽管是只有二三十个字的诗词，常常会被引入到一个形象的世界里。当然，在文学这个领域里，也有着一些作品，本身并不塑造客观对象的形象，或者形象不是那么显著、突出和集中。比如有些抒情诗，像曾被有的同志举出过的陈子昂的《登幽州台歌》和李白的《古风》第一首；又如有些散文，像鲁迅的许多杂感等。大概没有人否认《登幽州台歌》和《古风》第一首是诗，也似乎很少有人否认鲁迅的许多杂感应该归入文学作品中；可是它们又的确没有像山水诗或小说那样塑造形象，没有写景、写人，也没有写物。那么它们的作为文学作品的特点究竟在哪里呢？如果把《登幽州台歌》或李白的《古风》第一首和药性赋或汤头歌诀比较，就可发见，前者是有生气的，是有形象的效果和感染力的。这里有着形象，这里的形象不是诗人所面对的或一对象，而是诗人自己，是诗人通过对自己的感情的真切、动人的抒写，刻画了自己。比如读《登幽州台歌》，这短短的二十二个字中，就出现了哀戚的诗人的形象，可以看见他那寂寞、茫然、站在高处瞩望、见到宇宙的变化却无所凭依、无所把持的哀感和心境，他那怆然泪下的面貌。李白的《古风》第一首，虽然是在议论、评价先秦以来的诗歌，但却不是一般的文艺批评，而是诗人以诗的历史发展为对象抒发自己的感慨。这里面有着诗人的充沛的热情，通过它，可以看到诗人的志趣和抱负，可以清楚地看到诗人的个性和面貌。全诗的语言，也是形象化的诗的语言。鲁迅的许多杂感，比如大家都十分熟悉的收在《热风》里的《随感录》，它们虽具有政论性质，但却和一般政论很不一样。像那篇连标点只有三百多字的《现在的屠杀者》，对反对白话文的雅人作了极深刻和极生动的讽刺，通过讽刺画出了他们的丑恶嘴脸。这一则杂感，全篇文字极有风趣，从这些极有风趣的文字中，还可以同时见到作为反封建的勇猛战士的鲁迅的音容，感触到他的声音笑貌，看到他对这一撮妄想阻碍历史前进的垃圾的蔑视和讥嘲。正是这些形象或可以引起形象的效果的语言魅力，使鲁迅的杂感具有特别吸引人的力量，具有很高的艺术效果。

　　文学作品的艺术形象，和其他艺术作品的艺术形象不同：文学是使用语言文字、使用概念来构成艺术形象的。因此，感受文学的形象必须通过联想和想象。欣赏其他艺术作品的艺术形象，比如欣赏绘画，如果要认真地欣赏，自然也需要想象和联想，但是站在一幅画的前面，即使没有任何联想和想象，画的形象也是鲜明地存在于观赏者的视觉中的；而语言的艺术，要是没有想象和联想，没有幻想的飞翔，就不可能有形象的感觉。因而，文学欣赏需要读者和作者合作，作者用语言文字描画形象，通过它来表达思想感情，而读者如果像读社会科学著作一样，不通过自己的想象和联想去感受和了解它，完全离开作者所创造的形象，这样不适当地或过急地去要求或找寻思想意义或思想结论，那就会形成读者和作品合不拢来。或者，恰好这个作品是概念化的，合了这样的读者的心意，这就会鼓励概念化。自然，不能对读者的想象提出过分的要求，以至越俎代庖，代替作家的创造。比如，作品没有把形象塑造出来，还只是些概念，却要求读者运用想象帮助补充。欣赏文学作品所要求的想象，应该是作品本身所具有，必须作家已把它塑造出来了。好的作品，作家为了尊重读者，为了艺术上的需要，还常常有意地不把一切都描写出来，而留下余地，让读者自己去想象，这就是通常所说的意到笔不到，这样引起的读者的想象的效果，自然也应归功于作品，属于作家的创造的范围。但是，在这里，必须要求作家“意到”，而且这里所说的“意”，不仅指的是作家的意思或用意，而是作家塑造形象的画笔的笔意，是画笔的气势、是形象的力量所达到了的。如果既不是作品本身所已塑造出的形象，也不是作家笔意所已到而有意为读者留下的想象的空间，而说这里已有着作家的什么，这就成了安徒生童话里的“皇帝的新衣”。读者要是在这里因作品的一点什么因由，而独立驰骋自己的想象，那么作品能引起这样的想象自然也应适当归功或归因于作品，但那想象所得的形象却显然不是作品的，不是作家的，不能填补作品因概念化而在形象方面所留下的空白。设若读者的想象对于作品是不必要的，甚至和作品的情趣、意向相违背，那么读者在这样的想象中所获得的苦乐，作品既不分担罪过也不分享功劳，因而不能以此去赞美或责备作品。

阅读文学作品，作品的艺术形象通过想象、联想产生感性的效果的同时，必然作用于感情。感情的因素，在一切文艺中，和科学相比，是占有特殊重要的地位的。人的思想和感情，尽管不能截然的机械的分开，尽管任何感情都为一定思想所决定并表现一定的思想，但两者究竟不是一个东西。科学，即使是以人为对象的社会科学，有些著作，可以影响人的思想观点，但不一定激发人的感情或那么清楚地作用于人的感情。读心理学的著作，就是分析人的感情的部分，也不见得能激发或影响人的感情。可是，正如绝无不表达任何思想观点的社会科学著作一样，也绝无不表达任何感情或不对人的感情发生任何作用的文艺作品。听说从前法国有一种没有感情的音乐，记得冼星海同志说他在巴黎时曾去听过，可是据他说他和许多人对它不能理解。跨入文艺的领域，我们看到了和科学领域一些差异的情况。在这里，有些作品，能引起人的情趣和想象，打动人的感情，却不见得能像社会科学著作那样给人以明确的思想观点，比如那些歌咏自然之美的诗歌，那些描写山水田园之胜的散文，有不少就是这样的。就是一些思想内容丰富、思想作用和思想价值很大的作品，它的思想影响，也往往不像作品中所波动的感情对读者的感染那么清楚明晰，尽管这感情有一定的思想内容，是表现思想的一种形式。这是由于，科学论文的作者为了科学，努力要清楚明白地用概念写出自己的思想观点，而并不着力于抒发自己的感情，有时为了科学的需要甚至要努力控制自己的感情，不让它过分流露。作家的写作，则由于现实生活某种现象激动了自己，并努力要用自己的描写、用自己的感情去激动别人，而自己对所描写的生活现象、自己的感情的思想意义和思想来源，以及自己的作品可能发生的思想作用，有时则可能是不那么很清楚的。因而读者阅读这些文学作品，如果不是读后认真加以分析，在阅读过程中，也往往清楚自己的感情因受作品的感染而波动，却不一定能那么清楚明确地认识那包含在这感情里甚至已经影响了自己的某种思想影响。

　　文学作品，像一切艺术作品一样，用艺术形象表达并作用于人的感情。生动的艺术形象能如实地、细致入微而又集中突出地刻画事物的情状，使人发生像身历其境的感觉，因而比之一般议论，能更有力地表达和激发人的情感。另一方面，作品如果富有情感，并能显著地影响人的情感，也会产生形象的效果。这是由于，一切可被理解的情感都能唤起人的想象和联想，情感愈是浓烈则所唤起的想象和联想也更明晰和丰满。这就是为什么许多好的格言不能划入艺术作品的范围，而一些虽然也在阐述哲理或议论什么的抒情诗，像前面所提到的《登幽州台歌》和李白的《古风》第一首，却能产生艺术效果，这也就是为什么，那些虽然是正面表达政治见解的政治诗，由于有着作者的饱满的热情，有着读者可以感触到的作者的精神面貌，也是很好的抒情诗；而某些同样题目的政治诗，由于缺少作者的热情，往往就只能是标语口号。

　　阅读、欣赏文学作品或其他艺术作品，着重感性和感情的因素，着重感受，并不排斥而且需要理性的活动。直观论者在美的欣赏上，把感性和理性绝对对立起来，为了欣赏美，不仅排斥理性，甚至排斥概念。这显然是不正确的。如果按照这个理论，整个文学就应该排斥在美的范围之外了。因为，文学作品使用的手段是语言文字，而语言文字中的许多词汇就正是一个个的概念。即使我们欣赏自然风景，除了一刹那间存在直观论者所要求的直观，也总是有着概念和理性活动的。事实上，要使感受深化，使感受更准确、更明晰、更细致，就需要理性的分析，只不过这种理性分析不能脱离具体的感受，而且是为了更好的感受。比如，我们到一个湖边散步，看见一株垂柳轻拂水面，感到很美，因而对它欣赏。这时，湖、水、柳、美等概念的存在不但不会破坏欣赏，而且有助于对这一美的形象的吟味和理解。如果有人在旁边说柳叶可以造蛋白，也不见得就会破坏这种欣赏的兴致，或因此觉得这株柳树就不美了。但如果因此而转移了注意的重心，转移了情感和兴趣，思想集中于人造蛋白，坐下来专心研究蛋白的化学构成，这个时候，科学研究已代替了美的欣赏，理性驱走了感性，具体感受的眼睛让位给抽象思维的头脑，美感自然也就不存在或至少是在感受上削弱了。要是不去研究人造蛋白，而去吟味当前的景物，这时有人在旁边指点，说这株柳的形状如何奇妙，垂柳、湖水、天空的颜色如何衬托得好等等，这种指点虽是一种理性的活动，如果指点得正确，就有助于对当前景物的美的欣赏。常常会遇到这种情况：自己没有发现的美的事物，经过指点和解说，会被发现出来。阅读文学作品，也需要指点，这就是文学批评存在的一个原因。但批评也有正确和不正确的区分。有些不正确的批评，正像把人从欣赏垂柳而引向研究化学构成一样，会取消或削弱对作品的正确欣赏；而正确的批评则能帮助人欣赏和理解作品，提高对文学的欣赏能力。因此不能笼统地说，理性活动对美的欣赏是否有益，而应该看是什么样的理性活动。而且，文学作品的美不能离开思想内容；人们阅读和欣赏作品也合理地要求在思想上能有所获益；而好的文学作品也总是以崇高的美好的思想和理想来影响人的。只是，文学作品的思想作用，存在于艺术形象中，存在于美感里，因而它的表现形式，它对读者发生作用的路径和效果，和社会科学著作存在着差别。比如读《红楼梦》，人们首先是被书中那些迷人的艺术形象，被书中的人物、人物的环境、各种各样人物间的复杂的关系，以及因此而形成的曲折的故事情节所吸引，跟着作者的感情发展的基本方向并根据自己对书中人物的理解，分别赋予各种人物以同情、喜爱或憎恨等不同感情，并因此而沿着故事的发展，和自己所同情或喜爱的书中的主人公一起经历悲欢。在这之中，作者的情感通过人物形象激动读者，以致引起读者的强烈的共鸣，也就在这种感情状态下，读者吸引着从艺术形象中所散发出的思想影响，加深和提高对社会、对人的生活和认识。而各方面的与各种的影响的总和及其不断加深，就从根底上影响着读者的世界观。但这些重大的思想影响，对许多读者来说，大都不是那么明晰和自觉的。人们对宝玉、黛玉的不幸，赋予很大同情，欣赏他们对旧的礼教的反抗，憎恶贾政夫妇和凤姐，看出这个家庭的种种黑暗、残酷和它的衰败，却不能一下子就联系到整个封建制度，以及因之而见出这本书在反映和抨击到整个封建制度上所具有的深刻意义。大家都公认《红楼梦》的思想意义和思想价值很大，但书中却绝少看到作者对社会和社会制度发表什么议论，就是书中的故事，表面看来似乎也只是一些家庭儿女的琐事。这本书写出了一系列有鲜明性格的人物，这些人物的性格都是在他们自身的活动中被塑造出来的，作者没有借助于任何抽象的议论和解说。在第五回，贾宝玉神游太虚幻境，见到了金陵十二钗的册子，册子上对书中的主要妇女都写了判词。这些判词实际上就是对这些人物所作的"鉴定"。但是这些人物的形象的树立却丝毫也不借助于他们。很多人读这一回书，大都不看这些诗词，可是并不因此影响对这些人物的理解。拿新中国建立后几部好的长篇小说来看，比如《红旗谱》、《创业史》和《山乡巨变》，这三部书都成功地描写了解放前或解放后我国农村中尖锐的阶级斗争，它们的作者在写作前便都明确了这一意图，读者也确在这方面获得了感染和教育。但它们给予读者的深刻印象和感染，却都不是什么抽象的议论。人们喜欢《红旗谱》，主要是因为它生动地塑造了像朱老忠这样的农民的可爱的动人的形象，写出了以劳动人民为主导的复杂尖锐的阶级斗争的磅礴气势和鲜明图景。《创业史》的主要成就则是那些有着鲜明的阶级特征又有着个人特点的性格鲜明突出的人物，是那些对农村生活中复杂的阶级关系的描绘；而这本书中有些带议论的抒情，在我看来，倒不一定都对塑造形象以及阐明作品的思想有多大帮助。《山乡巨变》的吸引力，是作品描写农村历史性变革中所洋溢的生活气氛，它对人物的细致刻画。在这方面，应该说它比《暴风骤雨》在艺术上有显著的提高。这三部书都说明，只有艺术形象很生动，作品才能产生魅力，才能发生大的教育作用。总之，人们阅读文学作品，即使是抱着受教育的明确目的，人们的心情、要求也和读社会科学论文不一样，而文艺的形式，一般的也不可能展开系统的科学论述。作品的思想教育作用必须出之于艺术形象，思想内容好的作品，描写愈生动，教育作用也愈大。干枯的说教常常总是作者的弱点所在：或者由于生活不足，或者由于感情不深，或者由于表现力达不到。如果阅读文学作品而抛开艺术形象，只去寻找抽象的观点和议论，那就不如去读社会科学著作，这些著作会更好满足这样的需要。一部文学作品如果让抽象的议论占据了太多的篇幅，没有形象，或缺乏形象，或者虽然有些形象的比喻以至穿插一点故事情节，但却没有活生生的生活感觉，即使所讲的道理很正确，也不能算是好的文学作品。如果这本书讲了许多新颖的十分有益的深刻的真理，自然应该受到欢迎，应该获得应有的高的评价，但人们不会是把它作为文学作品来欢迎和评价，而是把它作为别的著作。比如如果它阐释了哲学上的某一重要的新的理论，就应算是一本好的哲学书。因此，不能认为作品有一个好的意图或抓住了一个重要的问题，比如有一个好的主题思想、抓住了一个值得重视的题材，就认为是一部好的、成功的作品了。文学作品的主题思想是十分重要的，也绝不能否定选择题材的意义，但作品是否成功，还得看如何合乎文学要求的艺术地表现这一主题思想，还得看如何合乎文学要求的艺术地处理这一题材。至于作品里讲了一些正确的话，发了一些很好的议论，就更不能离开作品的艺术形象孤立地予以评价了。常常一篇精彩的议论，放在社会科学著作里，可以使著作生色；放在文学作品里，如果不成为整个艺术形象的一个有机部分，就往往会成为作品的赘瘤，有些读者遇到它时，常常会是合理地跳过去。比如托尔斯泰在《战争与和平》的尾声中，用整个第二部的很长篇幅议论历史研究和自由意志，它只和前面几部开头时插入的但也常被读者阅读时跳过的一些议论相呼应，而和全书，和尾声第一部的艺术形象、故事线索接不上，它已不是小说，而是纯粹的论文了。研究托尔斯泰的思想，研究《战争与和平》，自然应该去读它，但是欣赏这部长篇，却可以把它抛开。这部小说的社会意义、社会价值，它的真正的思想影响，也绝不在这些冗长的议论上面。或者有人说，这是由于托尔斯泰的历史观点是错误的，甚至有不少地方是反动的；可是，就算把这些议论重新写过，修改成正确的，这样的议论也不适于摆在一部小说里。

总之，既然是读文学作品而不是读社会科学著作，就不能离开艺术感受，文学的思想作用和思想影响存在于艺术感受中，也只有以具体的艺术感受为根据，才能准确地深入地理解和评价作品的思想意义和思想价值。

　　人都有爱美的本能和倾向，在意识形态中，艺术的感染力比之其他力量，具有更大的普遍性。但是，并不是每个人都具有同样的艺术感受力，一个人的艺术感受力也不是与生俱来的。它需要某种天赋，更需要锻炼和修养。马克思说：欣赏音乐需要音乐的耳朵。欣赏文学，也需要感受文学的感受力，需要训练、加强这种能力。文学艺术是生活的形象的反映，因而理解生活、对感性生活的敏感是理解文学艺术的基础。文学反映现实生活，又是以语言文字为特殊的手段，因而对文学的感受需要理解文学的语言，理解语言文字如何为形象地反映生活服务，理解在这个方面语言的魔力和规律，正如一个品曲家需要十分熟悉音律一样。当然，一个重要的方面是要多读文学作品。刘勰正确地指出："操千曲而后晓声，观千剑而后识器。"[①] 要多读优秀的文学作品，读各式各样各种风格的作品，用头脑去了解，也用内心的一切触觉去观察、去感受。要升在高空，俯瞰为艺术家所建造的全部生活情景；也走入这个世界的每个角落，去仔细摩挲任一细小事物。不论对全体或某一细部，都要去揣摩、辨认艺术家在这里所运用的独特的匠心。也许，开始接触这个世界时，许多东西还辨认不清楚，但探索久了，内心的眼睛会明亮起来，会越来越敏锐。此外，很好吸收过去一些人在文艺鉴赏中所积累下来的一切有益的经验，对提高艺术感受力也是十分重要的。这样一些锻炼修养，自然应该为正确的世界观、为无产阶级的美学观点所指导。作为意识形态的一种的文学，它的阶级性，在艺术感受中表现得很为明显，站在不同阶级立场的人，具有不同的美学观，因而对文学作品也必然会有不同的感受。一切人都是受自己的根本

---

　　① 　见《文心雕龙·知音》。

的阶级立场所制约去感受一切的。因此，在艺术感受中也必须特别强调正确世界观的重大作用，需要获得或在阅读、欣赏中获得正确的美学观，以这些观点作指南，去感受生活的美，去感受文艺作品的艺术创造，去吸收前人在这方面的经验。

1961 年 10 月

（原载《新港》1962 年第 4 期）

关于文学的阶级性

一

　　解放后，和现实生活中的情况相似，在文学艺术这个领域，人们普遍地、经常地使用阶级性这一概念和议论阶级性这一问题。可以说，自从马克思主义文艺理论产生后，文艺的阶级性问题就成为不少人议论的中心了。理解、分析文学艺术这一社会现象，是用马克思主义阶级分析的观点和方法，还是撇开或掩盖阶级社会中阶级存在及其重大作用这一根本事实，而用所谓超阶级的人性论的观点和方法，是文艺理论的一个最根本的问题，是马克思主义文艺理论和各种资产阶级文艺理论的重要差异之一。这个问题，成为了无产阶级和资产阶级在文艺理论战线上斗争的一个焦点。我国自有无产阶级的左翼文学以来，在阶级性这个问题上，就曾和反动资产阶级文艺方面代言人长期作过斗争。现在，不能说人性论的思想观点在所有人的头脑里已全部消除，但可以这样说，我国文艺工作者，绝大多数人，都已认识到，对待文学艺术现象必须坚持正确的阶级观点了。可是，文学的阶级性问题是一个复杂问题，如何正确理解文艺的阶级性，既不陷入人性论，也不流于机械论，却是值得认真加以研究的。[①]

　　人性论者在解释、分析和评价文艺现象时，经常使用人性、人情、人道、人类、全民一类词汇，正是依靠这些概念构造成了他们的理论的迷宫。但是，他们的谬误，却不在于用了这些词汇，而是在于如何使用它们。马克思主义者并不反对而且有时也要使用这些词汇。比如，谁都知道，无产阶级负有解放全人类的使命，马克思主义者在探讨远古历史时也要研究人类的起源，研究人怎样离开了动物界以及人与其他动物的区别。这是由于，阶级社会只是人类社会的一个阶段，在它之前和在它之后都是无阶级的社会。又如，无产阶级自然也肯定人性、人的理性、人道精神、民族利益、民族感情、民族立场等等，只是，无产阶级是站在自己的革命的阶级立场和观点来肯定这些。毛泽东同志说："有没有人性这种东西？当然有的。但是只有具体的人性，没有抽象的人性。在阶级社会里就是只有带着阶级性的人性，而没有什么超阶级的人生。"就生理方面来看，就自然性来说，人和其他高级动物是没有什么本质的差别的。人和动物的根本差别，是人的社会性。人的创造工具，人的劳动的计划性等等，都和人的社会性分不开。在阶级社会界，社会性的基础和根本内容，就是阶级性。各个阶级的人都肯定人性，但肯定的内容不同，就文艺的现象来看，各个阶级的作家都是按照自己阶级的理想去塑造自己认为最有人性的英雄人物，都是站在各自的阶级立场去表现、描写、宣扬自己所喜爱的人情和人性的。究竟哪个阶级的人性真

----

　　① 关于文学的阶级性，高尔基有不少极为深刻的意见，这是高尔基理论遗产中极为宝贵的部分。对文学的阶级性问题作全面的分析，不是这篇文章的目的，也不是我的能力所能作的，以下只是对几个有关问题提出粗浅的意见。

正值得肯定呢？这可以从人类的发展来看。人类以任何高级动物所不可比拟的速度发展着、进化着，以自己可以骄傲的理性和文明脱离动物界，而且愈来愈大地区别于动物。促使人类这种理性和文明向前发展的是革命的和进步的阶级，反动的阶级则阻挠、破坏这种进步，并以他们所掌握的科学技术的物质成果，制造比野兽还更残酷的暴行。因此，应该说，只有革命的和进步的阶级才是与兽性相对立的人性的保卫者和促使它发展的力量，因而，也只有革命的和进步的阶级所主张的人道才真正的合乎人道。也就因此，无产阶级并不笼统地否定、也不笼统地肯定人道主义。无产阶级所提倡的是无产阶级的人道主义，而绝不能是资产阶级的人道主义。共产主义者不能站在资产阶级的人道主义立场，并且必须反对资产阶级用这个阶级的所谓人道主义来反对无产阶级的革命事业或无产阶级所赞助的一切革命事业。但是，一个资产阶级的人道主义者如果站在符合人民利益的立场，所反对的是法西斯蒂、帝国主义或大资产阶级的残酷压迫和剥削，就能够获得无产阶级的同情和赞助。

总之，使不使用人性、人类一类词汇，不是问题所在，问题是要看这些词汇的真正含义，它所使用的范围和被使用在什么地方。我们反对人性论者不是由于他们用词不妥，不是认为这些词汇应该根本取消。我们所以反对他们，是由于他们对人、对社会，存在根本的观点的错误。人性论者的根本谬误，是在于从根本上否定阶级社会里的人性的阶级区分，鼓吹所谓超阶级的普遍的、统一的人性，而且认为这种人性是永恒的、神圣的，以至可以决定人类的命运。他们把阶级的说成超阶级的，把自己的阶级性硬说成是超阶级的统一的人性。这种观点表现在文艺上，就是从根本上否定文艺的阶级性，而且用他们所说的超阶级的人性来解释一切文艺现象，把它作为文艺发展的根本原因，并要求文艺负担起表现、宣传这种人性的任务。

可以说，在马克思主义产生以前，很多人都不是用阶级的观点而是用所谓一般的人性来解释人性的好坏和善恶的。我国很早以来就存在性善性恶的争论，在西欧也存在同样的问题。对于文学作品中的人物，中国和外国，特别是西欧，很长时期都有不少人是着力于从一般的人性来分析和研究。比如，在西欧的文学研究中，对莎士比亚剧中的人物，不少人执著于研究哈姆雷特的忧郁、奥赛罗的嫉妒，等等，认为这是这些剧本的中心意义。近代的小说家，比如左拉，自称自己的创作很合乎科学精神，强调实验的、科学的方法，他也真的到社会各阶层包括工人群众中去调查研究，可是他却撇开了或忽视了阶级区分这一根本事实，而用生理的观点去理解和描写他的人物。比如他的二十部大书《卢贡·马加尔家传》，尽管有些部分是现实主义的杰作，但全书总的结构和不少地方，却是从生理的、遗传的观点来处理人物的命运的。对待人的精神现象，特别是人的伦理的、感情的现象，由于它们耸立在基础之上的高空，情况极为细致复杂，因而很多人都容易在这里陷入唯心论的泥潭。①

人性论的思想自古就有，但形成为理论体系，被大力宣传，则是在资本主义思潮兴起之后。近代用所谓超阶级的人性来解释、说明与要求文学的思想，它的实质，一般说来是资产阶级的，但具有这一基本观点的有各种人，他们的情况和见解并不完全一样，因此需要分析情况，区别对待。

资本主义上升时期，资产阶级的政治代表和思想家，站在新

---

　　①　比如费尔巴哈，是个著名的、很杰出的唯物主义者，但进入人的领域，谈到人的感情，就看不见阶级区别和对立这一重大事实，而提出了他的抽象的爱情、友情和同情心，并且自称自己的哲学是人本主义的哲学。

兴的资产阶级立场，却以全民以至全人类的良心自居；他们向封建主要求人权，要求人的解放，实际上是为了资产阶级的利益，却认为追求的是超阶级的人性的解放。这一基本思想情况，自然也从根本上影响了人们对文学的看法。像文艺复兴时期提倡和宣传人文主义的思想家和作家，启蒙运动时期高呼人权的启蒙运动者，他们当时的进步的资产阶级文学见解，大都蒙上了人性的外衣。把资产阶级性说成超阶级的人性，自然是歪曲了事实，但这儿的人性要求由于是反封建的民主要求，因而是进步的以至是革命的，而这些倡导人性的人也大多是由于自信代表全民且也有代表全民的某些根据，不是故意说谎。对于这样的一些人，我们不同意他们的超阶级的说法，但对他们用要求人性与人权去反对封建制度，历史地看来，它的进步作用却是应该肯定的。

资产阶级走过了自己历史发展中的革命的和进步的阶段，一天天愈加趋于反动，这时，它与无产阶级及其他劳动人民的对立也越来越尖锐起来。反动资产阶级为了对抗无产阶级的革命运动，为了抹煞阶级的对立和区别以蒙蔽和麻醉群众，就更加起劲和精致地宣传所谓超阶级的人性论。和他们的先辈不同，他们愈是进一步获得阶级自觉，进一步自觉为了自己的阶级利益必须排斥其他阶级的阶级利益，就更加要宣扬种种所谓超阶级的理论。如果说资本主义革命时期的一些资产阶级思想家宣传人性论，是由于对自己的真实的狭隘的阶级立场不那么清楚自觉，而又确信自己是各个阶级的代表，那么反动的资产阶级高唱所谓统一的人性来保护自己的狭隘的阶级利益，却是有意作伪。他们的这种阶级感愈强烈就愈要大声否认阶级的差别和对立。我们所主要反对的正是这样的人性论。

和反动资产阶级站在一起的现代修正主义者，也宣传人性论，由于他们还打着马克思主义的旗号，因而在形式上有他们的自己的特点。修正主义者并不否定阶级的划分，而且还努力声明自己是站在无产阶级立场，为了无产阶级利益。修正主义者就是在这种阶级外衣的掩盖下，宣扬着反动的资产阶级的人性论。他们特别着力于抹煞阶级的界限和区别，把资产阶级建立在个人幸福基础上的人道主义夸为圣物，甚至于公开拣起早被马克思、恩格斯、列宁揭穿了的资产阶级所高倡的自由、平等等口号，作为自己的口号。修正主义者所宣传的人性论，由于借用了一些革命词句，它的作伪和欺骗就更加巧妙和狡猾，因而也就更加危险。

中国无产阶级的革命文学运动的经验证明，反对资产阶级的人性论，反对关于文学的种种超阶级的谬论，是文学战线上一项十分重要而又十分艰巨的任务。由于国际无产阶级革命斗争的深入发展，特别是在十月革命之后，无产阶级和资产阶级间尖锐的阶级对立和阶级斗争已无人能够否认。由于"五四"以后中国阶级形势的急剧发展，资产阶级的特别软弱和落后，中国无产阶级的先锋队——中国共产党，则日益为广大人民所认识，成为了民族的希望。因而，中国的资产阶级的人性论者，其中有些人也不能否定不同阶级的存在，有的还装做同情无产阶级。这样，在文艺战线上，和资产阶级人性论、和资产阶级种种所谓超阶级的谬论的斗争，就不能不显得特别复杂。这种情况，再加上国际上现代修正主义的思潮，也规定了这一斗争的长期性。

二

阶级社会里的文艺有阶级性，和马克思主义的阶级论相对立的资产阶级的人性论必须反对，这是首先应该肯定的。但是，究竟如何来看待和理解文艺的阶级性呢？

文艺所描写的人，是活的人，是活生生的人的生活。要是我们谈的是活的人，而不是某种人或某一阶级的人的概念，那么这样的人的阶级性，它的表现，就不可能是那么简单。

任何一个活的人，都生活在复杂的社会关系中，不断要和不同的阶级或阶层接触，不断要接受周围的影响。即使是当代最革命最进步最有觉悟的无产阶级先锋队——共产党，像斯大林所曾指出过的，它的成员中的有的人，也免不了要接受社会上其他阶级的坏影响。甚至是工人出身的共产党员吧，要把自己身上一切非无产阶级意识完全克服，完全能抵御其他阶级思想影响的侵蚀，也必须经过长期的艰苦的努力，必须不断地斗争。因此，一般说来，每个人尽管都有可以据之以确定其阶级成分的最根本的阶级立场，但一个人的阶级性却总不是那么纯粹单一。只有那些经过特殊锻炼的人，才可能修养到炉火纯青的地步，在思想感情上达到阶级性的纯一。比如高尔基和马雅可夫斯基所写的列宁，这个崇高的形象，就是用无产阶级的纯金铸成的。不过，高尔基和马雅可夫斯基所写的，都是作为无产阶级的革命领袖和导师的列宁，而不是列宁的一生。要是描写列宁的一生，也不能不写出列宁的思想的变化和发展。除了这些特殊的人，文学中所描写的那些有生命的人物，阶级性的表现就总是比较复杂。比如大家所熟悉的阿Q，他是雇农，这样的阶级成分是无可怀疑的。可是谁也不能说阿Q身上所表现的是纯粹的雇农思想或者说是纯粹的农村流氓无产阶级的思想。在阿Q的身上既有朴实的农民的气质，也有流氓的意识，甚至还有封建阶级的思想因素等等。所有这些复杂因素，并不否定阿Q的雇农的阶级地位，不过说明这个人物不是抽象的也不是一般的雇农罢了。曾经发生过阿Q的阶级性的争论，由于有的人拿着一把纯粹某一阶级的尺子，因而总也量不清楚。但阿Q是有血有肉活着的阿Q，人们能找出这个人物思想的矛盾，却不能把这个形象推翻。我们究竟要阿Q

呢，还是要那把"纯粹"的尺子？而且，有的阶级就很难说它的纯粹的阶级意识究竟是什么。比如小资产阶级，就是这样。拿农村中的中农来说，它动摇于富农和贫雇农之间，这整个阶级的思想意识就不是那么稳定和纯粹。我国农村社会主义改造的种种事实，可以很清楚地说明这一点，这在赵树理的《三里湾》、周立波的《山乡巨变》和柳青的《创业史》中，都有生动的描写。

就是一个有自己独自思想体系的阶级，比如地主阶级或资产阶级，且不说它的外在表现，就是它的本质，也不是那么简单的。我们且把文学描写的形象化要求抛开，最粗糙地来分析阶级：首先，任何一个阶级的阶级本质，虽然有不变的部分，但由于所处的时代和情况不同，也有变动的部分，就是不变的部分，其表现也在发展。拿资产阶级来说，它的剥削无产阶级的阶级本性是不变的，但由于历史、时代不同，由于一个民族所处的情况不同，其表现却有革命的和反革命的、积极的和没有任何积极性的等重大差异。比如，它在反对封建制度时是革命的，获得统治地位后向上发展的一定阶段也可以是进步的，但到了腐朽没落阶段，以镇压无产阶级革命为其主要政治活动时，便成为反革命了。又如，在一定情况下，它和无产阶级联合抵抗帝国主义侵略，可以表现一定积极性；在另一种情况下，对帝国主义妥协、投降，就不能说还有任何积极性了。就是资产阶级的剥削本性，在不同时期，不仅方式、形式不同，而且在历史上所起的作用也不一样。对于历史上的任何统治阶级和剥削阶级，都要看到其生成、发展、没落以及大体与之相应的革命、进步和反革命的不同发展情况。历史上只有一个阶级是永远革命的，那就是无产阶级。无产阶级在开始革命的时候，即确定了消灭阶级包括消灭自己的任务。无产阶级从与资产阶级联合反对封建阶级，到与农民、知识分子联合反对资产阶级，直到实现共产主义消灭阶级差别、消灭作为阶级的自身，即从产生、成长到灭亡，都是最革命的。即使这样的阶级，在不同的时代，其所进行的革命的性质也是在变化发展的。其次，就是同一时代、同一情况下的同一阶级，由于这个阶级的构成不是那么单一纯粹，而是由复杂的、不同的成分组成，因而性质也不完全一样。阶级之下，有不同的阶层，比如地主阶级，有大地主、中小地主以及贵族和非贵族的区分；资产阶级里更有金融资本家、工商业资本家、中小资本家以及买办资产阶级、民族资产阶级等种种区别。就是同一阶层，也可以有不同的政治倾向，在政治上的表现可以很不相同。比如同一阶层的地主里，有剥削压迫农民特别残酷的恶霸地主和比较不那么残酷的一般地主，有投靠日本帝国主义的汉奸，也有坚决抗日具有民族气节的人，有愿意和无产阶级合作的开明绅士也有坚决反共的顽固分子。同一阶层的资产阶级，情况也很复杂，就拿政治表现来说，比如和共产党的关系，也可以有左、中、右三类。这些，都构成不同的性质。

　　阶级，是一个大的范围，像上面所说，它的组成部分很复杂，各个的表现也很不一样，一个阶级的阶级性即使最粗糙的考察，也可以分做以下几层来看，这几层联结在一起，但不能混为一谈：一是指凡属这个阶级的成员都必然共同具有的共性。这样的共性成为这个阶级与另一阶级区别的界限，逾越这个限度，阶级性也就变了。再是指代表这个阶级较大多数人的阶级倾向的阶级代表性，这是这个阶级多数人都具有的，但却不是每一个阶级成员都同样完全具有。还有，是指这个阶级的党性，是这个阶级的阶级利益、阶级意志的最高、最集中的表现，能充分、自觉具有这种党性的，就更是这个阶级的比较少数的人了。

　　属于第一种范围的阶级性，范围最大，一切超越不出这个阶级界限的人，都包括在内。比如，在封建社会里，像杜甫这样的诗人，虽然写了三吏三别这样一类思想进步、具有鲜明的人民性的诗歌，但由于这些诗歌的进步性并没有越出封建阶级的范围，诗中所表现的对丑恶的现实的不满以至愤慨，不能说是意在否定封建制度，而倒是希望出现合乎理想的封建秩序。比如杜甫自己，就曾明白说出他的理想是致君尧舜，因而他们的脚跟仍没跨过封建阶级的范围。甚至像《红楼梦》，虽然表现了若干反叛封建正统观念的思想，虽然作者对封建社会从多方面作了批判，以至一些读者读了之后会感到封建社会已无可救药，但作者在书中所表达的思想情绪分明不是希望从根本上推翻封建社会，倒是对大贵族家庭贾家荣宁二府的崩溃和没落表现了哀叹和痛惜，因此也不能说曹雪芹已跳出了封建阶级的范围。19世纪欧洲的批判现实主义者中的有些人，虽然已明确自己所批判的是资本主义制度，但由于未能突破自己的阶级界限，对他们也可以说同样的话。他们，看到了资本主义社会的黑暗和罪恶，怀着强烈的憎恨批判它们，但是找不到正确出路，也没有把自己的脚跟站到另外的阶级上去。高尔基称呼他们是资产阶级的浪子，这是十分恰当的。他们无情地批判自己的阶级（资产阶级），因而他们是资产阶级的浪子；但他们并没有转变到新的阶级去，因而他们到底仍是资产阶级的浪子。列宁在《怎么办？》中谈到工人群众的思想时指出：

　　既然工人群众自己绝不能在他们运动进程中创造出独立的思想体系，那么问题只能是这样：或者是资产阶级的思想体系，或者是社会主义的思想体系。这里中间的东西是没有的（因为人类没有创造过任何"第三种"思想体系，而且一般说来，在为阶级矛盾所分裂的社会中，任何时候也不能有非阶级的或超阶级的思想体系）。因此，对于社会主义思想体系的任何轻视和任何脱离，都意味着资产阶级思想体系的加强。人们谈论什么自发性，但工人运动的自发的发展，就恰恰是使它受资产阶级思想体系的支配，恰恰是按照《信条》纲领进行，因为自发的工人运动也就是工联主义的运动，也就是纯粹工会的运动，而工联主义正是意味着工人受资产阶级的思想奴役。①

以这为例，可以说，一切属于某一阶级的思想体系内的思想行动，都应属于这个阶级的阶级范围。

更深一层所指的阶级性，由于它是为一定阶级较多人较普遍的具有，可以代表这个阶级，因此可以说就是通常意义上所说的一定阶级的阶级特性。

最后所指的阶级性，即这个阶级的党性。充分而又很自觉地具有这种党性的人，在资本主义以前的社会的各个阶级成员中，为数是极少的。在阶级划分和阶级对立十分明显的现代，明确自觉站在一定阶级立场的人渐渐增多，而且好多阶级都有了自己的政党，每个政党都要求自己的成员具有党性。

把阶级性分作这么三层来说，只是为了方便，事实上阶级性所表现的程度的差异，情况是很复杂的。但是就从这极粗糙的划分中也可以看出，在同一个阶级中，充分具有这个阶级的党性的人和反叛这个阶级的正统思想但脚跟没有越出这个阶级界限的人，思想情况的差异是极远的。比如在封建阶级这个大圈子里，有一些反动的封建文人，像专作谀词谄媚皇帝的，或写宫体诗宣扬腐朽的宫廷生活的，但也有李白、杜甫、陆游、施耐庵、曹雪芹等具有强烈人民性的伟大诗人和作家。为了说明这种差异，不能简单地采取给这个圈子里的每个诗人和作家划分阶层的办法，因为：一则，这样划分有实际的困难；再则，就是同一阶层的

①　《列宁选集》第1卷，第256页。

人，情况也很不一样。比如，同是皇帝，而且都是写过诗文的皇帝，有思想开明、励精图治的唐太宗李世民，也有反动残暴、腐败荒淫的隋炀帝杨广。怎么可以因为阶级地位相同而把李世民和杨广划为一类呢？属于封建圈子里的诗人和作家，总的说来，他们的阶级性都是封建阶级的。由于这个圈子里的人有这样多差异，只这么笼统划分是不够的，但如给他们更细地划分成分，就很容易弄得不科学。因此，对于他们，除了在大的范围内肯定他们的阶级属性外，还应根据各人的情况，分别对待。[①] 对于资产阶级圈子里的作家，似乎也可以这样来区分。

在一个阶级或阶层里，除了政治倾向、思想倾向的不同，就是的确在政治、思想上代表某一阶级或某一阶层的思想家和作家，由于文化教养和地位的不同，他们和他们所代表的那个阶级的主要成员也存在差异。马克思在《路易·波拿巴的雾月十八日》中以小资产阶级的社会民主派和他们所代表的小店主阶层二者间的情况为例，科学地分析了这个问题。马克思说：

> 社会民主派的特殊性质表现在它要求民主共和制度并不是为了消灭两极——资本和雇佣劳动，而是为了缓和资本和雇佣劳动间的对抗并使之变得协调起来。无论他们提出什么办法来达到这个目标，无论目标本身涂上的革命颜色是淡是浓，其实质始终是一样的：以民主主义的方法来改造社会，但是这种改造始终不超出小资产阶级的范围。然而也不应该狭隘地认为，似乎小资产阶级原则上只是力求实现其自私的阶级利益。相反，它相信，保证它自身获得解放的那些特殊条件，同时也就是惟一能使现代社会得到挽救并使阶级斗争

---

① 比如对于杜甫，就不能简单、笼统地说他是封建阶级的诗人，而应该说是这个阶级中具有人民性的伟大现实主义诗人。

　　消除的一般条件。同样，也不应该认为，所有的民主派代表人物都是小店主或小店主的崇拜人。按照他们所受的教育和个人的地位来说，他们可能和小店主相隔天壤。使他们成为小资产阶级代表人物的是下面这样一种情况：他们的思想不能越出小资产者的生活所越不出的界限，因此他们在理论上得出的任务和作出的决定，也就是他们的物质利益和社会地位在实际生活上引导他们得出的任务和作出的决定。一般说来，一个阶级的政治代表和著作方面的代表人物同他们所代表的阶级间的关系，都是这样。①

我们在进行阶级分析、分析人们和事物的阶级性时，对这段话，值得反复地、仔细地钻研。马克思和恩格斯在《德意志意识形态》中也曾指出，由于分工，统治阶级内部也分裂为两部分人：统治阶级的思想家和这个阶级的另一部分。这两部分人虽然根本上是统一的，但有时却可以矛盾，以至对立、敌视。他们说：

　　……分工也以精神劳动和物质劳动的分工的形式出现在统治阶级中间，因为在这个阶级内部，一部分是作为该阶级的思想家而出现的（他们是这一阶级的积极的、有概括能力的思想家，他们把编造这一阶级关于自身的幻想当作谋生的主要源泉），而另一些人对于这些思想和幻想则采取比较消极的态度，他们准备接受这些思想和幻想，因为在实际中他们是该阶级的积极成员，他们很少有时间来编造关于自身的幻想和思想。在这一阶级内部，这种分裂甚至可以发展成为这两部分人之间的某种程度上的对立和敌视，但是一旦发生任何实际冲突，当阶级本身受到威胁，甚至占统治地位的思想好像不是统治阶级的思想这种假象、它们拥有的权力好像

　①　《马克思恩格斯选集》第1卷，第631—632页。

和这一阶级的权力不同这种假象也趋于消失的时候，这种对立和敌视便会自行消失。①

一个阶级内部除了阶级性的种种差异，作为活人，各个人还有各个人的个性。在阶级社会里，人的个性是受一定阶级性所制约的；而一个活人，他的阶级性，也总是要通过个性来表现。和阶级性比较，人的个性那就更是不可计数的复杂多样了。可以说，每个人都有每个人的独自的个性。不论中国或外国的小说和戏剧，都是特别着力描写每个人物的独有的特点和性格的。我们不能设想，把一个反动阶级的坏人的形象都集中起来，只写一个最最坏的。也不能设想，把一个革命的阶级的英雄形象都集中起来，只写一个最最好的英雄。

自然，指出阶级性的复杂情况，指出每个人都有不同的个性，强调文学描写人物应该注意这些复杂性，应该写出每个人的个性，并不是不主张概括，不主张描写阶级社会中阶级事物的阶级本质。但是文艺的概括，以及通过这一概括去反映阶级事物的阶级本质，和科学的概括，和科学的反映本质，是很不相同的。这是由于，科学的概括要形成明确的概念，而文艺的概括则是要塑造鲜明的形象。科学概括可以指导作家的认识，却不能构成活生生的艺术形象。在这里，一方面，科学概括舍去了艺术形象所必不可少的细节和个性，而同时，科学概括的全面性，也往往不能容纳在一个活生生的具有鲜明个性的形象里面。比如《死魂灵》里的泼留希金和作者另一短篇《旧式的地主》里的阿非那西·伊万诺维奇，一个悭吝得简直把自己变成了人的灰堆，一个则时时刻刻不断的吃喝，他们都各反映了地主阶级本质的一个方面，可是，怎么能把他们的特点集合、统一在一个人的身上呢？

---

① 《马克思恩格斯选集》第1卷，第52—53页。

分析阶级的本质，科学可以对整个阶级说话，以整个阶级为对手，而艺术则必须通过具体的个别事件和个别人物。用个别人物形象来反映和说明整个阶级以及一定阶级统治的制度的本质，如果处理欠当，人们就只能看见个人，而看不见整个阶级或整个制度。有这样一种误解，以为描写任何反面人物，要揭露他们的反动的阶级本质，就得努力把他们写得丑恶不堪，把一切坏处都集中在他们身上。以为这样就充分把一个人物的反动的阶级本质表现出来了。对有些特别丑恶的事物，在某种情况下，采用这种方法或者是恰当的，以至是必要的，但却不能用来描写一切反面的事物。比如《红楼梦》里的贾政、《西厢记》里的老夫人，虽然都是封建正统思想的顽固维护者，而且都和作品中的正面主人公处于完全敌对的地位，但却都不是那么凶恶残暴，那样利欲熏心，那样阴险狠毒。相反地，在作者的笔下，虽都不免严厉，但给人的印象却不失为他们那个阶级的比较正派的人物。这两个人并不为了明显的个人私利要阴谋陷害自己的儿女，倒确是爱着他们，只不过是站在自己阶级立场、采用自己阶级的观点罢了。这样的形象，就能引起人的深思，使人能看到或悟到问题主要不是在于个人，而是在于反动阶级的阶级性和旧社会的罪恶制度。如果把贾政和老夫人换一个写法，都写成凶残的恶霸嘴脸，写他们为了个人的私利把自己的儿女当成牟利的工具，而且还添加几笔，描写一些个人秽行。这样，看起来形象是更加丑恶了，但在人们的感受中，却很可能认为这是个人的品质和修养不好，罪在个人。个人完全负担了罪责，作为本质、作为根底的反动阶级的阶级本性，就被遮盖或模糊了。文艺作品要作为生活的教科书，在生活中发生好的影响，就不应该把本来复杂的事物简单化。文学和自然状态的生活不同，它需要用各种办法揭露和表现一般人在生活中不易看出或不易看得那么清楚的生活的内在本质。但是，这种揭露和表现，不能采取把复杂生活简单化的办法。把阶级本质的反映简单化，即使构成了形象，它的思想内容也将是很单薄的，不能教育人，甚至会使人头脑简单，降低人们辨别善恶的能力。如果，反面形象总是那么"有丑皆备，无恶不臻"，使人一看就产生反感，人们以为世间的恶人就是这个样子，那么在复杂的现实生活中，对那些不到这样丑恶程度，或者表现比较曲折的坏人坏事，就不能分辨其本质了。在这一点上，很值得向那些不朽的遗产学习。比如《红楼梦》作者深入骨髓地描写了王熙凤的丑恶本质和薛宝钗的本质缺陷，但这两个人都有其吸引人的地方，以致使有些读者一下子不能分辨其好坏，甚至有的人还把她们当作正面形象。特别是薛宝钗，对于这个人物的评价，不是长期存在着分歧么？是好是坏，一眼看不清楚，或者有人会认为这是两个形象的缺点，但正是由于这样的"缺点"，把本质真实地、深刻地揭示出来，而不把它简单化以至概念化，这样的形象能启发人的思想，能提高人的认识。现实生活中，一个阶级的本质，在一个人的身上，往往不是一眼就看得清的。如果全部一眼看得清，就不存在通过现象认识本质的问题。现象和本质没有区别，一切科学都不必存在，对于文学艺术，人们也不需要它具有生活教科书之类的作用了。

三

文艺的阶级性，它的表现，像上面所说，不能理解得太简单。同时，也不能认为，任何一篇文学作品，无例外地，都可以那么清楚地划分它的阶级性。应该承认，在阶级社会里，既然每个人都不能不属于一定阶级，既然阶级性是人的本性和本质，既然进步的、革命的阶级所进行的阶级斗争是社会历史发展的动力，因而那些最能激动人心、社会影响与作用最大、有长期生命力的文学作品，就不能不具有和表现广大人民革命的或进步的思想、盛情和意志，成为社会革命或进步的号角。这样的文学作品不能不有鲜明的倾向和明确的阶级性。但是，有的作品，由于它的内容与阶级斗争或一定阶级的阶级倾向没有什么联系，单独看来，就不能简单给它划分阶级的性质了。

首先可以提到的，是某些描写自然景物的诗和散文。人们描写自然景物，不用说是要通过自己的感受和头脑，带着自己的感情和兴趣。在这里，描写者通过描写表现了对象；同时，描写出的事物也表现了描写者自身，表现了描写者的思想、观点和情趣。我国古代有不少诗人和作家常常因自然景物而触发了对个人遭遇、对社会生活的感慨，因自然景物的启发而加深了对人生、对社会的理解。因此，我们可以看到不少咏物诗或描写自然的散文都包含有深刻的社会内容，反映了诗人和作家明显的社会倾向。这种描写自然的作品，不只写了自然，更主要的是写了作家自己。还有些描写自然的作品，虽然并不抒发作者对人生、对社会的感慨，却表达了特定阶级的特定情趣。这两种作品自然可以分辨出它们的阶级性质或阶级倾向。但是也还有这样一些诗文，作者只描写了人人都可以肯定的自然景物本身的美，发出了对这样的美的赞叹，这赞叹又并不表现是哪一阶级的特定的情趣，就很难说它的性质或倾向究竟是哪个阶级的了。比如大家所传诵的杜甫的一首很美的小诗《水槛遣心》第一首：

　　　　去郭轩楹敞，无村眺望赊。澄江平少岸，幽树晚多花。
　　细雨鱼儿出，微风燕子斜。城中十万户，此地两三家。

在这幅鲜明的图画前面，我们只能赞叹诗人观察、感觉和表现的细致入微、意趣优美，赞叹诗人的艺术感受力和艺术表现力，佩服他的修养和造诣，却很难说这幅图画所表达的究竟是哪一个阶级的思想、观点和情趣。此外，描写自然景物，气势比较豪迈的诗，像杜甫的《望岳》、李白的《望天门山》，等等，也很难给它们划定阶级性质。

在描写自然景物的散文里，可以举出大家熟知的柳宗元的永州八记。这几篇游记，总起来看，可以见出作者对社会的一些看法，他的一些感慨。但是，作品的主要内容究竟是写景，如果把那些流露作者感慨的地方去掉，也不失为完整的艺术性较高的作品。这几篇分别看来，有的就很难说有什么阶级性的表露。比如其中一篇短小但很优美的《至小丘西小石潭记》，就很难根据什么去给它划分阶级性质。

上面所举的一些诗和散文，所以难以给它们划分阶级性质，是因为它们所描写的是没有阶级性的自然景物，作者也只是把它们作为自然景物来赞美和评论，没有赋予它们什么阶级色彩。如果没有太特别的情趣和偏见，在与阶级利害没有关联的自然景物前面，对于它们的美，大家的感觉，基本上常常是一致的。甚至封建帝王对于自然景物的有些爱好，无产阶级也可以具有。比如过去封建时代皇帝、皇后游憩的园林，今天也可以变成劳动人民休息游玩的场所，劳动人民也会认为它是美的。

有人或许会提出美学观点这样一个问题。没有疑问，对自然美的欣赏，都表现和包含有人们的美学观点，在阶级社会中，人们的美学观有阶级性，自然也是不成问题的。值得研究的是，如何看待和分析美学观和表现与包含有美学观点的现象的阶级性。美学观是指一个人在美这个方面总的、成系统的根本思想观点。在阶级社会里美学观之所以也有阶级性，是因为这些观点涉及了对生活、对社会、对人的态度和评价，反映了某种特殊阶级的特殊的阶级趣味。像车尔尼舍夫斯基在《艺术与现实之美学的关系》中所例举的：上流社会把贵妇人的"偏头痛"看作美，而农村劳动人民所认为美的妇女则应该是健康的。我国古代，也有这样例子，比如我国封建阶级也把妇女的多愁多病看作美。又如，王维所最欣赏的是寂静的美，大家知道，这是和他的佛家思想有着联系的。至于作为一种文学倾向、作为一种社会性的文学现象，在阶级社会中，就不可避免地具有时代性和阶级性。比如谢灵运和谢朓的山水诗，从个人角度来看，和他们的阶级生活有关，而作为一种文学现象，山水诗的兴起和衰落，便都有着社会的、阶级的原因。可是，不能说一切表现和包含有美学观点的事物和现象就都具有阶级性。总的、成系统的美学观，包括了有组织有联系可纳入这个系统的许多美学观点。有些观点涉及对生活、对社会、对人的阶级的态度和阶级的评价，就具有阶级性；有些观点表现了特定阶级的特定情趣，也分明有着阶级的印记；而有些观点并不表现特定阶级的特殊的思想和情趣，就不能说它一定是属于哪个阶级的了。比如，艺术与现实的关系的问题，是美学的一个根本问题。各个阶级对现实的看法不同，因而不同阶级的作家，对现实生活，肯定什么，否定什么，对什么感兴趣，对什么不感兴趣，是大有区别的。对具体创作，有些人特别欣赏那些歪曲现实、把现实事物描画得不可认识的作品，认为这才是美的，这自然是表现了特殊阶级的一种特殊的美学观点。但是，要求所描写的事物具有真实感，描写得生动，这种美学要求却不一定只是为劳动人民所有。又如，对现实生活中的人的美的评价，各个阶级自然也各有各的标准，有的阶级，甚至有自己的特别奇怪的特殊嗜好。比如欣赏"偏头痛"，认为这是很美的，这自然是特殊阶级的一种特殊的美的标准。但是，欣赏与喜爱人的健康，喜爱那活跃的生命，也不一定只有革命的或进步的阶级才是这样。对于自然景物，有人联系自己的思想感情特别喜欢那些凄凉破败的景色，这自然也反映了一些特殊的人的特殊的心理。

可是，特别喜爱满含生机、蓬勃茂盛的景物，像开得繁盛的花，枝叶茂密的树，青翠的青山，荡漾的湖水，挺拔的山峰，湍急的溪流等等，却不一定非是属于向上发展的阶级的人不可。

　　就是在人与人的关系的领域里，某些抒发个人情感和个人感受的诗歌，有的也不大好判断它们的阶级性。有些个人情感，比如对远离的亲人或遥远的故乡的想念，对自己所尊重或与自己很亲密的人的死亡的悼念等等，是哪一个阶级以及哪一个人都会有的。这样的事、这样的情感，不仅在现在，就是在将来也不可能消灭。自然，在实际生活中，这类情感既然是出之于特定时代、特定阶级的人，就不能不都具有时代性和阶级性。把这类情感加以抽象，认定是超时代、超阶级的永恒的人性，说什么爱与死是文学的永恒的主题，而不去区分是什么样的爱，什么样的死，当然是荒谬的。但是，表达这样感情的诗歌，特别是一些短诗，如果只是抒发了怀念或哀悼的情感，而没有写出怀念者和被怀念者是什么样的人，没有写出死亡或者离别的具体原因和内容，既没有写出任何政治的或阶级性的内容，也没有给这类情感赋予什么阶级的特殊色彩，我们就很难分辨它究竟属于什么阶级，它的阶级倾向究竟是什么了。曾经被人议论过的李白的《静夜思》，这首诗所表达的怀念故乡的情感，在过去封建社会里是十分普遍的。如果不联系李白这有一定阶级性的人，不考证李白写这首诗的具体心情和背景，①　我们就的确很难对它作出阶级性的判断。

　　还有某些描写个人某种体验的诗，如果这种体验不涉及社会阶级问题，如果不同阶级的任何人都可以获得和肯定这种体验，

---

　　①　人们欣赏诗完全可以不去考证作者的阶级立场和作者写它时有关阶级性的一些情况。如果研究，自然要进行这些考察。可是，古诗里有不少无名氏的作品，在它们面前，文学研究工作者不能说就该束手了。

那么这样的诗也很难区分它们的阶级性。比如王之涣的《登鹳雀楼》：

> 白日依山尽，黄河入海流。欲穷千里目，更上一层楼。

这种体验是人人都可能得到的，也是人人都可以肯定的，因此就很难说它具有哪一个阶级的阶级性质。

还有一些诗，如果和作者另外的一些诗联系起来看，如果诗里描写的生活和情感成为了一种倾向，是具有阶级性的；如果单就一首诗来看，如果只把它看作一种个别活动和一个人个别时候的情感，就很难说它具有什么阶级性。比如曾经被人议论过的王维的《竹里馆》：

> 独坐幽篁里，弹琴复长啸。深林人不知，明月来照相。

这首诗如果与王维其他许多同类的诗联系起来分析，自然可以看出它表达了王维的特殊的思想情感，他的对生活的态度。如果这种在深林里弹琴独啸的孤独生活，成为了一种生活倾向，根据这种倾向自然也可看出它的阶级性质。可是人们也可以把它作为一首独立的诗单独来欣赏，不去联系王维的思想，也不去联系王维的别的许多诗；人们也可以把它所描写的看作是一种生活活动，而不看作是一种生活方式或生活倾向。如果这样，就很难确定地说这首诗所表达的思想感情究竟是属于什么阶级的了。

肯定上面一些情况，是不是文学的阶级性就可以怀疑了呢？是不是可以把文学分作两类，一类是阶级性的文学，一类是没有阶级性的文学了呢？这就要看对文学的阶级性如何理解：是把它看作阶级社会里，文学这一社会现象的社会本质；还是把它理解为，属于文学的任何一点个别表现，都必然具有的一种色彩。以一个人作比喻，是把它看作起根本重大作用的一个人的灵魂，还是把它看作无处不有的人体的细胞。要是按照后一种理解，自然会发生这样的疑问，得出这样的结论；要是按照前一种理解，就不一定要这样怀疑和得出这样的结论了。上面一些现象，只是说明，判断文学的阶级性，有的时候，不能孤立地只根据一篇作品。正像判断一个人的阶级性，不能只根据他的任何一点个别言论和个别行动。因为，阶级性虽然是阶级社会中人的本质和本性，但并不是人的一切，不能认为具有阶级性的人的任何一举手、一投足、一言、一笑全都具有阶级性或那么明确的阶级性。既然我们不能因为这种情况，不能因为一个人的某些个别言行，单独取出来，孤立地看，难于判断它的阶级性，就说这个人没有阶级性，或说这个人具有阶级性和非阶级性两种性质；我们也就不能因为上面一些情况，就否定文学的阶级性，或把文学的现象分作阶级的和非阶级的两类。上面一些情况：一则，只是文学中的个别现象；① 再则，就是这类现象，如果不孤立地看，而与作家的其他情况、其他作品联系，如果这些情况在一个作家的活动中不是个别的、偶然的，而是已经形成一种倾向，那么，联系其他情况全面地加以分析，就一定可以找出产生这类文学现象的社会的、阶级的原因，找出它们的阶级性质。

应该把阶级性看作阶级社会中人和文学的本质，把它放在起重大作用的地位。这样，就不能把什么都随便贴上阶级性的标签。给任何细小事物都标上阶级性，认定什么都有阶级性，都表现阶级性，大事和小事不分，整体和部分不分，本质事物和个别现象不分，一概都给划分阶级成分，如果这叫阶级分析，那么，阶级分析就变成儿戏了。这无论如何不是对阶级性问题的严肃的态度。既然叫做阶级性，就总是和特定阶级的特殊利害或特定阶级的特殊生活所形成的特殊习性有着关联。在现实生活中，一个

---

　① 比如山水诗，只是诗里的一个不占特别重要地位的个别部分，而这个个别部分的山水诗中，又只有极个别的作品难于判断阶级性。

人的阶级性常常是在一些阶级利害的关键上表现出来，或者在这里才表现得最明显。比如，一个地主，也可以承认农民的辛苦，甚至可以对农民的辛苦表示同情，但一接触到地租一类问题，接触到阶级利害的关键所在，如果这个地主仍然站在地主立场，那么他的一切同情心，在这里，即使不是全部消失，也将大大改变了。也就在这里，一个地主不能不暴露自己的阶级性。《水浒》描写一些上层阶级的人怎样被逼上了梁山，在一些地方很好地描写了他们的阶级性。比如宋江，论家庭成分是个地主，自己则是个小官吏。在他没有参加农民起义军以前，就曾极为慷慨地援助那些包括起义农民在内的江湖好汉，以至江湖上的人称他作"及时雨"，在这些时候，看不出或不能那么清楚地看出他和这些人有不同的阶级立场。可是当参加农民起义的"入伙"问题摆在面前时，他的种种动摇、犹豫完全表露出来，也就在这时表露了或比较清楚地表露了他原有的阶级立场。宋江是经过一番犹豫、动摇，才最后站到起义的农民这一边并作了他们的领袖的。有些与阶级利害无关，但却是特定阶级特殊生活中培养出来的特殊习惯和爱好，自然是阶级的一种烙印，表现一定的阶级性。但这也是在特定情况的特殊事情上才出现。因此，看一个人的阶级性，看文艺作品的阶级性，就必须从大处着眼，看根本的、总的倾向，就必须抓住真正阶级特点所在的地方。这样来分析人和文学的阶级性，就需要占有较为充足的材料，就需要慎重地、细致地概括、分析和判断。自然，这也就比较麻烦一些。如果，抓住人和文学的任何一点细小的现象就可清楚区分它们的阶级性，阶级分析也就变得很简单很容易，而任何一个人在复杂的阶级性问题上都可以不必多用思考了。

四

对于文学的阶级性的表现，不能理解得太简单、太机械；对于一定阶级的文学作品的思想意义和思想作用，同样也不能做简单、机械的理解。

属于一个阶级的文学作品，它所表现的思想感情，对于其他阶级的人，究竟能起什么作用呢？

有一种说法，认为人们可以理解、欣赏属于另一时代、另一阶级的文学作品，也可以为这些作品中的某些部分所感动，却不能在思想感情上产生共鸣。主张这种说法的人，有好多理由，但根本的理由只有一条，就是说：不同阶级特别是敌对阶级的阶级本质存在根本的差别，因而一个阶级中的人，不论有什么好的表现，好到什么程度，归根结底，和另一比它进步的阶级性的人比较，都是有着区分的，而且是本质的区分。是的，凡是具有马克思主义阶级观点的人，对这一本质的区分，是决不应该模糊的。但是，分析人，或者是分析文学作品，能不能只满足这样的分析呢？对于阶级社会中千差万别的文艺作品，全都这样地来个归根结底，得出不同阶级文学作品的思想感情的阶级本质是不同的这样一个结论，只抓归根结底，只抓阶级本质不同，即是说只进行阶级大分类，这样一来，岂不是把文学的阶级性这个问题太简单化了么？

是不是除了这个阶级大分类，还有一些稍为"细微"一点的问题值得探讨呢？比如可不可以提出这样一个问题：不同阶级的阶级本质是不同的，但是，属于这一阶级的某些文艺作品所表现的某些思想情感，和另一阶级以至敌对阶级的人的思想情感，在某种意义上，从某一角度看来，是不是也可以有某些相同或相通的地方呢？这就牵涉到不同或敌对阶级间的人的思想感情，有无任何共通的问题。互相敌对的阶级，比如地主和佃农，资产阶级和无产阶级，都生活在同一时代；在一个国家或一个民族里，不同阶级，包括敌对阶级，又都属于一个国家或一个民族。这里就有着若干共同的条件，这些条件不能不在思想感情上得到一定的反映。就是不同时代之间，要是不割断历史，也还存在一定的继承关系，后一个时代总是从前一个时代产生出来的，总必须以前一个时代为根据，为出发点。不同时代、不同阶级间根本区别中的某种共通，对立矛盾中的某些统一的情况，它的思想感情的部分，就成为文学上共鸣的基础和根据。这里可以举出以下一些现象：

一、爱国主义思想：肯定阶级性并不否定民族性，肯定阶级意识并不否定民族意识。一个民族的内部，尽管存在不同的以至互相敌对的阶级，但这些阶级却共同生活在共同的物质和文化的环境里。斯大林指出："民族是人们在历史上形成的一个有共同语言、共同地域、共同经济生活以及表现于共同文化上的共同心理素质的稳定的共同体。"[①] 这些共同条件就形成一个民族的共同的民族利益、民族风习和民族心理，形成一个民族的民族性，以及某些和这有关的各个阶级都可以具有的思想和道德观念，比如民族气节、民族意识、爱国主义等等。这些思想意识反映在一个民族的文学中，就成为这个民族的文学的光辉篇章中值得注意的一个部分。比如被写入文学作品的苏武、岳飞、文天祥、史可法等人物的爱国主义精神和民族气节，陆游、辛弃疾等人写的诗篇中所表现的爱国主义的思想和感情，都受到广大人民的尊重，直到今天仍然具有教育作用。这些人都不是劳动人民，他们的爱

---

① 《斯大林全集》第 2 卷，第 294 页。

国主义的思想和我们的爱国主义思想自然也都有着区别。但是，他们的一些情感能够激动我们，却也是不容否认的事实。这就值得分析。以岳飞的事迹为例。我们和岳飞分别属于不同时代、不同阶级，因而他的很多思想感情，和我们是很不同的，这里也就不可能有什么共鸣。就是为大家称赞的他的精忠报国的思想，我们也不能全部肯定。比如，镇压杨幺，应该算是他的精忠报国的内容，这，我们当然不会赞同。绝对服从皇帝意旨以至被杀的忠君思想，也是他的精忠报国的内容，这，我们当然也不会肯定。我们所肯定和赞扬的，只是他的坚决抵抗外族侵略，保卫国家和民族的帝国主义精神。在这一点上，可以和我们的民族意识、爱国主义思想相通，因而也就在这一点上，我们可以和他的思想感情共鸣。我国封建时代，爱国主义和民族意识是包括在"忠"这一道德概念中的，它既包括忠于民族，忠于国家和人民的内容，也包括忠君、忠于王室的内容。许多人，像苏武、岳飞等人，爱国和忠君常常都是结合在一起的。我们当然不赞成忠君这种封建道德，但是忠于国家和民族的爱国主义思想，却是要继承和发扬的。列宁指出："爱国主义就是千百年来固定下来的对自己的祖国的一种最深厚的感情。"[①] 可见爱国主义的思想感情，有着而且需要长期的积累，它是可以而且应该继承的优良传统。

二、革命斗争精神：人类社会、每个国家和民族，都在不断发展、不断前进中构成自己的历史。社会的这种发展，特别是大的发展，都要经过革命和反革命、进步和保守两种势力的斗争。推动社会发展，代表革命和进步的力量，所进行的斗争，所表现的革命斗争精神，成为人类历史上不灭的火花，和爱国主义思想一样，是各个民族的优良传统。一切革命的和进步的力量，都是

---

① 《列宁选集》第3卷，第608页。

要肯定、继承和发扬这种传统的。反映和表现这种思想情感的文学作品，尽管写的古人古事，作者是另一时代、另一阶级的人，也会打动我们，和我们的思想感情产生共鸣。比如《水浒》所描写的革命农民的斗争品质，《红楼梦》所表现的对封建礼教的反抗精神，我国远古的诗歌《伐檀》、《硕鼠》对剥削者的抗议，我国古代许多诗人像李白、杜甫等对上层统治者的反动行为的正义的大胆的斥责，都不能不为我们所尊重。我国资产阶级的一些革命家，比如秋瑾、林育民，他们的英勇牺牲以及他们所留下的有些诗文，也都是值得我们尊重的。尽管我们可以在一些情节上、在一些具体思想上找出许多和今天的我们相差异的地方，但是这些可贵的精神和品质，却可以说是和我们一致的，也就在这里，我们可以和他们的思想情感共鸣。举一个远一点的例子。两千多年前，希腊悲剧之父埃斯库罗斯所写的《普罗米修士》，是马克思最爱好的作品，普罗米修士为了人类的幸福，反抗天帝宙斯，甘愿忍受最为巨大的痛苦，在雷霆、电火前面坚强不屈，这种崇高的精神，我们和它共鸣，有什么不光彩呢？能不能因为他不仅在时代和阶级上和我们不同，甚至他还是天神，是有高贵血统的天神，和我们区别很大，我们就必得和他的崇高的思想感情划清界限，否认在这儿我们和他可以有着共通呢？

三、其他一些社会公认的品德：除了爱国主义思想和革命斗争精神，还有一些道德或是非的准则，在一定意义和一定程度上，也可以为各个阶级共同肯定。比如艰苦朴素、大公无私、廉洁正直以及勤劳、勇敢等等。除了那些腐朽堕落的精神状态失常的某些人和某些集团，没有一个阶级在他们的道德观念中公开主张的宣扬腐朽堕落、损公利私、贪赃枉法的，也没有一个阶级公然肯定懒惰和怯懦的，尽管有的阶级的阶级根性和这个阶级的许多人的实际行动并不和他们所肯定的一致，甚至刚刚相反。这些可以为社会所公认的品德，像爱国主义思想和革命斗争精神一样，都是有阶级性的。但是，在这儿，阶级性并不表现为这个阶级这样主张，而另外的阶级的主张则刚刚相反，而是这些道德是非观念在一定的阶级里要受到这个阶级的阶级性所制约；它们的被实践与否、如何实践、实践到什么程度，要看与这个阶级的阶级利益以及这个阶级的特定的成员的利益符合的情况；对于它们，各阶级所肯定和要求的内容，也不相同，甚至有极大差异。但是，根本的阶级差异并不排斥在某一点上某种意义的某种共通和相同。公正廉洁等等，虽然首先是劳动人民的美德，但是某些封建统治者和某些资产阶级的统治人物，也都提倡它们，因为尽管这些阶级的阶级根性是不公正也不廉洁的，但从巩固统治的根本利益来看，这些道德要求，归根结底是有利于既定的统治秩序的维护的。从人民的角度来看，比较公正廉洁的官吏，包括他们的公正廉洁，尽管仍然效忠于统治阶级，但比之于贪官污吏，的确是要好一些，有利于人民一些，因而为人民所肯定和要求。自然，应该肯定，劳动人民特别是无产阶级，才真正和最充分具有这些美德。像他们最富于革命精神一样，只有他们最爱国，最艰苦朴素，最大公无私，最廉洁正直，更是最勤劳、勇敢。他们是民族的正气。剥削阶级特别是其中最反动的集团，他们的本性和实际行动则常常是和这些美德正好相反。可是，在社会舆论面前，他们不能不掩盖自己的丑恶，不能不在口头也承认这些美德。对于这些美德，不同阶级所表现的不同的阶级性，我以为基本上是这样。所以不把这些美德专划给某一个阶级，是因为除了劳动人民，剥削阶级，像资产阶级以至封建地主阶级，有些人也可以在某种程度上具有和坚持它们，而他们尽管能这样做，也并不改变他们的阶级立场和阶级成分。比如，封建社会中，有一些清廉刚正的官吏，像《十五贯》中的况钟、《大红袍》中的海瑞、

《包公案》中的包拯等，很为人民所爱戴，也的确为人民做了好事，但他们并没有离开封建统治阶级，倒是真正忠心耿耿地为当时的王朝服务。虽然这样，我们至今也并不认为他们的清廉刚正是不应该肯定的。对于集中描写这些美德的文学作品，像以包拯为主人公的小说和戏曲，描写包拯坚持清廉刚正，敢于冒着生命的危险和最高统治者斗争，这种精神，我们和它共鸣，似乎也没有什么可以非议。这里，要附带谈到马克思、恩格斯的一个著名论断：一个社会里占统治地位的思想是统治阶级的思想。上面关于某些道德是非观念的分析，也可以用这个论断来说明。上面讲到的那些美德，尽管主要是为劳动人民所有，尽管反动统治阶级中的许多人倒是经常违背它，但从思想体系上来说，它们大都仍然没有突破统治阶级的思想体系的圈子。像上面所曾提到的，它们并不从根本上违反统治阶级的阶级利益，倒是从根本上有利于这一统治的巩固。比如，在封建社会里，那些励精图治的皇帝像前面提到的唐太宗李世民，就真心要把国家搞好。只有那些亡国的暴君，像隋炀帝杨广等，才会是完全毁弃这些美德的。而被统治阶级，在一般情况下，也往往只能在当时的统治思想的范围内希望着自己的美好生活。比如，中国封建社会的统治思想是代表封建统治阶级的儒家思想。儒家所提倡的所谓取法尧舜禹汤文武的王道和仁政，自然是为了从根本上巩固封建统治，是一套封建的枷锁，但比起一些更残酷、更反动的主张来，在当时说来，这样的主张的确是比较开明一些。一般老百姓所希望的就是能过像传说中尧舜治下那样的太平日子。只有社会发展到一定阶段，产生了新的革命阶级，而且产生新的革命的学说，旧有的统治思想的统治才会动摇，也只有当旧的统治被完全摧毁后，新的思想才能逐渐形成统治而代替旧的统治思想。而在这以前，广大人民只能在统治阶级思想体系的范围里，要求正义，要求比较开明的统治。就是新的代替了旧的，旧的道德观念中某些好的因素也会被新的革命的阶级所继承，只不过是批判的继承，经过批判把它纳入新的思想体系。只有最革命的阶级，才最能继承和发扬民族的美德；那些反动的剥削阶级，才是民族的物质财富、也是民族的优良品德的败坏者。

四、人人都有或可能有的某些个人情感：前面讲过，有些个人情感，像生离死别等所产生的情感，是哪个阶级都具有的。自然，由于阶级不同，这些情感也都不能不为阶级的根性所决定、所制约，打有阶级的烙印。比如母爱，如果母和子站在敌对的阶级立场，这种爱就会发生问题，在阶级矛盾前面，如果都坚持自己的阶级立场，个人的爱就会转变为阶级的恨。否认个人情感的这种阶级性，是资产阶级的人性论的观点。抹煞这类情感的阶级性，把描写这种情感放在最重要的地位，像资产阶级那样，自然也是很错误的。但是，这类情感，各个时代的各个阶级都具有，却也是不能否认的事实。像前面所讲过的，有些描写这类情感的文学作品，比如我国古代的一些抒情诗，如果只描写了这种情感，而不牵涉其他阶级不能接受的阶级、政治问题，那么，即使带有阶级的标记，另一阶级中具有这类情感的人，读了这类作品，也会被这些描写所打动，和作品中的这样的感情共鸣。在这里，倒存在这种情况，同时代、同阶级的人，如果没有相同或相似的遭遇，却可以不存在这样的相同或相通的情感，因而可以不产生共鸣。

总之，不同时代、不同阶级的人，虽然不可能在整个的或恰好是矛盾或敌对的思想感情上共鸣，由于某些条件，却可以在思想感情的某一点上共鸣。不能由于要否定前者，连后者也一并否定了。认为不同时代、不同阶级的人在思想感情上不可能产生共鸣的人，正是在这一点上出了一点偏差。事实上，在阅读文学作品的过程中，共鸣的产生大都存在这样两种情况：第一，不是在所有的地方全面地产生，而是产生在某一点或某几点上；就是从头到尾能激动人心的作品，这种激动，也只能限于这个作品所描写的独特的人物和事件，而不会是任何作品都难于直接表现的某一整个阶级。第二，不是经过仔细分析、认识根本实质后产生，而是在某些点上，产生于感情的直接触发中，是和这个作品具体描写出的思想感情共鸣，而很难说和这些思想感情的阶级本质共鸣。而文学作品，又常常是集中描写某种动人的行为和情感，努力加以渲染，努力使它突出，努力使它能打动读者。好的文学作品，又能使读者进入作品所描写的境地，使读者不但能设身处地去理解这些人物的思想行动，而且简直像是自己在遭遇作品中所描写的正面主人公的遭遇，即使这个人物所处的时代和自己相距很远。托尔斯泰认为："真正的艺术作品能做到这一点：在感受者的意识中消除了他和艺术家之间的区别，不但如此，而且也消除了他和所有欣赏同一艺术作品的人之间的区别。"还说："如果一个人体验到这种情感，受到作者所处的心情的感染，并感觉到自己和其他的人融合在一起，那么唤起这种心情的东西便是艺术；没有这种感染，没有这种和作者的融合以及和欣赏同一作品的人们的融合，——就没有艺术。"①我们阅读好的文学作品，大概谁都有过这种经验。如果一部作品，在思想感情上不能打动人，不能使读者和作者的情感产生某种一致，产生共鸣，这样的作品，就缺乏感染力，就不能说是很好的作品。

承认封建阶级或资产阶级某些作家所写出的优秀作品不但能打动我们，而且这些作品中的某些情感，在我们的思想感情上，还可以产生共鸣，这算不算阶级性的模糊和失掉党性呢？这要看

---

① 托尔斯泰：《艺术论》，人民文学出版社 1958 年中译本，第 149 页。

打动和引起我们共鸣的究竟是些什么内容，阶级性和党性也不是只简单地表现在和别的阶级区别这一点上，而是要求站在正确的立场去正确分析和对待别的阶级的各种事物和现象，或者否定，或者同情，或者在某一点上，思想感情和它一致。对于别的阶级的思想感情，和它区分，或者在某一点上和它一致，都站在自己阶级的立场，这就是坚持了阶级的立场，表现了自己阶级的党性。

认为不同时代、不同阶级的人的思想情感不能共鸣的人，对于共鸣，对于一个阶级对另一阶级的思想作用，还创造了一种所谓同一心弦的理论。认为，只有具有同一阶级心弦的人，才可能共鸣；认为，一个人如果读资产阶级作家的作品而在某些地方产生了共鸣，就说明这个人的心理有一条资产阶级的弦线。不错，是有这种情况的。比如一个共产党员也不可能接受资产阶级的影响，这，可以是由于这个人头脑里本来就有着资产阶级的思想，即所谓资产阶级的心弦。可是，要是没有这一心弦的人，又怎么样呢？比如一个思想感情很纯洁的血统工人，即没有资产阶级心弦的人，照这个理论，就可以用不着任何担心，在任何情况下，由于天生的免疫力，最多只能被资产阶级的某些思想感情所打动，而不会达到共鸣，更不会变质，阶级出身好的人，岂不是命定永远站在正确立场了吗？反之，要是没有无产阶级心弦的人，又怎么样呢？比如小资产阶级知识分子，原来没有无产阶级思想感情，即没有无产阶级的心弦，按照这个理论，虽然可以为无产阶级的某些思想感情所打动，却不能达到共鸣，也就根本用不着希望获得无产阶级意识。这样，这些人就命定永远要和无产阶级隔离，这对于小资产阶级出身的人来说，岂不是太可悲了吗？而且，这岂不也把党的教育对知识分子的作用几乎一笔勾销了吗？这样的一种理论，不仅否定了一个民族优良传统的继承性，否定了具有崇高思想感情的古代文学遗产的深刻的思想教育作用，否定了无产阶级的杰出的文学作品在无产阶级以外的人中的深刻的影响作用，而且，毛泽东同志提出的知识分子要与工农结合，要进行思想改造，这样的要求，也就完全失去根据了。提出这种理论的人，只想到不同阶级的不同心弦，却没有想到要交代心弦的由来和面对一个人阶级观点、阶级立场变化的事实，由于非辩证的看待问题，在这里就达到了宿命论，达到了神秘主义。

一定阶级的文学作品的思想意义和思想作用，还可以从典型人物这个方面加以考察。

古典文学作品中所塑造的某些典型人物形象，这一个个具体的人，自然都是有阶级性的，但它们典型意义、影响和作用，就某一点说来，却不一定只限于一个阶级。比如鲁迅所塑造的阿Q，阶级成分是雇农，这是清清楚楚的。但是，阿Q精神，却不一定只限于一个阶级。鲁迅当时把这一现象看作是我们民族的国民性特点，这自然说明那时的鲁迅还没有获得马克思主义的阶级观点；可是阿Q精神在不同阶级的人中都有表现，却也不能说不是事实。如果分析这一精神的阶级来源，或者可以说不是出自淳朴的劳动人民，而多半是来自没落阶级。可是，这种精神产生后，成为各类失败者精神上自我安慰的药方，广泛地滋生发育，却在许多阶级包括像阿Q这样的雇农中都可以找到。在不同阶级的人中，比如在雇农阿Q、慈禧太后、蒋介石身上所存在的这种精神现象，各个都具有自己阶级的特点，他们每个人都并没有因具有这种特性而离开了自己的阶级。这里，不同阶级的阶级性使阿Q精神获得了各种表现，而阿Q精神的本质——精神胜利，对于他们则全都是一致的。属于不同阶级的这些人，就在这里，在这一点上，聚会起来，具有了共性，而且是本质的共性。还有些典型，像堂吉诃德，他的成分是"古派的乡绅"，可是堂吉诃德精神的一个重要表现即主观主义，却很难说只是为哪一个阶级所独有，甚至它的来源也很难确定在哪一个阶级身上。我们顶多只能说，从世界观来看，主观主义是一种唯心主义的表现，在阶级社会里，总的说来，唯心主义往往是反动、落后阶级所不能避免的根本毛病，而革命的进步的阶级则多是倾向于唯物主义。可是这只是就整个阶级的阶级倾向来说，并不是指的每个个人。主观主义这种现象，就是在将来无阶级的共产主义社会中，在一些人的身上也是很难避免的。至于另一种典型，主要表现在一种突出的性格上，像《水浒》中李逵和《三国演义》中张飞的鲁莽，这样的性格在哪一个阶级中都可以找到，更不能给它划定在哪个阶级的身上。主观主义、鲁莽作为一些人的共性，像阿 Q 精神一样，自然在不同阶级中有不同的表现。比如同是《水浒》中几个鲁莽的人物，李逵便不同于鲁智深，杨林又不同于李逵。总之，文学作品中任何一个典型人物都是有清楚的阶级性的，但是这一典型的突出的某种精神或性格，却可以为不同阶级的一些人所共有。这种共性不仅超出一个阶级，甚至可以超出一个民族。像阿 Q、堂吉诃德这样的典型，就都具有国际意义，能在不同国家和民族中找到它们的踪影，因而这样的作品能在不同国家和民族中发生较大的影响和作用。

总之，一个民族的杰出和优秀的文学作品的阶级性、时代性，并不排斥它在不同阶级中产生的广泛的作用和影响，也不妨碍它经历许多时代而不灭亡的长期的生命力。由于社会上极大多数人的要求正义，肯定美德，由于文学艺术要求真实地反映现实，而后一时代对前一时代总是更加容易看得清楚，因而在中外的文学现象中都可看到这种现象：那些思想内容好的优秀作品流传下来了，那些因艺术方面有很高成就而被流传的作品，思想内容也不能是反动和丑恶的，而那些向反动统治歌功颂德、赞美黑暗和丑恶的坏作品，则经不起时代的风雨。不少奉和圣制的应制诗被人遗忘了，而屈原的《离骚》、杜甫的三吏三别等则至今仍脍炙人口。像《离骚》三吏三别等作品，哪个阶级也都肯定、赞美，只是不同阶级对它们赞美和肯定的角度与程度有差异罢了。这些有长远生命力的作品，就成为一个民族以至所有进步人类的珍贵的财富。这些作品中的某些崇高的思想感情，不但能使后代的读者阅读它时，在某些点上和它共鸣，还能使这种共鸣影响理性，发生深刻的思想教育作用。

总之，文学的阶级性问题，是一个复杂的问题，需要进行深入、细致的研究。正是为了在这个问题上坚持马克思列宁主义的阶级观点，正是为了粉碎反动资产阶级和现代修正主义者在这方面的种种谬论，科学的解释就显得特别重要。以上一些意见，没有疑问都是很粗糙的，甚至还会存在错误。把它发表，只是为了希望因此而引出其他同志的真正符合马克思列宁主义要求的科学见解。

北京 1962 年 4 月

附记：粉碎"四人帮"后，特别是最近一个时期，各方面思想都很活跃，文艺战线也是如此。为了繁荣社会主义文艺，有许多问题需要深入探讨，文艺的阶级性便是其中一个值得研究讨论的问题。这是十多年前写的一篇旧稿，限于自己的水平，不妥之处肯定是有的，发表出来，希望就教于研究或关心这个问题的同志们。

作者　1979 年 3 月

（原载《文学评论》1979 年第 2 期》）

文艺和政治

一 文艺和政治既有密切联系，又有重大差别

人类有了文艺，后来又出现了国家，出现了政治。文艺和政治就发生了密切的关系①。拿我国最早的典籍来看，我国第一部诗歌总集《诗经》，其中的"颂"是歌颂最高统治者及其祖先和神明的功德的。"大雅"一部分写了最高统治者的昏暴，绝大部分也写的是最高统治者的历史和功德。"小雅"也多是写统治者的燕享等活动，还有一部分是叹息行役之苦和周室的衰微，其中部分内容与"国风"相似。而一向被人重视的"国风"，据说就是当时执政的统治者为了"观民风（《礼记·王制》），为了"补察

---

① 政治，指的是国家权力和国家统治的活动及其表现。人类社会出现国家之前和消灭国家之后，社会虽然也有组织，但不具有政治性质。恩格斯在《论权威》中说："所有的社会主义者都认为，政治国家以及政治权威将由于未来的社会革命而消失，这就是说，社会职能将失去其政治性质，而变为维护社会利益的简单的管理职能。"（见《马克思恩格斯选集》第2卷，第554页）

其政"（《左传》襄十四年）而搜集起来的。采诗何以能察政？据说文艺和政治是相通的。《礼记·乐记》中有一段谈文艺起源的话解释这个道理，说："凡音者，生人心者也。情动于中，故形于声。声成文，谓之音。是故治世之音安以乐，其政和，乱世之音怨以怒，其政乖，亡国之音哀以思，其民困。声音之道，与政通矣。"孔子曾明白提出，读"三百篇"诗，就为的是政治。他说："诵诗三百，授之以政不达，使于四方不能专对，虽多亦奚以为？"（《论语·子路》）实际上"三百篇"在周代就常常作为政治上社交的手段。讲到文艺所表达的基本内容，在孔子之前，《尚书·舜典》就提出了"诗言志"这个命题。以后，《礼记·乐记》说："诗，言其志也。"《诗大序》说："诗者，志之所之也，在心为志，发言为诗。"荀子《儒效篇》说："诗言是其志也。"司马迁《史记·太史公自序》也说："夫诗书隐约者，欲遂其志之思也。"不但儒家或接近儒家的人这么说，连庄子也讲："诗以道志。"（见《天下篇》）"志"的含义包括很广，在当时主要指的是政治抱负。《尚书·舜典》和《诗大序》关于诗的言论广泛传布后，"诗言志"就成为我国文艺方面长期占统治地位的思想。这以后，又出现"言志"与"载道"两种不同思想的矛盾和斗争。所谓"载道"，当然是载孔子之道，是修身、齐家、治国、平天下之道。与"载道"派对立的"言志"派，只是并不以宣扬孔孟的"圣道"为宗旨，却也并不要离开政治，即使是陶潜式的所谓游心田园以至"为艺术而艺术"吧，艺术家的为艺术而艺术，像普列汉诺夫所分析的，也仍然是一种政治态度。中国和外国的文艺历史都说明，一切在社会上发生过重大影响和作用的作品，大都与当时的政治有密切关联，而一切文艺运动，也无不与那时的政治有着直接或间接的关系。在我国现代文学史上曾有向左翼要"自由"和"死抱着艺术不放"、"为艺术而艺术"的所谓"自由人"或"第三种人",历史证明,他们的言论和行为只不过是有利于当时的反动统治,而其中的一些人本来就是为反动派所雇佣的。

文艺之所以不能脱离政治,是因为在有国家存在的社会里,任何一个人,不管愿意不愿意,也不管自觉不自觉,他的生活都不能不与国家的权力和国家的统治发生关系。而所谓政治,也就是国家政治。国家权力和国家统治的内容、形式、状态及其活动,就是政治一词所含的基本内容。人们对国家权力、国家统治所持的态度,就是其政治态度;在国家权力、国家统治中所处的地位,也就是其政治地位。任何人,包括厌恶政治、坚持不问政治的人,都不能不具有一定的政治地位和抱有一定的政治态度。既然这样,文艺又怎么能脱离政治完全独立于政治之外呢?

不能否定文艺和政治的密切关系,但也不能把文艺等同于政治。我们既然议论文艺和政治的关系,首先就得承认一个根本前提:文艺和政治是有区别的两个范畴。如果把二者等同,就不存在什么关系,那还有什么关系问题可谈呢?文艺和政治都是上层建筑,都植根于基础,都反映基础和反作用于基础,这是二者共通的地方。但二者对基础如何反映和反作用如何,却大不相同。首先,文艺是一种意识形态,但政治,除了政治学说和政治理论,却并不是意识形态。就是作为意识形态的政治学说和政治理论或政治主张,也和文艺很不相同。文艺反映社会现实生活和反作用于社会现实生活用的是形象的手段,而且不是一般的形象,而是美的形象,即艺术形象。就以我国文学观念发展的情况来看,最初,文学和一般著作是不分的,凡著之于竹帛的都叫文章,因此《诗》和《易》、《书》、《礼》、《春秋》统称为五经,其文字都称为文章,而且被作为典范的文章。后来,才把一般著作与文学作品分开。文学作品有什么特点呢,西汉末的扬雄说:

"诗人之赋丽以则，辞人之赋丽以淫。"（《法言·吾子》）扬雄以自己亲身的经验，虽然反对一般辞赋滥用雕绘的缺点，却也主张诗人的作品要丽。三国时曹丕则径说："诗赋欲丽。"（《典论论文》）与曹丕同时的何晏，在《论语集解》的注释中说，文章是"文采形质著见，可以耳目循。"（《论语集解·公冶长章》）西晋的陆机，在《文赋》中说："诗缘情而绮靡，赋体物而浏亮。"绮靡或浏亮，都是美的形象。南北朝时，宋·范晔在其《后汉书·文苑列传》中赞曰："情志既动，篇辞为贵。抽心呈貌，非雕非蔚。殊状共体，同声异气。言观丽则，永监淫费。"主张真情实感，在"丽"这一点重申了扬雄的看法。梁·刘勰《文心雕龙·情采》说："圣贤书辞，总称文章，非采而何？"并就自然界客观存在的形质关系，解释文采的必要性和重要性，说："夫水性虚而沦漪结，木体实而花萼振，文附质也；虎豹无文，则鞟同犬羊，犀兕有皮，而色资丹漆，质待文也。……故立文之道，其理有三：一曰形文，五色是也；二曰声文，五音是也；三曰情文，五性是也。五色杂而成黼黻，五音比而成韶夏，五性发而为辞章，神理之数也。"钟嵘在《诗品》中说："气之动物，物之感人，故摇荡性情，形诸舞咏。照烛三才，晖丽万有，灵祇待之以致飨，幽微藉之以昭告；动天地，感鬼神，莫近于诗。"诗歌发展中，有滋味的五言，较之四言所以受到当时一般人的欢迎，他指出："岂不以指事造形，穷情写物，最为详切者耶！"肖统《文选序》说："若其赞论之综缉辞采，序述之错比文华，事出于沉思，义归乎翰沉藻……"肖绎《金楼子·立言篇》说："至如文者，惟须绮縠纷披，宫征靡曼，唇吻遒会，情灵摇荡。"这些议论虽其内容不尽相同，但都认为文章的特点是要构成形象，而且是美的形象，即所谓"丽"。文艺的这一特点，规定了它对于人们的影响和作用不同于政治、政令、政策，更大别于非意识形态的种种政治行动。文艺是作为美的欣赏对象，经由人们的感官或感官样的感受，作用于人的情绪，在构成人的种种感情状态中，使人获得种种意识和判断。文艺的这一特点，还使它与政治在对象和范围上存在区别：一切不可能构成美的形象的政治内容，不论政治的内容或政治活动的内容，不成为文艺描写的对象；而作为美的描写的有些事物，如自然景物及不涉及政治的个人抒情，其本身又不属于政治的范围。

总括以上的分析，似可提出这么一个基本看法：文艺和政治既有紧密联系，又有很大区别。或者这么说：文艺不能脱离政治，文艺又不同于政治。必须看到这两个方面，取消任何一面，或者忘掉或忽视了任何一面，都是不妥的，都会导致很大的偏差和错误。

二　经由形象表达政治内容的作品情况　多种多样有的作品没有政治内容

文艺是意识形态的一种，反映一定时代、一定社会中站在一定立场的人们的意趣、愿望和要求，总的说来，像上面讲的，即使是真正主张"为艺术而艺术"的人，也是不能脱离当时的政治的，但如何具体评价作品，一篇作品政治内容如何，则要进行具体的分析。因为，文艺作品所反映的事物、所表达的思想内容以及表达的方式方法，是多种多样的。我国古代最早谈文艺的专文《礼记·乐记》有一段为大家熟悉的话，对文艺的由来讲得很好，说："凡音之起，由人心生也。人心之动，物使之然也。感于物而动，故形于声。声相应，故生变。变成方，谓之音。比音而乐之，及干戚羽旄，谓之乐。"这里所说的"人"和"物"都是泛称，指的是各种各样"人"和各种各样"物"。后来司马迁谈到一些著作家所以写东西，包括写诗，作了又一个概括，把缘由放在"发愤"即抒发愤懑和不平上。他在《报任安书》中说："盖文王拘而演《周易》，仲尼厄而作《春秋》，屈原放逐乃赋《离骚》，左丘失明厥有《国语》，孔子膑脚《兵法》修列，不韦迁蜀世传《吕览》，韩非囚秦《说难》、《孤愤》，诗《三百篇》，大抵圣贤发愤之所为作也。此人皆意有所郁结，不得通其道，故述往事，思来者。"他在《史记·太史公自序》中也有完全相同的说法。司马迁的这番议论对后世的影响很大。到了唐代，"文起八代之衰"的韩愈，分析文章的由来，也有影响后世的基本上相同的说法。他在《送孟东野序》中说："大凡物不得其平则鸣。草木之无声，风挠之鸣。水之无声，风荡之鸣。……金石之无声，或击之鸣。人之于言也亦然，有不得已者而后言，其歌也有思，其哭也有怀。凡出乎口而为声者，其皆有弗平者乎。"司马迁与韩愈两位都讲的是"郁结"、"不平"，是不痛快的事，不免多少使人感到有点片面。因为，遇到高兴的事，也是可以写作的，比如大家熟悉的李白的《早发白帝城》、杜甫的《闻官军收河南河北》。所以这么讲，这是他们所处的时代使然，可以说反映了当时社会的实际。在旧社会，在人民处在无权的受压迫的地位的时代，如果多少同情民生疾苦，多少睁眼正视现实，应该认为他们的这种言论都是相当正确和相当深刻的，特别是这种议论强调了文艺的社会政治作用和意义。

社会现实生活、社会上人的关系和人的思想感情都是多方面的，复杂多样的，政治生活、政治斗争和人在政治方面的关系，则是整个生活中最为重要的部分，因而文艺上描写政治事件、反映政治生活、抒发政治抱负的作品，就更为人们重视，所发生的影响和作用也比较大。以我国古代诗歌为例，我国历史上第一个伟大诗人屈原的所有诗篇，政治色彩和政治倾向都很强烈、浓厚。他的伟大诗篇《离骚》色彩绚烂，以浪漫主义的手法描画了当时他的国家楚国的形势，抨击了国家政治上的黑暗，抒写了他的政治抱负和政治理想。这一诗篇，不论思想上和艺术上都达到了很高的成就，为历代人们所传诵。我国唐代伟大诗人李白，继承屈原的浪漫主义的优良传统，以雄奇豪放，绚丽多彩的笔触，写下了许多为人传诵的诗篇；他的关心国家、人民，蔑视公卿王侯，歌唱自由解放的精神和品质，给后代以很大影响。与他同时代的伟大现实主义诗人杜甫，以自己的诗歌，真实、深刻地写出了他那个时代社会的变化发展，因而被称为"诗史"。他的不少忧国爱民的诗，或直接写了或从侧面反映了当时的重大政治历史事件。也是现实主义诗人的白居易，他自己比较重视，也为大家重视的，是他的讽喻诗。这些诗抨击、讽刺了当时的政治和不合理的社会生活。据他自己说，以至使当时的"权豪贵近者相目而变色"，"执政者扼腕"，"握军要者切齿"。屈原、李白、杜甫、白居易等的忧愤国事、伤怀民生、讽刺时政，是我国古代诗歌的优良传统，不论是浪漫主义者或现实主义者，他们的进步性大都表现在这些内容上面。这样的诗歌都有政治内容和一定的政治倾向，但描画和表达这样内容与倾向的情况，则很不相同：有的直接，有的间接；有的明显，有的隐晦；有的强烈，有的和缓。拿杜甫所写战争给人民造成灾害的几首诗来看：他的"三别"，分别就从役者的三种困难境况，写了因频繁战争搜集丁役所造成的苦难，除《无家别》提到"寂寞天宝后"，《新婚别》提到"守边赴河阳"，《垂老别》提到土门与杏园，都没有实指何时何地的征召，也没有描画官吏差隶的凶恶形象，而只是描画了"垂老"、"新婚"、"无家"者从役的悲惨境况。他的"三吏"，《新安吏》和《石壕吏》则写了具体地点，又如闻其声地描写了吏的点兵与捉人。《潼关吏》的结尾："哀哉桃林战，百万化为鱼。请嘱防关将，慎勿学哥舒”则具体指名批评了灵宝大败丧师二十万的哥舒翰。他的《兵车行》和《前出塞》更指斥："边庭流血成海水，武皇开边意未已。""君已富土境，开边一何多"。"杀人亦有限，列国自有疆。苟能制侵陵，岂在多杀伤"。就不只是批评征役中的不良现象，同情人民的疾苦，而已是抨击当时最高统治者的"开边"政策，政治色彩和政治倾向就更是浓厚和强烈了。又如感叹兴废，这是我国古代诗人经常触及的题目，不少怀古、咏怀的诗都写了这方面的情感。从政治角度来看，情况也很不一样。比如李白早期写的《拟恨赋》，列举刘邦、项羽、荆轲、陈后、屈原、李斯等，这些人当年或叱咤风云，或建功立业，或权势煊赫，或名盛一时，最后都不免与"天道共尽"，"委骨同归"。李白在这里提到了著名的帝王、王后与丞相这样一些政治上的人物，并讲到了他们最后与蝼蚁同穴的共同命运，他所表达的思想感情，与其说是一种政治见解，倒不如说是一种人生观，一种老庄的哲学观点。当然这种观点与政治是有联系的。刘禹锡的七绝《乌衣巷》，写到王谢豪门的衰败，没有明显的同情，也没有明显的嘲讽，也不过叹息人世沧桑罢了。只有这诗的哲学意味不如《拟恨赋》那样浓，政治的气味因而就显得较多一些。元稹的《连昌宫词》，也在叹息兴废，但却有着明显的规讽，提出了"太平谁致乱者谁"的问题，谴责最高统治者宠幸杨妃，豢养安禄山，使杨氏兄妹擅权，也歌颂了他所认为贤明的人。这诗的政治色彩和政治倾向就较为浓厚了。

　　具有政治内容和政治倾向的诗歌，除了表达的内容有上面讲的一些不同情况，在表达的方法上，也是多种多样的。比如除了直陈即所谓"赋"的方法，还可以运用比喻，不仅用这一人事喻另一人事，甚至写的不是人事，也可以具有分明的政治内容和政治倾向。这是因为人事以外的物，不论有生命的花、草、虫、鱼，或者是无生命的风、云、雷、电，以至看不见形象的寒、凉、暑、热，都各具特性，可以与人们一定的思想情感相比拟，赋予这些思想情感以更鲜明的色彩，因而可以借此抒发。这种表达方法，很早就已有了。著名的如《诗经》魏风中的《硕鼠》，拿大老鼠比喻残酷的剥削阶级，是一首讽刺尖锐的政治诗。我国文学史上的第一个伟大诗人屈原，更是善用比喻，王逸在《楚辞章句》中说："《离骚》之文，依诗取兴，引类譬喻。故善鸟香草，以配忠贞；恶禽臭物，以比谗佞；灵修美人，以媲于君；宓妃佚女，以譬贤臣；……"这种比喻的方法不限于诗，也不限于文学，文艺的各个部门都在运用。比如绘画方面，八大山人画的花鸟画，很多人都知道是寓有政治意义的。

　　具有政治内容或政治倾向的文艺作品，其具体内容和表达方法的多种多样，上面只举了我国古代诗歌，而且只是勺取了这浩瀚海洋的点滴。前面讲过，文艺与政治不同，需要构成形象，而且是美的形象。文艺的这种根本特性，就要求它所表达的思想内容，包括政治内容，借用别林斯基的话来说，必须存在于或寓于活生生的具体形象。这样，文艺所描写、所塑造的就只能是个别事物①，而且是富于感性的活生生的个别事物。因而，任何一件真正的艺术品，就该是一个独创，这就形成千姿百态。也就因此，衡量、评价作品的思想意义，包括政治意义、政治容量，就要从这不同形态的各个作品所构成的整个艺术形象，特别是那些着墨最多、最鲜明、最动人的形象中去辨析。比如表达政治内容，写得最明显、最直接的，并不一定比写得含蓄、写得看起来

----

　　①　即使是作家观察了许多事物而概括出来的典型，作为形象，也仍然是个别的。恩格斯说："每个人都是典型，但同时又是一定的单个人，正如老黑格尔所说的一个'这个'，而且应当是如此。"（恩格斯1885年11月26日致敏·考茨基，见《马克思恩格斯选集》第4卷，第453页）

不那么尖锐的分量和意义更大。像前面所举的杜甫的"三吏"，就写出的文字来看，可以有上面讲的区别，但具体指名哥舒翰的《潼关吏》并不一定比不具体指出政治上具体人物的《石壕吏》政治意义更大。又如谈到《红楼梦》的政治内容和政治意义，许多人都举出乌进孝交租的事例，这一例子自然是值得重视的，是值得谈的，但《红楼梦》的政治内容和政治意义却并不在或主要不在这个事例上。《红楼梦》那么生动描写的荣、宁二府的荒淫、奢侈，在政治揭发上说，难道不比这一事例更为具体、更为深刻吗？即使没有这一情节，《红楼梦》不是依然完整，不是依然不减少其政治分量和政治意义吗？

还有一个谁也不能否认的事实：政治是阶级社会中人类生活的重要内容，但并不是惟一的内容。社会上的人，即使是专门从事政治活动的人，他的生活，他与人的关系，除了政治生活与政治关系，也还有别的生活与别的关系，比如没有任何政治内容而又复杂多样的个人生活及朋友、夫妇、姐妹、兄弟等关系。从根本上总的说来，这些也都不能脱离政治，但仅就具体描写的某一件事或某一感觉、某一感情来讲，却不一定都和政治有什么关系，因而属于这些方面的吟咏就不一定都有什么政治内容和政治倾向。仅就唐诗中大家所熟知的举例，如：写兄弟感情的王维《九月九日忆山东兄弟》，写友情的杜甫《赠卫八处士》，写夫妇情感的元稹《遣悲怀》，写恋情的李商隐不少无题诗（如"相见时难别亦难"、"来是空言去绝踪"），写怀乡的李商隐《夜雨寄北》，写田家的储光羲《田家杂兴》（"楚山有高士"），写山居的王维《山居秋暝》，写江村的司空曙《江村即事》，大而写许多人以至整个人生哀怨的张若虚《春江花月夜》，小而写个人孤独的李白《月下独酌》，以至写比较细小的情趣的杜甫《水槛遣心》（"去郭轩楹敞"）等等，都不能说有什么政治内容和政治倾向。

至于写山、水、花、鸟这样一些自然景物，就更是可以没有政治内容，可以单单只是描写了自然美。也以大家熟悉的唐诗为例，如：李白《望天门山》，杜甫《望岳》与《春夜喜雨》，王维《鸟鸣涧》，杜牧《山行》等等，就更难找出什么政治的内容和倾向。至于美术作品，例子更多，就不烦列举了。就拿政治性很强的八大山人这样的画家来说吧，也不能说他的每幅花鸟和山水，无一例外，全都含有政治意义。如果在没有政治内容的作品中，硬要去找寻讽喻什么，硬去作政治性的解释，那就是牵强附会了。这样做，既歪曲了作品，也歪曲了政治，是对这二者庸俗化、简单化了解的表现。非政治的个人生活，我们只能说不可能脱离当时政治条件，不可能不受当时政治条件的约束和影响，却不能说其自身就是政治的。非政治的自然描写，我们只能说如果作为一种艺术倾向，一种艺术运动，必然有其当时的政治原因，但不能说这样的描写本身就是政治的。我们应该承认的是，非政治的个人生活是人的生活的不可缺少的部分，非政治的对自然景物的欣赏，也是人的欣赏活动的不可缺少的内容。这样的部分和内容，自古就有，并将永远存在。人类的文艺活动也在这些方面创造了丰富的遗产，积累了艺术创造的经验，构成了一个方面的美。这是不能取消和抹煞，事实上也是取消、抹煞不了的。

三　作品的政治作用不只取决于作品本身的思想政治内容

探讨文艺和政治的关系，要具体地实事求是地分析文艺作品的内容，这是最重要的也是最根本的，离开文艺的作品内容，如何去谈同政治的关系呢？但是，政治是阶级间的活生生的关系，离不开社会和实践，因此还得考察作品在社会上所起的实际作用和影响。如果一部作品通过对现实生活的描绘写了政治，但在社会上不起任何作用和影响，那么它所写的政治岂不成了空话，它和实际的政治又有什么关系呢？当然，文艺作品的政治作用、政治影响，来源并被决定于作品的政治内容、政治倾向，二者密不可分，但也不能把二者等同起来。这里有一些问题值得研究。

首先，我们在这里讲的是文艺的政治作用，而不是别的什么的政治作用，因此必须确定我们的对象是文艺。上面已经讲到，文艺是用美的形象反映社会现实生活和作用于欣赏它的人们，如果没有这样的形象，没有构成这样的形象，而且是构成美的形象，就不成其为文艺。政治内容和政治倾向可以通过对社会生活的形象描写，用文艺的方式表现，也可以用别的方式，比如政论之类来表现。有些政论或者是政治性的命令、通告之类也可以讲究辞藻，有的甚至可以写成五言、六言或七言押韵的形式，比如太平天国所颁布的一些通告和第二次国内革命战争时工农红军的一些布告，但它仍然是政治性的通告，而不是文艺。那么，这里就不存在文艺的政治作用，因为既然没有文艺，就无从谈起它的什么作用。如果可以算作文艺作品，但艺术性太差，那么即使其政治内容如何正确，它的政治作用和影响就会发生问题。如果艺术上太坏了，那么甚至可以起相反的作用和影响。一个正确的政治论点，一个正确的政治道理，如果用政论来表达，人们是会听的，并且信服，因而发生好的作用与影响；要是硬用诗或小说或戏剧来演绎，那就会使人感到别扭，感到可笑，既否定了这样的艺术，政治也连带受了损伤。关于文艺作品的倾向性问题，恩格斯在 1885 年 11 月 26 日写给敏·考茨基的信中指出："我认为倾向应当从场面和情节中自然而然地流露出来，而不应当特别把它指点出来；同时我认为作家不必要把他描写的社会冲突的历史的未来的解决办法硬塞给读者。"① 1888 年 4 月初恩格斯给玛·哈克奈斯的信中更这样强调："作者的见解愈隐蔽,对艺术作品来说就愈好。"② 恩格斯在两封信中都说,他并不反对而是赞扬倾向性的作品,特别是宣扬社会主义的作品,对于倾向所以一则说"不应当特别把它指点出来",再则说愈隐蔽就愈好,就因为文艺有它自己的特性,应该按照文艺的特性去创作文艺,正像种稻应该用种稻的方法,不应该用炼钢的方法,虽然炼钢和种稻都是生产。

　　文艺的这种形象的特点,就规定了作品中所表达的作者的思想,包括政治思想,对欣赏者所起的作用,不同于理论,不同于政治论文。人们欣赏艺术作品,被作品吸引,在作品中受到教育,都是通过活生生的艺术形象。在这里,只有生动的形象才有力量,才产生作用。离开这样的形象的任何抽象的议论,都是无力的,都是不起什么作用的。因此,认识、评价一部作品的思想作用,如果作为艺术作品来认识,来评价,那就应该着重看其艺术描写,看其艺术描写所实际发生的艺术作用,而不是看其不构成艺术形象因而实际不发生多大作用的思想议论,即使这种思想的表露不止一处,以至在作品中始终贯穿。这就是为什么,过去时代的有的作家虽然政治立场和政治主张很错误,但在作品中,由于其大量的具体描写,正确地深刻地揭露了当时不合理的社会现实,其具体表达的对社会的认识和评论,是人们可以接受的,依然可以成为很好的以至伟大的杰作,像托尔斯泰的许多作品,便是这样。有的作家,像巴尔扎克,在其成功的作品中,虽然表露了错误的政治立场,但这种立场在作品中受到了限制,不能构

----

① 《马克思恩格斯选集》第 4 卷,第 454 页。
② 同上书,第 462 页。

成鲜明动人的形象，因而以至作者在具体描写中"不得不违反自己的阶级同情和政治偏见"。这就是恩格斯说的现实主义的胜利。果戈里不能将《死魂灵》的续篇写下去，结果产生了焚稿的悲剧，也可以说是由于同样的原因。

也因为文艺作品是以艺术形象而不是以概念推理作用于读者、听众或观众，作者的观点和见解，他的政治倾向，不是以论证和道理去说服人们，而是通过像生活一样逼真的形象所构成的艺术魅力去感染、影响和打动人们，这就给欣赏的人们留下自己认识、判断和想象以至异于作者看法的再判断的余地和要求。当然，作品所显示的生活不同于客观现实生活，在这里，独立在人们之外的客观生活，已经经过了作者的选择、概括和加工，赋予了作者的情意，表达了作者的爱憎，因此在大的方面，在基本倾向上，作者肯定什么，反对什么，对于一般人来说，认识和理解应该是一致的。但由于欣赏者的思想、情感、生活经历以至文化艺术修养、兴趣爱好的不同，可以在一些地方产生差异，甚至较大的差异。比如读《红楼梦》，鲁迅在《〈绛洞花主〉小引》中指出："《红楼梦》是中国许多人所知道，至少，是知道这名目的书。谁是作者和续者姑且勿论，单是命意，就因读者的眼光而有种种：经学家看见《易》，道学家看见淫，才子看见缠绵，革命家看见排满，流言家看见宫闱秘事……"这是《红楼梦》出书并流行后到鲁迅写此文时所概括的情况。解放后还存在这样的情况：作者赞美、同情的是贾宝玉、林黛玉，这两个主人公是作者描写的正面人物，这几乎可以说是大家一致的认识。但对于薛宝钗，这个作为林黛玉的对立面，基本上应该否定的人物，有的红学家却认为应该与林黛玉同样看待，继续宣传过去提出的什么"钗黛合一"的说法。王熙凤分明是反面人物，绝大多数人也一致这么认识，但也有人认为这个人很可爱，认为是作者描写的正面人物。还有极个别的人，甚至认为贾政也是正面人物。这些自然是不符合作品的实际，不符合作者原意。《红楼梦》从多方面深刻地揭露了封建制度的黑暗和罪恶，今天的读者读来，可以得出这样的判断：封建制度已经腐朽到无可挽救的衰亡阶段了。但这并不是作者的判断，而是今天的读者通过这部书的形象描写所作出的再判断。一部作品客观存在着，表现在作品里的作者的思想情感也客观存在着，是可以作出科学的判断的。但艺术作品和科学论文不同，对某些内容丰富、深刻的作品，在一些问题上，作出符合作者看法的科学的判断，需要比较复杂的探索。研究作品的影响和作用，还需要联系不断在变化发展的社会生活实际。评判艺术作品，人们又可以也需要带上自己的个性，带着自己的情感、想象和爱好。因此，对于一个具体的科学问题，可以有一篇作为定论的结论，有了这样的结论，这一个问题就不需再探索了。对于艺术作品，却不能作出这样的结论，不能因为有了一篇正确、深刻的文章就可作为结论，就不需要别的人再写文章了。

　　文艺的影响和作用，可以因不同的人而有差异，在不同的时间和地点的不同情况下，也会出现差异以至很大的差异。在不同的时代，比如宋玉的《风赋》，其中所寓的规讽，到今天也仍然有一定的意义，但很可想见，今天的作用和当时的作用，其大小和效果会是很不一样的。又如汤显祖的《牡丹亭》，在封建时代的影响、作用和今天的作用显然也是很不同的。在同一时代但在不同的情况下，比如在喜庆的日子演奏哀乐或在悲痛的日子演奏快乐的曲子，除了极特殊的例外（比如个别地方极特殊的风俗），都是很不合适而令人极端反感的。《史记·项羽本纪》写项羽被围垓下，有这样的记载："项王军壁垓下，兵少食尽，汉军及诸侯兵围之数重。夜闻汉军四面皆楚歌，项王乃大惊曰：'汉皆已得楚乎？是何楚人之多也！'"这一历史故事，后来成为了成语：

"四面楚歌。"楚歌在这里起了瓦解军心以至动摇了楚霸王这样人物的斗志的作用，这是楚歌的作者① 所预料不到的。

文艺作品既然因不同的人、不同的时、地而产生不同的作用和不同的评价，那么对这样的对象，是不是就不可能进行科学的评价，就不存在客观的正确的分析呢？当然不是这样。文艺是反映现实生活的，既然比文艺更为丰富生动、复杂的社会生活，马克思主义者可以作出科学的分析，那么经过作家、艺术家进行概括、加工而创作出来并客观存在的作品，就更可以作正确的科学的分析了。自然，这里要的是真正的科学的马克思主义，而不是对马克思主义的种种歪曲，如种种修正主义与教条主义。修正主义和教条主义都只能引人走入迷途，背离对作品的科学分析。

在这里值得特别提出，文艺评论者和文艺作品欣赏者的政治立场和政治观点，对作品的政治作用，以至整个作品的评价，有着重大的影响。这儿有一个评论者和欣赏者的政治标准问题。毛主席在《在延安文艺座谈会上的讲话》中指出："任何阶级社会中的任何阶级，总是以政治标准放在第一位，以艺术标准放在第二位的。"毛主席是在谈到政治与艺术两者的关系时谈到这个问题的。对这句话，我的理解是，文艺作品如果具有政治内容，就存在政治与艺术的关系，因而进行评价时就有个二者的摆法问题，但是，像上面讲的，单纯描写自然景物，或单纯描写非政治的个人生活与抒发非政治的个人情感的作品，没有政治内容。评价这样的作品，政治的尺度没有衡量的对象，自然也就不存在政治标准摆在第一的问题。有政治内容的作品，用政治标准衡量，毛主席讲的是"第一"而不是"惟一"，不能把"第一"错理解

---

① 不知当时唱的是什么楚歌，是民歌还是专业音乐工作者的作品？但不管怎样，总是有作者的，不是个人就是集体。

为"惟一"。所谓"第一"，根据毛主席下面所讲的话来看，指的乃是"首先检查"的"首先"，并不是说政治最重要，艺术就不重要，更不是讲二者的比重，认为政治应该多些，艺术应该少些。如果承认在阶级社会里，不论自觉不自觉，任何人都站在一定的阶级立场，用一定的阶级观点来看待事物，也包括看待文艺，那么一篇或一件作品的内容如果在政治上与自己的立场、观点明确地抵触、违反，那就肯定不会喜爱，即使赞美其艺术上的成就，也不会感到整个作品是很好的。自然，也有这种情况：看了这一作品后，感到自己原来的立场、观点错误，因而改变自己的看法，于是喜爱这一作品，这种变化，依然是思想政治内容起了作用。还有一种情况：作品内容反动，但艺术性很高，对于这种作品，人们如不认识其反动内容，就容易在艺术魅力吸引中，不自觉地接受其有害的思想影响；或者虽认为其内容不好，但不认识其反动，因而达不到憎恶的程度，在这种情况下，也会忽视其思想毒害而为其艺术力量吸引，也因而会不自觉地接受其思想毒害。这种作品对人民的危害很大，因此毛主席说："内容愈反动的作品而又愈带艺术性，就愈能毒害人民，就愈应该排斥。"当然，这样的作品在艺术上是可以借鉴的，但有个前提，即首先必须认识其内容上存在的问题。正如鸦片可以药用，但必须认识其有毒的性能一样。这里仍然有个首先认识的问题，否则，药用就变成吸毒了。对于托尔斯泰、巴尔扎克这样的作家，像上面讲的，虽然其政治立场有问题，但由于其优秀作品通过生动形象所具体表达的思想，从我们的立场看来，仍可肯定，因此可以认为是杰作或伟大的杰作，这依然没有违反政治第一的原则。如果托尔斯泰所写的作品，主要不是揭露沙皇俄国的现实，而完全是或主要是宣传托尔斯泰主义，如果巴尔扎克的作品，主要不是揭露资本的罪恶，而完全是或主要是宣传保皇，我想，我们就难于接受，也很难给予很高的评价了。

四　文艺为政治服务，道路宽广

文艺与政治的关系，还有一个问题值得探究，这就是：文艺为政治服务的问题。

无产阶级文艺应该也必须为无产阶级的政治服务，但必须弄清文艺所服务的政治该是指的什么。不能根本取消这样的服务，但也不能把这样的服务规定得太窄、太死，以致形成束缚文艺发展、违反文艺发展规律的框框。文艺在人的精神上产生作用，主要是在道德、情操方面，是以反映现实的艺术形象揭示生活的真理，因而激发人的情感[①]，对人的品质，对人如何做人发生影响[②]。通过对生活的描写，文艺作品自然也会使人获得知识，获得各种各样的知识，但不论作品给予人的这些知识如何正确，如何准确，也不能代替，也有别于有关的科学。文艺作品的描写，如果涉及党的政策，如果党的政策不是错误的，自然不能违反并要宣传，但正确的政策只能作为作家观察、理解生活的指导，不能把文艺作为政策的图解。最好的政策图解，也不成其为文艺。根据文艺的性能，文艺为政治服务，我认为当是指为总的政治事业服务，为大的历史阶段的总的政治任务服务。无产阶级的文艺为无产阶级政治服务就是要为共产主义事业服务，为大的革命历史阶段的革命总任务服务，比如在抗日时期为抗日服务，在当前社会主义时期为社会主义服务。我想，文艺为政治服务，只能是

---

①　托尔斯泰虽然片面，但很有道理地强调了感情在艺术中所占的地位。见他写的《艺术论》。

②　高尔基给文学下定义说，文学是人学。

这样。这是因为文艺不同于应用科学或工作指南，更不同于行政命令，不是教人用什么具体方法去工作，而是使人明白对工作该持什么态度；不是简单催促人把当前工作搞好，告诉人该完成什么具体任务，而是用艺术的力量让人懂得这项工作的重大意义，它与伟大革命目标的关联，因而该用什么精神，为什么远大目标去奋斗。把为政治服务规定或简单理解作为当前中心工作或一个较短时期的任务服务，不但有碍于作家、艺术家发挥各自所长，用各种方式、方法，并从多方面取材，而且也会降低对作品的思想要求。比如当前全国人民的中心任务是实现四个现代化，各行各业、各条战线都要为此努力，做出贡献，文艺自然也该这样。那么，是否可以提出，在这个时期，文艺为政治服务，就是为"四化"服务呢？如果指的是创作的题材内容，那么这就重复了"写十三年"的错误口号。如果指的是思想、精神，那么"四化"的思想、精神又是什么呢？我们的现代化是社会主义的现代化，如果要讲思想、精神，那就应该是社会主义。发扬或有助于培养社会主义的思想、精神，不论写什么，对我们的"四化"都是有利的。即使是直接反映我国人民为"四化"而英勇奋斗的现实，文艺也不是写技术，写科学，而应该是描写为"四化"而斗争中人们的精神面貌。何况，除了工业、农业、科学、国防的现代化这样的中心、重大问题，作为活生生的现实生活，我们的社会还有许多问题要解决，思想领域里有许多问题要解决。而人们，除了干"四化"，别的生活需要，包括精神生活的需要，也还有许多。这些问题和需要的是否解决和满足，都与"四化"的能否顺利进行有着直接或间接的关联。作家、艺术家以社会主义事业的发展为总目标，从多方面观察、了解生活和生活中的问题，而按各自的情况进行多样的选材（包括历史题材），创造不同品类、不同风格的作品，以满足人民多方面的需要。这样的作品，就该是"四化"需要的，对"四化"有益的。

由于革命事业和在一个大的历史阶段革命的总的任务是根据于人民的生活和人民的愿望，符合生活的必然发展，符合人民的根本利益和要求，因而这样的为政治服务，也就是为人民服务，也与真实地反映现实生活的要求一致。所以要讲为政治服务，是因为包括文艺在内的我们的为人民服务，不是没有政治目标，没有思想理论指导的个人活动，而是有组织、有领导、有思想理论指导的政治行为，为着一个伟大的政治理想。有革命的政治和反革命的政治，不能因为反革命"四人帮"的假充革命，败坏了为政治服务的名声，今天就不要这么提了。同样，为了强调文艺在革命斗争中的战斗作用，也仍然要强调革命的文艺要成为革命斗争中的战斗武器。自然，不仅不能把批判的武器变成武器的批判，而且作为意识形态，文艺的武器也有别于政治的武器。

我们的各条战线，不论任何工作，都应该为一个革命的目标服务，但是不同的战线，不同的工作，服务的要求、内容和方式是各不相同的。比如农业为政治服务，就是要为我们的国家、我们的人民增产粮食，就是要实实在在地搞好生产，不能空喊政治口号，也不能像画家画画那样，不能是画粮食。画饼是不能充饥的。同样的理由，也不能要求美术、音乐、文学和戏剧生产出粮食来。文艺也在生产，但是另一种性质的生产，是精神生产，它又是异于其他精神生产部门如哲学、科学等的生产，虽然这种生产可以影响甚至很大影响工农业生产。

文艺不同于粮食及其他精神产品的基本特点是：以反映生活的艺术形象供人欣赏。因此，不能构成这种形象的事物，就不能成为文艺反映的对象，不仅必得用千万倍显微镜才能观察的微观世界，必得用千万倍望远镜才能观察的宏观世界，文艺表现不了；就是社会政治生活中的某些虽有重大意义，但无法构成艺术形象的事物，文艺也无法表现①。至于革命的理论、方针、政策和主张等，可以作为作家观察生活的指导，也不能作为艺术反映和描写的对象。对于文艺可以反映、描写的事物，也得考虑具体作家的具体条件。如果承认文艺的惟一源泉是社会生活，文艺作品是社会生活在作家头脑里的反映，那么要作家为政治服务，进行创作，就得承认必须具有进行创作的必要条件，即作家的生活积累和作家的思想情感。缺乏真实生活基础或缺乏作家真情实感的作品，都是虚假的艺术，没有生命力，也不能感动人。此外，作家的艺术修养，自然也是必要的。

这样说来，那么一个作家就只能写他熟悉的事物，而且还要受到思想情感和艺术修养的限制了么？无可奈何，只能是这样。不过，这些限制是都可以而且应该尽力突破的。作家需要不断提高自己的思想水平，也需要不断地增加自己的生活积累，开辟新的生活领域，熟悉那些需要描写、反映但自己还不熟悉的生活；自然，也需要不断提高自己的艺术修养，逐步精通自己所需要掌握的艺术技巧。但这样的突破或提高，不仅需要作家、艺术家主观上的艰苦努力，而且需要一定的必要的客观条件，需要一定的必要的过程。

上面已经提到，政治和政治生活的内容是多样的、多方面的，人民对文艺的需要也是多样的，多方面的。因而，任何一个革命的作家，或任何一个愿意为革命服务的作家，都可以充分发挥自己的才能，从多方面为革命的政治服务。恩格斯说："革命

---

①　探索宇宙的科学活动，这些年来有很大的进步，人们不仅用望远镜，而且可以飞登月球。这样的探索，当然也可以用文艺来描写，但那也当是写人的奋斗。而月球只是宏观世界的一部分，如果将来一般人可以自由往来于月球，那么这时的月球，对于地球上居住的人来说，已不是用千万倍望远镜才能观察的宏观世界了。

是政治的最高行动。"① 描写革命斗争，描写阶级间的激烈斗争，描写某一重大政治事件，这样一些作品的内容当然很有政治意义。抓住生活的某一侧面，写了阶级间的关系，或者从所描写的生活情节中、从抒发的情感中，反映了对社会制度的态度，反映了对代表一定阶级利益的某种思想的态度，也应该说有着政治内容和明确的政治倾向，会产生政治作用，以至很大的政治作用。政治既然指的是国家权力和国家统治的活动及其表现，因而涉及一切有关的人的根本利益，因此不论是革命的政治，还是反革命的政治，就一定在人们的生活中起作用，发生影响，如果与人们的生活无关，那还叫什么政治呢？政治与生活的这种关系，就使得文艺可以从许多侧面去反映生活，并在一些看起来细微的琐事的描绘中表达政治思想和政治倾向，产生政治作用。因为生活的许多侧面都与政治有关，而许多生活琐事中原就包含有思想政治意义以至很重大的思想政治意义。这就涉及所谓重大题材问题。什么是重大题材呢？是指描写的事件是重大事件，还是指这个题材包含有重大的思想内容？有些重大事件，前面已经提到，不适合艺术描写，有的虽可描写，但作家的生活积累、思想水平或艺术的修养以及个性、风格方面如果存在问题，反映不了，那么，即使事件很重大，却不一定能写，勉强去写，也是肯定写不好的。就是写重大历史事件吧，艺术的描写和历史的叙述也是大有区别的。托尔斯泰的巨著《战争与和平》写的是俄法战争，中间出现了拿破伦、沙皇、库图佐夫这样一些人物；雨果的杰作《九三年》，写的是法国大革命，中间出现了罗伯斯庇尔、马拉、丹敦这样一些人物。他们都从具体的生活描写入手，描绘一个个生

---

① 恩格斯《关于工人阶级的政治行动》，见《马克思恩格斯选集》第 2 卷，第 440—441 页。

活场景。托尔斯泰在他的作品中发了些历史哲学的议论，但成了小说的多余部分，除了托尔斯泰的研究者，是很少有人阅读的。我国曹雪芹的《红楼梦》，国内国外许多人都公认是一部伟大作品，没有异议地认为它深刻、生动地从多方面描写和批判了中国封建社会的腐朽和没落，具有重大的政治意义和强烈的政治倾向。但是，这部小说的题材算是什么呢？从封建时期的阶级斗争来看，它没有写农民起义，甚至连农民起义的一点儿影子也没有，就是写地主对农民的剥削吧，侧面的描写也只有乌进孝交租一个小的情节，在全书的地位也是极小的。从历史事件来看吧，全书不但没写什么重大历史事件，甚至以这样的事件作背景也没有。如果实事求是看待这本书，那么只能说它写的是封建社会中的，而且是上层社会的男女青年爱情的悲剧。可是有人却讳言爱情，一提这个词就认为是歪曲、贬低了这部书。这真是令人不胜奇怪。《红楼梦》这本书的书名，以及作者给它起的别名《金陵十二钗》、《风月宝鉴》、《情僧录》，无不标明爱情。一部书的名字，不是重要的，那么就看全书主要情节和贯穿全书的主要线索吧，又怎么能否认是写的贾宝玉、林黛玉及薛宝钗之间的爱情纠葛呢？可是以这样的封建社会中男女青年爱情悲剧为题材，却写出了那么丰富的社会内容，具有那么重大的政治意义。不能把个人爱情与社会斗争对立起来，也不能把一切看来是日常的生活小事与重大的政治内容对立起来。而文艺，它的任何重大思想内容都必须蕴藏在具体的、个别的事件中。这涉及艺术的特性这么一个基本问题。对艺术创作简单化了解的人，就是在思想方法上出了这么一点形而上学的毛病。

从生活的各个侧面选材都可写出有社会政治意义的作品，从而为政治服务。有些作品，本身虽无什么政治内容，比如只擅长于画花鸟画的画家所画的花鸟，如果他的作品是献给社会主义、献给劳动人民的，那也应该说是为革命服务、为人民服务。革命需要、人民需要，又满足了这样的需要，怎么能说不是为革命服务、为人民服务呢？在这儿，又提出了一个问题：革命、人民需要什么？不能把革命和人民的需要看得太简单。比如，战斗、劳动自然是革命和人民所需要的，但战斗之间与劳动之间的休息，难道不也是很需要的么？毛主席引用《礼记》的话说："一张一弛，文武之道"，如果只有张而没有弛，战斗怎么能继续下去呢？革命的劳动人民需要紧张的战斗，也需要轻快的休息，需要物质上的供给，也需要精神上的食粮，需要多方面的精神活动和精神生活。把革命和劳动人民看得很简单，是对革命的不理解，也可以说是对人民的不够尊重。因此，不能把为政治服务看得太狭窄。如果我们不简单看待政治，不简单看待人民的生活和生活的需要，就该承认为政治服务的道路是宽广的。

为革命的政治服务，对于一个革命的作家说来，不仅道路宽广，而且完全可以处于主动，在革命发展中，走在前面。过去时代的作家，不论是中国的还是外国的，凡是够得上称作先进的，无一例外，都走在时代的前面。我们的时代，有马克思主义、毛泽东思想的指引，有党的领导，处在社会主义时期，革命作家的思想觉悟和认识就更应走在时代的前面。当然，我们的时代和剥削阶级当政的时代，还有这么一个重大区别：管理我们国家的不是反动的统治阶级而是代表无产阶级和广大劳动人民利益并用最先进的马克思主义武装起来的先进政党——中国共产党。我们的各项事业，包括文艺事业，都是在党的领导下进行的。因此，作家、艺术家需要党的领导。但这并不妨碍，倒是有更好的条件，使一个作家在生活中，对一些问题，以至很重大的问题，可以有自己的独特的新的发现。因为，党的正确的方针、政策和主张以至党的基本纲领，不是来自天上，也不是抄自书本，而正是来源于广大人民群众的实际生活和斗争。毛主席几次讲到，党中央只是个加工厂，思想、原则、政策和办法要从下面来。1953年8月12日毛主席在全国财经工作会议上的讲话中说："中央领导机关是一个制造思想产品的工厂，如果不了解下情，没有原料，也没有半成品，怎么能够制造出产品？有的东西，地方上已经制成产品，中央领导机关就可以在全国加以推广。比如老'三反'和新'三反'……都是地方上先搞的。"①生活在劳动人民中的作家、艺术家，或者自身就是劳动人民的业余文艺工作者，在劳动人民的实际生活斗争中，不但与劳动人民一道战斗、劳动，而且一道思考，只要有马克思主义的指引和党的领导，就能够像一个称职的马克思主义实际工作者一样，发现那些刚刚萌芽的新生事物，发现那些值得注意的问题，及时反映人民群众的思想情绪和要求，并及时而有效地引导人民群众前进。同实际工作者不同的地方，只是作家、艺术家还因分工和职务的需要，对这些新事物有更多、更细、更具体的形象感受，并有本领据以塑造出生动的艺术形象。真正的好的艺术，不仅在艺术形式上有自己的独创，在思想内容上，也应该有作家的新颖的独自的发现和见解。这样的服务，才能是有力的、效果大的服务。我想我们的作家、艺术家应该是这样来工作、来为革命的政治服务的。

五　社会主义时代不能缺少暴露，讽刺和批评

前面提到，我国过去时代优秀的诗人、作家，有一个关怀民生、讽喻时政，敢于代表人民说话、敢于揭露不合理社会现象的

---

①　《反对党内的资产阶级思想》，《毛泽东选集》第5卷，第91—92页。

优良传统。司马迁和韩愈甚至把它概括为一条规律，叫做"发愤"，叫做"鸣不平"。这样的传统，在今天，在社会主义时代，要不要继承和发扬呢？自然，谁都清楚，我们的时代不同于过去的任何旧的时代。我们过去的时代，不论长期的封建时代，或者是后来的半殖民地半封建的时代，都是剥削阶级专政的时代，当时的社会制度根本上是不合理的，是剥削压迫人民的。因此，在那样的时代，站在革命的或进步立场的作家、艺术家，要为人民说话，就要反对那种统治和制度或那种统治和制度所造成的种种不合理现象。社会主义时代，国家的性质变了，社会制度变了，在这一新的时代，如果反对无产阶级专政的国家，反对社会主义，反对领导这样的国家的我们的党，那就是违反人民利益，站到反动、落后的立场上去了。在当代，在我国，一切进步的作家、艺术家，应该是以最大热情歌颂我们的社会主义革命和社会主义建设，歌颂我们的党，歌颂我国勤劳勇敢的劳动人民。但是除了歌颂应当歌颂的，有没有应当暴露的对象呢？对于不良现象可不可以加以暴露、讽刺和批评呢？这就要问我们的社会有没有缺点，有没有落后以至反动的事物。毛主席指出，社会主义社会还存在着矛盾和斗争。我们的社会还存在着反人民的反动剥削阶级的思想和行为，代表这种思想、有这种行为的，有多种多样，可以是潜伏在社会中的反革命分子，也可以是挂着共产党招牌甚至窃据党的重要职位的资产阶级野心家、阴谋家这样的人物。这是敌我性质的矛盾和问题。此外，毛主席指出，我们的社会，还存在大量的人民内部矛盾，比如领导上的官僚主义，社会上的各种各样的资产阶级、小资产阶级的思想和行为，以及封建阶级的思想和行为，这些也是与社会主义、与人民的利益相违背、相冲突的。这两类矛盾，在我们的国家里，都会形成违反人民利益的不良社会现象。对于这种种不良现象，我们的诗人、作家如果站在人民立场，真正代表人民利益，真正维护社会主义制度，真正是个马克思主义者，就应该、就有责任揭露、批评，而且应该是满怀保卫社会主义制度的激情。但是过去曾经有过一些错误理论，形成了禁忌，圈划了禁区，使作家、艺术家虽然看到了一些不良现象，却不敢批评、揭露。

一种是所谓不能揭露社会黑暗面，认为我们的社会主义社会尽善尽美，如果讲黑暗面，那就是对社会主义的诬蔑，而我们的作家、艺术家在这种观念或舆论的影响下，也产生一种顾虑，害怕这么一写真的会损伤我们的社会主义制度。这倒真是"阶级斗争熄灭论"，是根本否认我们的社会还存在矛盾和斗争。在"四人帮"横行的时期，有的人只承认或者只敢写一种矛盾，即人民群众和潜伏特务的矛盾，于是有的时候在我们的一些作品里，要是有斗争的话，一切斗争都归结于抓特务。这样一来，毛主席指出的我们的社会存在的大量人民内部矛盾，就被否定，或在事实上不敢写了。这就在客观上为种种不良现象制造者打掩护，保护这些人的错误，也保护这些不良现象。这是大是大非，应该把这个问题弄清楚。我以为应该这么认定，正是为了爱护我们的社会主义，就要尖锐地毫不含糊地揭批我们社会中的种种不良现象，要把社会主义同不良社会现象分开来，把两者混同，倒真是诬蔑了社会主义。这里有一个对社会主义社会中不良现象的根本立场、态度和认识问题。是的，攻击社会主义的敌人在收集和捏造我们的社会的缺点，并竭力大肆宣传，但他们的攻击和我们的揭批存在根本区别：他们是站在反社会主义的立场，把这些现象归之于社会主义制度，目的在于让人们怀疑、反对社会主义，为的是复辟旧的制度。我们则是为了巩固和发展社会主义，把这些现象看作是旧制度的残余，看作是来自剥削阶级的旧习惯、旧思想的表现，是与社会主义不相容的。我们的文艺揭露、批判这些不良现象，目的是：使人们认识，要根除这些现象，要把我们的国家建设好，惟一的办法，就正是要坚持社会主义道路；使人们认识，社会主义是一个既伟大又艰苦的事业，必须在各方面进行艰苦的斗争；让人们认识了这些以后，更增加对社会主义的热爱和积极为社会主义及明天的共产主义而奋斗的决心和信心。

还有一种理论，姑名之曰错误的"典型"论吧。这种理论不仅把个别与多数混同，而且把个别与全体混同。比如作品中出现一个有落后思想与行为的农民，有人就质问：难道我们的劳动人民是这样的吗？或者缩小一点圈子，问道：难道我们国家中的农民群众是这样的吗？在这样一种理论下，就更不能写某一党的领导人有缺点有错误了。这当然是十分荒谬的。一个人，即使居于党的领导的很高的职位，也不能保证不犯错误。这样的人犯了错误，也不等于党有了问题，因为一个人不能等于党的整个组织，甚至就是党的最高领导人以至是真正很英明很伟大的人物吧，也不能就等于全党。这样的人，如果不是幻想出来的"神"，也可能在个别时候做错事、犯某种错误的。不能因为有了这样的错误就否定其伟大，也不能因为这样的人物伟大就不能讲他的错误。可是，一个时候，一个人如果在报纸上被批评了，不管批评的是什么问题，那么这一个人就会被认为有了什么重大问题。因此，人们就十分地小心谨慎，生怕写文章有错误被公开批评；而对于一个大家尊敬的人物，如果分明在某个问题上有了错误，也不敢批评，或认为对这样的人不该批评。这是很不正常的现象。为了保卫我们的社会主义国家，捍卫我们的社会主义事业，我们的作家、艺术家就需要用艺术作为批评的武器来纠正、消除这样的现象。

作家、艺术家不仅可以而且应该描写、揭批我们的社会中的不良现象，甚至对党和国家的政策，也可以进行批评。这是因为党所制定的政策、条例，正确与否也有个认识和实践并在不断认识和实践中逐步修正的过程。毛主席1962年1月在扩大的中央工作会议上的讲话中专门讲了认识客观世界的问题，指出："人对客观世界的认识，由必然王国到自由王国的飞跃，要有一个过程。""在民主革命时期，经过胜利、失败，再胜利、再失败，两次比较，我们才认识了中国这个客观世界。……没有经过大风大浪，没有两次胜利和两次失败的比较，还没有充分的经验，还不能充分认识中国革命的规律。"对于建设社会主义，毛主席指出："对于建设社会主义的规律的认识，必须有一个过程。必须从实践出发，从没有经验到有经验，从有较少的经验，到有较多的经验，从建设社会主义这个未被认识的必然王国，到逐步地克服盲目性、认识客观规律，从而获得自由，在认识上出现一个飞跃，到达自由王国。"指出："对于社会主义建设，我们还缺乏经验。"对于在我国建立起强大的社会主义经济这一伟大事业，毛主席在讲话中说："为了这个事业，我们必须把马克思列宁主义的普遍真理同中国社会主义建设的具体实际，并且同今后世界革命的实际，尽可能好一些地结合起来，从实践中一步一步地认识斗争的客观规律。要准备着由于盲目性而遭受到许多失败和挫折，从而取得经验，取得最后胜利。"既然这样，那么在摸索客观规律的过程中，又怎么能保证党所制定的所有政策，包括非根本性的具体政策，就百分之百地完全正确呢？真正深入生活实际同人民群众打成一片的作家、艺术家，对党对人民就完全有可能做出这样的重要贡献：协助党逐步完善党所制定的某些政策，纠正党所定的这些政策可能发生的偏差，使之完全符合实际、符合客观规律。

对于社会主义社会，只歌颂属于主流的光明，不揭批尽管是属于次要方面、属于支流的黑暗，不符合社会的客观情况，不符合社会的现实。这样来进行创作，就会出现虚假，对光明的歌颂也会是肤浅、无力。而作家、艺术家由于禁忌和禁区造成的框框和顾虑，不仅创作力受到束缚，观察、思索和想象的力量也会因而减弱。对于人民群众来说，在损害人民利益的社会现象面前，闭目掩口，不敢用艺术的武器去揭批、战斗，去为人民说话，就是失职，既是对人民失职，也是对党、对革命的失职。"文化大革命"在两个方面提高了我们的认识：一方面，"四人帮"的种种倒行逆施，种种罪恶活动，告诉我们一桩重大事实，使我们认识到社会主义社会里存在着血污，存在着极阴暗的事物；另一方面，和"四人帮"英勇搏斗的英雄们的顽强不屈，以至英勇献身，给我们树立了榜样，告诉我们在社会主义社会里，仍然存在艰苦残酷的斗争，为了坚持真理，捍卫社会主义事业，就需像这些可敬的同志们，像解放前为革命牺牲的先烈们一样地英勇顽强的战斗。基于这两方面的认识，我们的社会主义文学艺术就不仅需要歌颂社会主义的光明，而且需要揭露我们社会上存在的反社会主义的黑暗，狠狠揭露、打击反社会主义的反革命势力；对人民内部的一切消极现象，对我们工作中的缺点、错误，也要揭露、要批判。需要调动一切艺术手段，用嘲讽的火焰烧去一切妨碍革命、损害人民利益的不良现象。这是一切革命作家、艺术家的神圣职责，也是一切革命作家、艺术家的神圣权利。

六　文艺问题、学术问题应与政治
问题区分开来

文艺既然与政治有密切联系，创造具有重大社会意义的作品，又不能不有明确的政治内容和政治倾向，诗人、艺术家要为人民说话，又不能不揭批涉及政治问题以至政策、制度的不良方

面，这就发生文艺问题、学术问题与政治问题如何区分的问题。从总的方面来讲，像前面提出的，文艺与政治不同，对文艺的研究、评论即文艺的理论批评，是学术，也与政治不是一个范畴。但具体而论，则情况比较复杂，文艺作品和文艺的理论批评的思想内容是多种多样的：一些作品，一些理论批评，会存在这样或那样的思想问题，但不是政治错误；有的作品，有的理论批评，则可能会有政治错误；有的作品，有的理论批评，作者的意图，甚至也可能确实是在进行政治上的攻击和破坏。这就需要进行细致的科学的分析。人的思想，如果是活人的思想，而不是被抽象了的思想概念，情况是较为复杂的。认真说来，每个人都有每个人自己的不同于别人的思想，但仍然可以概括，可以分类。就文艺这个领域，从政治的角度来看，作大的分类，人的政治思想情况，极粗略地划分，似可分为这么几类：非政治非世界观的；世界观的而非政治的；政治的而非敌我性质的；敌对性质的。这几类中，前三类属于人民内部问题，只有后一类才属于敌我问题。要严格划分人民内部问题和敌我问题，也要划分政治问题和非政治问题。文艺和文艺的理论、批评都是属于意识形态，不论有什么样的错误，如果没有确实的证据证明确是政治上的敌对性的蓄意进攻和破坏，都不能改变这样的性质，都不能判断为敌我性质的矛盾。作家、艺术家对政策一类问题的认识和批评，如果错了，其错误的内容是政治的，但错误性质仍然属于思想认识问题。至于那些不直接涉及政治的世界观方面的问题，比如唯心观念，资产阶级、小资产阶级思想情绪等等，就更不能看作政治问题了。而且，任何一个人的世界观的改造都需要一个长期的过程。毛主席指出，不仅出身于剥削阶级家庭的知识分子需要改造，小资产阶级出身的人需要改造，就是工人也是需要改造的。作家、艺术家需要努力改造自己的世界观，但不能等到完全改造好了才进行创作，而文艺又总是要很细微地表现作者的真情实感，这就会形成作品思想内容上的缺点。作品中出现唯心观念，出现资产阶级、小资产阶级的思想情绪，自然应该指出、应该批评，但应该与别的错误区别对待。不仅不能把政治上先进但因世界观没有很好改造因而流露有这样思想、情绪的人同政治上有问题的人混同；就是主观上坚持唯心观念但政治上并不反动的人也不能认为有什么政治问题。我国的宪法明确规定，中华人民共和国的公民有信仰自由，包括信教的自由。可见就是信教，对一般人说来，也并不是政治问题。毛主席1957年3月在中国共产党全国宣传工作会议上的讲话中对我国的知识分子作了这样的分析："这五百万左右的知识分子中，绝大多数人都是爱国的，爱我们的中华人民共和国，愿意为人民服务，为社会主义的国家服务。有少数知识分子对社会主义制度是不那么欢迎、不那么高兴的。他们对社会主义还有怀疑，但是在帝国主义面前，他们还是爱国的。对于我们的国家抱着敌对情绪的知识分子，是极少数。这种人不喜欢我们这个无产阶级专政的国家，他们留恋旧社会，一遇机会，他们就兴风作浪，想要推翻共产党，恢复旧中国。"毛主席又指出："如果我们的知识分子读了一些马克思主义的书，又在同工农群众的接近中，在自己的工作实践中有所了解，那么，我们大家就有了共同的语言，不仅有爱国主义方面的共同语言、社会主义制度方面的共同语言，而且还可以有共产主义世界观方面的共同语言。"毛主席在这里把知识分子的政治情况分作了三种，这三种人中，只有后一种人政治上是极端反动的，他们的问题应归入敌我矛盾问题；对社会主义怀疑但在帝国主义面前还是爱国的人，尽管在怀疑社会主义这一点上存在问题，却绝不能划到敌人的行列里去；至于既爱国又拥护社会主义的人，尽管世界观上存在比较大的问题，比如爱国爱社会主义的宗教界人士，也绝不能说政治上有什么问题。从这里是不是可以作出划分政治问题与非政治问题的界限呢？是不是可以这样认为：在意识形态领域里，凡联系现实社会生活而不涉及爱国与否，不涉及是否反对社会主义的问题，都属于学术问题。要是这样的看法可以成立，那么，自然科学的全部；哲学、历史、文艺等的许多问题，比如：唯物论与唯心论，辩证法与形而上学，历史分期，历史发展，历史上某一时期的制度及统治者的政策（像有无让步政策），历史上某类人物（像儒家、清官）及某一具体人物（像孔、孟、秦始皇）的分析评价，文艺理论，文艺历史，创作方法，作家、作品和作品中人物的评价分析（像《红楼梦》的主题思想、贯穿全书的主线、作者的思想与立场）等等，都属于学术问题。学术问题不能等同也不能混同于政治问题。当然，一切学术，都不能脱离政治，但那是以不同方式与政治相联系。自然科学本身，没有任何政治的性质，但自然科学家如果自觉地站在一定的政治立场上，以自己掌握的科学为某一政治势力服务，在这一点上，就存在政治问题了。至于哲学与社会科学，它们的本身就直接或间接与政治有联系，比如哲学这一概括性大、比较抽象的部门，列宁和毛主席都强调它的党性，唯物论常常与进步的、革命的力量相联系，唯心论则往往与落后、反动的力量相结合；辩证法的运用可以自然地引出革命的结论，而形而上学则往往成为维护保守与反动的武器。可是，除了直接涉及政治问题，哲学上的观点和方法，在一般情形下，只是表现为利于或不利于某种政治，而利于与等于是有区别的，正像干柴、煤块以及火柴，利于燃烧，而并不就是燃烧一样。毛主席关于我国知识分子三种情况的分析判断，提出了划分敌我的界限，也指出了我国社会主义社会的广泛的民主，即不仅爱国爱社会主义的人属于人民范围，应享有社会主义的民主，就是对社会主义有所怀疑但在帝国主义面前表现爱国的，也属于人民的范围，也应享有社会主义的民主，对于这种人怀疑社会主义的问题，应采取民主的办法解决。在人民内部，不要说对社会主义有怀疑的人，就是拥护、热爱社会主义的人，在属于政治的问题上也可能犯错误，不仅会在一般的政治问题上犯错误，就是在路线问题上也可能犯错误。犯了这样严重错误的人，如果不是出于有意破坏，出于反革命的目的、动机，不是野心家、阴谋家，像林彪、"四人帮"一类，其错误性质也仍然是思想认识问题，对待、纠正这样的错误，也只能采取民主的办法。当然，作家、艺术家在反映、描写这样的事件时，如果出了错误，就更是属于认识范围的问题了。

文艺和政治的关系问题，是个重大问题，也是个很复杂的问题。上面我只是把自己认为需要探讨的几个问题提了出来，一些论点没有展开分析，好些看法很可能是很不妥当的。所以发表出来，是为了引起对这个问题的讨论，希望经过不同意见的充分争论，得出真正马克思主义的科学的分析和论断。

1979 年 6 月 6 日完稿

（原载《新苑》1979 年第 10、11、12 期）

也谈典型

一 不该是概念的化身

人们长期谈论典型，这是一个理论上存在混乱，而在实践中又有着障碍的问题。人们要求"我们的文学画廊中"出现新的"众多的不朽的典型形象"，要我们的作家塑造这样的人物。我们的作家也确实在为此艰辛地努力。可是，一部作品问世，如果作品中的人物，由于某种原因，引起了什么不愉快，于是问题来了：这个形象真实吗？或者，这个人物有典型意义吗？而在一些人看来：典型性往往与真实性等同，在真实这个问题上，又把艺术的真实与生活的真实，以至事实，等同起来。典型的普遍性则往往与整个典型人物混同，与实际生活统计的多数混同。因而，提出这样的质问：这样的人物，在某阶级或某类人中，人数很多吗？可以代表这类人吗？或者问道：这个人物的这一缺点或这一优点，在某阶级或某类人中，存在得很多吗？能反映这类人的本质吗？这样一来，到底什么是典型就令人有些糊涂，而作家塑造人物形象则更是感到很难办了。过去，文学上的禁区很多，这样不能写，那样没意义，这没抓住要点，那没反映本质，使人动弹不得。现在思想解放，创作也活跃起来了，但问题并未完全弄清，因而实践中仍有不少障碍。

这里存在的一个根本问题是：对文学作品中的典型人物的典型性，它的代表性和普遍意义，究竟该如何理解？

关于典型，高尔基曾在他的文章和谈话中多次谈到，为大家所熟悉也常被引用的有这么一段话：

> 假如一个作家能从二十个至五十个，以至从几百个小店铺老板、官吏、工人中每个人的身上把他们最有代表性的阶级特点、习惯、嗜好、姿势、信仰和谈吐等抽取出来，再把它们综合在一个小店铺老板、官吏、工人的身上，那么这个作家就能用这种手法创造出"典型"来——这才是艺术。①

对高尔基在这里讲的"最有代表性的"东西该怎样理解呢？如果把最有代表性的阶级、阶层或某一类人的特点，当作对整个阶级、阶层或这一类人的特点的科学抽象来理解，那么抽取、综合的结果就是抽象的概念，代表性等于共同性，因而代表性越大就越抽象，抽取、综合的最有代表性的结果就等于是给这样人物下的科学的定义，那就不是一个个具体的活人，而是一个阶级、阶层或某类人的抽象概念了。如果认为代表性指的是这个阶级、阶层或某类人中最多数人所共有的特性，是这些人的具体的共性，这共性是共同的，又是具体的能感受的。比如，写这些人物的职业特点，以及思想、精神上的某些特点，这些特点是共同的，是这最多数人中各个都具有的，是哪里都能见到的，又是大家都了解认识的。那么，这样抽取、综合后塑造的人物，就会是

---

① 高尔基《谈谈我怎样学习写作》，人民文学出版社1978年版，《论文学》，第160页。

极平庸的，也是没有什么意义的。如果认为典型的代表性，指的是这类人物中最突出的、最标准的特性，据此来抽取、综合，写英雄人物就把这个阶级、阶层或某类人中英雄人物的一切英雄行为都集中在一个人身上，写出一个特等英雄，写反面人物就把这类人的一切坏处都集中在这个人身上，写出这类人中的最坏的坏人。这样用加法积累写出的人物，就会成为古怪的堆积物，不可能成为令人可信的真实的活人。这样的抽取、综合，不论是整个阶级、阶层或某类人的特点也好，或这类人中大多数人的共同特点也好，最突出最标准的特性也好，共同的问题都出在走概念化这么一条道路上面。前一种很明显是概念化，不用说了。第二种，尽管抓了具体的能感受的东西，但那抓共同特点的根本方法，依然是科学抽象的路子，只不过是抓取了些具体事例罢了。第三种，看来是具体事例的堆积，但那根底，那出发点，依然是概念，是阶级或某类人之"最"。总之，都不是从活生生的生活出发，都不是以正确思想为指南，以生活为本，钻入生活，而是以抽象概念为本，去找寻实例。这样的抽象、综合，即使所综合、概括的结果是正确的，那也不是艺术的概括而是科学的概括，不能不流于概念化。即使涂上些色彩，外加具体的形象，那也是概念的化身。科学的概括、抽象，如果确属真理，反映了事物的本质，可以作为观察、认识具体事物以及进行某种具体行动的指南，却不能代替具体的观察、认识，也不能成为如何行动的教条。这是马克思主义的基本原理。不要说科学的抽象原理，就是直接关系某项工作的正确的方针、政策，做这项工作的，执行起来，也得按照具体的实际情况。否则，就会产生错误。进行艺术创作，就更不能拿科学概括、科学的真理代替作家的具体观察、认识，以至成为进行艺术创作的教条了。不仅用美的形象如实反映现实生活的作家、艺术家，观察、认识以及创作，必须从活生生的现实生活出发，连实际工作者也该是如此。实际工作者的工作成果，行动的正确与否，要用活生生的实际生活来检验，作家、艺术家则要塑造令人信服并使人感动、产生良好效果的像生活一样真实的活生生的艺术形象。作家、艺术家可以也应该在正确思想指导下确立自己的艺术职责，比如搞艺术创作为了什么；也可以因科学的指引，认识现实社会生活存在的问题，以及某种人的本质是什么；也可以因社会的责任感，要赞扬什么，因而塑造什么英雄人物或正面人物，批评什么，因而要塑造什么反面人物。这样一些思想活动，不仅我们时代的作家、艺术家，就是过去时代进步的作家、艺术家，也都是有的。在这里，不论作家、艺术家意识与否，理念、科学，都起着作用，指引着观察、认识与塑造人物的活动。但是，这只能是一种指引。即使是指路碑，也只能指路，路还得自己去走。

这里，我想为社会科学、为正确思想说几句话。人类离开动物界，逐渐成为最有理性的人后，进行任何行动，除了极简单的、无意识的、无思想内容的活动外，不论自觉与否，总是有一定思想指引的。科学的、正确的思想对任何人（包括作家、艺术家）的观察、认识和行动都是有益的、需要的[①]。但像上面讲的，不能把"指引"变成代替，变成约束思想、使思想僵化的教条。如果这样，真理就变成谬误了。

我想，一些人对作家、艺术家塑造人物，用典型的名义提出的不甚合理的要求和责难，主要原因和毛病就是离开了生活，离开了艺术。这些人是从一个简单概念出发去要求与检查作家、艺术家对人物的塑造的，因而所要求的，实在说来，只不过是概念的化身。

---

① 自然，有这样的理论，认为诗人、作家是疯子，是梦游者；诗人、作家的创作是下意识，或无意识的活动。对于这类主张，这里就不想作什么评论了。

而概念的化身是不能叫做艺术形象,更不是典型形象的。

二　典型的共性指的是什么?

　　高尔基关于典型的言论,自然不是让人从概念出发,而是要人们深入生活,并多多观察人,观察现实生活中同种类的活人;也不是让人像社会科学工作者一样,经过在现实生活中的仔细、深入的社会调查,得出抽象的、科学的概念。那么,高尔基所说的代表性,或典型的共性,究竟指的是什么呢?这里,我想可以读读鲁迅的言论。鲁迅讲到塑造人物,也强调要多观察,然后概括、综合。他说他写的人物,模特儿"没有专用过一个人,往往嘴在浙江,脸在北京,衣服在山西,是一个拼凑起来的角色"。似乎,从观察中抽取的东西专指的外形。我以为这是一种比喻的说法,如果按字面理解,那就太皮相了。而且,事实上鲁迅也不是这么做的。鲁迅塑造的典型人物,不论是阿 Q 或者是祥林嫂与孔乙己,虽然人物的外貌和穿戴,与性格有关,但却不是这个人物所具普遍意义的典型性。因为把外形改动,人物的典型性依然可以存在。比如,鲁迅在《答〈戏〉周刊编者信》中就指出,如果把阿 Q 搬上舞台,为了"使看客觉得更加切实","不但语言,就是背景,人名也都可变换。"自然外形也不能随便拼凑。比如阿 Q 的穿戴,鲁迅在《寄〈戏〉周刊编者信》中指出,他戴的应该是顶卷边的毡帽。这种帽子是绍兴一带乡下所特有的。如果作品中写这么一个人,头戴这样的毡帽,脚上却穿着东北地方特有的靰鞡,这成其为什么人物呢?鲁迅在《答〈戏〉周刊编者信》中指出,把《阿 Q 正传》改编为戏剧,语言、背景、人名都可变换,但这变换得注意人物与环境的一致。"譬如说,这演剧之处并非水村",那么"航船就可化为大车,'七斤'也可叫

'小辫'"。可见，塑造一个人物，虽然可以从各方面抽取材料，但如要成为一个真实的活人，就是外形也必须统一，必须天衣无缝的统一在一个人身上，而不是胡乱地拼凑。

一个形象的外貌自然与他的内在精神是有联系的。可是，从阿Q这个典型，以及鲁迅对这个人物的讲话，使我们认识一个问题：具有普遍意义的典型性，不是或主要不是人物的外形，而是人物性格的内在特质，是寓于这个人物有一定特征的外在行动中的一种精神状态。典型人物的典型性则指的是这种精神状态所具社会意义的普遍性。因此科学地讲来，一个人物的典型性，不是这个人物，而是这个人物的精神状态。比如阿Q和堂·吉诃德，如果讲这两个活生生的人物，不论哪一个，在社会上不但不是多数，连少数也说不上，只能说是个别的存在。堂·吉诃德的与风车搏斗，阿Q临被处决时，在死刑判决书上画圆圈的动作和想法，世界上哪儿去找呢？因此不能说这两个具体的人物，世界上很普遍。如果不说这两个具体人物，而说这两个人物的精神状态，比如堂·吉诃德不合时宜的行侠仗义的主观主义，阿Q的阿Q精神，那就很有普遍性，很有代表性了。《阿Q正传》刚刚在报纸上刊载，甚至还没载完，就引起一些人的疑惑，以为写的是他。我想这些人一定不会是感到阿Q在判刑时画圈或偷东西时当付手这一类情节跟自己如何相像，也不会是认为阿Q的癞痢头和头上戴的卷边毡帽跟自己的长相和穿戴有什么共同的地方。疑惑什么呢？只能是阿Q的精神即精神胜利法。这就是阿Q的典型性。因为这一精神胜利法的普遍性、代表性很大，因而以这一典型性为其精神状态是阿Q，就成为了典型人物。

典型人物的典型性，即高尔基所说的代表性。人物的典型意义越大，所具共性就越大，也就最具代表性，以至到处都能发现它的踪影。但典型人物的这种共性，在作家没有创作出来以前，却不是任何人都可以看到、认识和了解，而是作家对生活、对活生生的人长期观察、探索、研究所发现出来的。只有这样的发现，才有意义。比如阿Q精神，在许多人中客观地存在着，有的人也感到，但说不出，只有鲁迅才认识、发现了它。只有《阿Q正传》发表以后，阿Q精神这才成为人们评判一种精神现象流行的语言，应该说，文学上一切典型人物，具有典型性的性格，都是作家独自发现出来的。作家以深邃的思想和艺术眼光发现了这样的性格，又以熟练的艺术技巧塑造了这样的人物形象。作家对这一典型性格认识的过程，往往也是积累、酝酿艺术形象的过程，甚至在塑造这一人物时还在加深、修改以至改变这一认识，往往是一直到这一人物的塑造最后完成，对这一性格的认识才最后终结。以至于还有这样的情况，人物已塑造出来，在社会上产生重大影响后，人们，包括作家自己在内，才加深和增加了对这一典型性格的社会意义的认识。而对于这一性格的典型性的科学分析，则该是批评家的工作了。

作家在塑造典型人物时，为了突出这一人物的典型性格，要采取种种艺术手法，特别是艺术的夸张。典型的共性在生活中普遍存在着①，虽然其意义重大，但常为一些平常人看来更为显眼的事物所掩盖，像科学实验中观察重要而细微的物质一样，要用放大镜把它放大，才看得清楚。作家塑造人物，突现它的典型性，就得把原物放大。这就是上面提到过的，文学上的许多典型人物，不论阿Q，或是堂·吉诃德，或是林黛玉和安娜·卡列尼娜，其典型性具有很大的共性和代表性，其人物则一个个都是很独特的，日常生活中少有的，甚至某些情节是现实生活中不可能存在的。但它真实，正像放大了的人像，依然是这个人的真实形

---

① 指到处或不少地方都能找到或找到其踪影。普遍并不等于多数。

象，一丝一毫不差，只是由于放大，人们看得更清楚了。于此，要对向典型形象的真实性提出责难的人交代清楚一点：艺术反映现实，但艺术的真实不等于现实的事实，不等于生活的真实。因此，也于此，要允许作家在进行艺术创作时，可以展开和飞翔想象和幻想的翅膀。

三　阶级性问题

谈论典型的真实性和它的社会意义时，如果采取马克思主义观点，常常遇到典型的阶级性这么一个问题。也正是在这里发生了对马克思主义阶级分析如何理解的问题。在阶级社会中，每一个人，不论自觉与否，愿意与否，都处于一定的阶级地位，有一定的阶级倾向，具有一定的阶级性。因而，典型人物和塑造典型人物的作家都是有阶级性的。但人的阶级性，如果指的是实际生活中活生生的人的阶级性，那情况是极为复杂的。社会科学可以将亿万人分类为几种社会集团，几个阶级，若干阶层，以及更多的什么小类，给每一种人的本质作出科学概括。但是，分别而论，每一类中各个人的情况，却是各不一样的。而且人类社会虽然分了阶级，分了阶层，以及更多的种类，但阶级间，阶层间，以及各类人间是互相发生复杂的关系的，即使是敌对的阶级之间，在政治上，除了敌对、矛盾，在一定情况下，也可以团结、合作。至于意识形态方面的交互影响，就更是多了。马克思、恩格斯指出："统治阶级的思想在每一时代都是占统治地位的思想。"① 自然，被统治阶级的思想也可以影响统治阶级中的个别

---

① 马克思、恩格斯《德意志意识形态》第一卷第 1 章，中译本《马克思恩格斯选集》第 1 卷，第 52 页。

成员。这样，在一个社会集团里，不论大的阶级或者是小的分类，作为个人，除了不能超过这一类人的局限，政治、生活以及思想情况都是很不一样，甚至存在很大差别的。文艺和科学都要反映生活，都要观察生活中活生生的人，但科学的任务是要作出抽象的概括，文艺则必须描写活生生的人。一个的成果是概念性判断，尽管是有真实生活为基础的科学的概念判断；一个的成果则是要写出栩栩如生的人，尽管这形象的描写应该具有社会意义，较高的要求还要写出具有普遍共性的典型形象。这样，文艺所塑造的人物形象，就可以也应该是多样的，不仅不能像科学的概念那样，认为一个阶级、一个阶层或一类人只有一个典型。一个阶级，即使是最革命的阶级，比如现代无产阶级内部，也可以有落后甚至反动的人物，比如工贼。这样的人可以写，写得好也可以成为典型。问题只是在于，对于这样的人物，应该站在什么样的立场去写。如果用憎恨的情感，站在揭露、批判的立场，写出这样的人物是工人阶级的叛徒，就不能说写了这样的典型形象，就是给无产阶级抹黑。把某一缺陷或某一美德，写在某一阶级、某一阶层或某一类人的某个人身上，对于在这样的人中，具有这一缺陷或这一美德的人，可以提出这样的疑问：是否存在？却不能责问：是否很多？人物形象的典型意义，不在于这一形象在某类人中占多数，而是像上面说过的，在于这个形象所构成的性格特征，是否有普遍的社会意义。比如阿 Q，论阶级成分是个雇农，是雇农中很落后的人物，贫雇农如果选代表，肯定不会选他。阿 Q 最突出的性格特征是阿 Q 精神，如果按科学分析，那就应该写在没落的封建地主阶级身上，因为这种精神基本上是一种没落阶级的精神。不能说这种精神在贫雇农中最多。可是阿 Q 这个形象，作为成功的典型站立起来了，这个人物不仅没有辱没中国雇农，而且至今还有着重大的社会意义。且不说这篇作品的丰富的思想内容，对今天的我们仍然有着很大的认识和教育作用，就是阿Q这个人物的典型性，阿Q的阿Q精神，那种对分明的失败，不仅以种种借口、种种理由自我辩解，而且自己甚至相信这些借口、这些理由用来安慰自己以至娱乐自己的现象，难道能说像天花一样，已经在世界上灭绝了吗？不仅在世界上，就是在我们的新社会中，在我们的队伍中，以至在我们自己的身上，能说这样一种说来不那么光彩的现象，连一点踪影也没有了吗？阿Q这个人物的典型性，他的阿Q精神，来源于没落的阶级或阶层，又影响及于别的阶级，可以说，不少阶级的人中都可找到。不仅阿Q精神是这样，堂·吉诃德的主观主义是这样，甚至连奥勃洛摩夫的精神，在许多阶级中也都存在。列宁就曾指出："俄国经历了三次革命，但仍然存在着许多奥勃洛摩夫，因为奥勃洛摩夫不仅是地主，而且是农民，不仅是农民，而且是知识分子，不仅是知识分子，而且是工人和共产党员。"[①] 可以说，世界文学中一切成功的典型人物的典型性都具有这样的普遍意义。这种情况不是什么超阶级的表现，由此可以否定阶级社会中文学的阶级性，而只是说明阶级间存在相互的关系，特别是意识形态方面的相互影响的复杂关系。而且，这种普遍的典型性在不同阶级人物的身上表现是不同的。任何一个典型人物都是有一定的阶级地位的。比如阿Q，他的社会地位，他的生活境况，他的劳动上的"真能干"，都符合他的雇农地位。他虽然很落后，以至有偷窃等不良行为，却与流氓有别，并未失去劳动人民的本色，没有改变他原有的阶级地位。为了掌握这一分寸，以至他戴的帽子，像鲁迅《寄〈戏〉周刊编者信》中所说的，都要符合这一身份。值得特别注意的是，在《阿Q正传的成因》中谈到阿

---

① 《列宁全集》中译本，第33卷，第194页。

Q 是否会参加革命时鲁迅的肯定的答复，说明了鲁迅对这个人物的阶级性有很深的分析。在文学作品的人物形象中，就连古代的作品，如果写得真实，社会地位不同，即使性格相同，其表现也是不一样的。比如清代就曾有人谈过，《水浒》中的几个急躁的人物，李逵、鲁智深和秦明，由于地位、出身不同，其急躁的表现也不一样。这不是说鲁迅写《阿 Q 正传》时就已懂得阶级分析，更不能说施耐庵有什么阶级分析观点。这只是说明，阶级的存在是客观的事实，那时的鲁迅以至元末的施耐庵，虽没有阶级分析的观点，却知道人物有不同的出身、身份和地位，要把这个人物写得真实可信，就得符合这一重要情况。

　　典型人物来自生活，而不是来自概念。作家塑造典型也是根据他自己所观察和所熟悉的生活，也不是根据自己头脑中的概念，更不是根据别人所给予的概念。因此，不能离开作家的生活积累、生活感受，以及生活感受中所获得的形象、意念和激情，单单抽象地从理论上去讲该写什么和如何去写。精神胜利法的阿 Q 精神是鲁迅长期观察生活、观察人的精神状态所获得的。那时鲁迅所观察的是"国民性"，而且是为了改造这一"国民性"而写出《阿 Q 正传》这篇作品。既然是"国民性"，为什么不写别的阶级，却偏偏把这一性格赋予雇农出身的阿 Q？这不能决定于理论上的要求，而只能决定于鲁迅自己当时生活积累的情况。鲁迅在《阿 Q 正传的成因》中说，在他没动笔写这篇作品之前，"阿 Q 的影象，在我心目中似乎确已有好几年了。"可见鲁迅并不是在观察中只发现了一种"精神胜利"的概念，而是已有了阿 Q 这个"影象"，并且已是好几年了。这个"影象"是怎么来的，鲁迅自己没有说明。但从那时鲁迅的生活、思想以及从事文学等具体情况中，是可以得到一些了解的。鲁迅从学医转向从事文学，《呐喊·自序》讲得明白，人们也都知道，是因为在仙台学医的课堂上，看到一个电影画片上的一个景象：一个体格强壮然而神情麻木的中国同胞，据说因在当时的日俄战争中为俄国作军事侦探，而被日军砍头示众。鲁迅从这件事，感到"医学并非一件紧要事"，"我们的第一要著，是在改变他们的精神，而善于改变精神的是，我那时以为当然要推文艺，于是想提倡文艺运动了。"在《我怎么做起小说来》中又说，他的做小说是为了"要改良这人生"，而取材则"多来自病态社会的不幸的人们，意思是在揭出病苦，引起疗救的注意"。鲁迅所要改良的"国民性"中的国民，指的是"病态社会的不幸的人们，"即"哀其不幸，怒其不争"的人们。这样的人，在鲁迅看来，自然应该是社会的下层群众，而不能是赵太爷一类的剥削、压迫阶级。加上鲁迅在现实生活中的种种感触①，阿Q这个性格，就塑造在一个落后雇农身上了。一个伟大或杰出的作家，就是这样塑造他的人物的。这样的人物饱含了作家最为激动的生活感受，是现实生活中所形成的作家自己的强烈印象、丰富感情、深刻思想、鲜明的爱和憎等铸造成功的，而绝不是用简单的阶级分析的推断而推断出来的。因此，一个成功的典型其含义是很丰富的。这个人物的典型性的最突出的地方，可以用几个字或几句话来概括，但这样的概括，往往是不全面的。比如单单用多愁善感来概括林黛玉的典型性，用喜欢女孩子来概括贾宝玉的典型性，都是不全面也是不够正确的。阿Q的典型性大体可用精神胜利法来概括，但阿Q这个形象的意义也不是这么几个字。试问，单单写出这个人物有这样一个看起来可笑的精神状态，究竟有什么社会意义呢？必须把这个人物放在他的全部环境、全部社会联系中，从他与其他人的复杂

---

①　比如周遐寿《鲁迅小说里的人物》说，当时绍兴有个叫谢阿桂的，有几件事与《阿Q正传》中阿Q的事迹相似，认为他就是阿Q的一个模特儿。

的纠葛中，这才可以感到这个人物既可"怒"又可"哀"，才可以看出这个作品对当时社会揭露得多么深刻，对当时社会上的剥削、压迫者像赵太爷、假洋鬼子批判得如何辛辣，以至看出对辛亥革命这样一件大事作出了如何准确深刻的评价。了解了这些，才能了解这部作品的意义，也才能了解阿Q这个形象的意义。对中外一切成功的文学作品中的典型形象，都应该这样去认识。

一个成功的典型形象塑造出来后，理论家们、批评家们可以进行各种各样的理论分析，包括阶级分析，这就是理论家和批评家的事了。正确的、科学的理论、批评，应该从作品的实际出发，从作家的实际出发，从文艺创作的实际出发，而不是从空洞的概念出发；应该从全部作品看到这个形象的各个方面，而不能只抓住人物的一点，即使这一点确实是很重要的。否则，不论这样的评论用了多少科学的字眼，用了多少马克思主义的词句，都是不科学，都是不符合马克思主义的。

1979 年 9 月写于黄山

（原载《文学评论》1980 年第 3 期）

人性问题

一　关于人性

　　儿时识字念书，蒙学读本《三字经》第一句是"人之初，性本善"，这是我最初所受的书本教育，第一课便是人性论。新学堂的书，小学国文第一册第一课是"人，手，足，刀，尺"。新旧启蒙课本第一个字都是"人"。我想，这不仅仅是由于人字笔画少，好认，大概还由于我们系属人类，所以识字该从人字开始。后来读《孟子》，孟老夫子是著名的性善论者，在《告子》这一章，写到他和告子争论，告子主张"性犹湍水也，决诸东方则东流，决诸西方则西流；人性之无分于善不善者，犹水之无分于东西也"。以后读《荀子》，荀子的主张同孟子刚好相反，认为"人之性恶，其善者伪也"[①]。后来，又出了个扬雄，他的主张却是"人之性也善恶混，修其善则为善人，修其恶则为恶人"[②]。

---

① 见《荀子·性恶》，此句的"伪"作人为讲。
② 见《法言·修身》。

扬雄之后，出来个王充，把孟子、荀子、扬雄都批评了一通，认为他们的主张都是片面的。王充认为"人性有善有恶，犹人才有高有下也"。但"人之性善，可变为恶，恶可变为善。"因此，问题"在化不在性"。不过这"化"，只能化可善可恶的"中人"，极善与极恶的人是不能变化的①。这样，王充就像董仲舒一样，从人性上把人分做了上、中、下三等②。人性善还是性恶，此后就争来争去，莫衷一是。在外国，也有性善性恶的争论，比如基督教创原罪的故事和说法，认为人是带着罪恶来到人世的。启蒙时期法国唯物论者，如爱尔维修，则认为人的天性是善良的。黑格尔指出："人们以为，当他们说人本性是善的这句话时，他们就说出了一种很伟大的思想；但是他们忘记了，当人们说人本性是恶的这句话时，是说出了一种更伟大更多的思想。"③费尔巴哈则大讲人与人间惟一的"人的关系"是"爱与友情"，宣传爱的宗教。

　　认真分析，所谓性善性恶，只是对人性的评价，并不是人性本身。人性的"性"与通常所说事物的"性质"或"本质"不同。人的本质，马克思早就有了深刻、完整的科学概括，这就是许多同志谈人性常常援引的"一切社会关系的总和"。马克思的这一概括指出了人的社会性的复杂与重要，是分析、研究人性的一条根本原则，但是人的本质不完全是人性。人性应该指的是人的固有的天性及因种种原因（主要是社会原因）形成的人所普遍具有的习性。人的天性，我国过去早就有了概括，即告子说的"食色性也"，或《礼记·礼运》所讲"饮食男女人之大欲"。拿今

---

　　①　见《论衡·本性》。
　　②　董仲舒的言论见《春秋繁露·实性》。
　　③　这是恩格斯所作的概述，见《马克思恩格斯选集》第4卷，第233页。

天的话来说，就是保存生命的欲望及同人类繁衍有关的性的欲望。

马克思说："任何人类历史的第一个前提无疑是有生命的个人的存在。"[①] 又指出："男女之间的关系是人和人之间最自然的关系"，是"人的本性"[②]。恩格斯也说："人与人之间的，特别是两性之间的感情关系，是自从有人类以来就存在的。"[③] 生和性这两种欲望是人的天性的基本内容。除了这样的欲望还有情感。马克思说："人作为对象性的、感性的存在物，是一个受动的存在物；因为它感到自己是受动的，所以是一个有激情的存在物。激情、热情是人强烈追求自己的对象的本质力量。"[④] 欲望实际上也可归入情感，而情感也可算作欲望的一种表现，我国过去就是把情感、欲望一概称作"欲"，或者把"欲"算作情感的一种，是我国过去所说的"七情"之一。《礼记·礼运》中说："何谓人情：喜、怒、哀、惧、爱、恶、欲，七者弗学而能。""弗学而能"也就是本能和天性。这七者除了已讲过的欲望，值得特别提出的是基督教、佛教、孔夫子、墨子、骚人墨客、费尔巴哈、德国的"真正的社会主义者"、青年男女都喜欢讲的爱。人的本性爱什么呢？我国过去常讲爱父母。"五四"后，受到外来资本主义新思潮的影响，常讲母爱，认为这是人性的一个主要内容。如果抛开伦理的观点，人与人相处，久了，熟了，而又契合，就自然产生一种感情。不仅对于人，就是家乡、故土、故居以至自己亲手种植的花木，由于接近密切，相处久了，熟了，也会发生一种亲近、爱恋的情感。这种因熟悉、亲近而产生的感

① 《马克思恩格斯选集》第1卷，第24、253—254页。
② 《马克思恩格斯全集》第42卷，第119、169、97、94、120页。
③ 《马克思恩格斯选集》第4卷，第229、174页。
④ 《马克思恩格斯全集》第42卷，第119、169、97、94、120页。

情，可借用两个化学元素相吸的"亲和力"的"亲和"，名之曰亲和的情感，也可以说是一种天性。除了亲和的情感，还有爱美的情感。马克思指出：人是"按照美的规律来建造①的。人对于自然景物、人创造的景物（如建筑、雕塑、服饰等）以及人体自身等一类美的事物，总是喜爱的。这，也可以说是一种天性。七情中的其他数事，恶与爱相对立，别的四点我以为可以换说为习惯语的"喜怒哀乐"。喜怒哀乐，也是人人都具有的，但它们是欲望和爱好获得或失去、满足或不满足反映在情感上的不同表现形态。生的欲望，性的欲望，亲和的情感和爱美的情感，这四种天性，以及表达这四种天性的喜怒哀乐，不仅人类具有，其他许多动物也都是具有的②。马克思说："吃、喝、性行为等等，固然也是真正的人的机能。但是，如果使这些机能脱离了人的其他活动，并使它们成为最后的和惟一的终极目的，那么，在这种抽象中，它们就是动物的机能。"③ 恩格斯在《反杜林论》中说："人来源于动物界这一事实已经决定人永远不能完全摆脱兽性，所以问题永远只能在于摆脱得多些或少些，在于兽性或人性的程度上的差异。"④

我们的祖先，在天性的这几个方面，最初与动物是没有区别的。人与一般动物的区别，最先表现在生理结构方面，比如脑的结构，手、脚的区分以及下颚、牙齿等的结构和位置。人的生理上的特点影响到人的思维能力和感情、意识等等。这些特点为劳动所创造，又转而影响劳动，影响到人的特有的能力，如制造简

---

① 《马克思恩格斯全集》第42卷，第119、169、97、94、120页。

② 拿亲和的情感来说，最凶猛的野兽和人相处久了，也会对人产生情感。陶渊明《归田园居》有句："羁鸟恋旧林，池鱼思故渊。"

③ 《马克思恩格斯全集》第42卷，第119、169、97、94、120页。

④ 《马克思恩格斯全集》第20卷，第110页。

单的工具等①。但人在生理上的种种特点，不能称作人性。马克思、恩格斯在同"真正的社会主义者"论战时，曾强调指出：要考察人是怎样的，人的本质和普通特性是怎样的，不能"从其耳垂或某种不同于动物的另一特征中引申出来"，而要"从其现实的历史活动和存在来加以观察"②。与动物区别开来的人的制造工具的能力，是人的特有的能力，也不能称作人性。

促使人的天性向前发展，与一般动物区别开来而且区别越来越大，是人的社会性和理性。马克思说："既然人天生就是社会的生物，那他就只有在社会中才能发展自己的真正的天性。"③比如"饥思食，渴思饮"，只就这点来说，人与一切动物毫无区别，甚至可以说与植物也没有什么区别，植物也需要上肥，需要浇水。远古的时候，我们的祖先茹毛饮血，吃的方式和内容以及获得食物的方式和方法同一般动物没有什么区别。后来发明了火，懂得熟食，还有了食具。获得食物的方法，开始是采拾，以后制造了工具，有了农业等等。这个时候，人的生活中才有了"吃饭"。现在看来很简单很寻常的吃饭，却是人的社会性和理性长期发展的结果。从茹毛饮血发展到吃饭，需要从采拾经济发展到农业，需要火，这些都是人类社会和理智发展中的大事。吃和生产越来越进步，也就越来越与一般动物区别开来。在人类谋求生存的进步发展中，到了一定阶段，吃不仅对于个人不是最后的和惟一的终结目的，而且一个人不仅为个人活着，还为着大家，为着国家、民族，为着广大人民。为了国家、民族、人民和他人的利益，甚至可以牺牲个人的生命。这种高尚的品德，与一般动

---

①　这方面最为科学、细致的分析是恩格斯的《自然辩证法》中《劳动在从猿到人转变过程中的作用》。

②　《马克思恩格斯全集》第 3 卷，第 606、607、261—262 页。

③　《马克思恩格斯全集》第 2 卷，第 167 页。

物就有天壤之别了。再拿性与婚姻来说，最原始的人是杂乱的性交，与动物没有区别，后来有了血缘家庭，进而为普那路亚家庭，再进而为对偶家庭，最后进化到一夫一妻制家庭。有了人的社会性，有了理智和道德，建筑在相互了解、信任和关怀上的爱情，就与一般动物区别开来。随着社会和理智的进展，爱情有了更丰富的内容，如共同的事业与理想，更高的道德要求，以至为了崇高的事业和理想，可以牺牲个人的爱情等，就与一般动物有了巨大的区别了。亲和的情感和爱美的情感，人与动物最初也没有区分，随着社会和理性的发展，人兽的差别才越来越大。

　　人性是在人类社会进步发展中逐步形成的，形成后的人性也不是固定不变，而是随着社会和理智的发展在发展变迁。马克思在《哲学的贫困》中讲："整个历史也无非是人类本性的不断改变而已。"[①] 在《资本论》第一卷的一条脚注中，马克思又指出：探讨人性"就首先要研究人的一般本性，然后要研究在每个时代历史地产生了变化的人的本性"[②]。

　　人性发展的总的趋势是前进的，向上的。有人读了马克思关于"人性复归"的言论，以为最完美的人性存在于过去的无阶级社会，即原始共产主义社会。社会分裂为阶级，产生了剥削，这就破坏了完美的人性，因此认定阶级性与人性对立，要重新获得完美的人性，就需要回到原始共产主义社会去。这是对马克思的话的重大误解，也是对原始社会不符实际的幻想和美化。"异化"是德国古典哲学特别是黑格尔哲学常用的一个概念。黑格尔这一概念的主要意思是指绝对理念的外化、他化或对象化。马克思则给这个概念以完全新的内容，指的是资本主义社会资本对劳动的

---

① 《马克思恩格斯选集》第 4 卷，第 229、174 页。
② 《马克思恩格斯全集》第 23 卷，第 669 页脚注 63。

残酷剥削：劳动者的劳动对象化于产品，产品却成为压迫、剥削劳动者的异己力量。在此情况下，劳动者创造财富愈多则愈穷困，以至过着非人的生活。要改变这种剥削和被剥削的状况，只有实现共产主义。人原是从没有阶级没有剥削的原始共产主义社会中来的，现在要回到无阶级无剥削的共产主义社会。这就是"复归"。但这"复归"不是倒退回转，而是巨大的向前发展，是人类社会的巨大的进步。恩格斯在《反杜林论》中论到奴隶制时说：

> 只有奴隶制才使农业和工业之间的更大规模的分工成为可能，从而为古代文化的繁荣，即为希腊文化创造了条件。……我们永远不能忘记，我们的全部经济、政治和智慧的发展，是以奴隶制既为人所公认、同样又为人所必须这种状况为前提的。在这个意义上，我们有理由说：没有古代的奴隶制，就没有现代的社会主义。①

就是与人性有关的人道，奴隶社会也比原始共产主义社会进步。恩格斯说：

> 在古代世界，特别是希腊世界的历史前提之下，进步到以阶级对立为基础的社会，是只能通过奴隶制的形式来完成的。甚至对奴隶来说，这也是一种进步，因为成为大批奴隶来源的战俘以前都被杀掉，而在更早的时候甚至被吃掉，现在至少能保全生命了。②

由奴隶制发展到封建制，是人类发展的又一巨大进步，尽管封建社会如何不好，中世纪如何黑暗，如与奴隶制比较，即使在人性和人道上也是一大进步。资本主义推翻了封建制，虽然资产阶级

---

① 《反杜林论》，人民出版社1970年版，第178、179、279—280页。
② 同上。

破坏了一些看来似乎美好的事物，像《共产党宣言》中所写的：

资产阶级在它已经取得了统治的地方把一切封建的、宗法的和田园诗般的关系都破坏了，它无情地斩断了把人们束缚于天然尊长的形形色色的封建羁绊，它使人和人之间除了赤裸裸的利害关系，除了冷酷无情的"现金交易"，就再也没有任何别的联系了。它把宗教的虔诚、骑士的热忱、小市民的伤感这些情感的神圣激发，淹没在利己主义打算的冰水之中。它把人的尊严变成了交换价值，用一种没有良心的贸易自由代替了无数特许的和自力挣得的自由。总而言之，它用公开的、无耻的、直接的、露骨的剥削代替了宗教幻想和政治幻想掩盖的剥削。

资产阶级抹去了一切向来受人尊崇和令人敬畏的职业的灵光。它把医生、律师、教士、诗人和学者变成了它出钱招雇的雇佣劳动者。

资产阶级撕下了罩在家庭关系上的温情脉脉的面纱，把这种关系变成了纯粹的金钱关系。①

可是我们并不要"田园诗般的关系"、"宗教的虔诚、骑士的热忱、小市民的伤感"和"受人尊崇和令人敬畏的职业的灵光"，也不要那"罩在家庭关系上的温情脉脉的面纱"，而宁愿发展到有种种缺点的资本主义社会。而要求人权，要求尊重人，尊重个性和个性解放，就正是资产阶级革命时的口号。这些口号针对中世纪的神权，针对封建的等级制度，在当时像照亮世界的火炬，起了巨大的革命作用。拿人性的问题来说，封建制代替奴隶制，奴隶获得人的地位，但在封建社会中人的天性是被压抑的。在欧洲，早在希腊、罗马文化衰颓时，就出现了禁欲主义，反对人的情欲。整个中世纪，人的天生的情欲都是被抑制的。在我国，

① 《马克思恩格斯选集》第 1 卷，第 24、253—254 页。

《礼记·乐记》就写到要以天理节制人欲，说："君子乐得其道，小人乐得其欲。以道制欲，则乐而不乱；以欲忘道，则惑而不乐。……好恶无节于内，知诱于外，不能反躬，天理无矣。"到了宋代理学家的眼中，人欲更是与天理相对立，二程把人欲与人性分开并对立起来，提出要"兴天理，灭人欲"。到了清代王夫之，则明白肯定了人欲，认为理不能离欲，"离欲而别为理，其唯释氏为然，盖厌弃物则而废人之大伦矣。"他肯定王峰所讲的"天理人欲同行而异情"。① 资产阶级革命在解放人性方面的一大功绩，就是打破了禁欲主义的束缚。

原始社会发展到现代资本主义社会：先是被吃、被杀的战俘成为可以活命的奴隶；后来，不被当作人看，可以自由杀戮的奴隶，成为取得人的资格的农奴，并进而成为交租纳赋的农民；再后，神权和封建等级制压制下的广大人民，合法地获得了平等的人权。人类社会中最广大的人就是这样逐步得到解放、得到尊重；人的价值就是这样逐步提高；而人道也随着人的价值的提高有了更高的要求。可是，资本主义社会并没有实现人的彻底解放，在自由、平等、博爱的口号下，一种新的剥削代替了旧的剥削，表面的自由、平等，掩盖了实际上的不自由、不平等，广大劳动人民依然过着困苦的以至非人的生活。马克思在《1844 年经济学—哲学手稿》中关于异化的论述，揭露和分析的就是这一事实。在封建社会，神压制了人；资本主义社会，资本代替了神，并具有比神更大的威力，成为压制广大劳动人民的巨大力量。人的彻底解放，只有通过无产阶级革命，经由无产阶级专政，消灭阶级，建立共产主义社会，才能实现。恩格斯说："一旦社会占有了生产资料，商品生产就将被消除，而产品对生产者

---

① 王夫之《读四书大全说》卷八。

的统治地位也将随之消除。社会生产内部的无政府状态将为有计划的自觉的组织所代替。生存斗争停止了。于是，人才在一定意义上最终地脱离了动物界，从动物的生存条件进入真正人的生存条件。"这时，人类就"从必然王国进入自由王国"[1]。共产党人改造世界的事业就正是这样伟大的事业。

　　人类发展的历史事实说明，从无阶级的原始社会进入阶级社会并不违反人性。进入阶级社会后，人性仍在发展变化，是与兽性越离越远的向前的变化。

　　随着社会发展，人性和对人性的要求与看法也在发展。前一社会阶段认为合乎人性或不违反人性的，在这一阶段就认为不合乎人性了。比如，奴隶制时代，奴隶不被当作人看待，让奴隶带着脚镣手铐劳动，不合意就可随便杀戮，当时不认为不对，不发生违反人性的问题；到了封建社会，这样做，就会被认为不人道、不合乎人性。封建时代，封建等级制下的种种制度、措施，比如我国的伦理，"孝道"楷模的"割股"、"埋儿"[2]，"妇道"的守节、死节，触怒君王的"诛九族"等等，在当时认为是合乎道理的，是无可非议的，有些甚至是应该尊敬和效法的；资产阶级民主革命，这一切就被认为违反人性和人道了。这是时代性问题。在一定的时代，对是否合乎人性、人道，可以有一般人的大致相同的看法。

　　除了时代性，还有民族性，不同的民族有不同的风习和传统，因而在人性和人道的具体要求和对待上，也有差异，有民族的特点。

---

　　① 《反杜林论》，人民出版社1970年版，第178、179、279—280页。
　　② 这是宣称孝道的"二十四孝"中典型人物的两个故事。

基于人的生理结构和人的基本生活① 而产生的基本天性及其表达，是凡属人类都共同具有的；人性的时代性和民族性，则是同一时代和同一民族的一般人所共同具有的。

在阶级社会中，同一时代、同一民族又存在不同阶级，每个人都具有一定阶级的思想、情感、观点和立场，因此每个具体的人，不仅具有人类共有的天性和一个时代、一个民族在人性方面所共有的时代性和民族性，还具有阶级性，使人类的、民族的、时代的共性不能不带有阶级的色彩。

人性的阶级性，首先表现在不同阶级在人性发展中所起的不同作用。人类社会发展的历史事实清楚说明，推动、促进人性向前发展的，是革命的、进步的阶级，而反动阶级则加以阻碍。反动阶级中最顽固的分子为了维护反动、腐朽的旧制度，为了对外侵略的目的，对革命的人民，对被侵略的民族，可以采取灭绝人性的最为残酷野蛮的手段。站在革命阶级立场的先进分子则最先认识旧制度的反动和不合理（包括其中的违反人性），对人，对人类社会有合乎社会发展规律的新的看法和要求。每个阶级都有自己的做人的道理，自己的伦理观念。每个阶级都在实际上坚持自己的立场和观点。但过去的统治阶级，不论在其革命的时期，或在取得统治地位以后的时期，却认为和宣称自己的观点是绝对合理的，是人人都该奉行并力求人人奉行的。地主阶级反对奴隶主，声称是"吊民伐罪"，"奉天承运"。这个阶级的伦理观点和规定的伦理制度，被说成是人的伦常。孟子讲性善，宣称"恻隐之心人皆有之，羞恶之心人皆有之，恭敬之心人皆有之，是非之心人皆有之"。但"恻隐之心仁也，羞恶之心义也，恭敬之心礼也，是非之心智也，仁义礼智非外铄我也，我固有之也"。这就

---

① 这里指的是与一般动物相区别的人体基本结构和人的基本生活。

把代表封建统治阶级利益的儒家的仁义礼智，说成是人人都有的人的天性。资产阶级更是打着"人"的和"全民"的旗号，大讲"人权"、"人性"，大讲据说人人都有份的平等、自由、博爱，但所有这一切，究其实际，都是资产阶级的，都是反映资产阶级的利益和要求的。恩格斯在《反杜林论》中对杜林的揭露和驳斥，鲁迅在《硬译与文学的阶级性》等文中对梁实秋等人的揭露和驳斥，便清楚说明了这个问题。值得提出的是，一个阶级推翻了另一个阶级，取得了统治权，当其还没有走向腐朽崩溃，这个阶级的观点就成为统治的观点，成为一定时代一般人的共同观点。但这"共同"之中仍有"不同"，由于所处阶级地位不同，在涉及阶级利害的地方，不同阶级的人就有不同的思想、情感。比如，在封建社会中，农民向地主交租是统治的观点，不仅地主阶级这样看，一般农民也是这么认识的，但尽量多收和尽量少交，地主和农民则有着不同的思想情感。因阶级的地位、生活、教育的不同所形成的特殊的阶级观点（包括对人性的看法）、习惯和好尚，也存在不同的阶级的区分，这些都表现于和影响到具体的人性。但在一般的情况下，人性的阶级性是在涉及阶级利害的时候才表现得很明显的，在不直接涉及阶级利害或与阶级利害无关的地方，人的阶级性则表现得不那么明显，或根本上不存在[①]。对阶级社会中的人，全然忽视或根本不承认阶级区分这一重大事实，把人性抽象化，否定人性的阶级性；或者，抹杀或否认阶级社会中革命的进步的阶级与反动的落后的阶级的区分，把任何阶级性都与人性对立，认为一切阶级性全违反人性，全破坏完好的人性，都与实际不符。但认为，阶级社会中，人性的一切表现都是

---

① 比如，对自然美及人造的亭、园、楼、阁等美的创造的喜爱，有什么阶级性呢？

阶级的，把阶级性与人性等同，把阶级性视为惟一，以至否认人性或共同的人性的存在，也与实际不符。

如果不是抽象的人的概念，而是具体的人，活生生的活人，每个人就都具有各自的个性。人类共同具有的天性，一个时代、一个民族在人性方面所具有的共性，人的阶级性，都包含和表现于具体的人的个性中。这是共性和个性的关系，不能把它们对立起来，也不是这些的相加和机械的结合。人类共有的天性，一个时代、一个民族在人性方面的共性，以及人的阶级性，都是从极为复杂的现象中概括出来的，一个人，一个活生生的人，比这些抽象的概括复杂得多，也生动得多。

二　文学与人

文学不仅写人，写人的生活，还写自然：写日月星辰，写风云雷电，写雨露霜雪，写山岳河流，写花草树木，写鸟鸣鱼跃等等，因此，不能说文学的描写对象仅止是人；应该说文学描写的主要对象是人。文学作品中许多专写自然景物的，也往往要归结于"人"。古今中外咏物的作品，大都是托物以言志或借物以抒情，总是有所寄寓的。即使是纯粹写物写景的作品，透过鲜活的景物形象，也能窥见作者的"人"的面貌。所以，作家必须了解、研究作为社会生活主人的各式各样的人。这里，我想到常常为一些人提到的"人学"。"人学"这个词是高尔基提出的。高尔基在1928年和1931年先后两次提到它。前者是在苏联地方志学中央局庆祝大会上所致的答词中。高尔基说："敬爱的同志们，首先我要感谢您们给了我荣誉！把我选为你们地方志学大家庭的一员。谢谢你们。我还是认为，我的主要工作，毕生的工作，不是地方志学而是人学。"后者是在《谈手艺》一文里。高尔基在该文中谈到旧的贵族文学与平民文学视野太窄，是"区域性"文学，接着写道："我们现在的文学普及到苏联各州。这应该是它的优点。不要以为我把文学贬低成了'地方志学'（其实'地方志学'也是非常重要的）。不，我认为这种文学是'人种志学的'——即人学的最好文献。"可以清楚看到，高尔基两次提到"人学"，都是由于与"地方志学"相比较，而且在后一次，把地方志学中的一个部分的人种志学也算作是人学。"地方志学"（крлеведене），是研究地方区域自然、物产、经济、历史和文化的，有的就只研究地方区域的自然、人类和人种。文学不是科学，这且不谈；单就两者的范围来讲，地方志学同文学比较，有两个特点：一是地方志学研究的科学对象不仅是人和社会而且包括自然、地理，甚至后者处于重要地位，就是说，这门学科是兼有自然科学和社会科学的，有时且侧重于自然科学；二是地方志学研究的区域范围，是地区性、区域性的。高尔基是在与地方志学比较时，强调作为作家的他所研究的对象主要是人，因而用了"人学"这个字眼。高尔基并没有拿它给文学下定义，径直认为"文学即人学"。把"文学"定义为"人学"，是不科学的。因为，研究人的学问包括的学科很多，不仅所有社会科学研究人，就是自然科学中的某些学科如医学（不包括兽医学）、生理卫生学人类学以及为高尔基提出的人种志学等，社会科学兼自然科学的心理学、精神病学等等也都是研究人的。

文学是艺术的一个部门，不属于任何科学。文学的名字虽然也有一个学字，却不能与任何一种科学排行，作为弟兄姐妹。只有研究与分析文学现象的理论、批评或历史，才归属于社会科学或哲学。从这一点来讲，把文学说成是什么"人学"也是不妥的。哲学、科学或文学艺术，都反映现实，并以自己的反映（或是概念，或是形象）作用与影响于人，又因而反作用于现实。作为语言艺术的文学，是要用语言塑造美的艺术形象，使读者欣赏时，在感性上、感情上被吸引，被影响和被打动。文学写人，需要写出有血有肉的活人。这样的人，应该像活人一样，不仅有思想，还必须有与思想相结合的情感，有由思想、情感所熔铸成的个性和灵魂。文学作品的社会教育作用，是依靠熠动于形象中的情感，以此来感染人、打动人的。

我国的革命文学，有光荣的传统，有辉煌的业绩，但由于受到政治上、思想上"左"的影响，也存在严重的缺点和问题，其中突出的一个表现，就是对文学的根本特点的感性形态及情感的重要地位不够重视，以至忽视。这给我们的创作带来了很大的危害。我们过去一贯强调文学的思想性，强调反对资产阶级的人性论。从原则上说来，这当然是很对的，我们过去强调，今天也要强调，将来也还应该强调。问题是，需要弄清：究竟什么是文学的思想性，如何理解、要求？究竟什么是资产阶级的人性论，该怎样反对？

文学作品的思想，或者说作者透过作品所表达的思想，存在于作品所塑造的艺术形象中，是活的艺术形象的有机的血肉，而不是漂在形象之外的浮游物，也不是粘贴在形象上的标签，不论这标签以什么形式出现。成为形象有机的血肉的思想是紧密结合情感，以情感的形态而凸现的。只有化为真情实感的思想，才是真实的活的思想。在作品中，也只有这样的思想，才能感染读者。普列汉诺夫曾批评托尔斯泰在其所著的《艺术论》中给艺术下的定义只提了情感，而没有提思想。作为定义，既提情感，又提思想，自然全面一些，但托尔斯泰所讲的情感，实际包含有思想，那么，对托尔斯泰的定义就不必求全责备加以非议了。在文学这个部门，简单强调思想性，而忘了思想需融于情感，这样的思想就容易成为标语口号，也就会导致作品概念化。

谈到人性论，我们反对资产阶级人性论，但并不笼统地反对人性和人情，不能把人性、人情一股脑儿都送给资产阶级。由于"左"的思想影响，我们长时期讳言人性和人情，以为一提到这样的字眼，就是宣传资产阶级的人性论，把人性与阶级性完全对立起来，认为凡不与阶级斗争直接联系或不标明阶级区分的一切感情的流露，都是资产阶级、小资产阶级的情感或情调。比如认为欣赏大海的美是小资产阶级的情调，欣赏风、花、雪、月是资产阶级以至是封建地主阶级的情趣，男女爱恋及其他私人间的情感，不必也不能描写，以至于生离、死别的悲痛，这一类人之常情，也被认为是非无产阶级的，是不健康的。由于这种简单化、庸俗化的"阶级观点"，或者由于害怕犯这种观点所认为的错误，作家在塑造正面人物时，就不能不有种种顾忌，竭力不去写这样人物的日常生活或个人生活，不去写这样人物的喜怒哀乐；非写不可时，也要努力"节制"，正面人物的地位愈高愈重要，则这种"回避"也愈是严格，生怕写了这些会"歪曲"或"贬低"这些人物的形象。在这种思想或这种顾忌支配下写出的人物自然是缺乏生气，使人感到不真实、概念化。这样的创作，从根本上违反了生活的真实，也是从根本上违反创作的规律的。我以为这是我们的创作为什么写正面人物特别是重要的正面人物往往写不好的一个重要原因。自然，这也在一定程度上影响对其他人物的塑造。这样的思想或顾忌，积久成为习惯，就将损毁作家的视听，使作家对生活和生活中的人失去敏感，对生活和对人的观察、了解简单化。

任何一种行业或职业都有自己的专门的技能，比如水手的识水性，渔人的知鱼情以及宰牛的、卖肉的都有自己的特有的本领，其中最为杰出的，其技能甚至可以达到出神入化的地步。任何一种技能和本领都来源于对所从事的职业对象的极为细致的观察和专注。作家所面对的是社会生活，注意中心是现实生活中的人，是生活中有个性有情感有血有肉有鲜明形象的一个个活生生的活人。文学作品中塑造的，也该是这样的活人。因而，要观察研究这活生生的人的全部外观和全部心灵，研究一个人的心灵，他的思想、意念如何通过感情、情绪表现于外貌，并从而从一个人的外貌，看到他的内心。比如，从一个人额上的皱纹，或手上的筋络，看出一个人的悲欢、性格及其欢乐的或不幸的历史；从一个人的一点眼神和一丝颤动，看到一个人的情绪变化。文艺创作描画的重点是人的灵魂，这摸不着的灵魂，就是要通过这鲜明的然而却是细微的外部形象来显现。写人，就要写人的生活。生活中有重大事件，应该重视重大事件，但重大生活事件也不能脱离人的日常生活。比如写战争，不能只是写炮火连天，子弹飞啸，越堑壕，拼刺刀，也要写战地的日常生活和与战地有联系的战地以外的日常生活。一个活人，不论如何伟大，除了紧张的战斗，除了处理公事，也有自己的日常生活，公私生活是密切联系不能完全分割的。不论在战斗中或日常生活中，任何伟大、神圣的人物，也都有一般人所具有的感情，也具有喜怒哀乐等种种人的情感。作家、艺术家应该像庖丁对牛、渔人对鱼、水手对水那样，对社会生活中活生生的人，从外形到内心有深入、细致的了解，学会在日常生活中，从细微的外貌和举止，观察、分析人的思想、心理和情绪，养成这样观察、分析的习惯，不断积累这方面的印象、感受和知识，逐渐敏感、精细、熟悉，达到一般人所不能达到的程度。这是进行创作的基础和必由之路。"左"的思想，对人的简单化、庸俗化的"阶级观点"，堵塞、障碍这条道路。在这种错误的思想观点影响和指导下，作家、艺术家先是不敢描写某些情感和某些看来似乎细小的琐事，但这方面的生活积累还是有的。由于不敢写，或干脆认为这些不该写，因而以后在生活中对这样的内容也就不去观察、注意；逐渐，这方面的感受力和观察力自然也就逐渐减弱，以至完全消失了。这样，由于视听受损，在现实生活中，也就很难看到人的全貌，很难在那些看来琐细的人的行动中发现值得思考的有重大意义的问题。这样发展下去，创作就必然会走入绝路。

突破"左"的思想给创作所设的禁区，提出并注意写人性、人情，这是发展和繁荣创作所十分需要的。我国的创作，这几年也因去掉这样的束缚而得到了发展。但是，写人，强调要写人性、人情，是针对过去"左"的思想所设禁区而言，不能与资产阶级的人性论相混同，不能肯定资产阶级的人性论。如果不加区分，就想法的错误来说，可以说与"左"的思想一致。因为"左"的思想的"左"的表现，也是把二者混同。主张以至强调写人性、写人情，但却反对资产阶级人性论，是由于：

第一，资产阶级人性论宣扬超阶级的普遍的人性，完全地、根本地否认人性的阶级性。共同人性是存在的，这就是前面讲过的人的天性及表达人的天性，人人都具有的感情形态喜怒哀乐等本能。我们写人时，不能抹杀与回避这些。但这样的天性及本能，是许多动物也具有的，前面讲到，这些如不与人的社会活动联系，就与动物无异。如果我们写人，只去表达这些天性和本能而撇开人的社会性，那就不是写人性而是写动物性；不是追求人性，而是与人性背道而驰，所追求的是兽性了。如果与人的社会性联系，在阶级社会中，这共同的人性中除了与阶级利害无关的部分，如对自然美的爱好等外，就不能不带有阶级的色彩。前面也提到，在一定时代可以有占统治地位的为大多数人共同承认的某种人性。但前面也已分析，这种占统治地位的观点，实际上是统治阶级的观点。资产阶级人性论所大肆宣扬的超阶级的普遍的人性，究其实也就是资产阶级的人性。把资产阶级的人性，说成是超阶级的普遍的人性，不论作伪或是真的那么相信，都是虚假的，不真实的。特别是当资产阶级已走过革命的向上发展的阶段，这种宣传就纯粹是欺骗了。

第二，资产阶级人性论宣扬永恒的不变的人性，这也根本违反实际情况。前面已经谈过，人性是随着社会的发展而发展的。就拿资产阶级自身来说，资产阶级的人性在其不同发展阶段也在发展变化，只不过在其后期不是向着好的方向罢了。资产阶级宣扬永恒不变的人性，实际上是在巩固自己的阶级地位，让资产阶级的所谓"理性的王国"千秋万世。为资产阶级人性论的华丽词句所诱引，所欺骗，热心于以至醉心于宣传这样的人性，以为这是站在比"狭隘的"阶级性更高的地方，抓到了普遍意义更大的什么，实际上是在散布资产阶级的思想、观点和情趣。

第三，资产阶级人性论者根据对人性的如上判断，宣传一种超阶级的人类之爱，把这种爱作为人道主义的根本内容，宣称人类之爱和人道主义是绝对的至上的。我们也讲爱，但讲的是阶级之爱，讲的是对人民、对民族、对祖国的热爱。我们也讲父子之爱，夫妇、爱人之爱，兄弟、朋友之爱，但这样一类的爱，不能超越人民、民族和祖国，当二者发生矛盾时，应该服从于后者。我国古代便有"大义灭亲"的美德，我们今天也仍然要继承发扬这一美德。因"大义"而"灭亲"，比如自己的至亲沦为民族的败类，成为人民的凶恶的敌人，自己是执法者，或者自己不是执法者，却帮助执法者秉公执法，处决了自己的亲人。这样做，能说是违反人性吗？为了不违反美好的至高的"人性"难道反而可以包庇这样的亲人吗？在世界上还存在着阶级，存在着人民和人民的敌人的时候，就谈不上什么人类之爱。人类之爱是有的，那是在消灭阶级之后的共产主义社会，我们现在离这样的社会还很遥远，暂时还谈不到。在目前的社会中，我们能爱人民的敌人，能爱残酷剥削压迫人民嗜血成性的反革命吗？我们对被俘的阶级敌人也给予人道的待遇，但那是在他绝无能力再危害人民的情况下。我们甚至也给这样的人以更为宽大的处理，比如给予自由等等，但那是在他确有悔改表现，并且确实保证不再作恶的前提之下。资产阶级人性论者却宣称人道主义高于一切，为了这样的人道的原则，可以不顾人民的利益和革命的安危。这实际上是在维护阶级敌人，而人民的敌人对于革命者是并不这么做的。雨果的最后一部著作《九三年》描写了法国大革命疾风暴雨时期的激烈的阶级斗争。雨果肯定和歌颂法国的革命，愤怒谴责反革命的王党和外国干涉者，但却把革命与暴力对立，宣传他的至高无上的人道主义。他在小说即将结尾时，完全离开历史的真实，杜撰了一个共和国的凶恶敌人侯爵朗德纳克在被逮捕前从大火里救了三个儿童。作者给小说的这一章的标题是"魔鬼身上的上帝"。主持军事法庭审判并处决朗德纳克的共和国的英雄、司令官郭文为这事所感动，心灵震动，受到"良心"的"提讯"。在他的头脑里，"在绝对正确的革命之上，还有一个绝对正确的人道主义"。虽然他也想到：

> 朗德纳克一旦恢复自由，旺岱的战争又得从头打起，就像对付一条没有把头砍掉的七头蛇一样。一转瞬间，由于这个人消失而熄灭了的火焰，就会像流星飞行一样重新燃烧起来。朗德纳克的目的是要像盖棺材板一样把君主制盖在共和国上面，把英吉利盖在法兰西上面，除非他完成了这个可恶的计划，他绝不会罢休，救了朗德纳克就是牺牲了法兰西；朗德纳克获得了生命，就是无数重新被卷入内战旋涡的无辜的男、女、儿童的死亡；就是英国人的登陆，革命的倒退，城市的被洗劫，人民的被蹂躏，布列塔尼的流血，也就是把牺牲者送回到老虎的爪子下面。郭文在这种种不能肯定的理

由和自相矛盾的理论中，模糊地看见他的面前出现了这样一个问题：放虎归山。

他在与朗德纳克谈话中，朗德纳克又毫不含糊地顽固地站在仇视共和国坚决维护王党的反革命立场。这位共和国英雄却终于让朗德纳克逃跑，自己代替这个魔鬼受刑。共和国军队的另一领导人公安委员会特派政治委员西穆尔登却深深同情郭文，在监刑中，当郭文被处决时，自己也开枪自杀了。《九三年》就是以这样一曲对"在绝对正确的革命之上的绝对正确的人道主义"的颂歌结束。我想我们是不该赞同这种危害人民和革命的人道主义的，尽管西穆尔登去牢房探访郭文时，郭文说了那么多美丽动听然而却空洞、恍惚近乎梦呓的话语。

我们的时代距 1793 年已将近两个世纪，距雨果这部书的出版（1873 年）也一个多世纪了。远在这部书问世的二十五年前，《共产党宣言》就已向整个世界公布；而在《共产党宣言》出版前，马克思在《1844 年经济学—哲学手稿》中就揭露了资本主义违反人性的剥削本质。就是说，关于人性早已提出了新的要求和问题，资产阶级人性论的虚伪，也早已有了充分揭露和科学分析。我们继十月革命之后，推翻了剥削制度，对广大劳动人民，从人性上来说，就是大的根本的解放。虽然由于封建制的长期统治，我国还存在不可忽视的封建主义的思想和势力的残余，而在十年浩劫中，我国广大干部和人民又遭受了封建法西斯的残酷迫害。因此，我们还需要反对封建主义。但这并不说明我们应该回到民主革命阶段去。就是我国已经历过的民主革命，当时在早已存在的新的世界形势下，也必须走新的道路。中国革命的历史，不论失败还是胜利，都清楚证明了这一真理。我们的无数先烈，就是抱着共产主义理想，站在先进的无产阶级立场，在马克思主义指引和党的领导下，满怀革命热情，参加了属于资产阶级民主革命范畴的北伐战争和抗日战争，创下了业绩，贡献了自己的生命，使人民的事业取得胜利。社会主义革命开辟了我国的一个新时代。这个革命的直接目的是推翻剥削制度，最终目的是实现共产主义。革命的胜利，从根本上消除了马克思在《詹姆斯·穆勒〈政治经济学原理〉一书摘要》和《1844 年经济学—哲学手稿》中所说的"异化"现象，改变了人的关系，提出了新的道德要求，使我国社会向前大大跨进一步，人与兽的距离更加远了。革命继续发展，实现共产主义理想，像前面已提过的，人就"在一定意义上最终地脱离了动物界，从动物的生存条件进入真正人的生存条件"。从人性方面来看，我们所从事的就是这样的革命。文学要描写我们时代的新人就要站在新的高度，不是封建主义的地主贵族立场，也不是民主主义的资产阶级的立场，而是社会主义的无产阶级立场。我们时代的英雄人物，为自己所从事的革命事业的性质和目标所吸引，所鼓舞，有新的情操，新的精神境界，新的道德面貌。这些人物也完全具有人的一切天性和本能，也饮食，也恋爱，也结婚，也有自己的家庭生活，也需要文娱活动，也喜爱自然景物，也有爱有憎，有喜有怒，有乐有悲等等。只是这一切都立于高尚的情操和道德之上。这样的情操在剥削者和满脑子自私自利的人看来是不可理解的，甚至认为是违反人性的。比如雷锋，就有人认为他的行动不近情理，以至把他称作傻子。我国革命的胜利，在生产资料所有制这一根本重大的社会制度方面，废除了剥削和私有，但剥削的现象和极端自私的行为在我们的社会中并未消除，在意识形态方面以至行动上，比资本主义更落后的封建主义的思想和行为，也远未绝迹。这些资本主义和封建主义留下的污垢都需要经过很长时间才能清除。这是社会变革必经的过程。只有空谈家或耽于空想的人，才会认为所有制问题解决，一切问题就都解决了。资产阶级革命，除了剑与火，长时期中还有大量意识形态方面的斗争与之配合。从文艺复兴到法国大革命，以但丁、薄伽丘为起点到伏尔泰、卢梭，整整经过了四百多年，资产阶级在文艺创作上留下大量作品，塑造了一系列形象，歌颂新兴资产阶级，反对封建主义，与资产阶级其他意识形态如哲学、政治经济学、历史、法学等一起战斗，才使资本主义的意识形态取得了完整的统治地位。社会主义文学也需要在形成新的意识形态占统治地位的战斗中，在培植社会主义的新的道德风尚方面，发挥自己的作用。我们的文学需要大声歌颂我国各条战线上都存在的具有共产主义风格和思想精神的新人，也要揭露、谴责与社会主义精神相违反相敌对的旧的势力。社会主义新人是多种多样的，社会主义风尚也存在生活的各个方面。我们要写这些新人在保卫祖国中的英勇战斗，在工农业生产战线上的忘我劳动，在各种岗位上的勤奋工作，也要写这各种人物的家庭生活、恋爱和结婚。恋爱，如果不是作为作品附加的调味剂，不是为了迎合某些读者低级趣味的需要，而是作为社会生活的一个方面，作为构成社会主义新人新的面貌的一个方面，自然是可以写和应该写的，问题是如何写，是宣扬社会主义的新的道德风尚，还是宣扬资产阶级思想情趣，以至于是些资产阶级正派人士都反对的庸俗、低级、下流一类的描写？我们的社会既然还存在资产阶级以至封建阶级的意识形态，存在各种坏人坏事，甚至存在使人震惊的罪恶行为，为了扫除这些，我们的文学自然也应该揭露，只是应该深揭这些事物反社会主义的本质，应该站在维护社会主义的立场，满怀革命的义愤，使人读后更痛恨资本主义和封建主义，更热爱社会主义，像阅读歌颂新人的作品一样，能提高社会主义觉悟，促进人的新的品质的成长。

我们的社会主义不是人道主义，因为以马克思主义为指导的科学社会主义不同于佛教、基督教等的教义宣传是一切人，也不同于费尔巴哈等的人本主义宣传抽象的爱，而是主张进行阶级斗争，以革命方式推翻剥削制度，首先解放劳动人民，进而消灭阶级，最后达到解放全人类，使人类最后脱离动物界。这一伟大事业的人性和人道的意义应该从这里理解。

三　一点感想

写了上面两个题目，回头看来，感到所讲的这些，应该是早已不成问题，一百多年前，马克思、恩格斯就已讲得很清楚了。可是，这些问题在当前似乎还依然存在。这就不能不使人感慨系之，产生了一点感想。

马克思建立在历史唯物主义上的阶级斗争理论，照亮了人类发展的历史，不仅给历史研究提供了一条基本线索，也使人性的研究有了科学的途径。而过去许多人谈到人性，却大都离开了阶级区分这一重大事实。由于把人抽象，脱离实际，因而不能不陷于谬误。比如，像费尔巴哈这样的唯物主义者，当他的探索进入人的领域，就陷入唯心主义，以至荒诞到要创立什么新的宗教。马克思主义形成的初期，在人性的问题上，就有过几次斗争，先是批判费尔巴哈的"爱的宗教"；接着批判从1844年就在德国传播的所谓"真正社会主义"者；批判克利盖的"爱的呓语"；批判格律恩的"人的"观点等等。这些斗争都取得重大的胜利，留下丰富的思想遗产。但是，与马克思主义胜利发展的同时，也出现了把马克思主义庸俗化的现象。马克思在谈到那些把他发现的唯物主义历史观庸俗化的可怜的马克思主义者们时不胜概叹，用海涅的话说："我种下的是龙种，而收获的却是跳蚤。"他还针对七十年代末法国一些自称"马克思主义者"们说，"我只知道我自己不是马克思主义者"。在我国，不论在三十年代或在解放以后，批判资产阶级人性论的同时，也出现了对马克思主义阶级观点的简单化、庸俗化。这种简单化、庸俗化的"阶级观点"，不能战胜资产阶级人性论，却反而给反马克思主义阶级观点的人以空隙，以论据。以后，在"文化大革命"中，这种以"左"的形态出现的简单化、庸俗化已发展变质为封建法西斯化，论争已变成迫害，批判的武器已变成武器的批判，变成"金棍子"的打杀。人们在受害之余，对这样的所谓"阶级观点"，不仅怀疑，而且憎厌，自然是可以理解的。

经过重大曲折，要向前迈进，我想应该是努力克服这种"左"的简单化、庸俗化的倾向，真正站到马克思主义立场。但在克服这种倾向时，需要防止另一种对马克思主义的歪曲。比如，谈到人性，人们往往提到马克思的《1844 年经济学—哲学手稿》。马克思在这部《手稿》中谈到人性，谈到人性复归，像上面所引用的，有许多深刻的见解。但那时，马克思还没有脱离费尔巴哈的影响，比如《手稿》论到共产主义，说："这种共产主义，作为完成了的自然主义，等于人道主义，而作为完成了的人道主义，等于自然主义……"① 这里讲的自然主义，人道主义，完全是费尔巴哈的用语。就在这部《手稿》写作结束的阶段，1844 年的 11 月 11 日，马克思给费尔巴哈的信说："我很高兴我有机会向您表示极高的敬意和对您怀着的爱戴，无论如何，您的《未来哲学》和《信仰的本质》二书尽管篇幅不大，却比当前德国全部著作的总和具有更大的价值。"② 可见当时马克思对费尔巴哈是如何的崇敬。后来，1867 年，马克思重读了《神圣

---

① 《马克思恩格斯全集》第 42 卷，第 119、169、97、94、120 页。

② 转引自科尔纽《马克思恩格斯传》。

家族》后，4 月 24 日给恩格斯的信说："我愉快而惊异地发现，对于这本书我们是问心无愧的，虽然对费尔巴哈的迷信现在给人造成一种非常滑稽的印象。"① 而早在 1845 年即《1844 年经济学—哲学手稿》写作结束的第二年写的《德意志意识形态》中，马克思主义的创始人就已指出《黑格尔法哲学批判导言》及《论犹太人问题》因使用"人的本质"及"类"等哲学术语所引起的不好后果，说："但当时由于这一切还是用哲学词句来表达的，所以那里所见到的一些习惯用的哲学术语，如'人的本质'、'类'等等，给了德国理论家们以可乘之机去不正确地理解真实的思想过程并以为这里的一切都不过是他们的穿旧了的理论外衣的翻新。"② 1892 年恩格斯给《英国工人阶级的状况》（写于 1844 年 9 月至 1845 年 3 月）德文第二版所写的序言，则列举这本书中所讲共产主义的最终目的要把资本家也解放出来，认为这种说法对实践有害，并联系批判了"一种凌驾于一切阶级对立和阶级斗争之上的社会主义"的鼓吹者们。恩格斯说：

> 几乎用不着指出，本书在哲学、经济和政治方面的总的理论观点，和我现在的观点绝不是完全一致的。1844 年还没有现代的国际社会主义。从那时起，首先是并且几乎完全是由于马克思的功绩，它才彻底发展成为科学。我这本书只是它的胚胎发展的一个阶段，正如人的胚胎在其发展的最初阶段还要再现出我们的祖先鱼类的鳃弧一样，在本书中到处都可以发现现代社会主义从它的祖先之一即德国古典哲学起源的痕迹。例如本书，特别是在末尾，很强调这样一个论点：共产主义不是一种单纯的工人阶级的党派性学说，而是

① 《马克思恩格斯全集》第 31 卷，第 293 页。
② 《马克思恩格斯全集》第 3 卷，第 606、607、261—262 页。

一种最终目的在于把连同资本家在内的整个社会从现有关系的狭小范围中解放出来的理论。这在抽象意义上是正确的，然而在实践中在大多数情况下不仅是无益的，甚至还要更坏。既然有产阶级不但自己不感到有任何解放的需要，而且全力反对工人阶级的自我解放，所以工人阶级就应当单独地准备和实现社会革命。1789年的法国资产者也曾宣称资产阶级的解放就是全人类的解放，但是贵族和僧侣不肯同意，这一论断——虽然当时它对封建主义来说是一个无可辩驳的抽象的历史真理——很快就变成了一句纯粹是自作多情的空话而在革命斗争的火焰中烟消云散了。现在也还有这样一些人，他们从不偏不倚的、高高在上的观点向工人鼓吹一种凌驾于一切阶级对立和阶级斗争之上的社会主义，这些人如果不是还需要多多学习的新手，就是工人的最凶恶的敌人，披着羊皮的狼。①

可见，马克思、恩格斯的思想，同任何人的思想一样，也有个发展过程。《1844年经济学—哲学手稿》是马克思的早期著作，具有早期著作的特点和弱点。可是这部由三个未完成的手稿组成的《手稿》，在马克思逝世后将近半个世纪的1932年发表后，立即在欧洲引起了一股对马克思主义钻研的热潮，一些"热情"的研究者丢开这部《手稿》在经济学、哲学特别是经济学方面的丰富内容，单单只抓了"异化"和"人性复归"的论述，又丢开这一论述揭露资本主义剥削实质及其罪恶的根本思想，把《手稿》的基本内容曲解为是宣扬超阶级的人性论和人道主义，并据此提出对马克思主义的"新认识"，认为由于这部《手稿》才真正发现了马克思主义。这"真正"的"新发现"不是别的，

---

① 《马克思恩格斯全集》第22卷，第372—373页。

就是人性论和人道主义。他们不顾马克思、恩格斯对资产阶级人性论、对超阶级的呓语的多次批判，也不顾恩格斯在马克思生前写的《卡尔·马克思》和在马克思逝世后，在马克思墓前讲话中对马克思及马克思学说的评价，更不顾列宁的《卡尔·马克思》对马克思主义所作的科学的概述，竟然认为马克思学说的根本的和最高的原则是人道主义，认为真正的马克思主义就是人道主义的马克思主义。他们把《1844 年经济学—哲学手稿》说成是马克思主义思想发展的"顶峰"，似乎这以后，马克思所写的一系列辉煌著作包括《共产党宣言》和《资本论》在内全不存在，或者这些统统都不如这部《手稿》成熟，全都低于这部《手稿》的水平！这种对马克思主义实在新奇的说法，看起来确乎既不"简单"，也不"庸俗"，但对马克思主义的歪曲却是相同的。这种歪曲也与简单化、庸俗化倾向一样，不仅直接关联哲学、政治，还涉及美学、文艺理论和文艺创作。

我们要真正站到马克思主义立场，在人性问题上，与克服什么都强解为阶级性，因而对马克思主义阶级观点简单化、庸俗化的同时，还应该批判根本撇开阶级分析的观点所形成的对马克思主义的另一种歪曲。否则，东倒西歪，老是大幅度左右摇摆，是怎么也站不直的。

（原载《文学评论》1982 年第二期）

形象和思维

印　　象

　　我们到某一个地方游览、参观，或者访问一个不曾认识的人，事后，往往会被人问起：印象如何？由于感触的对象不同和用以感触对象的感官不同，就有种种不同的印象。黄山人字瀑的飞流和瀑声，工厂的烟囱高耸和汽笛长鸣，山村的林木和林中的鸟语，池塘春草和池塘蛙鸣，雷鸣和电闪，以及一个人的仪表，谈吐，举止，眼色，腔调等，都可给人留下不同的印象。这些印象概括而言，可以分作两类，一是视觉的，一是听觉的。此外，风和日暖与冬寒夏热，馥香扑鼻与沁人心脾，甘甜如饴与味同嚼蜡，又是另外的印象。

　　印象是由感触引起和形成的。人的感官，按过去一般说法，可分为五个，即眼、耳、鼻、舌、肤。相应地，也就有五种感觉，即色、声、嗅、味、触。作为人的身体的有机组成部分，我们不能特别贬低某一感觉器官，以至认为可以不要。在不同的情况下，不同的感觉是各具不同的重要作用的，比如：听报告，耳

朵成为重要的器官；到百货商店挑选衣料，视觉就很重要了；寒
来暑往，体会气温的变化，视觉就显得很重要；而围坐在餐桌
旁，品尝美酒佳肴，味觉就成为很重要的了。但就文艺而言，主
要的就该是或者说就只能是依靠视觉和听觉。美术是视觉的艺
术，音乐是听觉的艺术，戏剧则既需视也需听。文学是语言的艺
术，文字写成的作品要通过视觉，口头文学或朗诵的诗文则诉诸
听觉。我们可以是看作品，或者是听作品，不能去嗅或尝作品。
《聊斋志异》中有一篇妙作，叫做《司文郎》，描写平阳王平子与
登州宋某及余杭生碰见一个瞎子和尚，这个和尚可以用鼻子品评
文章的好坏，而且鉴别得非常准确。这只是讽刺文字，是小说而
且是"志异"小说。文学作品所描写的可以是色、声、香、味、
触什么都有，但主要也是视、听两样。称赞一段好的描写，人们
常常形容为"绘声绘色"或"有声有色"，不仅文学，欣赏一切
艺术，都只能用眼、用耳，没有听说用舌、用鼻、用皮肤的。自
然，广义而言，烹调、缝纫入于佳境也可称作艺术，因而味觉和
视觉也不能说与艺术无关。但这样广义的艺术，已离开我们所议
论的范围了。

　　经由视觉的直观所见到的事物的形态或由此所形成的印象，
就是形象。客观世界种种事物，只有成为视觉的对象，为视觉所
能见的，才具有形象。金、木、水、火、土都具有形象，我们却
不知电与磁有什么形象。[①] 一个人也只有具有视觉才能见到事物
的形象，一个瞎子是看不见任何形象的。一个先天的盲人不知形
象为何物，也不能想象事物的形象，这样的人根本没有形象的概
念。他们只能在自己触觉所能达到的范围内，触知事物的长短、
方圆、轻重、厚薄，但仅仅这些是不能称做形象的。

---

　　① 闪电本身不是电，也不是电的形象，而是强大的阴阳电磁触所爆发的火花。

形象在文艺的构成中占有特别重要的地位。美术完全是视觉的艺术，没有视觉能直观的形象，就没有美术。巴尔扎克有篇杰作《不可知的杰作》，小说所写那位曲家的"杰作"虽曰"不可知"却是可见的。[①] 如果连见都不可见，那就不是"不可知"，而完全是安徒生童话《皇帝的新衣》中皇帝的新衣，纯属子虚乌有了。戏剧，不论是舞台上演出的戏剧，或者是电视中播出的电视剧，自然都有动人的形象，是可见的。过去有些爱好京剧的戏迷，到剧院，不是去看戏，而是去听戏。他们所侧重的自然不是舞台的形象而是角色的唱腔，但通过唱腔、念白和胡琴、锣鼓等声响，也可想见舞台的形象。只有广播剧是无形的，看不见形象，但通过剧情的发展、剧中人物的声音及与之伴随的种种音响，也可想见到戏剧的形象。音乐是听觉的艺术，是无形的。欣赏音乐同欣赏美术相反，只能用耳朵，不能用眼睛。但音乐也构成形象，交响乐中就有一种交响音画。比如俄国强力集团作曲家之一的鲍罗丁就创作有交响音画《在中亚细亚草原》，这支乐曲描写了中亚细亚辽阔的草原和草原上驼队的行进。也是这个集团的另一作曲家穆索尔斯基，创作有交响音画《荒山之夜》，描写了荒山中狰狞的魔王及女妖们的热闹的夜宴。这个集团的又一著名作曲家里姆斯基—科萨科夫创作的音画组曲《萨尔丹王的故事》，是歌剧的三个序曲，也是有物有境、有景有人的。印象派音乐家德彪西着意于作品的绘画效果，善于描写自然景物，他的著名作品《月光》[②]，描绘了诗情画意的月夜。听着这支曲子，使我们自然会联想到我国的古曲《春江花月夜》。这支古曲把我

---

① 画幅上，除了乱堆的色彩和奇怪的线条，还可见到一只栩栩如生、优美的脚。

② 这是他的钢琴曲《贝加马斯卡组曲》的第三乐章，因写得极为优美，经常在音乐会上单独演奏。

们带到极富诗意的月夜江上，有月光，有江流，有月光的徘徊和江水的荡漾，使我们恍如置身江上舟中，看到无限美好的景色。

海涅在他所写的一篇故事《帕格尼尼》中说：

> 至于说到我本人，各位都知道我具有一种特殊的音乐视力，一听见任何音响同时便看见相应形象的奇异禀赋。所以，帕格尼尼每拉一段，我眼前都现出各式各样的人物与景象；仿佛他用一种有声象形文字，向我讲述无数惊人的故事，仿佛他在为我演出五彩皮影戏，而在每一出戏中，他都拉着提琴，担任戏里的主角。[①]

美术、音乐和戏剧，或用线条、色彩，或用音响，或通过演员的表演来进行艺术创作，是可见可听的，能给予观众或听众以直接的艺术感受。这，是优于文学的，但也因此给自己带来局限。文学，除口头文学外，写成的作品只是一行行文字，既无声也无色，但也因此有更宽广的天地，不受时空限制，可以描写更多的东西。这是由于文学这一特殊手段不仅可以写色写声，[②] 还可以写冷暖、酸甜、香臭等等由触觉、味觉和嗅觉所引起和得来的感觉和印象，可以写种种内心活动，以至发议论、讲哲理等等。但这一切都必须形成艺术形象或与艺术形象联系，成为它的一个组成部分，使人读后有形象的感觉。且不说饥与寒，对一个人，不仅刺激肠胃、刺激皮肤，在这些器官上发生强烈反应，而且也会在这个人清晰可见的形体和面容上有所反应、有所表露，就是一个人内心深处的活动，也会在外部的形体上有所表现。我国古代的孟老夫子就曾说过"胸中不正则眸子眊焉"。不仅眸子，

---

① 译文见山西人民出版社版《外国短篇小说选》，第 133 页。

② 我国文学的传统，很讲究文学的音乐效果，不仅诗、词、曲讲求平仄、韵律，就是散文也讲究节奏，讲求抑扬顿挫。

这反应最为灵敏的器官是这样容易暴露人的内心秘密，许多时候，在形体的别的部分，比如手指、肩头、眉头、胸部等等，也可以表露一个人内心的思想和情感，尽管动作可以很细微，但使人看了却很清楚、明了。至于发议论，讲哲理，如果出自所描写的人物之口，那就必须是这个人物形象的，如果与塑造的人物不相联系或联系不起来，那就会破坏这个人物形象，至少也会成为这篇作品的多余部分。至于哲理诗，它也首先必须是诗。如果只是讲哲理，不论这种哲理如何深奥、正确，那也只是哲理，而不是文艺。

外界事物的形态，以及经由视觉对这些形态所获得的直观的印象，是一切艺术形象的源泉。作家、艺术家要塑造艺术形象，正如工人建筑高楼需要运集足够的建筑材料一样，需要生活积累，需要在头脑里积累足够的视觉印象。我国古代有人说过，要写出好的诗文，必须游历名山大川，胸有丘壑。但这游历必须有所见，获得印象，而且是深刻、鲜明的印象。如果无所见，或见而没有什么印象，或虽有印象，但不鲜明、不深刻，因而很快遗忘，那么，这样的游历，实同于未游，对创作是没有什么用处的。

世界上没有完全相同的两片树叶，没有完全相同的两滴水珠，任何事物的形态，都是独特的、各异的。一个人经由视觉所获得的外界事物的印象，自然也是独特的；而且，世间事物甚多，能够引起人的注意，留下印象，更是由于这一事物具有其鲜明的特点；加以观察者的兴趣各异，观察的角度不同，即使同一事物，各个人注意点不一样，所见也有差异。只有观察不细，对于某些相似的对象（比如一对极为相似的孪生姐妹），才会一时区分不了。因此对某一事物印象愈深，则对此事物就愈能识别其特点，其特点在头脑中也愈鲜明。作家的创作冲动总是由于能产生深刻印象的外界事物的刺激。作家、艺术家创作的艺术形象，不仅基于很多视觉印象，而且应该比生活中获得的个别印象，更鲜明，更生动，更具特点。就是描绘某一外界的特定对象，也应较这一对象在一般人的印象中更鲜明，特点更突出。比如画肖像画，不仅要画出这个人的外部特征，还必须画出这个人独具的神情和性格。就是使用相机照相也应该同样这样要求。作家、艺术家必须抓住、掌握和描绘事物的个性和特点。这当然不是一件容易的事。歌德向爱克曼说：

> 对你的那些诗，我只想说两句话。到你现在已经达到的地步，你就必须闯艺术的真正高大的难关了，这就是对个别事物的掌握。你必须费大力挣扎，使自己从观念（Idee）中解脱出来，你有才能，已经走了这么远，现在你必须做到这一点。

歌德说：

> 我知道这个课题确实是难，但是艺术的真正生命正在于对个别特殊事物的掌握和描述。此外，作家如果满足于一般，任何人都可以照样摹仿；但是如果写出个别特殊，旁人就无法摹仿，因为没有亲身体验过。你也不用担心个别特殊引不起同情共鸣。每种人物性格，不管多么个别特殊，每一件描绘出来的东西，从顽石到人，都有些普遍性；因此各种现象都经常复现，世间没有任何东西只出现一次。

歌德又说：

> 到了描述个别特殊这个阶段，人们称为写作（Komposition）的工作也就开始了。①

---

① 以上引文见《歌德谈话录》，朱光潜译，1980年人民文学出版社版，第9—10页。

　　有人谈到外界事物的形态在人们头脑中的反映或艺术形象的创作过程，使用了表象这一概念。这是值得分析的。表象是人们对外界事物从感性到理性认识过程中的一个环节。它具有形象性，因为它有"象"；它又具有抽象性，因为它对事物进行了一定的概括。表象比之活生生的形象，不论是外界事物的形态，或者是这一形态在人的视觉中形成的印象，或者是作家、艺术家所创造的艺术形象，有优胜的地方，就是它具有的概括性；但也有不足之处，即它的"象"不如具有个性的形象鲜明、生动、独特。印象不是表象。基于事物形态和视觉印象创造艺术形象，也不需要经由表象这一环节，否则，就会导引创作走向概念化。塑造艺术形象，就要摆脱"表象"。① 表象只存在人的脑里，客观现实中不存在表象，因为现实中存在的事物都是一个个的，都是独特的，具有个性的。艺术形象及其塑造，也与表象无关。那么，离开脑子，究竟到哪里去找表象呢？我国最初的文字是象形的，这里倒可以找到表象，也可以看到从表象到概念的发展。我国古代象形文字中指独特、个别事物的字，是事物形象的描摹，是形象，不是表象。比如日、月，象形字是⊙、☽②，画的是日、月的形状。一些指类属的字，如木、鸟，象形字写作 米③、☒④ 米，下面画的是根，上面画的是枝丫，但这 米 虽然像，却不是具体树木的象，从这个象形字可以看到木的形态，但却分不出是乔木还是灌木，更分不出是桃木还是枣木，自然更不是具

----

　　① 黑格尔在《逻辑学》中也提出要摆脱表象，但他的目的和我们恰恰相反。黑格尔所以要摆脱表象，是因为他认为掺杂了表象，就会妨碍思维，特别是思辨的思维。

　　② 此系甲骨文中日、月、木的一种写法。

　　③ 同上。

　　④ 此系篆文，甲骨文中鸟字有多种。

体的、活生生的这棵树或那棵树。🐦 这个象形字，也是如此。这字有鸟的嘴、鸟的头、鸟身上的羽毛，还有鸟的两只脚，真是鸟的形态都有了，但我们也不能从这 🐦 看出是什么鸟，是乌鸦、是喜鹊，还是小的斑鸠和麻雀，自然更不是特指的某一只鸟。象形字 木、🐦 向前发展就是现在人们所写的木、鸟，这里已没有所象的形，纯粹成为概念了。战国时的公孙龙的《白马论》，提出"白马非马"的命题。很多人把它称之为怪论，或斥之为诡辩，但认真分析，这个命题在某种意义上也是有一定道理的。"白马非马"可以从完全不同的两个方面来解释。一是从纯概念的方面，马这个概念，包括了一切颜色的马，因此加上形容词"白"，就不是马的最概括的概念了。"白马非马"就是说白色的马不是马的总体概念。这是公孙龙的观点。"白马非马"也可以从另一方面来讲，白马虽从极抽象的马里分了出来，但仍不是很具体的，因为白马中可以有大马、小马、老马、幼马，这一品种的和那一品种的马，更不要说更为具体的这一匹白马和那一匹白马了。因此，"白马"这个词还依然是抽象的，不是指的具体的某一独特的马。艺术形象所要求的，就该是具体的独特的惟一存在的马。最为蹩脚的画家画出的马，即使画得不生动，不美，也总是一匹具体的马，既不是纯概念的马，也不是马的表象，除非他不是画画，而是写字。一个作家运用的自然是文字，但他用文字所描写的事物，读者读了，也该是鲜明的、生动的，如果模糊不清，那就不是好的作品了。

想　象

美术家面对眼前景物写生所画出的作品，音乐家将听到的自然界音响直接谱写出的乐曲，都来自直觉，前者是视觉的直觉，后者是听觉的直觉。诗人、民歌手即景歌咏，描写眼前景物，或眼所见，或耳所闻，也同样来自直觉。这样的作品都写的是作家、艺术家的直觉的印象。另外很多作品，写的则是记忆中的印象，或者是基于直觉印象而塑造的非外界实有的形象，或者在塑造形象时，用另一印象来描状此一印象。这就需要想象。所谓想象，广义说来，是存在于人们头脑中的形象及形象活动，这样的形象或形象活动，不能用肉眼看见，但却可以想见，这种"想见"可以称之为"内视"。

想象是无穷无尽、多种多样的，概括起来，粗略可以分为三类：回想、联想和一般人所说的即狭义的想象。

存储在头脑深处仓库中的印象，由于外界的刺激或主观的探求，被启发出来，鲜明地浮现于脑际。这时在头脑中呈现的形象，是过去直觉印象的再现，故可称之为回想。它是形象的记忆，但不同于一般的记忆。

人们观察外界，并不是所有事物都能留下印象，留下印象的也有深浅的区分。有的印象在脑子里不久就消逝了，有的则能较长久的保留，这样的印象，往往是作家、艺术家创作欲望的来由。那些一再被回忆起来的印象，即一再在脑际浮现的形象，形成作家、艺术家的创作冲动。鲁迅说："阿 Q 的影像，在我心目中似乎确已有了好几年"，虽然紧接着说"但我一向毫无写他出来的意思"，可是由于孙伏园的约稿，"经这一提，忽然想起来了，晚上便写了一点，就是第一章：序。"① 中外古今作家、艺术家的成功作品的创作，大都源于和奠基于生活中不能忘怀的深刻印象。作者塑造的形象，总是有生活的来历的。屠格涅夫说：

我应该承认，如果没有一个逐渐融合与积聚了各种适当

---

① 《〈阿 Q 正传〉的成因》，《鲁迅全集》第 3 卷，第 378 页。

的要素的活人（而不是观念）来做根据，我决不想去"创造
形象"。我没有随意发明的天才，总是需要一个使我能够站
稳脚跟的基地①。

创作中的形象，有的只是生活中不能忘怀的印象的复写，如
游记、自传、回忆录之类，一般非描写实事的作品也到处可找到
作家、艺术家视觉经历的痕迹，即使是幻想性极强的艺术形象，
也不过是作家、艺术家头脑中来自外界视觉感受所形成的印象的
加工和变形，正如鲁迅说：

> 天才们无论怎样说大话，归根结蒂，还是不能凭空创
> 造。描神画鬼，毫无对证，本可以专靠了神思，所谓"天马
> 行空"似的挥写了，然而他们写出来的，也不过是三只眼，
> 长颈子，就是在常见的人体上，增加了眼睛一只，增长了颈
> 子二三尺而已。②

视觉经历所得的印象，主要指现实生活中视觉直观在头脑中
留下的印象，也包括观看造型艺术（如建筑、雕塑、绘画）所造
成的视觉印象，还可包括间接得来的内视的印象，如文学作品的
描写在头脑中所形成和留下的印象。

这里我想谈谈文学作品的艺术形象给读者的感受问题。用语
言文字写成的文学作品，语言文字本身并无形象，语言文字中的
一切实词，不论山、川、江、海、鸟、兽、虫、鱼，或者更具体
点的溪流、瀑布、草地、沙滩、桃树、李树、喜鹊、斑鸠等等，
全都是概念。我们读着这些词汇，心目中所以有形象的感觉，是
因为这些概念所包含的实物，我们已在现实生活中看见过了，好

---

① 《关于〈父与子〉》，译文见《回忆录》，蒋路译，人民文学出版社 1962 年版，
第 87 页。

② 《叶紫作〈丰收〉序》，见《且介亭杂文二集》。

多已很熟悉，在我们头脑中已有视觉的印象了，因而读到这些词就会迅即引起回想，就会在脑际浮现头脑中储有的印象，如果作者再加上形容，勾画出它的特点，那么，形象就更鲜明了。由于人们头脑中普遍储存鸟和树的印象及这些印象迅即可以唤起，因此作家在写喜鹊时，不必一般地交代它有头、有尾、有两眼、两脚、两只翅膀，还有一张尖尖的嘴；写桃树也不必一般地交代它有大的树干，小的枝条，枝条上长有叶子等等。如果写，读者就会感到啰嗦、多余。至于那些不为一般人所知的事物，作者就得多费笔墨，这样的事物，读者也是要靠已有视觉印象才能想见的。比如，一个人没有坐过牢，也没有看见过牢房，但从作品的描写中知道牢房是间小屋，有的没有窗，有的只有一扇很小的小窗，而且开在很高的地方，牢房的门经常是锁着的，门上有一装有盖板的小方孔，是送饭用的。由于一般人对小屋、窗、铁条、门、锁、方孔已储有印象，因而看了这样的叙述或描写，牢房的形象也就可以想见了。

视觉印象的回想，不仅创作需要，也是联想和想象所不可少的。

我们在观察事物形象时，容易产生形象的联想。这联想最简单的是由于两种事物形态的相似。比如滇池上有座睡美人山。这座山所以名为睡美人，是由于这山远远望去像是睡着的美人，这山的各部，那披散到滇池的头发、挺现的头、脚、胸部等等及其组合所造成的印象，都是联想的结果。文学作品中对于人和物的形容和比喻，也是一种联想。比如少女红润的面颊，使人联想到桃花的色泽，因而有人面桃花的比喻。《天方夜谭》中形容一个人面目的姣好，常常用"好像十五的月儿"，这是因为十五的月亮最明亮、光洁而又柔和，富有诗意。这种联想就比最外表的相似进了一步，不只是形似，而且神似了。更进一步的联想涉及思想、情感一类内在的心理活动。比如李白《赠汪伦》中写"桃花潭水深千尺，不及汪伦送我情"。因友情的深就联想到潭水的深，并用夸张了的深千尺的潭水来比较。《西厢记》著名的一折"长亭送别"中有一段描写离愁别苦，从忧愁之重，想到忧愁的重量，再想到车马的负担，写道："遍人间烦恼填胸臆，量这些大小车儿如何载得起。"这种联想就更是巧妙了。我们从许多优美的民歌，特别是从善于连续比喻的西藏等兄弟民族的民歌中，可以看到无数动人的优美的比喻。把这些比喻细加分析，都是来自联想。还有，因树木花草的形态、性能而联想到人的品质，因而使这些生物具有人的品格。比如屈原的《橘颂》，以赞美生在南国的橘树，受命于天地，不可移植，到赞美橘皮像文章般灿烂，橘瓤洁白像可以担负重任的有道的君子等，最后总结说橘像伯夷叔齐一样，可以成为人的师长。树木花草等被赋予的人的品质，又可因联想而用来比喻、评价人的品格和道德风貌。比如这篇《橘颂》虽是赞美橘，却又可用以指人，可以联想及品格高尚的人，或使人想到这些而用以自励。

我国古代诗文中的用典，也是联想，是过去的名篇、故事被习用了的联想。比如五经中的《诗》，因为它被定为经典，其中有名篇什中的事物就成了后来的典故。比如王风中的《黍离》，据《诗小序》讲是周室东迁后，周的大夫过故都，见宗庙、宫室故地已成农田，变为一片茂盛的糜子地，满目"彼黍离离"，不胜感慨，于是写了这篇《黍离》。以后，人们兴起了对破毁的故国、故乡以至故家的哀叹，就联想到这篇诗，于是有"不胜黍离之感"。这"黍离"渐渐习用了，于是就成为典故。又如小雅中的《蓼莪》写对死去父母的哀思，小雅的《黄鸟》写离乡背井的人在异国、异地所受的欺凌，豳风中的《东山》写远征的士兵还乡途中对家园和家人又喜又忧的想念，鄘风中的《桑中》写男女幽会，郑风的《子衿》写对爱人的思恋等等，都成为以后诗文中常用的典故。这些都是因目前的事联想到过去的典籍，用过去的典籍所写的事来形容、比喻目前的事。

回忆和联想中的形象，都来自头脑以外已有的事物，[①] 想象的形象则是想象者自己头脑创造的产物。这种创造也是有所本的，也是有来由的。比如鲁迅所写的阿Q和《狂人日记》中的狂人，都在现实生活中有模特儿，但又与实在的模特儿并不一样。鲁迅谈到他怎么写小说时说：

> 所写的事迹。大抵有一点见过或听到过的缘由。但决不全用这事实，只是采取一端，加以改造，或生发开去，到足以几乎完全发表我的意思为止。人物的模特儿也一样，没有专用过一个人，往往嘴在浙江，脸在北京，衣服在山西，是一个拼凑起来的角色。[②]

作家、艺术家的本领就在于：或者，能因一点"缘由"就可以取出一端加以改造。比如果戈里《钦差大臣》的故事情节，它的来源只是当时俄国生活中一个常可听到的笑话。或者，得到一点"缘由"，就可"生发开去"。关于这一点，屠格涅夫在谈到他的《阿霞》构思过程时说：

> 情况是这样的。我路过莱茵河畔的某个小城市。晚上，因为无事可做，我想去划船。这是一个非常美妙的夜晚。我躺在小船里，什么也不想，呼吸着温暖的空气，浏览周围的景色。我们从一个不大的火砾场边经过；火砾场的一旁有座两层楼的小屋。一个老太婆从下层屋的窗子里朝外张望，上层楼的窗子里探出来一个标致的姑娘的头颅。这时我忽然被

---

① 或客观世界存在的实物或客观存在的已有作品的塑造、描绘或叙述。

② 《我怎么做起小说来》，见《南腔北调集》。

某种特别的情绪控制住了。我开始思索，我想着，这个姑娘
是谁，她是怎样一个人，她为什么在这个小屋里，她跟老太
婆是什么关系——就这样，我在小船里就立刻构思好了短篇
小说的整个情节。[①]

作家、艺术家需要有这种对生活的理解、分析和推理的能力，需
要有建筑在这一基础上的丰富的想像力。这种想像力来自生活的
积累和创作的实践，是生活经历和创作经验的产物。

　　作家、艺术家创造自己的作品，都需要一定的酝酿过程。拿
塑造有故事情节的人物形象来说，不论人物、场景、故事线索，
都需要周密的、反复的设计。人物，从外部特征到性格、情趣、
文化与道德修养以及人物间的关系；场景，从外部的自然环境
（包括山水、林木、池塘、道路等等）到居室的结构、室内的陈
设；故事，从开头、发展、穿插、曲折、起伏到结局，等等，都
要加以规划。即使是一幅描写自然景物的绘画，那一石一木的安
排，整个画面结构，也要加以设计，然后才能着手创作，进行形
象的塑造。此即所谓"意在笔先"。那些即兴的作品，如对歌、
即席赋诗、即席挥毫作画，许多看来似乎不假思索，没有酝酿的
过程，实则这类的创作的酝酿，不是在当时，而是在平时，是平
时已有思索、酝酿，已有一定的储存。

　　艺术形象的酝酿，开始常常比较粗糙、模糊（但这不是什么
表象），逐渐才明晰、清楚起来。这情形，有如雕塑家雕塑一座
人像，开始只是一个轮廓，然后有了粗糙的手脚、眉眼，再后，
一切细部呈显出来，再经细细的修饰，人像才最后完成。这是我
们可以从外部看到的艺术形象塑造的劳动过程。作家、艺术家酝

---

① 奥斯特洛夫斯卡娅：《回忆屠格涅夫》，译文见《古典文艺理论译丛》第3
册，第194—195页。

酿人物形象，在头脑里也经历了大致相似的过程，即由粗到细、由不成形到成形的过程。作家、艺术家在头脑里酝酿自己的人物，开始或者只有局部清楚，有的地方不清楚甚至还没有影子，逐渐整个形貌形成并成长、壮大、活动起来，不仅眉、眼分明，而且一颦一笑，以至面容和服饰上极为细微的处所都清晰可见，可以在头脑中与这个人物一块儿生活，一同欢笑。人物在头脑中大致成熟或完全成熟后，即"胸有成竹"后，这才运用各自的手段（水墨或油彩、泥土或木材、语言文字或自己的身体等等）进行创作，塑造成观众或读者可以欣赏的艺术形象。

感　情

外界事物的种类和形态多种多样，不可胜计，一个人接触到的事物也极为繁多，但并不是所接触的一切事物都一概被注意，产生印象；有了印象的，也并不都有记录和描绘下来的要求和欲望。这里就存在选择①，存在观察者的主观因素。这选择来自观察者的情趣。注意什么，特别是对什么产生了深刻印象，总是由于这被注意的、产生了印象的事物触动了观察者的情感，或者是爱，或者是憎，或者是别的什么情感。这是由于观察者是人，是有血有肉、有情感的人。触动观察者的情感强烈，则印象也愈深刻。

人事，社会生活，能触动人的情感，作家、艺术家写各式各样的人及这些人的悲喜命运是怀着激情的，并要用自己的深厚的情感去感染读者或观众，这已成为常识。下面只谈谈自然景物。

自然景物，山水、林木、花草、云霞等等，由于自身的美，

---

① 这选择，在多数情况下，并不是自觉的，而是以自发的形态出现。

因而引起人们的喜爱，这是一般人普遍具有的情感。像上面已讲过的，它们还因自己的姿态与性能，引起联想，被赋予人的品质，因而使人对它们产生各种情感，并转而用以形容和比喻一个人的面貌和品质。这样，无生命无情感的自然景物，不但有了生命，有了情感，而且有了意志和道德情操。塑造人物形象，如果只写了外貌，而没有画出神情，看不出内在的生命和情感，那么，就将是僵死的人物图形，不能打动人的情感。描写自然景物，也是如此，如果只有外在形态，没有神态，没有情趣，没有看了使人动情的魅力，那么，这样的描写，即使色彩如何绚丽，线条如何准确，也是没有艺术价值的。《文心雕龙》讲作品的形象美时，与感情结合起来，篇名命为《情采》，结语说"繁采寡情，味之必厌"。《神思》篇专谈艺术想象，也说："夫神思方运，万涂竞萌。规矩虚位，刻镂无形；登山则情满于山，观海则意溢于海。"黑格尔在他的《美学》中，讲想象，讲用想象塑造艺术形象，也强调感情的重要，强调需要"灌注生气的情感"，指出"只有情感才能使这种图形与内在自我处于主观的统一"。[①] 自然景物的生命、情感、意志与品质是由人赋予的，但所以能被赋予，则由于其自身具有一定的形态、素质和性能。比如上面谈到的屈原在《橘颂》中对橘的歌颂，着重赞美橘"受命不移"、"独立不迁"，是因过去认为橘树有一种特性：只生长在江南，不可移徙，过了淮河，种到北方，就变化为枳了。我国过去，更为普遍赞美的是松柏，比之为有节操、有道德的君子。松柏之所以获得这样的赞美，是因为不惧严寒。《论语》说："岁寒，然后知松柏之后彫也。"竹和兰，也有同样的嘉誉。我国过去有不少画家

---

① 黑格尔：《美学》第 1 卷，朱光潜译，人民文学出版社 1958 年版，第 349、350 页。

喜欢画竹与兰，在这方面留下丰富遗产，也是由于竹、兰具有和松柏相似的品质。郑燮在其所画的一幅竹兰图上自题了一首诗："四时花草最无穷，时去芬芳过便空。惟有山中兰与竹，经春历夏又秋冬。"

人与物在情感上有牵连，可以在情感上相互比喻，因而景物可以打动、触发人的情感，即通常所说的见景生情。这情的发生大多来自对过去印象的回想。比如上面谈到的"黍离"之叹。黍离的感叹是由于过去一向被珍重、尊敬的故地变化了、破毁了。有的回忆，则是景物依旧，人事已非。比如天宝之乱后，杜甫也有《黍离》一样的作品，只是，《黍离》悲叹宗庙、宫室故地已夷为农田，杜甫则悲叹山河依旧而国已破败。这就是著名的《春望》。

使人触景生情，有些是由于联想，还可以举《红楼梦》中所写黛玉葬花为例。《红楼梦》第二十七回写黛玉因落花联想到自己，忧愁苦痛，遂吟出荡气回肠的葬花词。

艺术作品中人与物感情有了联系，既可使人物的精神、面貌更加生动，更富色彩，也使自然景物的描写，更加有情、有趣，更加动人。我国文学创作一向强调情景交融。情与景交融，不是主观的牵合，而是客观的写照。一个人观察、欣赏事物总是带着一定情感、怀着一定情趣的，由于情感和情趣不同，对事物注意什么，不注意什么以及对这些事物取什么感情态度，也就有了差别。谚云："猎人进山，只见禽兽；药农进山，只见药材。"同一个人，心情愉快，看一切都觉顺眼，都觉有趣，心神也特别注意那些容易引起快感的事物。反之，心情如果悲伤，就会感到什么都引人忧愁，看一切都没有情趣，注意点也多放在那些容易引起悲伤的事物上面。心情愉快，看到亲友愉快，会增加自己的愉快；心情如果很愁闷，看到亲友愉快，就会发烦，甚至增加自己的愁苦，感到自己更加不幸。自然景物如果与自己的心愿有联系，那么，同一事物，可以因符合自己心愿与否，而产生完全不同的情感。在农村劳动过的人大概都有这样的体会：春天，作物播种后，盼望着下雨，如果久旱不雨，迎到吹来的一阵化雨的东风，看到天边涌现的云朵，就会高兴起来，下雨了，就会欢欣若狂。这时会感到东风、云层、雨点是那么可亲，那么可爱。夏天，粮食收到场院，摊开麦穗，开始打场，虽然天气炎热，却盼望赤日当空，晴天不要过去。这时如迎来一阵东风，看到云层升起，就会担忧，如果下雨，就像遇到灾难，赶快得抢场。这时的东风、云层、雨点，却又令人可憎、可恶了。同样的东风、云层、雨点，由于符不符合人们的心愿，人们对它们的情感可以有如此的悬殊。

技　巧

　　一个人头脑里储存有丰富的鲜明印象，又善于和富于想象，还有把头脑中活动的形象塑造成艺术形象的强烈冲动和热情，如果这个人不具有塑造艺术形象的经验和技能，即不具有艺术的技巧或技艺，那么，这个人就不能把他所熟悉、所热爱、所亟欲构成艺术品的形象塑造成艺术形象。

　　有人或许会说，绘画、雕塑技术性强，文学创作则不然，只要有丰富经历就可以了，但大量的事实可以反驳这种说法。作为语言艺术的文学与绘画、雕塑确有区别，但不能因此说文学创作不需要掌握技巧。文学是语言的艺术，人们天天在说话，但日常说话并不等于文学。不重视或讳言文学的技巧，是文学创作艺术性不能提高或不能迅速提高的一个重要原因。陆机在《文赋》的序中谈到自己的写作体会说："每自属文"，"恒患意不称物，文不逮意，盖非知之难，能之难也"。这"能"就指的是技能，即技巧。到处都可以见到这样的事实：有的人经历丰富，一肚子的故事，但说不出、说不生动。有的虽然能讲得生动，却写不出来，别人帮助，代为捉刀，由于越俎代庖，揠苗助长，结果不能不归于失败。就是讲故事吧，也需要才能。这才能，也须经历一定过程，才可以逐渐培养出来。这里不谈讲新故事，就拿在一个地方流传很久、人人都熟悉的传统故事来说，在人人熟悉的当地却是有的会讲，有的不会讲；有的只能讲个梗概，有的则讲得比较生动，少数讲故事的能手则能将故事讲得出神入化，娓娓动听。只有后者讲出的才是艺术品，才是完美的民间故事。许多人所讲的故事梗概，不能算作民间故事本身，正如小说的故事梗概不是小说本身一样。不是艺术品的民间故事梗概，无艺术技巧可言；完美的民间故事，不论故事本身的创作或讲这个故事，都需要艺术技巧。故事和所讲的故事的艺术水平愈高，创作和讲这个故事也就需要更高的艺术技巧。各门艺术及各门艺术中不同的种类，如美术中的绘画、雕塑、建筑，戏曲中的生、旦、净、丑，文学中的诗、小说、戏剧，等等，都有自己独特的艺术技巧。可以说，没有艺术技巧就没有艺术作品。不仅艺术需要技巧，各行各业也都需要技巧。艺术以外行业的技巧，达到相当高的水平，如像《庄子·养生主》所讲的那个"庖丁解牛"的技巧，也可说入了艺术的境地。

掌握、提高和丰富艺术技巧，需要艰苦、长期的努力。首先需要掌握的是基本功。任何技巧，都有自己的基本功。基本功是技巧的基础，只有基础深厚、牢固了，才能在它的上面建造大厦。艺术技巧的基本功，不仅是技巧的基础，而且贯穿于技巧的不断提高中。戏剧表演的唱、白、身段，绘画的颜色、线条，音乐的旋律，文学的语言，变化无穷，内容无限，而在创作中，任一细小的基本的组成部分，一招、一式，一点、一划，一字、一词，都要求准确，并进而要求巧妙。所谓巧妙，实际上也就是更高意义上的准确。塑造艺术形象，不论运用什么手段，身段，线条，旋律，或者是语言，都要求达到准确。但准确二字，谈何容易，即使是一般的准确，也不是一朝一夕所能做到的。因而艺术基本功的捉摸、练习要求经常、长期。讲述著名京剧演员盖叫天舞台艺术经验的《粉墨春秋》，谈到盖叫天的练功：

> 戏曲演员中，谈起坚持练功不懈者总要首先论及盖叫天先生。他六十年来如一日，从童年学戏起，直到如今，虽已七十高龄，还依然是"夏练三伏，冬练三九"，勤练不息。今天，他还在舞台上矫健如飞，充满了艺术的活力，这不能不说是重要原因之一。

又说：

> "一日不练，前功尽弃"，好像说的是"曲不离口，拳不离手"的一般道理。盖叫天先生却是从思想上来理解这两句话的意义。他说：练功贵在持之以恒。怎样才能持之以恒？首先要在脑子里有一种观念，认为练功"重如泰山"，哪怕发生了天大的事情，练功也不能间断。

果戈理在给契诃夫的一封信中说：

> 写作的人像画家不应该停止画笔一样，也是不应该停止笔头的。随便他写什么，必须每天写，要紧的是叫手学会完全服从思想。①

司汤达也从自己的创作实践中总结出一条经验："应该鞭策自己每天写作。"② 只有这样的努力不懈，才能永葆艺术的青春。

---

① 英贝尔：《灵感与技巧》，新文艺出版社1957年版，第6、7页。
② 同上。

除了基本功，还需长期不懈的吸收别人的艺术技巧的经验和成功的创造，不论是过去的大家的遗产，或者是同时代人的新的创造。艺术技巧与思想倾向有关，并往往成为表达思想倾向的一种手段，但技巧与思想倾向大有区别。许多技巧，可以为任何思想倾向所使用，只要运用得当。正如刀斧谁都可用以伐木辟薪，只要不拿它们来锄草、间苗。

除了基本功，除了吸收别人的成功创造，自然，更重要的是要从现实生活中汲取营养，从广袤无际的生活大海的万千色相中获得启发和了悟。屠格涅夫谈到《阿霞》的创作过程说：

> 还有一点，在"隐居"时，描写相会的场面时，我怎么也写不好晨景的描绘。只有一次，我坐在房间里读书，忽然好像有什么东西推动了我，低声说："早晨的朴素的壮丽。"我几乎跳了起来——就是它！就是它，真正的美句呀！①

掌握技巧，需要经历从生到熟，从熟生巧，从巧入化等几个阶段。任何技巧未被掌握时，对学习者说来都是陌生的，那些施展技法所运用的手段，自己的身体或嗓子，油彩，泥土，或者是语言，像匹未被驯服的野马，不听使唤，不受驾驭。不断实践、捉摸，久了，逐渐摸熟了这些手段的习性，也就能熟练地运用了。熟了，但并不等于巧，可是熟能生巧，更进一步，就可以运用得很巧妙。再进一步，可以随心所欲，随意变化，那就可以像杜甫所描写的公孙大娘舞剑器和李贺所描写的李凭弹箜篌一样，达到出神入化的境地。

掌握技巧，由不会到会，由生到熟的过程中，需要捉摸、思索、分析、理解，到了纯熟的境地，除了遇到繁难的新的问题，除了要突破旧的水平，则可以不假思索，就自自然然随心所欲而

---

① 《古典文艺理论译丛》第 3 册，第 195 页。

不逾矩了。运用技巧，经意，不经意，思索和不假思索，这是生与熟的标志。

思　　维

上面各节的中心意思，可以概括为：艺术形象来源于作家、艺术家的视觉直观或内视直观，并能诉之于观众或读者的视觉直观或内视直观；形象要成为艺术形象必须与情感结合，用情感赋予生命；艺术形象的塑造需要艺术技巧，技巧的熟练表现为不经意。

有人或许要说：照这么说来，艺术创作或者是艺术形象的塑造，岂不是就不需要思想、意识和思维了吗！不能作这样的理解。这里，有两点需要提出：第一，不能把直观与思维完全对立或割断，也不能把无意识与意识完全对立或割断，更不能把情感与思想完全对立或割断。第二，艺术创作中运用思维有多种情况。

有些一时感兴的创作，表现的只是某一直观或直感。表现这种直观或直感，运用的是熟悉的储藏（语言，音乐词汇，线条，色彩，身段，等等）和熟练的技巧，而引起这一创作活动的，又是一时的兴致。这兴致所包含的，是作家、艺术家的某种情感和情趣。正是这样的情感和情趣注意，抓住突遇的外界刺激（景色，音响，各种生活现象和生活场景等），形成鲜明、强烈的直观或直感，并成为描写这些直观或直感和如此描写的不可遏制的动力。这样的即兴创作，有感受，有激情，却可以没有思维活动。值得研究的是，这情感和情趣是有来源和可以分析的。一个人的情感和情趣，是接受各方面的影响，接受各种方式的教育，包括大量不被本人意识的潜移默化，经过长期的孕育、滋长而培养成的。这其中，有认识，有思想，有无数的思维活动。正是经过复杂的思维，形成认识，形成思想，而认识和思想深深植根于一个人的灵魂，通达一切有关的神经细胞，化为血肉，化为本能，这才成为自然流露的情感，成为情趣。只有化为情感的思想，才是一个人的深深扎稳了根的思想。而任何情感，总是有一定的思想为其内容，为其基础的。人的视觉器官与任何最灵敏的照相机（比如是自动化的电脑化的）根本不同和永远存在的差别是，一般正常人的视官总是与人的情感紧紧联系，不能分割。因此，直观伴有情感，而情感是有思想内容的。只是，直观中，情感表现为情趣，而思想则深深隐伏，思维早已成为过去罢了。思维所以成为过去，情形是这样：一个人的情趣，表现为对一定的或某一类的事物的喜悦或偏爱。这偏爱是一种选择，它的产生、成长、成熟有一个过程，在开始，尚未定型时，是有分析、比较和判断，即有复杂的思维活动的。当情趣已形成，即偏爱已固定下来，对外物的感应，就表现为直感，不复再有思维活动了。故这种成为直感的情趣，是长期思维的产物，是思维已告结束的产物。

　　作家、艺术家，要描绘生活，描绘自然，就必须认识生活，认识自然。认识需要思维，需要极为复杂的思维。这认识与思维不是临到创作或进行创作时才进行，而是在创作活动之前，就与一般人一样，在观察，在思考了。作家、艺术家对生活、对自然的观察与思考及更为深固的世界观（包括美学观点）的形成中的思维活动，其规律与一般人是没有区别的。区别只在作家、艺术家在观察外界事物时，比一般人更注意事物的形象的特点，更仔细地去观察一般人不去注意的形象的细微特征，比如高尔基在《回忆托尔斯泰》中对托尔斯泰的手的观察。作家、艺术家对形象的细微处，不仅观察而且思索。这种思维活动，比如高尔基对托尔斯泰的手的筋络的分析、判断，与一般人的思维并无什么不同。这里，很清楚，是对形象的思维，而不是什么形象思维。这里值得特别提出的倒是：作家、艺术家光有认识，即使是对具体事物的具体认识，是不能进行创作的，还须将认识化为内在的意识，与自己的情感结合，化为情感。有了对事物的情感态度，才有创作的激情，才能将事物写得生动，写得感人。真情实感在文艺创作中占有特别重要的地位，可以说没有真情实感就没有真正的艺术创作。

冈察洛夫在一篇很重要的文章《迟做总比不做好》中说：[①]

别林斯基说："艺术家是用形象来思考的"，这一点我们在一切有才华的小说家那里处处都看到了。

但是，他如何思考呢——这就是复杂难解的、众说纷纭的老问题了！有人说：是自觉地，也有人说，是不自觉地。

我想，两者都对，看艺术家身上什么占主导地位而定：是理智呢，还是想象和所谓的心灵。[②]

他是自觉地写作的，如果他的理智很精细，善于观察，也能支配想象和心灵。这时候观念往往不通过形象而表达出来。要是才华不大，观念就会遮盖形象，成为倾向。

在这些自觉的作家的作品中，形象所没法说的，理智力给以补足，他们的作品往往枯燥无味，苍白无力，干巴巴；它们诉诸读者的理智，很少诉诸读者的想象和情感。它们劝说、教导、提保证，然而可以说，很少打动人。

与此相反，在又有丰富的想象又有——比起才华来相对

---

① 以下所引为李邦媛所译，译文见《古典文艺理论译丛》第 1 册，又见中国社会科学出版社出版的《外国理论家作家论形象思维》。

② 译者注：心灵（сердце），指的是感情。

地少一点的——理智的情况下，形象便吞没了意义、观念；画面本身就说得清清楚楚了，而艺术家自己常常要借助细致的评论家，例如别林斯基和杜勃罗留波夫，才看出其意义来。……

现在我来谈谈自觉创作和不自觉创作的有趣过程。关于我自己，我首先应该说：我是属于后一类的，就是说，我最醉心于（如别林斯基谈到我时所指出的那样）"自己的描绘能力"的。

我在描绘的时候，很少知道，我的形象、肖像、性格意味着什么；我仅仅看见它活生生地站在我面前，我注意描写得是否真实；……

假如那时有人把杜勃罗留波夫以及别的人，还有，我自己后来在这个人物身上所发现的一切，告诉了我，我一定会相信的，而一旦相信了，我就会着意突出这个或那个特点来，——当然就会把它弄糟了。

那就会写成一个有倾向性的人物了！好在我不知道我在创作什么！

但是我表达的首先不是思想，而是我在想象中所看见的人物、形象、情节。假如我照这种批评的劝告行事，我就不可能创造出，即使一个，生动饱满的人物、完整的肖像，而只能搞出一些枯燥的图画、模糊的影子、铅笔的草图了。既然像大家所说，我有画笔，我还要铅笔干什么呢？

冈察洛夫这些真实的、很富启发性的经验谈，似可集中于一点：创作需要真情实感。为什么听了杜勃罗留波夫等人关于奥勃洛摩夫的分析，自己相信了，但如据此去"突出"这个人物的"这个或那个特点"就会把这个形象"弄糟"呢？就是由于这样的认识，不是来自实感，尚未化为自己的情感，并把这情感自然而然地注入于形象，因而，这样的认识是与形象游离的，把它硬贴到形象上面，不论如何贴法，突出这一特点也好，突出那一特点也好，都只能破坏艺术形象的原有完整。这里涉及艺术创作的一个根本问题：艺术的真实问题。艺术的真实，不仅要求描写的事物符合客观现实的真实，而且要求这种描写所蕴藏的作者主观的情感是真实的，即不仅要描绘出实感，而且要表达出真情。在实际生活中，真情与实感总是统一的。艺术创作描写的不是对事物的认识，而是基于一定认识并以之为指引的对事物的实感与真情。没有实感，没有真情，只有认识，即使这认识是如何正确，也是创作不出真实动人的好作品的。任何创作都需要才能，但如离开这一要求，任何才能都无济于事。

由于艺术创作所直接表现的是对事物的真情实感，是活生生的具有情趣的事物形象，作为基础、作为指引方向的一定的认识，则隐伏于形象之后，于是出现了不自觉。作家、艺术家怀着激情去塑造形象，往往只凭视觉或内视的直感，依循着自己的情感，清楚看到和意识到的是形象和情感，创作时往往意识不到指引着自己的思想认识。于是思想认识便处于不自觉状态。此外，创作中出现的灵感，恍若神授，其可以分析的思想认识内容，在当时也处于不自觉状态。这一切不自觉，深入加以分析，都来自自觉，来自日常观察、思维中的自觉活动，是这些自觉活动积累、结晶沉入意识底层，在一定条件下的倏然显现。至于作品的艺术形象，在观赏者的眼中见出某种思想意义，而这样的思想是作品的创作者所不曾有、以至根本不可能有，这种情况也可以说是一种不自觉，但却是另外一种意义的不自觉。不论哪种不自觉，都是就一定意义而言，是指对某种内容的不自觉。应该说，作家、艺术家的一切艺术活动，都是自觉的活动。比如冈察洛夫对奥勃洛摩夫这个形象，在他同一篇文章中说：

　　譬如说，先是奥勃洛摩夫的懒洋洋的形象，在我自己和他人身上的，投入我的眼帘，而且在我面前变得越来越鲜明。当然，我本能地感觉到，俄罗斯人的基本特征慢慢地都集中到这个人物的身上，只要有这种本能存在，就足以使形象忠于性格。

可见作家塑造奥勃洛摩夫这个形象，不仅经过了在生活中有意识的一定时期的观察，而且认识到它具有"俄罗斯人的基本特征"。虽然这种认识不是理论分析，而是"本能地感觉到"。这种"本能地感觉到"，正是一切创作所需要的实感与真情。这也是自觉，只不过不是深入地理论分析的自觉，更没达到杜勃罗留波夫等所分析的高度。作家、艺术家在日常观察生活，观察世界中，对生活、对世界的认识都是自觉的，他们在自己艺术活动所接触的范围内及有关的方面严肃地观察着，思考着，认识着一切，并有着自己的真知灼见。作家、艺术家正因对生活与自然有自己独有的真知灼见，才引起创作的欲望，获得创作的动机。这欲望与动机即使只表现为激情，只表现为对所欲描写的事物所具的感情状态，或爱或憎，或怜或怒，也包含、显示一定的认识，并自觉形成创作的用意，形成创作的主题。对自己创作的主题，有的认识得较为直接、单纯，有的则认识得较为复杂、深入。这也表现了创作者自觉认识的程度。

　　感兴的创作，大都是小型的作品，但在大型的作品中也时有感兴的成分，比如音乐中交响乐里即兴的华采乐段，戏剧演出中即兴插入的科白和动作，绘画与文学中的"涉笔成趣"等等。除了感兴创作，一般创作粗略地可析为三种活动：设计、孕育与创作。

　　有了创作意图，在创作的开始，大都有一种设计。这设计可以是很粗略的，比如：画家作画，动笔之前，对整个构图与布局的粗略考虑；诗人写诗，动笔前的略加沉吟。这里的考虑、斟酌，有分析，有判断，属于思维活动。比较细密的设计，比如创作小说或故事性的连续壁画，对人物、场景、故事的设计，这里的计划、安排，多方考虑人物、故事、环境气氛的关系及其发展，如何才是合理的，如何更真实、鲜明、生动，有更复杂的分析、判断，也属思维活动。这种细密的设计，在较大规模的作品的创作中，是不可缺少的。拿人物设计来说，人物是小说，戏剧及故事性舞蹈、绘画与雕塑的主体，人物的面貌、性格、命运及与其他人物的关系，创作者是需要周密、细致思考的。《红楼梦》中个性突出、栩栩如生的众多人物，《水浒》的众多英雄好汉，《死魂灵》中各式各样的地主，作者都是作过精心设计的。据说施耐庵写《水浒》，曾把一百零八个梁山英雄绘成图像，日夕揣摩。这自然只是一种传说。不论这种传说是否真实，这样的传说的存在，就说明作者写这样众多的人物，应该是有细心的设计和考虑的。人物所活动的环境，即场景，创作者也需仔细安排。《红楼梦》的大观园，作者在第十七回，引导我们走了一转。这一包括很多楼、台、馆、舍的宏伟的大园庭，以及联系每一建筑的道路、桥梁，围绕每一建筑的树木湖山，以至每一馆舍柱上的楹联，很显然作者都是有过苦心的设计的。巴尔扎克的每部小说差不多都对室内的陈设作了详细的描写。戏剧舞台的布景；也是人物活动的场景。记不清是谁说过，舞台布景中每一物具都应有它的作用，否则便是多余的。就是说舞台上一桌一椅，以至壁上所悬任一物件，如何安置，是否必要，都需慎重考虑。这种设计，可以是整个作品全考虑好了，才开始形象的更细密的酝酿，然后再开始动笔；也可以是整个轮廓只作粗略设计，细密的设计只设想一部分，即开始形象的酝酿或动笔，完成一部分再细致设想下一部分。有时，也可能在动笔中发现原来的设计不妥，又另作设计。所有这一切设计，都需反复思维。这思维的内容是形象，是对形象的思维。创作的设计或构思是十分艰难的。托尔斯泰给费特的信中谈到他构思《安娜·卡列尼娜》：

> 我感到悲哀，什么也没有写，痛苦地工作着。您简直想象不到，我在这不得不播种的田野上进行深耕的准备工作对于我是多么困难。考虑，反复地考虑我目前这篇幅巨大的作品的未来人物可能遭遇到的一切。为了选择其中的百万分之一，要考虑数百万个可能的际遇，是极端困难的。我现在做的正是这一个。①

孕育。这里指的是艺术形象的孕育，即按主题及设计所进行的艺术形象的酝酿。这种酝酿，也可以在没有设计之前，就已有了，并已成熟了；也可以在主题尚未明确前，个别形象就已在头脑里清晰、完整地形成了。不论哪种情况，这种形象酝酿，都是头脑中的想象活动，是上面谈的狭义的想象。这种想象活动，像前面已分析过的，只是印象或变形的印象在头脑中的活动，除了因某种原因被打断，因而夹入某些思维活动外，活动的只是活生生的形象，而不是抽象的概念，是形象的活动、展开，而没有分析、判断和推理，因而不存在思维活动。有人把这种想象称之为艺术的想象，这样的称谓自然是可以的，也有人把它称作创造性的想象，也无不可。成问题的是，有些人把艺术想象或创造性想象，称为形象思维。这里涉及什么是思维这么一个问题。不论唯物主义或唯心主义都一致认为，思维是头脑中的一种活动，是运用概念进行分析、综合、推理、判断的一种头脑的活动。如果同意这样的界说，很显然，想象与思维是两个概念，某些带有推理的想象，含有思维活动，一般酝酿艺术形象没有分析、判断的想

---

① 《文艺理论译丛》，1957年，第1册，第229页。

象，则不是什么思维活动。有人给思维另外下了个界说，认为头脑活动就是思维。这个界说是不科学的。头脑有种种活动：比如，简单的刺激反应，夏天被蚊虫叮咬，用手去拍打蚊虫，这里也有头脑活动，因为手的拍打这一反应，是中枢神经的命令，是头脑活动的表现。又如，人的情感，或喜，或怒，或悲，或忧等等，它的产生、爆发、收束，都是少不了头脑的活动的，是头脑活动的另一类表现。再如，几乎所有的人都会若干虽然复杂而十分熟悉的行动，不少人都有某一或某些虽然繁难然而极为熟练的技能。进行这样的行动，需要很复杂的神经活动，但却可以不用思维。这是头脑的又一类活动，正是把思维定义为"头脑活动"这一说法，因而出现了情感思维这一令人不胜惊奇的议论。

创作。这里指的是艺术形象的塑造。它不同于设计与孕育，不是头脑活动，而是实践，是在创作意图与创作激情的指引与推动下，作家、艺术家运用各自的艺术工具和艺术技巧，把头脑中酝酿、孕育的形象，创作出供观众、听众或读者欣赏的艺术形象的实践活动。这一活动，如果是在头脑中孕育的形象已完全成熟之后，又没有遇到或产生什么问题和障碍，那么，就没有思维参与。只有出现了问题或障碍，这才可能存在思维。比如，只有创作意图，没有或缺乏周密与成熟的设想与孕育，因而创作时不能不边做边想。这"想"，如果只是形象的想象，没有分析、推理与判断等，就不存在思维。如果这"想"，不只是这样的想象，而有分析、推理等活动，就存在思维，以至很复杂的思维。又比如，创作中发现原来的设计以至原来的意图不妥或不完善，需要重新考虑、修改成补充原有的设计以至原有的意图，这时，自然需要思维，需要复杂而又长久的思维。再比如，创作结束，或创作告一段落，或在创作中，发现塑造的形象的个别的以至极细微的地方不很妥当或不符合自己的理想，需要加以修改。这发现如果是直觉，是直观感到的，这修改如果是不经分析、比较等思考，就不存在思维。如雕塑家观察自己所塑的塑像发现了缺陷，只是靠直观，不加思考地就修改了。又如诗人写诗，直觉到某字用韵不妥或某一词的形容不很好，不经分析、研究，迅即换用了另一字或另一词。如果情况不是这样，发现问题或进行修改中有分析、有比较、有判断，那自然也就有了思维。

设计、孕育、创作等活动，一般可这样先后排列，但任何实际的创作活动都是极为复杂的，并不按照一定的格式，因此我只说是三种活动，而不说三个过程，并且是说"粗略地可析为"。而在实际创作活动中，可能先有形象的孕育，然后才有创作的意图和创作的设计，也可能有了创作的意图，根据头脑中积累的形象，不加孕育，依循形象的自然发展就进行创作。这样的创作，或者一直顺利进行下去，或者在创作中，感到需要，再进行周密的设计或形象的孕育，等等。

设计、孕育或创作活动，都可能在进行中遇到重大困难，无法继续。解开这种困境，可能借助于观察和思考，需要思维，需要极艰苦、复杂的思维；也可能观察和思考都没找到出路，却因某种偶然的触动，豁然省悟，获得怎么寻找也寻找不到的东西。这就是通常所谓的灵感。屠格涅夫谈到他的《前夜》时说：

> 女主人公叶琳娜，当时在俄国生活中还是一个新的典型，……但我还没有找到这位尽管渴望自由，但认识还很模糊的姑娘可以委身的人物——男主人公。读了卡拉捷耶夫的小本子，我情不自禁地惊呼："这就是我要寻找的主人公！"[1]

---

[1] 《1880年长篇小说集前言》，郎永年译，刊《世界文学》1983年第3期。卡拉捷耶夫的小册子，是篇手稿，名为《莫斯科的家族》。

科学、艺术，一切的创造和发现，常常都需要灵感，或者可以说，由于文学、艺术塑造形象和富于情感的特点，创作中，灵感就占了特别重要的地位。灵感使作家、艺术家情思奋发，使作品大增光彩，因此古今中外不少的作家、艺术家都在寻求灵感，把她作为缪司女神最珍贵的赐予。灵感来源于各种积累，包括不可缺少的思维积累。灵感的启示可以引来思维，但灵感本身却不是思维。

思维是人类活动的特点，从事精致细密的精神活动的作家、艺术家在自己的艺术活动中，除了感受、观察，自然还需要思维。只是，这思维主要表现在对创作对象或内容（社会生活或自然现象）的分析、思考上，如果与形象联系，不论是观察形象，孕育形象或者塑造形象，要是有思维活动的话，那是对形象的思维，而不是什么形象思维，也没有这样的特殊思维。

作家、艺术家不仅需要复杂的思维，而且需要深刻的思维。伟大的作家、艺术家几乎都是思想家，为广大人民所喜爱的不朽作品中蕴藏的思维，大都不仅深刻而且进步，以至成为那个时代的前进号角。福楼拜说：

> 一位真正的艺术家不能是坏人；他首先是一个观察者，而观察的第一个特质，就是要有一双好眼睛。如果一种坏的习惯——一种私人利害迷乱了眼睛，事物就看不清楚了，只有一颗严正的心，才能大量产生才情。①

歌德说：

> 一般说来，作者个人的人格比他作为艺术家的才能对听众要起更大的影响。拿破仑谈到高乃依时说过："假如他还活着，我要封他为王！"——拿破仑并没有读过高乃依的作

---

① 《包法利夫人》，李健吾译，人民文学出版社1959年版，第388页。

> 品，他倒是读过拉辛的作品，却没有说要封他为王。拉封丹
> 也受法国人的高度崇敬，但并不是因为他的诗的优点，而是
> 因为他在作品中所表现的人格的伟大。[①]

伟大或杰出的作家、艺术家中的一些人，即使在政治观点或思想信仰上存在偏差以至错误，但在其不朽杰作中所反映出的思想情感却是与广大人民相一致，是正确的、进步的。比如：托尔斯泰杰出作品中对沙皇农奴制的仇恨，对当时社会制度腐朽、黑暗的厌恶与憎恨，对劳动人民的同情等等。巴尔扎克的杰出作品从多方面深刻揭露金钱势力的罪恶，揭露资产阶级为了金钱如何良心泯灭，道德堕落，却赞赏共和主义的英雄人物，以至肯定里昂纺织工人起义的正义性。正是这些正确的、在当时是进步的思想给他们的作品带来不朽的光辉，而他们的错误思想，则往往构成作品的缺陷，是思想缺陷，也是艺术缺陷。

我们强调文艺作品的思想性，强调作家、艺术家应该获得进步的思想、站在时代的前列，是社会发展的需要，也是文艺发展的需要，是人民的需要，也是文艺自身的需要。只是艺术作品不是政治论文，不是科学著作，一切思想，像前面谈到的，都需化为真情实感，都需融入形象，因而都需与直观、印象相结合。直观并不排斥思想，思想也不丢弃直观。不仅对社会生活，就是对自然现象的直观，任何作家、艺术家都是带着、怀有各自的情趣的，而且不能不带着、不能不怀有各自的情趣。这情趣，上面谈过，就不能不具有思想的成分，为一定思想所指导。作家、艺术家渴望表达某种思想，如果不是写论文，而是创作具有活生生艺术形象的作品，这思想也不能不通过形象，而形象，上面已经讲过，不能不来源于对事物的直观，并成为欣赏者的直观对象。思

---

① 《歌德谈话录》，朱光潜译，人民文学出版社1980年版，第38页。

想通过形象是思想自然而然与形象血肉似的有机结合，而不是图解。这就要求这样的思想，如上所讲，化为作家、艺术家的血肉。上面谈到，技巧在学习阶段不仅感到生疏，而且感到费劲，感到很不自然，需要捉摸、思考，到了熟练阶段，就自然了，极熟练时，就可以是不经意了。思想也是如此，学习一种新的思想，开始感到陌生，不了解或不甚了解，后来理解了，但运用于行动时还不那么准确、自然，当这一思想已深入血肉，成为世界观的一个组成部分时，行动起来就不仅十分自然，而且常常是可以不经任何思考。比如，一个爱国主义强烈的人，遇到损害祖国利益的言论和行为，会不假思索地起来反对；一个真正具有深厚共产主义思想情感的人，遇到需要舍身为公、舍己救人的情况时，会毫不迟疑、毫不犹豫地抛弃个人的一切私利以至自己的生命。在这样做的时候，不仅没有迟疑、犹豫，在紧急时刻也用不着进行什么分析、研究，更不会去考虑这样作会给自己赢来什么（荣誉、嘉奖等等）。具有这样深厚、强烈的思想情感，就可烛照一切，并很自然地表达、表现在所需表达的事物上。思想通过形象，正是指的这样的思想，指的这样的通过。

　　我们反对直观论，反对印象主义的偏颇，但不反对而且要强调直观与印象在文艺创作和欣赏中的重要地位。直观论的错误是把直观与思想对立起来，否认有意识的理性活动，在文学艺术上则反对理性活动侵入艺术领域。与直观论有关联的印象主义绘画，有许多优秀以至杰出的作品。印象派画家主张到大自然中去，吸取并表现自然景物光与色的丰富变化，反对学院派已经陈腐的主题思想，这无疑具有积极意义。他们在表现光与色方面有新的创造，因此产生了好的作品。印象派一开始曾强调瞬间的印象，但以后连瞬间直观到的事物的整体的客观印象也丢掉了，只去追求色彩对比、体积感等。新印象画派即点彩派，则只追求色彩分析，以不同色点组合作画，以至一些作品离奇古怪，令人无法了解。

　　谈到艺术形象，不能不强调、重视直观、印象，但不能因而轻视理性活动，轻视思想，使之与思想对立、分割；同样，谈论艺术形象也应该强调、重视思想，但如因而轻视直观、印象，认为强调直观、印象的重要性就是形式主义，就是取消文学艺术的思想性，那也是不妥当的，是错误的。总之，不应孤立、片面地理解与对待问题，不应把组成文艺作品的诸因素分割开来、对立起来，不适当地丢弃这个，强调那个，而应使诸种因素各得其所，组合起来，平衡发展。我国和西欧文学艺术发展史中出现的各种流派，有许多在纠正当时不正确的风气和腐朽陈旧的思想与方法时，曾起过积极作用。他们看到并抓住文学艺术创作中某些应该重视但被忽略的问题时，也曾在艺术思想和艺术技巧上有所发现，有所创造，但大都因在发展中过分强调这一发现，而忽视以至丢弃、排斥其他方面，流于片面，终致走入歧途，归于衰落。前面提到的巴尔扎克的《不可知的杰作》，小说中主人公的悲剧结局，也是由于极端的片面的追求。这位很有造诣的画家，要求画得活，画得有生气的议论，无疑是很正确的，简直可以说是十分高明的。在艺术实践中，做得恰当，也得到惊人的好的效果，但当他只极端片面追求生气，只求"生气"，即只求"神"以至使"神"离开了"形"时，便走入邪路，以至产生"不需要描画和运用人为方法"的想法，艺术实践则自己糟蹋了自己原来杰出的作品。这种历史上的教训，应该引起我们重视。

（原载《中国社会科学》1986 年第 2 期）

文艺·艺术

——不是咬文嚼字

我想谈谈我们常常遇到和使用的几个词或概念，有的词或概念几乎是天天都要遇到或使用的。这些概念的含义看起来谁都理解，似乎成为常识，值不得一谈。但，正是一些常用的概念包含有需要探讨的重大问题，正是一些似乎不值一谈的常识，需要加以深入研究。因此，探讨它们并不是咬文嚼字。我这里只是提出问题，极简单地说点自己的看法，希望引起大家的关心和注意，意见自然不一定对，不正确处欢迎批评指正。

下面，先说说文艺·艺术

文艺这个词，即使不搞文艺工作的人，也会天天遇到，比如打开收音机或电视机，天天都有文艺节目，除了极少数人只听听天气预报或只听听新闻联播，极个别的人连这些也不听不看外，绝大多数人，虽然爱好各异，也总要听点或看点文艺节目。那么，究竟什么是文艺呢？如果简单加以分析，在今天，或者说得更远一些，从新文学运动以来，就有三种说法。一、文艺就是文学，这里的艺是对文的性质的规定，指的是文学的艺术，或艺术性的文学，也就是我们今天一般人所理解的文学。文学二字，我国古已有之，孔子的著名弟子子游、子夏就擅长文学，《论语·先进》："文学子游子夏。"但子游、子夏擅长的不是今天意义的文学，这里的"学"作"博学"讲，"文"作"文章"讲，用今天的话讲就是：有学问会耍笔杆子。正如英文的 Literature，今天一般都称作"文学"，但它的原意是文字的著作或印刷品，为了使文学意义的 Literature 区别于一般文学，就把艺术性的文学，即今天意义的文学，在这个字的前面加一个 Fine 形容字，这正如我国在"文"之后加一"艺"字一样。比如解放前，有不少文学杂志都以"文艺"命名，像抗战前郁达夫等编的《大众文艺》、与"左联"有关的《文艺新闻》，抗战时茅盾主编的《文艺阵地》、全国文抗机关刊《抗战文艺》、周扬主编的《文艺战线》、陕甘宁边区出的《文艺突击》、晋冀鲁豫边区出的《文艺杂志》、郑振铎等编的《文艺复兴》等，都是文学刊物。解放后，发行数量大、时间长的《文艺报》是中国作协而不是中国文联主办的，其内容虽有谈文学以外（如戏剧、电影、美术、音乐等）的文字，但主要的内容是文学。中国民间文艺研究会，以文艺为名，所作的也是民间文学的工作。二、文艺是文学与艺术二词的简称，文指文学，艺指艺术。比如我们今天所说的文艺界，指的是文学艺术界，我国文艺界的全国性群众机构中国文联，全称是中国文学艺术界联合会。今天人们说"爱好文艺"，所说的文艺，也指的是文学和艺术。我们几乎天天看到听到的电视与广播的"文艺节目"，所指文艺，也是文学和艺术。三、文艺是文学和艺术的统称。比如我们今天所说的"文艺学"、"文艺理论。"在这里，"文艺"是一个单词，而不是上面第二种情况所说的复合词。因为，一种科学或一种理论，它所研究的是一个明确的对象（不论这个对象是大是小，大的如概括一切的哲学，小的如只是医学的一个小分支的眼科学或牙科学），而不是并列的两种东西。

　　"文艺"一词的种种含义是可以并存的，可以作这种或那种解释、运用。语言文字中的不少词，不论古今中外，都可以有多种含义，究竟如何解释、运用，要看放在什么地方。但从理论上分析，对"文艺"如何解释，则涉及艺术的范围及文学的性质这样重大的问题。

　　过去有个时候，人们只把视觉直接欣赏的对象称为艺术，所谓艺术只是造型艺术，即美术。今天人们把文学与艺术并列，扩大了艺术的范围，除了造型艺术，还包括了音乐、戏剧等，但仍不包括文学，在这里艺术只指视听直接欣赏、感受的对象。文学既无可直接欣赏的雕塑、绘画的形色，也无可直接欣赏的音乐的声音，自然更无演出的戏剧的声色动作，所以，它与它们有所区别。但从理论上和实际上分析，文学与音乐、美术、戏剧不仅有极为密切以至不可分割的关系，且从根本上具有这些艺术共有的性质。古代和今天的民歌，是诗与音乐的结合，两者不能分割。苏轼评论王维，说他的"诗中有画"，"画中有诗"。（《东坡题跋·书摩诘〈兰田烟雨〉》）不仅王维，我国许多好的诗词及其他文学作品，不少都有像画一样的描写，而我国的画，从来都讲究具有诗意。至于综合艺术的戏剧，更与文学不能分离。用文字写出的文学作品，或口头朗诵这些作品，其本身虽无具体的形象、色彩和悦耳的旋律，但通过描写，通过人们的想象、联想和记忆，却可以塑造出色彩绚丽的形象，谱出动人的乐曲。它与美术、音乐、戏剧一样，都能使人获得美的享受。因此，文学被称为语言的艺术，与美术、音乐、戏剧一样，是艺术的一个种类、一个部门，而不是与艺术并列的、艺术以外的什么。托尔斯泰是伟大的小说家，他写了一部著作《什么是艺术》（或称《艺术论》），探讨艺术问题，不仅包括了文学，而且以文学为主。在这本书的第五章，他写道："在自己的心里唤起曾经一度体验过的感情，在唤起这种感情之后，用动作、线条、色彩、声音以及言词所表达的形象来传达出这种感情，使别人也能体验出这同样的感情，——这就是艺术活动。"① 探讨美术、音乐、戏剧和文学共同理论和规律的科学，应该是艺术论或艺术理论。前面提出的文艺学或文艺理论中的文艺一词，既不应是文学与艺术的相加，也不是文学与艺术的化合，科学地讲，这里的"文艺"应与"艺术"等同。

各类或各门艺术各有自己的特点和长处，是别的艺术不能代替的；各类或各门艺术也各有自己的局限和弱点，在一些方面不如别的艺术。

形象是一切艺术表现的基本手法，是艺术区别于其他意识形态的基本特征。各种艺术都有各自塑造艺术形象的特殊方法，各种艺术的艺术形象给予人们的感受也不相同。一切艺术的形象都来自视觉，并在视官或心中形成视觉的印象。直接作用于视觉的艺术形象是绘画。绘画的形象给人的感受最直接、最清晰、明确、稳定。这是绘画优于音乐和文学的地方，是它的特长。正是这一优点，过去人们只把美术称为艺术。西方文艺复兴及其以前，绘画的地位是低于诗的，为此，芬奇为绘画辩护，强调绘画优于诗歌。贱视绘画，认为它只是一种手艺，甚至只是机械的活动，因而把它置于诗之下，显然是不公平、不合理的。芬奇在《论绘画》中为绘画辩护，自然是正当的，对绘画艺术的发展起了积极的作用。他在《论绘画》的笔记中有许多说法都正确而精辟，很有助于对绘画的正确理解。② 芬奇说："绘画比语言文字

---

① 托尔斯泰《艺术论》，丰陈宝译，人民文学出版社 1985 年版。
② 以下芬奇的话都引自人民美术出版社 1979 年中译本《芬奇论绘画》。

更真实更准确地将自然万象表现给我们的知觉。"绘画"是自然的合法的女儿，因为它是从自然产生的。为了更确切起见，我们应当称它为自然的孙儿，因为一切可见的事物一概由自然生养，这些自然的儿女又孕育了绘画，所以我们可以公正地称绘画为自然的孙儿和上帝的家属。"他还说："绘画替最高贵的感官——眼睛服务。"而"被称为灵魂之窗的眼睛，它是心灵的要道，心灵依靠它才得以最广泛最宏伟地考察大自然的无穷作品。"芬奇指出："绘画通过视觉将它的主题立刻传达给你。""绘画确定地把物像陈列在眼前，使眼睛把物像当成真实的物体接受下来"。"画家用画笔绘画容易使人满意，让人看起来不那么费事"。他问道："有哪一位诗人能用语言将你心爱的人表现得像画家作的画像一般惟妙惟肖呢？能够比画家更真实地将那体现了往日的欢乐的河川、树林、山谷与原野显示给你呢？"他说："纵使有人讲解诗，诗中内容却无一可见，不如讲解图画的人能够谈到目击的形象了。"但绘画也有它的局限、弱点或短处。绘画是空间艺术，它受到空间的限制，即使最大最长的画卷，比如有名的《江山万里图》，也只能在一定的画幅里画出有限的内容。绘画又是静的艺术，在表现生命的重要表现——活动上，也存在不可克服的困难。① 绘画是诉之于视官的，虽然像芬奇所说眼睛是心灵的窗子，但却不等于心灵，因而表现内在的无形的心灵活动也存在着困难。芬奇在热烈为绘画辩护，指出诗的种种缺陷时，也不得不承认"在表现言词上，诗胜画"，"在想象的自由方面，诗人可以与画家比肩（按：这不够确切，应是诗胜于画），但这是绘画最

---

① 今天出现的动画片，需借助于现代机器，是机器的运转使一系列的画运动，并在连续无间的运动中给视官造成动的景象。这样的动画片在活动的生动性和真实性上远不如戏剧、舞蹈。

薄弱的方面。"由于芬奇立意为绘画辩护，力说诗不如画，因而有些论点就不免偏颇，比如他认为绘画能使人把"构成整个画画的谐调各部分"同时看到，一次看出整体，而诗人却不能不把"各部分分别叙述"，"正如脸部一次只露出一点，看过的便遮没，由于眼睛不能同时将视野中各个部分一齐摄入，我们的健忘使我们不能形成谐调的比例印象。"因而，芬奇认为"诗人表现人体与画家表现人体之间的差别，犹如被肢解的身躯与完整的身躯之间的差别。"这与我们欣赏文学作品的实际感受是不符合的。的确，如果只截取文学作品的一小段描写，比如对人的面貌的描写，你只读了描写的一部分，这一部分自然不如一幅画那样完整，但如你将作品读完，那么，文学作品对这个人物的描写往往比一幅画还要丰富得多，完整得多。当然，不能因此贬低绘画的艺术价值。关于这点，莱辛在《拉奥孔》中讲得很好，这是由于画与诗在创作和欣赏上，在作者运用的艺术手段和欣赏者的实际感受上，都存在着区别，各有所长，各有所短。只是芬奇力论画优于诗，而莱辛则更多讲了诗的长处，倾向于诗优于画。

激情是一切艺术产生的必要条件，而引起人们情感的共鸣，打动人的情感则是一切成功的艺术的共有的作用。在这个方面，音乐具有特殊的优势和力量。《礼记·乐记》："乐也者，情之不可变者也；礼也者，理之不可易者也。乐统同，礼辨异，礼乐之说，管乎人情矣!"音乐是直接诉之于听觉最能直接体现运动、变化、程序的艺术。音乐响动的旋律在空中震荡，作用于物，具有物质的性能与力量。优美或雄壮的旋律能直接波触人的脉搏，引起人心的共鸣，与人的情绪的波动同步。而人的情感的波动，特别是激情的产生，常会形之于音。上面提到的我国最古论乐的专著《乐记》说："凡音者生人心者也。情动于中，故形于声，声成文谓之音。"汉卫宏的《诗·大序》重复了《乐记》的话并补充说："情动于中，而形于言。言之不足，故嗟叹之；嗟叹之不足，故咏歌之；咏歌之不足，不知手之舞之，足之蹈之也。"韩愈在《送孟东野序》中则指出蕴积在人心中的情感藉音乐抒泄出来，能获得很好的表达。他说："乐也者，郁于中而泄于外者也，择其善鸣者而假之鸣。"嵇康在其《琴赋》中说，音乐"可以导养神气，宣和情志"。其他艺术在表达情意特别是激情时，如与音乐结合，其情感的力量和作用就会增强许多，民歌如只记录文字，看这些文字，其感染力不如歌唱的民歌，这不用说了，就是书面文学的诗、词，如谱以曲调，歌唱出来，比之单纯的诵读，那感人的力量也是大得多的。例如戏剧、电影，配乐与不配乐，效果也是很不同的。直接诉之于视觉的优美的绘画，其形象能使不同语言、不同种族、不同肤色的人都能看清、看懂（自然是一定程度的），直接诉之于听觉的优美的音乐，则甚至可打动野兽。我国古籍记载："箫韶九成，凤凰来仪"（《尚书·益稷》）。"瓠巴鼓琴而鸟舞鱼跃"（《孔子·汤问》）。"瓠巴鼓琴而沉鱼出听，伯牙鼓琴而六马仰秣"（《荀子·劝学》）。这些自然都是传说，但音乐的节奏、旋律能促使一些动物安静或激动则是在现实生活中不难看到的。据说，音乐还能使一些花草加速成长。一些曾使我们激动或曾为我们一个时候常常歌唱的乐曲，当我们在另一个时候歌唱或听到这些歌曲时，常会使我们怀着激情忆起过去的生活。由于音乐能很好表达人们的情感，因而通过它可以了解一个人、一个社会，以至一个国家的思想动向。据美国《纽约时报》今年四月十九日刊载的一篇文章中说，美国政治家利用音乐来了解青年的思想倾向。其实这一点我国早在两千多年前就已在论乐的著作中讲得很清楚了。比如《乐记》和《诗大序》都说，音乐不但可以了解一个人的思想、情绪，而且可以知道一个国家政治上的兴衰得失。自然，音乐也存在自己的局限和弱点。在艺术形象的清晰、绚丽上，远逊于绘画。虽然，音乐中也有"音画"一类乐曲，有描写自然景物以至月夜和月光的乐曲，如贝多芬的《月光奏鸣曲》和我国的古曲《春江花月夜》，但音乐的形象描绘，只能通过联想，通过人们情绪的律动来想象。优美的成功的乐曲，自然都有自己的立意，自己的主题思想，俄国著名作曲家柴可夫斯基说："什么是标题音乐呢？既然你我都不承认那种无目的的音乐玩弄所构成的东西是音乐，那么把我们的观点扩大来看，任何音乐都是标题音乐。"（柴可夫斯基1878年2月致梅克夫人的信）但比之文学，除了为文学谱写的歌曲，乐曲所蕴藏的思想意义，是不那么明确、清楚，因而也不那么易于理解的。正因为如此，我国古代传说钟子期去世，俞伯牙对失去知音感到那么伤感，以致"破琴绝弦，终身不复鼓琴，以为世无足复为鼓琴者"。[①] 有的音乐家把音乐与语言直接联系起来，比如俄国钢琴家、作曲家达格麦日斯基说："我不打算把音乐降低成为一种娱乐，我要声音直接表现语词，我要真理。"俄国著名作曲家、强力集团的主要成员穆索尔斯基说："我的音乐必须是有着一切最细致的曲折变化的人类语言的艺术复制，换句话说，作为思想感情的外在表现的人类语言的声音。"强调音乐的思想性，因而这样来谈音乐语言，来谈音乐的语言作用，是可以理解的，但有的音乐评论家便据此认为，要了解不同民族的音乐，就像了解不同民族的语言那样困难，便不那么正确了。这是由于音乐的语言同一般意义的语言大有区别。一方面，像上面说的，音乐表达思想情感，不如语言文字那样清楚、明确；另一方面，不同语言文字的民族，如双方不学会对方语言文字，是无法用各自的语言文字

---

① 《吕氏春秋》卷十四《本味》，又《列子·汤问》亦有钟子期为伯牙知音的记载。

表达，也无法了解对方语言文字的意义的，但音乐表达的是人的情感和情绪，而人的情感的表达，尽管不同民族表达的方式有着某些差异，但却不像语言文字相距那样远，因为人的基本情感的样态，比如激昂慷慨与平静、沉着，欢乐与忧伤，欢乐与哭泣等大体是相同或相似的，因而音乐的"语言"就比一般语言易为不同的民族所接受和了解，正因如此，穆索尔斯基在强调音乐的"语言"作用时，用了"人类"二字。

　　想象是进行一切艺术创作不可缺少的，也是欣赏一切艺术作品所需要的。一个人的想象可以无边无际，变幻无穷，正如陆机所说："精骛八极，心游万仞"。(《文赋》)也如刘勰说的："故寂然凝虑，思接千载；悄焉动容，视通万里；吟咏之间，吐纳珠玉之声；眉睫之前，卷舒风云之色；其思理之致乎。"(《文心雕龙·神思》)诉于视觉的绘画，受静态空间和绘画完整结构的限制，不论多大的画幅，画面都有一定的范围。因而，画家创作一幅画，其构思，其想象不能不为静态的画面的框架所拘限。诉之于听觉的音乐，虽属动态，不但表现各种声音的延续、变动与发展，还可表达人的感情、情绪的波动、变化与跃进，如贝多芬的《田园交响曲》写了一个巡游的过程，其《英雄交响曲》则写了更长时间的历程。可是音乐受具体音响表达的局限，不能描写更具体、明晰和复杂的内容。用语言文字表达的文学，则比较自由，比之绘画、音乐，正因它在形色方面不像绘画那样具体，在音响方面不像音乐那样具体，却可以在想象上获得较大的自由，可以高翔"神思"的羽翼，并运用语言文字作各种方式的表达。一个人如果掌握了语言、文字，就可表达自己所想的一切。正如刘勰说的："物沿耳目，而辞令管其枢机。枢机方通，则物无隐貌。"(《文心雕龙·神思》)拿"思接千载"来说，作家或诗人可"冥思"千年以前或"遥想"千年以后，可以在写老年时忽然回

忆起儿时，甚至在平铺直叙地描写一个人的遭遇时可以在中间用
"这种漂泊的生涯一直延续了三载"这么寥寥几字一笔带过。比
如著名的传奇小说沈既济的《枕中记》，只千余字，虽然写一个
人做梦，却写了很复杂的荣辱遭遇，其中不乏跳跃的笔法。又如
很著名的也是写梦的李白的诗《梦游天姥吟留别》，篇幅也很短
小，但却色彩绚丽，想象奇特，有很丰富的事历与景象。这些都
是色可见、声可听的绘画或音乐所难于描写的。文学的描写，还
可采用比喻的手法（这也是运用想象的结果），如《诗·卫风·硕
人》形容一个女人"手如柔荑，肤如凝脂，领如蝤蛴，齿如瓠
犀，螓首蛾眉，巧美倩兮，美目盼兮。"中国旧小说形容女子的
美如"出水芙蓉"。《一千零一夜》形容孩子或青少年的美"像十
五的月儿一样"。这也是绘画和音乐难以描写的。至于描述不露
于声色的人的内心活动，画与乐都很难如文学那样描写。比如，
在词中常见的对愁、恨的描写，像大家熟悉的李煜的"问君能有
几多愁，恰似一江春水向东流"。（《虞美人》）"心事莫将和泪说，
凤笙休向泪时吹，肠断更无疑"（《望江南》）。李清照的"生怕离
怀别苦，多少事欲说还休。新来瘦，非关病酒，不是悲秋。"
（《凤凰台上忆吹箫》）"花自飘零水自流，一种相思，两处闲愁。
此情无计可消除，才下眉心，却上心头"（《一剪梅》）。这也是绘
画和音乐难以表达的。文学还可发议论讲道理，如上面讲的《枕
中记》与《梦游天姥吟留别》的结尾：前者讲人生如梦，做梦的
卢生说："夫宠辱之道，穷达之远，得丧之理，孔生之情，尽知
之矣。"后者豪爽地讲："安能摧眉折腰事权贵，使我不得开心
颜。"就更不是绘画、音乐所能表达的了。当然，比之绘画和音
乐，文学有极为显著的缺陷。用文字写出的作品，其本身，既无
色，也无声，读者必须完全依靠记忆、联想和想象来接受、理解
和欣赏，即使将作品诵读出来，或者本身就是诉之于听觉的口头

创作，那有声的语言虽可以听，但也基本上是概念的连缀，所讲的内容，声、色、形都需去想象。在形、色的描绘上，文学就不如绘画那样清晰悦目，如柳宗元著名的永州八记中的《钴鉧潭西小丘记》对钴鉧潭西小丘的一段描写，就不如一幅成功的山水画；在声音的描写上，文学也不如音乐那样清晰动听，如白居易《琵琶行》中对琵琶声响的有名描写，也不如听一曲成功的琵琶乐曲。文学运用语言文字，不懂这种语言文字的人，就无法接受、欣赏，经过翻译，即使是同一种语言文字，把古代的文字译成现代的文字，也会使优秀作品丧失色彩和韵味，特别是诗，几乎是不能翻译。这就限制了它的影响和欣赏的范围。以真实形象出现的绘画，则不存在这个问题。音乐的情况则不但人人能听，像前面讲到的，还能感动禽兽，只是，在真正理解上比绘画以至文学要难些。

美术、音乐、文学之外，艺术中另一个重大门类是戏剧。戏剧是综合艺术，包含着美术、音乐、文学三种艺术的成分，也兼有这三种艺术的优点和长处。但分别而论，戏剧的美术、音乐、文学部分，由于受到戏剧艺术的限制，就不如相应的各门艺术丰富、多样和美好。比如文学是戏剧的重要组成部分，但剧本，只是文学的一种形式，有些文学的内容不能用戏剧表现，即使是文学剧本也有只能阅读不能演出的。戏剧中的歌剧，音乐是其重要成分，尽管歌剧音乐，也是音乐的主要成分，包括的曲调很丰富，但它也只是音乐的一个部分，有些音乐形式，比如交响曲就不能完整搬到歌剧中去。

各种艺术具有各自的特点，但因都是艺术，又具有共同点，不仅具有共同点，而且相互间还可相"通"。比如诗与画，上面提到苏轼评论王维，说他"诗中有画"，"画中有诗"。苏轼还说："诗画本一律，天工与清新"（《苏东坡集》前集卷十六，《书鄢陵王主薄所画折枝二首》之一)。① 不仅诗画可以相"通"，乐画、诗乐也可相"通"，前面已经提出，音乐中有"音画"，还有"音诗"。但"通"并不等于"同"，"诗中有画"的画并不就是真实绘画的画，"画中有诗"的诗也并不就是文字写出或口头唱出的诗。这里有虚实之分，一是真正的画或诗，一是想象中的或体味到的画的形象与诗的意味。苏轼所说"诗画本一律"，这"一律"下一句就解释得很明白，指的是"天工与清新"，全诗则在强调"传神"二字，强调创作与欣赏都不能只求"形似"而要抓住传达的内容的"神"。音乐中的诗与画，也该作这样的理解。

　　艺术来源于视听，艺术的创作或欣赏，也须通过、依赖视觉或听觉。芬奇说："被称为灵魂之窗的眼睛是心灵的要道。"从对外界的感受来说，听觉器官的耳朵也应该说是心灵的通道，因为自然界不仅有色（或"形"，色必有形，形必有色），而且有声，有声有色才构成绚丽而又生动的世界。芬奇认为眼睛是"最高贵的感官"，并且问道："试想，哪一种创伤更重，是瞎眼还是哑巴？"如果单就生活的方便与否来说，芬奇的话是对的。在生活上，盲人的确比哑巴更困难、痛苦一些。我还可以加一句，耳聋者与盲人相比，也是如此。但从艺术的创作和欣赏来看，耳聋者的损失就不比盲人少些。盲人不能创作和欣赏美术作品和表演艺术中形成的部分，耳聋者则不能欣赏音乐，不能听戏，不能听评书、说唱一类的艺术。贝多芬凭着他丰富熟练的作曲和指挥经验，晚年耳聋，尽管也可作曲，甚至指挥，但不能听到自己写作的作品，却成为他极大的痛苦。他耳聋后的指挥，也给乐队带来

---

　　① 古代西欧也有类似的说法，如古希腊抒情诗人西蒙奈底斯曾说："诗是有声的画，犹如画是有声的诗。"古罗马诗人贺拉斯在《诗艺》中说："诗歌就像图画。"（见中译本人民文学出版社 1962 年版，第 56 页）

不少麻烦。公平地说，对于艺术，视听是同等的重要，正如不能把音乐、美术、文学、戏剧划分等级，认为哪个不重要，哪个更重要一样。

　　人的官能，除了视听，还有嗅、味、触，但这些都与艺术无关，①不论美术、音乐、文学、戏剧或其他艺术都不能用鼻子、舌头或皮肤来欣赏或品味。香臭、酸甜或冷暖，文学中可以描写，却不能在美术、音乐与戏剧中表现，戏剧、音乐以至美术，可以描写一个人冷得瑟瑟发抖，但那只是冷的肤感在人体产生的作用，而不是肤感的本身。值得强调的是视听之外，大脑的活动，即一般人称之为心灵的东西。视听所见所闻的色（或形）、声是主体之外的客观事物，也是艺术描写客观世界的基本内容，没有客观世界的色、声，艺术就没有来源，没有接收色、声的视、听，艺术家就失去与世界联系的通道，但若没有大脑的活动即人的心灵，感受也就不复存在。因为，即使是最简单的感受，比如一个小小的刺激，也必须传输到大脑的神经中枢，才能感受到、意识到。没有神经中枢但有神经组织的低等动物，如软体动物，也能对外来刺激作出反应，甚至某些植物，如含羞草，也可以有这样的性能。人为万物之灵，灵就灵在人脑的复杂构成上。人对外界刺激的感受，通过复杂的神经中枢常常伴有感情和意绪。艺术家进行创作，即使是对大自然极简单的描摹，也带有情绪和意绪，有意向、意趣、意蕴与意想（包括记忆、联想与想象）。按照我国传统的说法，可统称之为意（或谓之为心或神）。对色、声、意的关系，佛家和我国的老庄一派认为客观存在的声、色，诸色相，即外在的万物都是"空"的，都是"虚无"

---

　　①　如把艺术作广义的解释，如烹调艺术、缝纫的艺术以及编织的艺术等，自然与嗅、味、触等官能有关。

的。《列子·黄帝篇》："眼如耳，耳如鼻，鼻如口，无不同也，心凝形释"，就讲的这个道理，几个"如"都归结到四个字，"心凝形释"，即心已冰凝，形已释消。既然"心凝形释"，自然，各种感受也就"无不同也"了。关于这一点，《列子》的另一篇《仲尼篇》借亢仓子的话讲得很清楚："老聃之弟子有亢仓子者，得聃之道，能以耳视而目听……鲁候卑辞请问之。亢仓子曰：'传之者妄。我能视听不用耳目，不能易耳目之用"。接着亢仓子解释说："我体合于心，心合于气，气合于神，神合于无。其有介然之形，唯然之音，虽远在八荒之外，近在眉睫之间，来干我者，我必知之，乃不知是我七孔四肢之所觉，心腹六脏之所知，其自知而已矣！"《庄子·人间世》假借孔子的话则说得更清楚："无听之以耳，而听之以心，无听之以心，而听之以气。听止于耳，心止于符。气也者，虚而待物者也。惟道集虚，虚者心斋也。"《庄子》这段话中，只有一点可说有些道理：听不能只止于耳，而达不到心。他的错误是，把耳与心（今天应该说大脑）分开，把心与气分开，认为不用耳或不经由耳可以用心听，以至心、耳都不用，而用气，以至连气也没有，只有道，这道则是完全空虚的。到了不视、不听、什么也不想，达到"虚"的地步。就是"心斋"了。

　　我国古代的文论、画论或乐论，虽也讲"绘声绘色"或"有声有色"或栩栩如生，但却偏重于"意"。可是，在论到具体作品时，也有只抓住视听的声色，而忽略了"意"的。如关于宋祁一首词的名句"红杏枝头春意闹"的争论，不论讥之者（如李渔）或赞之者（如方中），都只在声、色与视、听上发议论。李渔认为桃李"争春"是无声之争，故可用，而红杏的"闹"，"闹"是有声的，则不妥。方中则以"诗词中有理外之理"，因而"非一'闹'字不足以形容其杏之红"。李渔的说法，很多人都不同意，而方中的认为非"闹"不足以形容其杏之"红"所持的"理外之理"实在也讲得太玄。他们都没抓住句中的"意"字。宋祁那一句明明讲的"春意闹"而不是"春色闹"，故不能改"意"为"色"。自然，这"意"与"色"也有点关联，为什么说"红杏"而不说"白李"，因红是人们常见的火的颜色，故红是暖色，令人看了，因长期联想，心理的作用使人有暖以至热的感觉，而"热"又与"闹"紧密相关，如"热闹"或"闹热"，故"红"可引起"闹"意，而"白"却是使人想到安静。对宋祁的这一名句还不可忽略"春"字。红色的花冬天也有，如红梅。但可以说"红杏枝头春意闹"，却不可以说"红梅枝头冬意闹"。因为，冬天是寂静的季节，虽有红梅，却无春天万紫千红、争奇斗妍那种繁盛景象和热闹的气氛与意味。李渔提到桃李争春，并肯定这种写法，既然可以用争、斗形容，为什么不可以有闹的意味？自然这闹只是一种形容，是形容春的气氛和意味，而不是真的耳可听的闹。方中提到"形容"一词，很对，但却把它用来形容红色，而不是形容"春意"，因而也未说到是处。这里，需要添说一句：宋祁此句的"红杏"，指的是红色的杏花，而不是杏的果实。杏的果实到初夏才成熟，且杏皮金黄，只是向阳部分才有一点红晕。如指杏子那一点红晕，那就把季节弄错了。在文学作品的描写中，或者在人们的日常语言中，形容一件事物，使用比喻（由联想等而来）是常用的手法，如形容声音的尖、厉、圆、润，虽然用这些词都是有理由，有原因，都是可加以分析的，但人们听了这样的形容，除了太尖厉的声音震人之耳外，并不在肤觉（如厉、润）或视觉（如尖、圆）上有什么相通或相应的感受。至于红色引起暖的感觉，以及"望梅止渴"等等，那也是联想的作用，是一种心理现象，即"意"的作为。艺术的一切描写，大体上可以声、色（视听可见闻的与意想可内视内听的）

二字尽之。但不论客观世界的声、色或主观想象的声色，在艺术创作或艺术欣赏中都不能离开"意"。故声、色、意可视之为艺术的三个基本要素。

1983 年 7 月 27 日

（原载《河北师范学报》1986 年第 3 期）

何 谓 艺 术

——不是咬文嚼字之二

　　艺术的各种形态，起源较早的是诗歌。在尚无文字的时代，诗与歌即诗与乐是结合在一起的，诗是歌的内容，歌是诗的表达形态。文字逐渐孳生，有了一定数量，口头唱着的诗歌，歌词被记录下来，并出现用文字写出的诗，诗与乐才有了区分。那时，现代含义的艺术概念尚未形成，对诗的议论，其中带有根本原则意义的言论，往往涉及并包含了其他艺术形态，成为艺术的见解和观念，最具权威性的意见，影响深远，形成艺术的传统观念。我国和世界所有民族的情况，大体都是这样，只是，各民族的社会历史条件不同，社会生活的情况各异，因而诗的内容和形式也存在差异，从而涉及艺术的观念也不相同。比如我国古代和古希腊，诗歌都较发达，由于经济、政治和地理环境等种种原因，我国古代有文字记录的诗歌，如《三百篇》，主要是短小的抒情诗，虽有少量叙事诗，也像抒情诗一样，比较短小，且大都有抒情的成分。古代希腊的诗歌，则主要是叙事的，篇什较长，不仅一般地叙事，且有人物、故事的刻画和描述，如史诗及用诗写出的戏剧。艺术的观念、见解及理论，出自艺术的实际，主要是对艺术作品的分析和概括。由于我国古代的诗歌主要是抒情诗，因而出现诗言志这样的见解。言志说是我国古代诗与艺术的权威性见解，并长期影响我国诗与一切艺术的发展，形成我国艺术创作和艺术理论的传统观念。古希腊的诗歌创作的情况，古希腊史诗及悲剧占主要地位的情况，则出现了与之相应的模仿说。模仿说不仅是古希腊、罗马的权威理论，而且形成为欧洲艺术创作和艺术理论的传统观念。

"诗言志"的说法在我国较早的古籍中有两个出处：一是《今文尚书·尧典》记舜的话"诗言志"，歌永言，声依永，律和声，八音克谐，无相夺伦，神人以和；一是《左传·襄公二十七年》记文子告叔向的话"伯有将为戮矣。诗以言志，志诬其上，而公怨之，以为宾荣，其能久乎？"如果《尧典》的话可靠，那么出自舜口的"诗言志"就很古老。有人考证说《尧典》是战国时才有的书，则书中所记舜的这段话是否可靠就值得怀疑。撇开《尧典》，《左传》的记载似乎没有什么疑问，则"言志"的说法，春秋时就已有了。言志说，在我国影响最大的是传为卜商所作，后经考证肯定是汉卫宏写的《诗大序》，《大序》说："诗者，志之所之也。在心为志，发言为诗。情动于中而形于言；言之不足，故嗟叹之，嗟叹之不足，故永歌之；永歌之不足，不知手之舞之，足之蹈之也。"

"志"这个字，据闻一多先生考证："志字从''，卜辞''作''，从'止'下'一'像人脚停止在地上，所以''本训停止。……'志'从''从'心'，本义是停止在心上，停在心上亦可说是藏在心里。"唐孔颖达《毛诗正义》释《诗大序》的"诗言志"："诗者，人志意之所之适也。虽有所适，犹未发口，蕴藏在心，谓之为'志'；发见于言，乃名为'诗'。言诗作者，所以舒心志愤懑，而卒成于歌诵，故《虞书》

谓之'诗言志'也。包管万虑，其名曰'心'，感物而动，乃呼为'志'。志之所适，万物感焉"。可见"藏在心里"或"蕴藏在心"的就是"志"，那么"志"的含义可以是意志，也可以是思想，也可以是情感，或指其中二者，或统指三者。把作诗言志的志，解释为志向、抱负或为人之道的，如古代许多题中标明"言志"或"明志"、"示志"的诗。著名的白居易《与元九书》说得很明白："仆志在兼济，行在独善，奉而始终之则为道，言为发明之则为诗。谓之'讽谕诗'，兼济之志也；谓之'闲适诗'，独善之义也。故览仆诗者，知仆之道焉。"把"诗言志"的"志"解释为"情感"的，如《诗大序》讲了"诗言志"之后，接着讲"情动于中而形于言"。后一句可说是对前一句的解释。刘勰《文心雕龙·明诗》说："人禀七情，应物斯感，感物吟志，莫非自然。"也是把"志"解释为"情"。把"志"解释为"情"与"思"的，如东汉冯衍对自己所作《显志赋》的解说："显志者，言光明风化之情，昭章玄妙之思也。"值得提出的是，情感、思想与意志在一个活人身上是结合在一起而密不可分的。我国古代对"诗言志"中"志"的解释，不论重在情上，或重的思上，或重的意上，也往往兼含有其他二者的意义。西方把人的心理活动、习惯分为知、情、意三者，并在理论上分开加以探讨。鲍姆加通因探讨"知识"的有逻辑学，探讨"意志"的有伦理学，而探讨"感情"没有相应的学科，于是建议设立一新学科"Aesthetica"，即"美学"。康德也因同样的原因，为了在"悟性"与"理性"之间，即"自然"与"自由"之间，找到一座桥梁——"判断力"，写了《判断力批判》，即关于艺术的研究。我国则没有这样分割的研究。由于"诗言志"的"志"有着情感、意志、思想多种含义，春秋、战国以来，"诗言志"就被长期运用，成为我国古代作诗与论诗的传统的观念。比如，战国时庄子论到六经时说："诗以道志。"（《天下篇》）荀子谈六经也说："故诗、书、礼、乐归是矣。诗言是，其志也。"（《儒效篇》）汉代董仲舒说："诗道志，故长于质。"（《春秋繁露·玉杯篇》）扬雄也说："说志者莫辨乎诗。"（《法言·寡见篇》）魏曹丕在影响很大的《典论论文》中，提出"文（按：包括诗）以气为主"。曹丕所说的"气"，不是自然之气（如呼吸之气），而是气质之气及志气、意气之气，属于精神意识的领域，也可包容到"志"里，或释为"志"。刘勰在《文心雕龙·风骨》中，把"气"与国风的"风"及"志"相联系。他说："诗总六义，风冠其首，斯乃化感之本源，志气之符契也。""思不环周，索莫乏气，则无风之验也"。"故魏文称文，以气为主，气之清浊有体，不可力强而致"。六朝时，我国第一部系统论述文学的理论著作，刘勰的《文心雕龙》，前面已经提到，其《明诗篇》，也主诗言志说。唐代，起齐梁之衰，开一代诗风的陈子昂，提倡"风骨"与"兴寄"。所谓"风骨"，刘勰说国风是"化感之本源，志气之符契"，因此"怊怅述情必始乎风，沉吟铺辞莫先于骨"。又说"故练于骨者，析辞必精，深乎风者述情必显"。至于"兴寄"与更多人所说的"比兴"，是一个意思，钟嵘《诗品序》："文有尽而意有余，兴也。因物喻志，比也。"魏源《诗比兴笺序》："使读者知比兴之所起，即知志之所之也。"可见，陈子昂所提倡的，也可归于"诗言志"这一传统。后来，白居易的新乐府运动，所直接继承的正是陈子昂的思想和主持。白氏的意见，前面已经谈过。陈子昂与白居易之间的大诗人李白，在其《古风》第一首，纵论周代以来诗歌的兴衰，把自己作诗比拟孔子，说："我志在删述，垂晖映千春。"这里，李白以他特有的豪放，把诗与志相连。宋代，反对宋初西昆体，形成宋代诗风的梅尧臣，自谓："我于诗言岂徒尔，因事激风成小篇，辞虽浅陋颇魁苦，未到二雅未忍捐。"（《宛陵集》

二十五）又说："因吟适情性，稍欲出平淡"（《宛陵集》二十八）。宋代开论诗风气的欧阳修，极为赞赏梅尧臣的诗，他在论梅诗中表达对诗的观点，认为"诗者，乐之苗裔"，而"乐之道深矣，故工之善者，必得于心应于手而不可述之言也；听之善，亦必得于心而会以意，不可得而言也"（《书梅圣俞稿后》）。又提出"穷者而后工"；"凡士之蕴其所有，而不得施于世者，多喜自效于山巅水涯，外见虫鱼草木风云鸟兽之状类，往往探其奇怪；有忧思感愤之郁积，其兴于怨刺，以道羁臣寡妇之所叹，而写人情之难言；盖愈穷而愈工"（《梅圣俞诗集序》）。苏轼论诗主张自然，推重禅悟（拿今天的话说就是"灵感"），说："新诗如弹丸"（《答王巩》），又说"好诗冲口谁能择"（《重寄孙侔》）。这与梅尧臣等不同，但他谈到为什么作诗以及诗要表现什么，也说："诗须要有为而作"（《题柳子厚诗》），又说"我诗虽云拙，心平声韵和"。《岁寒堂诗话》作者张戒反对苏轼"以议论作诗"和工于用事押韵，主张以言志为本，而"咏物特诗人之余事"，以为苏轼、黄庭坚等则是"不知咏物之为工，言志之为本"。张戒所说"言志"的"志"指的是"情"。他反对苏轼等以议论为诗，自然是很对的，但把本来与抒情结合在一起的咏物分开，并割裂地加以区分高下则不甚妥。"诗言志"的"志"自以"情"为主，但也不排斥"思"与"意"，只要所表达的"思"与"意"具有美感而不是干枯的议论。比《岁寒堂诗话》影响大也更重要的，是严羽的《沧浪诗话》。严羽与张戒一样，也反对"以议论为诗"。他的以禅喻诗，主张禅悟，则与苏轼所推重的禅悟相一致。严羽也主张"诗者，吟咏情性也"（《沧浪诗话·诗辨》），这也与张戒所释的"诗言志"相同。金代最大的诗人是元好问。他对诗的见解出自苏轼，主张天然，敬重豪迈。他强调情性，而对情性之表现于诗，则提出一个"诚"字，并以此来解释"诗言志"。

他说："唐诗所以绝出于三百篇之后者，知本焉尔矣。何谓本？诚是也。……故由心而诚，由诚而言，三者相为一。情动乎中而形于言，言发乎迩而见乎远，同声相应，同气相求，虽小夫贱妇孤臣孽子之感讽，皆可以厚人伦美教化，无他道也。故曰：'不诚无物。'"（《小亨集序》）元代，影响较大，特别是对明诗影响很大的，可举创"铁崖体"的杨维桢。杨维桢也强调情性。他说："诗者，人之情性也，人各有情性，则人各有诗也。"（《东维子文集》七，《李仲虞诗集序》）又说："诗得于言，言得于志，人各有志有言以为诗，非迹人以得之者也。"（《东维子文集》七，《张北山和陶集序》）明代，反对前后七子复古思潮的公安派代表人物袁宏道，提出诗要"独抒性灵"。他说："……足迹所至，几半天下，而诗文亦因之以日进。大都独抒性灵，不拘格套，非从自己胸臆流出不肯下笔。"（《叙小修诗》）又说："至于诗，则不吝聊戏笔耳。信心而出，信口而谈，……仆求自得而已，他则何敢知。"（《与张幼于尺牍》）他那从"胸臆流出"来的"性灵"，正属于"志"的范围。公安派兴起不久出现的竟陵派，也提倡抒写"性灵"，但把"性灵"看得更狭，其代表人物钟惺，则更明言诗是言志。他说："履簪杂遝，高人自领孤情；丝竹喧闹，静者能通妙理。名称诗以言志，用体物而书时。"（《喜邹愚谷至白门，以中秋夜诸名士共集俞园赋诗序》）清代，《原诗》作者叶燮强调诗人须有胸襟，提出诗人之本在于才识胆力。他以才识胆力作为"诗言志"之"志"的内容。他说："《虞书》称诗言志，志也者，训诂为心之所之，在释氏，所谓种子也。志之发端，虽有高卑大小远近之不同，然有是志，而以我所云才识胆力四语充之，则其仰视府察，遇物触景之气，勃然而兴，旁见侧出，才气心思，溢于笔墨之外，志高则其言洁，志大则其辞宏，志远则其旨永，如是考其诗必传，正不必斤斤争工拙于一字一句之间。"

叶燮的弟子沈德潜，固守诗教，强调温柔敦厚的格调说。袁枚起而与之辩难，提倡抒发性灵，要求解除传统束缚。就是袁枚这样的革新家，也仍然不脱离言志说，只是把言志的志作了"不可太拘"的解释。他说："诗言志，劳人思妇都可以言，《三百篇》不尽学者作也"（《小仓山房文集》十九）。他又在《再答李少鹤书》中说："来扎所讲'诗言志'三字，列举李杜放翁之志，是矣，然亦不可太拘。诗人有终身之志，有一日之志，有诗外之志，有事外之志，有偶然兴到，流连光景，即事成诗之志，'志'字不可看杀也。谢傅游山，韩熙载之纵伎，此岂其本志哉？"总之，春秋战国以来，直至清代，近两千年，我国"诗言志"的传统，一直不曾中辍。

我国源远流长的言志说，不仅言诗，也涉及并包括了我国古代其他艺术形态，成为我国所有艺术形态的共有的传统观念。比如，音乐，前面提到，古时诗与乐不分，因而诗与乐同样历史悠久。春秋时，乐被列为六艺之一，而没有诗的位置。另有六艺，诗与乐并列，则与六经同义。《庄子·天运篇》所说六经中的乐经，不知何指，或者已经佚失。现在所见到的是《礼记》中的《乐记》。或说六经中的乐就是《乐记》。被称为《诗经》的《三百篇》是作品的汇编，对诗的见解，当时只散见于一些人的片言只语的议论。《乐记》或《史记》所称的《乐书》则是论乐的比较系统的理论著作。《乐记》第一篇第一节开头，对乐的总论是："凡音之起由人心生也。人心之动，物使之然也。感于物而动，故形于声，声相应，故生变，变成方，谓之音。此乐而舞之，及干戚羽旄，谓之乐。"第二节开头又说："凡音者，生人心者也，情动于中，故形于声；声成文，谓之音。""生于心"与"情动于中"，与《诗大序》的意思完全相同。诗、歌、舞在古代本来是三位一体的，《大序》在"情动于中"之下，分三层意思讲了诗、乐、舞。音乐在艺术中是抒情性最强的，《乐记》成书前后，我国古代对乐的议论，或言抒情，或言达意，或说写怀抱，或言合圣道，总之都出自胸臆，表现心灵，不出"志"的范围。关于古乐，我国有一则流传很广、很久的传说，讲鼓琴表态与见志，《吕氏春秋·孝行览·本味》载"伯牙鼓琴，钟子期听之。方鼓琴而志在太山。钟子期曰，善哉乎鼓琴，巍巍乎若太山。少选之间而志在流水。钟子期又曰，善哉乎鼓琴，汤汤乎若流水"。《荀子》："夫声乐之入人也深，其化人也速，故先王谨为之文。"又说"君子以钟鼓道志，以琴瑟乐心"（《乐论》）。《淮南子·齐俗训》论乐："情发于中而声应于外。"《淮南子·诠言训》又讲："故不得已而歌者，不事为悲；不得已而舞者，不矜为丽。歌舞而不事为悲丽者，皆无有根心者。"魏晋之际的大诗人、大音乐家嵇康，因不满于当时的统治，反对音乐为政教服务，因而把乐与情分开，他在其《声无哀乐论》中，一开始就反驳《乐记》中"治世之音安以乐"、"亡国之音哀以思"一类说法。嵇康认为音乐的声音与人的情感是两回事，说："音声之作，其犹臭味之在天地之间。其善与不善，虽遭遇浊乱，其体自若而无变也。岂以爱憎易操，哀乐改度哉？及宫商集比，声音克谐，此人心至愿，情欲之所钟。"但他只是认为音声本身没有哀乐、没有情感，并不否定人将情感注入音声及这样的情感的重要，不但不否认却很强调人情与音声合和后所产生的感人的作用。他说："夫殊方异俗，歌哭不同，使错而用之，或闻歌而欢，或听歌而戚，然其哀乐之怀均也。今用均同之情，而发万殊之声，斯非声之无常哉？然声音和比，感人之最深者也。劳者歌其事，乐者舞其功。夫内有悲痛之心，则激哀切之言，言比或诗，声比成音。杂而咏之，聚而听之，心动于和声，情感于苦言，嗟叹未绝，而泣涕流连矣。"唐代，白居易则有论乐诗云："腕软拨头轻，新教《略略》

成。四弦千遍语，一曲万重情"（听琵琶妓弹《略略》上阙）。宋代，《通志》作者郑樵说："夫乐之本在诗，诗之本在声。"（《昆虫草木略序》）说："人之情，闻歌则感：乐者闻歌，则感而为淫；哀者闻歌，则感而为伤。"朱熹则更认为诗为本、乐为末，说："愚意窃以为诗出乎志者也，乐出乎诗者也。然则志者诗之本，而乐者其末也，末虽亡而不害本之存，患学者不能平心和气，从容讽咏，以求之情性之中耳"（《答陈体仁》）。北宋出现汇集乐论的大书《乐书》（陈旸编著），以《乐记》为中心，汇集儒家经典中有关音乐的言论。南宋时王灼著《碧鸡漫志》，叙述曲调源流，其第一卷第一则，摘引并阐述《尚书·舜典》"诗言志，歌永言"、《诗大序》及《乐记》讲诗、歌、舞来源的言论，说："人莫不有心，此歌曲所以起也。""有心则有诗，有诗则有歌，有歌则有声律，有声律则有乐歌"。明代，李贽在《读史·琴赋》中释诗言志、歌永言，说："琴者心也，琴者吟也，所以吟其心也。"说："琴自一耳，心因殊别。心殊则手殊，手殊则声殊，何莫非自然者，而谓乎不能二声可乎？而谓彼声自然，此声不出于自然可乎？故蔡邕闻弦而知杀心，钟子听弦而知流水，师旷听弦而识南风之不竞，盖自然之道也，得手应心，其妙固若此也。"明末音乐家徐上瀛在其所著《溪山琴况》一开头就说："稽古至圣，心通造化，德协神人，理一身之性情，以理天下人之性情，于是制之为琴。"在同一节中又说："音从意转，意先于音，音随乎意，将众妙归焉。故欲用其意，必先练其音；练其音，而后能给其意。……纡回曲折，疏而实密；抑扬起伏，断而复联，此皆以音之精义，而应乎意之深微也。"清代，王夫之在《尚书引义》卷一《舜典三》中释诗言志，歌永言说："且夫人之有志，志之必言，尽天下之贞淫而皆有之，圣人从内而治之，则详于辨志；从外而治之，则审于授律。内治者，慎独之事，礼之则也。外治者，乐发之事，乐之用也。故以律节声，以声叶永，以永畅言，以言宣志。律者哀乐之则也，声者清浊之韵也。永者长短之教也，言者其欲言之志而已。"又说："志有范围，待律以正，律有变通，存志无垠；外合于律，内顺于志，乐之用大矣。"

我国古代绘画，长期重于写意、传神。从马王堆战国墓出土的帛画可以看出，在两千多年前，我国绘画艺术就已达到较高水平。由于绘画难于保存，因此名画真迹留存于世的，其时代最古者远较诗、乐为晚，论画的著作就更晚了。魏晋之前，诸子虽有关于绘画的片言只语，但太零碎，说不上什么理论性，也没多大影响。东晋时，杰出画家和绘画理论家顾恺之，除留有《洛神赋图卷》外，也留下一些论画的著述和语录，影响最大者是主张传神。他说："四体妍蚩，本无关于妙处，传神写照正在阿堵中"（见《世说新语·巧艺》）。又说："凡生人亡有手揖眼视而前亡所对者，以形写神而空其实对，荃生之用乖，传神之趋失矣。"（见《历代名画记》卷五）刘宋时著名画家宗炳著有山水画论《画山水序》，开篇即提出："圣人含道暎物，贤者澄怀味象。至于山水质有而趣灵，是以轩辕、尧、孔、广成、大隗、许由、孤竹之流，必有崆峒、具茨、藐姑、箕首、大蒙之游焉。又称仁智之乐焉。夫圣人以神法道而贤者通，山水以形媚道而仁者乐，不亦几乎。"又说："夫以应目会心为理者，类之成巧，则目亦同应，心亦俱会。应会感神，神超理得，虽复虚求幽岩，何以加焉。……峰岫嶤嶷，云林森眇，圣贤暎于绝代，万趣融其神思，余复何为哉？畅神而已。神之所畅，孰有先焉！"南齐画家与画论家谢赫著《古画品录》，提出著名的、影响深远的绘画"六法"。列在六法之首的，是"气韵生动"，认为这是绘画所要到达的最高境界。谢赫所说"气"与顾恺之所说的"神"相同。他自己也称"气韵"为"神韵"。唐代，绘画理论家张彦远，著《历代名画记》，强调顾恺之所说的"气韵"和"意"的重要。他说："若气韵不周，空陈形似，笔力未遒，空善赋彩，谓非妙也。"他竭力赞颂顾恺之的作品，说："顾恺之之迹，紧劲联绵，循环超忽，调格逸易，风趋电疾，意存笔先，画尽意在，所以全神气也。"唐五代之际的著名山水画家荆浩，著论山水画的《笔法记》，继承谢赫的六法，提出六要，将六法的"气韵"，分而为二，列于六要之首，说："气者，心随笔运，取象不惑。""韵者，隐迹立形，备仪不俗"。他又提出用笔四势：筋、肉、骨、气。解释说："笔绝而不断谓之筋，起伏成实谓之肉，生死刚正谓之骨，迹画不败谓之气。"指出绘画的无形之病，不可救治："气韵俱泯，物象全乖，笔墨虽行，类同死物，以斯拙格，不可删修。"宋代，绘画理论家郭若虚著《图画见闻志》，称颂谢赫的六法，说："六法精论，万古不移。"他特别强调气韵，说："凡画，必周气韵，方号世珍，不尔虽竭巧思，止同众工之事，虽曰画而非画。"苏轼主张诗画一律，对于绘画，重在神似。这一理论，影响也极深远。他的题画诗《书鄢陵王主薄所画折技二首》其一说："论画以形似，见与儿童邻。赋诗必此诗，定非知诗人。诗画本一律，天工与清新。边鸾雀写生，赵昌花传神。何如此两幅，疏淡含精匀。谁言一点红，触寄无边春。"元代，大山水画家倪瓒，提出"逸笔"与"逸气"说。他说："仆之所谓画者，不过逸笔草草，不求形似，聊以自娱耳！"（《答张仲藻书》）又说："以中每爱余画竹，余之竹聊以写胸中逸气耳，岂复较其似与非，叶之繁与疏，枝之斜与直哉！"（《题自画墨竹》）明代，画家中独具特色的是徐渭，他主张绘画须借物抒情，着重气韵。他作的画虽石榴、葡萄都有寓意，满含情感。他在题画诗中说："不求形似求生韵，根拨皆吾五指栽。"又说："不知画病不病，不在墨重与轻，在生动与不生动耳。"明末清初的著名画家八大山人（原名朱耷）与石涛（原名朱极，又号苦瓜和尚），都是明王室的后裔，明朝灭亡后，他们都落发为僧，并都在自己的绘画中抒写自己的悲痛。郑燮题八大山人的画，有这样的话："横涂竖抹千千幅，墨点无多泪点多。""长借墨花寄出兴，至今叶叶向南吹"。邵松年在《古缘萃录》中写石涛："一生郁勃之气，无所发泄，一寄于诗画，故有时如豁然长啸，有时若戚然长鸣，无不以笔墨之中寓之。"清初六大家之一，常州画派的创始人恽格主张画须表达情感，提出"摄情"说。他说："春山如笑，夏山如怒，秋山如妆，冬山如睡。四山之意，山不能言，人能言之。秋令人悲，又能令人思，写秋者必得可悲可思之意，而后能为之；不然，不若听寒蝉与蟋蟀鸣也。"他说："笔墨本无情，不可使运笔墨者无情。作画在摄情，不可使鉴画者不生情。"八大山人、石涛之后，乾隆年间出现著名的扬州八怪，其中杰出的郑燮，作画强调意与趣。他有一则画跋："江馆清秋，晨起看竹，烟光，日影，雾气皆浮动于疏枝密叶之间。胸中勃勃，遂有画意。其实胸中之竹并不是眼中之竹也。因而磨墨展纸，落笔倏作变相，手中之竹又不是胸中之竹也。总之，意在笔先者定则也，趣在法外者化机也，独画云乎哉！"

我国各种艺术形态中，形成和兴起最晚的是戏剧。虽然，远在周代就已有了俳、优，我国后来就把戏剧演员称作优或俳优。"俳"和"优"的意思都是"戏"，但这"戏"是戏谑的戏，不是戏剧的戏。可能最早的俳优是用于娱神，是巫觋一类人物；后来的俳优则用以娱人，就成为弄臣一类的人了。《史记滑稽列传》载，春秋时楚国的优孟曾为了提醒楚王照抚贫穷的孙叔敖的后代扮饰孙叔敖，扮得极像，感动了楚王，因而后世把戏剧演员的化妆形象称作"优孟衣冠"，并把优孟视作戏剧表演之祖。优孟扮孙叔敖可说是"摹仿"，而且是极为成功的"摹仿"，但这也说不上是戏剧。根据现在的文献和多数人意见，我国戏剧形成于宋代而极盛于元明。宋元直至话剧出现之前的戏剧都是歌剧，从宋元杂剧及南戏直至昆曲，又都是诗剧。值得提出的是，宋元之际南方的戏剧（南曲）或北方的戏剧（北曲），其曲词，都来自词，是词的变化和发展，《元曲选》编者臧晋叔在《元曲选序二》中说："诗变而词，词变而曲，其源本出于一。……词本诗而亦取材于诗，大都妙在夺胎而止矣。曲本词而不尽取材焉。"我国古代的诗以抒情为主，而词的抒情色彩则更为浓重。虽"曲本词而不尽取材"亦不能不在这方面受其影响。臧晋叔在同一文中说："曲有名家、有行家。名家者出入乐府，文彩烂然，在淹通闳博之士，皆优为之。行家者随所妆演，无不摹拟曲尽，宛若身高其处，而几忘事之乌有，能使人快者掀髯，愤者扼腕，悲者掩泣，羡者色飞，是惟优孟衣冠，然后可与于此，故称曲上乘首曰当行。"戏剧是表演艺术，自不能离开摹仿，但臧文也指出摹仿的目的和效果是激发人的情感。这情感虽直接出自剧中人物，出自剧中故事，溯其根源则是剧的作者，是剧作者情感的宣泄和流露。虽然，中外戏剧都是这样，但我国古代戏剧在这方面则特别显著，我国古代剧作者以至乐作者和演员，在这方面也更为自觉。元初大剧作家关汉卿除了描写爱情的戏剧著名的如《拜月亭》、《调风月》外，其他控诉社会黑暗的著名剧作，如感人至深的《窦娥冤》，从窦娥斥天骂地的血泪控诉中分明可以感到剧作者本人的满腔怒火，从《救风尘》与《望江亭》中也分明可听到剧作者对周舍和杨衙内的愤怒谴责，可以说这些暴露社会的剧都是作者抒愤懑之作。我国古代戏剧中描写悲欢离合特别是写男女爱情的，不但杰作较多，较为动人，也出现较早。徐渭在《南词叙录》中说："南戏始于宋光宗朝。永嘉人所作《赵贞女》《王魁》二种实首之。"这两剧都写和谴责男子负情。此曲与诸宫调关系密切，可说是诸宫调的发展，金代有《董解元西厢记》，写张生、莺莺爱情故事，流传至今，元代极为杰出的杂剧——《西厢记》就是主要受它影响，并基本上是依据它的故事而创作出来的。比较全面、系统的戏剧理论著作是明王骥德的《曲律》。他在这部书中说：“夫画以模写物情，体贴人理，所取委曲宛转，以代说词，一涉藻缋，便蔽本来。”（《论家数》）又说套数之曲的妙处“政不在声调之中，而在句字之外。又须烟波渺漫，姿态横溢，揽之不得，挹之不尽。摹欢则令人神荡，写思则令人断肠，不在快人，而在动人。此所谓‘风神’所谓‘标韵’，所谓‘动吾天机’。不知所以然而然，方是神品，方是绝技”。（《论套数》）还说：“戏剧之道，出之贵实，而用之贵虚。《明珠》、《浣纱》、《红拂》、《玉合》，以实而用实者也；《还魂》、《二梦》，以虚而用实者也。以实而用实也易，以虚而虚也难。”（《杂论》）这几句话都讲，戏剧虽离不开摹写，而最重要的却在感人，却在宣泄内心的情感。与王骥德同时代并有交往的杰出剧作家汤显祖，认为人生可归结为一个“情”字，诗、词、曲等都应为情而作。他说：“情致所极，可以写道，可以忘言。而有所不可忘者，存乎诗歌序记词辩之间。固圣贤之所不能遗，而英雄之所不能晦也。”（《玉茗堂文集之三·调象庵集序》）又说：“世总为情，情生诗歌，而行于神。天下声音笑貌大小生死，不出乎是。因以慑荡人意，欢乐舞蹈，悲壮哀感鬼神风雨鸟兽，摇动草木，洞裂金石。其诗之传者，神情合至，或一至焉；一无所至，而必曰传者，亦世所不许也。予常以此定文章之变，无解者。”（《玉茗堂文集之四·耳伯麻姑游诗序》）他把世道分为二类：“世有有情之天下，有有法之天下。唐人受陈、隋风流，君臣游幸，率以才情自胜，则可以共浴华清，从阤升，娱广寒。令白也生今之世，滔荡零落，尚不能得一中县而治。彼诚迁有情之天下也。”（《玉茗堂文集之七·青莲阁记》）他的名著"临川四梦"所写的就是他所追求的"有情之天下"，是他强烈憧憬的美好世界，是他自己的梦想。他把他所写《紫钗记》及《牡丹亭》所表达的情感，视之为道，他说："弟之爱宜伶学二《梦》，道学也。性无善无恶，情有之。因情成梦，因梦成戏。戏有极善极恶，总于伶无与。伶因钱学《梦》耳。弟以为似道。"（《玉茗堂尺牍之四·复甘义麓》）他给自己写的《牡丹亭》所题的辞中有这样的话："情不知所起，一往而深，生者可以死，死可以生。生而不可与死，死而不可复生者，皆非情之至也。梦中之情，何必非真，天下岂少梦中之人耶？"清代著名戏剧家和戏剧理论家李渔，认为包括戏剧在内的一切创作都是抒作者的胸中块磊，他说："从来游戏神通，尽出文人之手。或寄情草木，或托兴昆虫，无口而使之言，无知识情欲而使之悲欢离合，总之极文情之变，而使我胸中磊块唾出殆尽而后已。"（《笠翁文集·香草亭传奇序》）他一再说："传奇无实，大半皆寓言耳。"（《闲情偶寄·审虚实》）

总之，我国古代诗、乐、画、戏，虽品类不同，各有特殊的表达方式和发展规律，各类艺术在漫长的发展中甚至在同一时期，又有不同流派和倾向（艺术的与思想的），有种种不同主张，但就根本和总体而言，基本主流都重在抒写和表达作者内心的蕴藏，即上面所说的"志"。虽曾有强调摹似客观的，如宋代院画，宋徽宗赵佶就强调形似，但实践此说者，成就不大，影响也较小。强调绘画神似的，也不否定形似，并认为神似不能离开形似，神似须以形似为基础，如郑燮说："必极工而后能写意，非不工而遂能写意也"（《题画》）。郑燮之前，顾恺之所说"以形写神"，南陈姚最讲的"心师造化"，唐张璪所谓"外师造化，中得心源"，明王履说："吾师心，心师目，目师华山"，都讲了形似的重要，但他们都把形似作为基础，认为重要的却是神，是心。

正因我国绘画的写意不脱离形似，因此写意、传神说虽始终被作画者和观画者所强调，我国传世的绘画却没有一幅看不懂的"不可知的杰作"，也没出现过这样的流派。和绘画的"以形传神"、"心师造化"相似，《乐记》也有这样的话："凡音之起，由人心生也，人心之动，物使之然也"，但也与绘画一样，《乐记》的《乐本篇》所根本强调的是"心"。

（原载《河北师院学报》1986 年第四期）

门外谈美

——不是咬文嚼字之三

先说说这个题目。美学是一门专门的、艰深的学问，美学这座巍峨而又深邃的殿堂，使人难于抬头仰望，更难于跨槛入门。我是个美学的门外汉，不敢侈言美学，想谈谈美，也是门外汉的话，于是写了这门外谈美。

美学是专门的非普及的学问，但在日常生活中，几乎人人都不可避免地会谈到美，不论中外古今，男女老幼，毫无例外，人人都爱美。可以说，爱美是人的一种天性。不会说话的幼儿。如果不是先天失明，不需要大人的教导，就喜欢鲜花，喜欢美丽的图画；没有失去听觉的幼儿，不需教导，就爱听优美的歌曲。刚学会走路还不会说话的孩子，只要眼睛没有毛病，就喜欢好看的衣着，戴一顶新的帽子，穿一件新衣或一双新鞋，会左看右看，并会到大人面前去炫耀，或到穿衣镜前去欣喜端详。在北京这个地方，大人们看到此情此景，常常心里乐滋滋地"骂"道："臭美"！主张人性善的孟子说："羞恶之心人皆有之。"（《告子·上》）这话不符合事实，不见古往今来，以至在我们今天的社会主义社会里，唯利是图，不知羞耻，甚至以可耻为得意的人，不是不难找得见吗？但是他讲的"口之于味也，有同嗜焉；耳之于声也，

有同听焉；目之于色也，有同美焉。"（《告子·上》）以及他说的
"形色天性也"（《尽心·上》），《乐记》有语："夫乐者乐也，入情
之不能免也"，我国俗话说的"爱美之心人皆有之"，却确属事
实。歌德曾说，美是一种"本源现象"（UrPhänomen）[①]马克思
主义的普列汉诺夫也说："人的本性使他能够有审美趣味和概
念。"[②]马克思在《神圣家族》第八章第二节谈"玛丽花"的一
小节中、、也说喜爱大自然的美是人的天性。他说。"在大自然的
怀抱中，资产阶级的锁链脱去了，玛丽花可以自由地表露自己固
有的天性，因此她流露出如此蓬勃的生趣，如此丰富的感受以及
对大自然美如此合乎人性的欣喜若狂，……"[③]经常为人们引用
的马克思的话："人也按照美的规律来塑造物体。"[④]不论对这句
话如何理解，马克思在这里讲的是与动物相区别的"人类的特
性"即人性，却是无可争论的。

爱美不仅限于人类，达尔文认为下等动物也爱美，也具有美
感。他说："美感——这种感觉也曾经被宣称为人类的专有的特
点，但是，如果我们记得某些鸟类的雄鸟在雌鸟面前有意地展示
自己的羽毛，炫耀鲜艳的色彩，而其他没有美丽的羽毛的鸟类就
不这样卖弄风情，那么，当然，我们就不会怀疑雌鸟是欣赏雄鸟
的美丽了。……关于鸟类的啼声也可以这样说。交尾期间雄鸟的
优美的歌声，无疑地是雌鸟所喜欢的"。达尔文说："以一定方式
配合起来的一定的颜色和一定的声音为什么能引起愉快。正如这
个或那个东西为什么对于嗅觉或味觉是好闻或可口一样，是很少

　　① 1927年4月18日歌德和爱克曼的对话，朱光潜译《哥德谈话录》1978年人
民文学出版社版，第132页。
　　② 《没有地址的信》第一封信，1952年人文版，第15页。
　　③ 《马克思恩格斯全集》第二卷，第217页。
　　④ 《1844年经济学—哲学手稿》，《马克思恩格斯全集》四二卷，第97页。

能得到解释的。但是，可以有把握地说，我们和下等动物所喜欢的颜色和声音是同样的"。①

　　实际上，不仅下等动物，就是有生命但无眼、耳的某些植物，对音乐也可以有感觉、有反应，也可说是喜爱。对人的、下等动物的、以至某些植物的美感的天性究竟如何解释呢？我想，既然是先天的天性而不是后天的教育、训练，就只能从人的、下等动物的以及某些植物的生理器官去寻求解答。人与下等动物都有眼、有耳，因而对颜色、形体及声音有感受能力，某些植物虽无眼、耳却有生命、有感觉。人、下等动物及某些植物都有生命，而生命都是运动的，并且是有规律、有节奏地运动的，因而与律动、与谐调相适应，喜欢律动、喜欢和谐。这样的生理构成就是爱美的基础。但人、下等动物与植物生理结构有简单与复杂的区分，因而爱美的性能也有高低之分。人、未受教育的幼儿和受了教育（包括环境影响、父母等亲人的身教与言教以及学校教育、个人学习等各种方式的教育）的人在美感上也有区分，幼儿只能欣赏简单的音乐和图画，对复杂的作品就缺乏欣赏能力，即使喜爱，也只能从"和谐"上去获得美感。

　　讲了这么一些，有人或许要问：什么叫美？按照一切科学"教程"的规矩，首先就该给"美"下个定义。恰恰在这个问题上，古今中外美学家们有种种说法，有长期的争论。有些人说："美是客观的"。有些人反驳说："美是主观的"。另有些人说；"不对，美是主观与客观的统一。"还有别的种种说法。我认为，空空洞洞，毫无着落，完全抽象的"美"，是无法讲的。在这里，

---

　　①　达尔文《人类原始》圣彼得堡，第二章第45页。（参见商务版《人类原始及类择》1957年版，第一部第一分册，146—147页）（译文摘自《普列汉诺夫美学论文集》，1983年，人民版第一卷，312～313页）

我赞成歌德的话："我对美学家们不免要笑，笑他们自讨苦吃，想通过一些抽象名词，把我们叫作美的那种不可言说的东西化成一种概念。"① 完全抽象的"美"的概念是不可言说的，我们用"美"这个字，大体上有三种含义：一是指美的事物，即审美的对象，前面讲的"人人爱美"的美，就指的美的事物。这样的"美"，自然是客观的，是客观存在的事物。即使是一个好打扮的人，照着镜子自我欣赏，被欣赏的也是客观存在的对象，照镜自美，只不过是把自己作为欣赏的对象罢了。再则是指的美感，上泰山观日出，到钱塘江观潮，去无锡梅园观满园竞放的梅花，人们不禁会有美的赞叹。古人行山阴道上，感到目不暇接，美不胜收！这里所说的美，便是美感。这是客观的美的事物在主观上的感受，因而美感意义的美就既离不开客观的审美对象，也不能没有接受这种对象的接受者的主观感受。可以说，美感是主客观的结合。还有，便是美的观念、判断、评价、标准、思想。比如说"这个孩子长得很美"；"这朵花比那朵花更美"。孔子说《韶》："尽美矣，又尽善也"。说《武》："尽美矣，未尽善也"。（《论语·八佾》）这里所说的"美"便是对美的事物的判断和评价。（至于孔子在齐闻《韶》，三月不知肉味，则是属于美感的表现了）。一个人对于何者为美，有自己的评判标准，这标准便是美的标准或审美标准。包括审美标准在内，对美的事物、美感等等的看法和意见，便是美的观念和美的思想。这些是在美感和美感经验基础上形成和概括出来的，则是完全属于主观的范围了。自然，任何美的观点、美的判断、美的评价、美的标准和美的思想，都有客观来源，正如一切思想以至疯狂的幻想都有客观的现

---

① 1827 年 4 月 18 日，歌德和爱克曼的对话。见朱光潜译《歌德谈话录》，1978 年人民文学出版社版，132 页。

实的根源一样。但，尽管如此，一切思想，即使是最为正确的思想，也应归属于主观的范畴，可以说是客观现实的正确反映，而不能说它的本身是客观的。

有人或许会批驳：美的观念和思想自然属于主观范畴，但审美判断和审美标准却可以是客观的，美有客观的标准，因而有客观的判断。这个问题，值得研究。美的判断和属于认识范围的科学判断，是两种不同性质的判断。从认识范围的科学判断方面来看，世界上客观存在的事物，包括美的事物，都可以有众所公认的客观判断，作为这判断依据的则是客观的标准。比如可量物件的大小、轻重、长短，以及一个国家或全世界的量的标准，如公斤、市斤、公里、华里、公尺、市尺等；物的颜色，红的、黄的或黑的；物的形状，方的、圆的或菱形的；物的触感，柔软还是粗硬，等等。这些全都可作客观判断，也有客观标准。拿艺术作品来说：一件绘画作品，是油画还是水彩画，是肖像画还是风景画，风景画画的是什么，画的色彩、线条等等；一首乐曲的调式、曲式，进行曲还是舞曲，是什么舞曲等等；一篇小说，人物、情节、故事梗概、表现手法等等。一幅名画是真品还是赝品，一首乐曲或一首诗是否是某某著名作曲家的或某某著名诗人的等等。这些也都可作客观的判断。但这样一些判断都不是美的判断或审美判断。

人们对事物可区分为三种不同的基本态度，从而可从三个完全不同的方面观察，也就有了三种不同的判断，这鼎足的三者，便是一般人讲的真、善、美。"真"属于认识的范畴，是对客观事物本身如实的了解和认识；"善"属于伦理的范畴，"美"属于鉴赏的范畴，与"真"有别，却是人们（主体）对客观事物（客体）的评价，评价的对象可以是客观事物，评价却不是事物本身所固有，而是主体的人们给予的。"善"与"美"又有区别，

"善"与广泛众多的人的思想、行为结合，具有一定范围（民族、地区与时代）内公认的标准，"美"却与各个人的情感、情趣以至情绪结合密切，具有鲜明的个性。一切合乎事物客观实际的认识，即"真"，不仅超越阶级为整个民族所公认，而且超越民族、国家为世界所公认，还超越时代，为后世所公认，许多且成为继续发展的新的认识的准则和依据。"善"虽然成为广泛众多的人的思想、行为共认的准则，却有着时代和民族特别是时代的局限，一个时代、一个民族公认的"善"，别的时代、别的民族，却可以认为"不善"。比如，我国封建时代三纲、五常、忠孝节义等道德准则所肯定的善，有许多（象鲁迅指出过的二十四孝中"郭巨埋儿"、"王祥卧冰"）在今天看来就该否定，该认为是"不善"了。我国封建社会的道德规范与欧洲中世纪的道德规范也是大有区别的。至于"美"，就更难说什么公认的客观标准了。因为"美"的事物，不论自然美还是艺术美，千差万别，一个个都具有特性，并以独自的特性成为美的一个特点，不能规范化。人对于美的欣赏，又同对"真"与"善"的认识和判断不一样，是跟一个人的情趣直接联系的。在现实生活中，即使是饱学的美学家，如果做学问没有做到看什么都谨记一系列的定义、条文、结论，因而失去现实生活感，他面对优美的自然景物或艺术作品，也是怀着情趣去感受，去欣赏，而不是带着什么规律和准则去鉴定的。情趣是美感的心理基础，是一个人审美标准与审美判断的依据。情趣，也是一个人个性主要的和生动的组成部分。

人的个性或性格由先天的（各种遗传基因及大脑、脏腑、血型、躯干、四肢等生理结构）和后天的（家庭、社会各个方面、各种方式的影响，思想、文化等的修养和水平等等）种种复杂因素在一定的时间中形成。个性或性格总是满含情感并以情感的形态出现的，豪放、热情，情感外露，外向型的人不用说了，就是仄狭、冷僻，情感不外露，内向型的人，其仄、冷也是一种情感的表现。人的个性或性格，正是以情感的不同内涵及其不同表达方式来加以区分的。这种成为一个人个性或性格的情感，其中构成并表达兴趣的部分，便是情趣。它是情感中表现个性最为鲜明也最具活力的部分，个性是独特的，有多少人就有多少个性，情趣自然也是这样。因而审美不存在共同的客观标准。一个人在长期生活中形成的个性，既独特又较为稳定。我国有句俗话："江山易改，秉性难移。""难移"就是较为稳定，但"难移"仍是可"移"，只不过较"难"罢了。在一定条件下，一个人的个性也是可以改变的。至于作为个性一个组成部分的情趣，因时间、环境以及思想认识等的变化，就更会出现差异了。人们带着各自的情趣欣赏美，还受到变化更大的情绪的影响，因而即使在一个人身上，审美的判断也是存在变化的，不可能有一种完全固定的标准。这就是为什么科学认识所求的"真"，可以作出不可移易的结论。有了这样的结论，就不必再去探索。比如地球绕日运动，古人曾长期探索，在中世纪，坚持这一说法会遭到残酷迫害。现在，如果有人还要重新研究、探索，那就实在太可笑了。至于善恶的判断，虽与科学认识的判断不同，随着历史时代的变化，可以变化，但在一定时间甚至较长时间内，公认的标准存在，公认的判断也是可以成立的。审美则不相同，对于西湖、泰山，古往今来不知有多少诗人欣赏吟咏，留下的好诗也不少，不能因此说，对西湖、泰山，别人就不能吟咏了。就是同一个人，写过咏某一景物的好诗，不能说这就是对这一景物的绝笔，再见这一景物，就不能再吟咏了。即使是对作家和作品的评论、研究，如果不是考证、训诂（象对五经中的《诗》以及其后的名家、名作，不少人所曾作过的），而是对作为审美对象的艺术的评论、研究，比如对托尔斯泰，列宁写过五篇评论，列宁是伟大的，列宁对托尔斯泰的几篇评论，也是深刻、精确的，但不能说对托尔斯泰，特别是对托尔斯泰艺术的评论，列宁已作了总结，别人就不必再动笔了。甚至是对一篇作品，比如对鲁迅的《阿Q正传》，自这篇作品产生，就不断有许多评论，我们不能说什么人的研究可以对它作出结论。这样的结论，过去不存在，今天不会出现，将来也不会有。好赏玩山水又善于写山水诗的谢灵运，根据他欣赏自然美与写自然美的生活实践与艺术实践，对于"美"，讲了这样的话："情用赏为美，事昧竟谁辨"（《从斤竹涧越岭溪行》）"情用赏为美"，是经验的不易之谈。"事昧竟谁辨"，如不作呆板了解，即不把"昧"解作"不可见"的"不明"而解为"不易见"的"幽隐"，不把"竟谁辨"解作"不能辨"而解作"很难辨"，也是讲得深刻而准确的。

没有客观的统一的具体的审美标准，但是，构成美感及事物之美的一般要求或基本条件，却是可以探索的。古今中外不少哲学家和美学家曾为此艰辛努力，获得有益结果，并据此提出了种种美的定义。下面我想就这个问题谈点粗俗的想法。

人们欣赏美的事物，不论是自然景物或艺术创造，都需通过感官，眼或耳辅之以别的感官，并由此获得真实的印象。美的事物也需具有可见或可闻的条件。既不可见也不可闻的事物（如电、磁，大如地球的整体，小如基本粒子）是不能成为审美对象的，有人或许会提出质问："心灵美算不算美？心灵是可见可闻的吗？"人的心灵可成为美的一个内容，甚至可说是美的一个重要内容，但一个人心灵的美也须见之于行动，而行动是可见可闻的。心灵的崇高、伟大如不见诸行动，则这崇高、伟大只可归之于"善"的概念而不属于美的范畴。美须现于直觉，这一点，仅这一点，格罗齐的看法是对的，但格罗齐对"直觉"的要求和分析，认为既是直觉，就须与一切概念、一切分析、判断完全分离。却是错误的。人与动物，有美育教养和完全缺乏美育教养的人，对美的欣赏，其能力是大不相同的。可见，欣赏美，既需天赋条件，更需文化、思想的修养。这种修养可以各式各样，但自觉的思想认识却是必不可少的。这是欣赏的文化、思想基础。在欣赏中，也可以有概念以至分析活动。这些活动，不但不会妨碍美的欣赏，且可加深美的欣赏，甚至成为欣赏以至创造美的形象必要的组成部分。比如杜甫名句"细雨鱼儿出，微风燕子斜"，王维名句"大漠孤烟直，长河落日园"等，正是诗人细致观察判断，并将这种判断铸入形象的收获。又如杜甫名句"感时花溅泪，恨别马惊心"，李煜名句"离恨恰如春草，更行更远还生"等，则是把诗人的思想情感与自然景物恰切联系的结果。这"恰切"则来自观察与思索。这儿的问题是：是什么样的概念、分析活动？是艺术的、美的、概念、分析活动，还是非艺术的、非美的概念、分析活动？比如对于竹、柏，如果像我国诗人、画家以至哲人，喜爱其能耐严寒，并以之喻有德行与节操的君子，这样的思维、分析，不仅不会损害竹、柏之美，还可加强对它们的美感。但如面对形体美好的竹、柏，不去欣赏它们的美，却思考将它们砍伐晒干后，作为燃料。这样的概念、分析活动，自然就会破坏美感了。人对任何事物都可从不同方面观察和持不同的态度。一个人面对同一事物，也可以同时具有美的和非美的以至反美的两种观察和两种态度。比如一个采樵的人，虽以采樵为业，面对形体美好的树木，依然可以有着常人的美感，可以在砍伐中，一边因利的获取感到欢喜，一边又因美的破坏感到可惜。这种矛盾心情完全可以同时存在。

　　古今中外的人谈美，都说到谐调，前面已经提到，这是构成事物之美及美感的基础。我国最古的文献谈到美的谐调，首先涉及的是音乐。《今文尚书·尧典》中最著名的"诗言志"，全句是这样说的："诗言志，歌永言，声依永，律和声；八音克谐，无相夺伦，神人以和。"其中的"和"与"谐"，便指的是谐调。据《尚书》记载，这段话是帝舜命夔典乐时所说的活。舜在位的年代是纪元前二十二世纪，距今已有四千多年。《尧典》的记载是否可靠，还有疑问，但《国语》的记载却是可信的。《国语·国语下》记："周景王二十三年（纪元前五百二十二年），景王为准备铸的大钟无射作罩盖大林，大臣单穆公和乐官伶州鸠都加以劝阻。他们谈到音乐，讲到谐调，显然都把音乐和政治联系起来，但关于音乐的谐调的问题却是说得很有道理的。单穆公说："夫乐不过以听耳，而美不过以观目。若听乐而震，观美而眩，患莫甚焉。夫耳目，心之枢机也，故必听和而视正，听和则聪，视正则明"。伶州鸠说："夫政象乐，乐从和，和从平。声以和乐，律以平声。金石以动之，丝竹以行之，诗以道之，歌以咏之，辅以宣之，瓦以赞之，革木以节之。物得其常曰乐极，极之所集曰声，声应相保曰和，细大不逾曰平。如是，而铸之金，磨之石，系之丝木，越之匏竹，节之鼓而行之，以遂八风。于是乎气无滞阴，亦无散阳，阴阳序次，风雨时至，嘉生繁祉，人民和利，物备而乐成，上下不罢，故曰乐正。"《国语·郑语》记载史伯（周太史）答尚为周司徒的郑恒公（时为周幽王八、九年间，即纪元前七百七十多年前）问，从分析西周末期形势到不要听信谗言，并因而讲到谐调，指出和（谐调）的重要，又指出和与同异，指出非"一"的多才有和。他给和下了个定义，叫"以他平他"。这就涉及谐调的本质，美学上所谓的：杂多的统一。史伯说："夫和实生物，同则不继。以他平他谓之和，故能丰长而物归之，若以同裨同，尽乃弃矣。"结论是："声一无听，物一无文，味一无果，物一不讲"。杂多的统一的谐调，既涉及物的质，也涉及物的量。西欧最早谈到美的毕达哥拉斯（约纪元前 580～500 年）

和赫拉克利特（纪元前530～470年左右）都把美与和谐相联系。毕达哥拉斯是西欧古代最大的数学家，毕达哥拉斯学派把美定义为和谐，并指出和谐就是把复杂导致于统一。美须和谐，以及和谐有数的比例关系，这一点，毕达哥拉斯学派是谈得很对的，对后世美学的发展产生了有益的影响。但这个学派的一些人以及今天还有些人是从数的观点来谈美，便太片面了。任何事物，美的事物也一样，既有质也有量，质与量不可分离，离开了质的量，便成为空洞无物、极端抽象的概念了。这个学派还进一步给美的和谐找到了一个理想的量的比例关系，这便是所谓的"黄金分割"，以个概全，也是不妥的。天下万事万物，都有其自身特点，其自身结构都各有其不同的比例，不能标准化。比如长鼻之于象，长颈之于长颈鹿是合适的，某些甚至可以是美的，如果长鼻长在鹿的身上，长颈长在象的身上，便成为畸形，使人感觉丑了。我国古代认为帝王之像是两耳垂肩、双手过膝，要是真的这样，这副"福像"可就令人望而生厌了。达·芬奇研究人体各部分的比例，对他及以后一些画家绘画人物裨益很大。比例论受到文艺复兴时代美术家重视，被称为神圣的比例。人及各种动物以及各种生物的生理结构各有适当的比例，不符合这比例，便成为畸形，对"正常"来说便是失真。但这也只是基本的、大致的情况，符合这比例，只能说是正常，而不能说就是美。比如人体美，不论是现实的人，或者是艺术所塑造的，都不能只是身体各部分符合人体的正常比例。活生生的美的形体是由面貌体态形成的。每一个人物有每个人物的个性与特点。拿现实的人来说，就是很相象的孪生姐妹，也只能是"很相象"，而不会是完全一样。常人如此，美的形体就更不用说了。谐调，除了首先是美的事物本身构成（包括其本身的装饰）外，还指事物与其环境的谐调。举一个小例子：一枝白玉兰，该衬以深色的背景，如背景也是白的，便失却鲜明感了。相反，一枝深红色的玫瑰，则该衬以素淡的背景，如背景也是深红的，也会大大减少美感。美感，必须通过欣赏者的主观，因而美的事物还须与欣赏者的思想、情感以及情绪相谐调。不同民族，不同时代的同一民族，思想、感情不同，美的观点也不一样。就是同一个人，感情以至情绪的变化，也会使美感产生差异以至很大的差异。

除了谐调，构成事物之美及美感，还有一个重要条件，即我国从古代到现在，大家常常讲到的"生动"。前面提到，生命都是律动的，是有节奏地运动的，这"律"与"节奏"便要求谐调，并与谐调适应，但"律"与"节奏"又须是运动的。因而美要求动，不是机械的动，而是生命的运动，是生动。六朝时南齐的谢赫，提出"六法"，首标"生动"，成为我国艺术创造的一条基本原理。生动的要求，不限于人与其他动物，还及于无生命的山、石、用器，等等。因为，人们对一切美的事物的欣赏，是带着情感的，情与景合，无情的山、石、用器等也就有了情感，有了生命。苏格拉底要求画家画像，雕刻家雕刻，都须"现出生命"、"表现出心灵状态"，使人看了感到"象是活的"。黑格尔给美下了个定义，说："美就是理念的感情显现"。（《美学》第一卷，朱译本 p.138）而理念呢？据他说："只有有生命的东西才是理念。"（同上书，p.150）对于自然美，他指出："我们只有在自然形象的符合概念的客观性相之中见出受到生气灌注的相互依存的关系时，才可以见出自然的美。"（同上书，p.164）黑格尔的自然形象受到"生气灌注"，便是后来在西欧广泛流行的移情说的一种说法。移情说强调的是无生命的自然物所以见出生气，是由于人的赋予。黑格尔以他的唯心观点更强调自然形象须"符合概念"。自然物自己没有生命，见出生命，自然是人的赋予。但这赋予，也不是随意的，而是依据自然物自身的情状；也不是让自然形象去"符合概念"，而是概念须符合自然形象，是我国六朝时南陈姚最所说的"心师造化"，而不是造化师心。宋代山水画家郭熙在其《林泉高致·山川训》中说："其山水之烟岚，四时不同：春山淡冶而如笑，夏山苍翠而如滴，秋山明净而如妆，冬山惨淡而如睡。"山水不会笑，不会梳妆，也不会睡眠，也不会滴翠，笑、滴、妆、睡都是人的感觉，但这四时不同的感觉却是当时山水自身的形态。郭熙的这段话，是用心观察的经验之谈。庐山有著名的五老峰，所以称为"五老"，也是因五个山峰的形状如五个老人。郭熙说真山水，因四时烟岚不同，而有不同的生态，站在星子县海会镇路口远望庐山五老峰，则在同一天中，甚至在更短的时间内，因阳光照射与云雾聚散之不同，而呈现不同姿态，使人对这"五老"有生动的感觉。山水因烟岚的聚散、游动而有动感，即使除去游动的烟云，一个个形状不同的山峰，其自身的姿态，如果不是过于平凡，也可引起人的遐想，产生动的感觉。即如我们许多人天天写的汉字，如果达到艺术的境地，不仅像怀素的草书，犹如游龙，就是篆、棣、楷书，也因有力、有势，而富有生气。我国一向认为美好的事物是生动的、动人的。我国也一向把成功的艺术创造赞之为"活"，画活了，写活了，演活了，等等。总之，一切美的事物，不论自然美或艺术美，都须生动，或令人感到生动；一切现实的事物或艺术创造，如果缺乏生气，或令人感到缺乏生气都不可能是美的。说到这里，我们会想到车尔尼雪夫斯基给美下的一个著名的定义："美是生活"；"任何事物，凡是在那里面看得见依照我们的理解应当如此的生活，那就是美的；任何东西，凡是显示出生活或使我们想起生活的，那就是美"。① 车尔尼雪夫斯基这条定义是针对黑

---

① 周扬译《生活与美学》，1956 年人民文学版。

格尔唯心主义观点，针对黑格尔的理念而强调生活，反对从概念出发而主张从现实生活出发，无疑是有进步意义的。但如把这定义略加推敲，就会发现这些话讲得不很精确。拿"美是生活"来说，历史和现实都告诉我们，有各种各样的生活，有美好的生活，也有并不美好以至丑恶的生活。美好的生活可以说是美的，并不美好以至丑恶的生活就不能说美了。接着"美是生活"，车尔尼雪夫斯基说："任何事物，凡是在那里面看得见依照我们的理解应当如此的生活，那就是美的"，这里加了"应当如此的生活，"排除了丑恶的、不合理的生活，强调生活的合理与理想，这在当时，无疑也是有进步意义的，这句话有了这样的修饰，比上一句也较为确切。但这等于说美好的生活是美的。这样讲，不仅过于笼统，而且只讲到美的一个内容，并不包括美的全体。因为除了生活美，还有自然美。不错，车尔尼雪夫斯基也谈到自然美，谈到动物、植物和风景。但他都使这些与人的生活联系起来，并以人及人的生活作为衡量美的标准。[1] 这也值得商讨。动物、植物各有各的生气，各有各的美，并不与人等同，或与人的生活相似或发生联系才有了美，或才显得美。我国一向把人的美比作花，却不倒过来比喻；比如：说"人面桃花，"却不说桃花美得像人的面孔；说"如花似玉"的姑娘，却不说花和玉像姑娘一样美。说无生物如山、如石、如书法，如刻印等有生气，这"生气"自然是人的感觉，是人赋予的，但也存在于物的自身。不能认为这些物件因具有生气而形成的美与人的生活相似。

　　生动、和谐的美的事物经由感官形成美感，在精神上所发生的最显著的作用是愉快。这种愉快，正如车尔尼雪夫斯基说的：

---

　　[1]　见《当代美学概念批判》，缪灵珠译《美学论文选》，1957年人民文学版，第60—64页。

"美的事物在人心中所唤起的感觉，是类似我们当着亲爱的人面前时洋溢于我们心中的那种愉悦。"车尔尼雪夫斯基正是据此提出"美是生活"这一定义的。他说："在人觉得可爱的一切东西中最有一般性的，他觉得世界上最可爱的就是生活；……"我国与世界其他民族一样，古代的艺术活动，诗与乐是合为一体的。我国古代文献论及艺术美，多涉及音乐。六经系儒家经典，处处贯穿儒家思想，对艺术活动，主张节制，主张须合乎"礼"。但就是这样，编入六经之一《礼记》中的《乐记》，也说："欣喜欢爱，乐之官也。"我国对形体美（空间美）和声音美（时间美）这两大基本类型的美，一直都与"悦"、"娱"（愉快）相联系，如认为自然景物的形象及艺术形象须"悦目"，自然界美的声响及音乐须"悦耳"。刘向说："衣服容貌者，所以悦目也；声音应对者，所以悦耳也。"（《说苑·修文》）陆机说："音以比耳为美，色以悦目为欢。"（《演连珠》）在西欧，古代美学的奠基人，主张艺术在于摹仿的亚里士多德，明确提出艺术须使人产生快感。他说："一般说来，诗的起源仿佛有两个原因，都是出于人的天性。……人对于摹仿的作品总是感到快感。"[①] 他并指出，就是事物本身尽管引起痛感，像悲剧尽管引起怜悯与恐惧之情，也都会给人带来快感。[②] 罗马时代的贺拉斯和朗吉弩斯都认为艺术具有娱乐的作用。中世纪最大神学家圣托玛斯·亚昆那在其《神学大全》中也提出："凡是单凭认识到就立刻使人愉快的东西就叫作美。"[③] 康德也主张美须产生快感，只是认为美的愉快与快适跟善的愉快不同，认为："美的欣赏的愉快是惟一无利害关系的和

---

① 《诗学》第四章，首段。罗译本第 11 页。
② 《诗学》，罗译本，第 11、43 页。
③ 《译文转摘朱光潜《西方美学史》，第 132 页。

自由的愉快。"① 康德提出审美的愉快与别的愉快不同，这自然是很对的。审美的愉快，是经由视听，因自然物或艺术作品在精神上形成的美感而产生的，是欣赏的愉快，而不是像享受美酒佳肴，将对象吞饮、咀嚼，通过味觉而获得的口腹的愉快；更不像赌徒，因赌赢而产生的愉快。康德所谓"惟一无利害关系"的"利害"，如果指的口腹之利、赢钱之利，自然是很对的。但利害可以是多种多样，在精神上得到安慰、得到启示，更简捷地说，愉快的本身，也应该是有功利存在的。不仅有革命内容的艺术作品，对革命有利，革命者或具有进步思想，或者只有正义感的人，会感到欣喜，会感到这美的创造是有益的，就是一幅美好的山水画，或者只是一幅美好的静物写生，在精神上，对欣赏者也会产生有益效果。问题是什么样的功利。不仅精神上的益处与物质利益不同，就是物质利益，因物质的不同，也存在差异，比如煤油可作为燃料，不能饮用，而水则相反，同属农具，镰刀、犁、铧、风车也各有各的用途。就是同一样的东西，比如鸦片，吸食鸦片是有害的，但用鸦片治病，却是有益的。自然美或现实美与艺术美，在愉快这一点上，有密切关联或一致处。现实生活中使人愉快的美好事物，表现在艺术上也会使人感到美好、愉快，但是，它们之间也存在很大差异。比如现实生活中的悲剧，使人悲痛，绝不会产生快感，但艺术创作的悲剧却可以使欣赏者在感到悲痛的同时又感到愉快。谁也不会有异议，看成功的悲剧，是愉快的艺术享受。对这个问题，亚里士多德的解释是"求知"的满足（"因为我们一面在看，一面在求知"）或对艺术技巧成功的喜悦（"由于技巧或着色或类似的原因"）② 后来又有人提

---

① 《判断力批判》，宗译本，第46页。
② 见《诗学》，罗译本，第11、43页。

出"距离说"，即认为艺术的描写，不像现实生活，与欣赏者不发生现实的关系。亚里士多德的解释以及其后一些人的说法，都有一定道理。根据我们观看悲剧的实际感受，似乎还可这样说：艺术与纯客观的自然或现实生活不同。任何艺术创造都有着和表现了作者的情感和态度。悲剧的描写，不仅写出了悲剧之悲，在描写中，不论作者意识或不意识，也必然倾注了作者对悲剧的主人公及悲剧的事件的炽烈情感，比如对受害的不幸者的深深同情，对造成悲剧的恶势力的强烈憎恨等等。观众在观看悲剧时，一方面为悲剧的情节、悲剧主人公的不幸感到难受，感到悲痛，像自己也遭遇到这一不幸事件一样；同时，透过艺术的创造，又清楚感到艺术创造者（悲剧作者与演员）对悲剧主人公的同情以至赞颂，对制造悲剧的恶势力（悲剧中的或幕后的）的批判与斥责。正是这种可感到的同情或赞颂及批判与斥责，使观赏者感到快意。如果一出悲剧写得冷冰冰的，没有对善的同情，也没有对恶的谴责，就只是悲惨，看这样的剧，就没有美感，因而也不会有快感。它也不成其为成功的艺术。对美的快感，如车尔尼雪夫斯基所说，是由喜爱产生的。人们喜爱美，厌恶丑。但是，艺术，不仅描写美好的事物，也写丑恶的事物，写丑恶事物的作品，也可以产生美感，使人喜爱，产生快感。这个问题，过去也有种种解释，也都有道理。我认为，也可以用观看悲剧可以产生快感的原因，加以解释。一个丑恶的形象，在现实生活中，只会令人厌恶，但经艺术创造，欣赏中却一面感到这个形象可厌，同时又可感到美，感到愉快，原因就是作者对丑恶的批判、谴责。丑恶的形象是可厌的，但对丑恶的鞭挞、斥责，却令人开心、令人喜悦了，如果对丑恶的事物只作客观的描写，不加批判，那就只能是一幅幅丑态，不可能产生什么美感，如果把丑恶的事物加以歌颂，那么不仅丑恶的事物丑恶，丑恶形象的创作者也同样丑恶，因而使人感到加倍的丑恶了。

经由视、听在精神上产生愉快的感觉，不一定都是美感，其视、听对象，也不一定都是美的事物，比如守财奴欣赏自己所聚集的财富，对金、银，对货币发生无穷乐趣，像巴尔扎克塑造的葛朗台，偷偷把玩这些财物，内心充满了愉快。我们不能说守财奴这种愉快感是什么美感，也不能说货币等是美的事物。有些人趣味低下，欣赏低级、下流的作品。我们也不能说这样的欣赏是美的欣赏，不能说低级下流的作品是美的创作。美的该是好的，美应与崇高、圣洁相联系，在人的精神上所起的作用，应该是提高情操、扩大襟怀，如果相反，那就不是美而是丑了。这就是所谓美的陶冶、净化和升华的作用。在这里，美与善这两大范畴，交汇在一起了。我国和西欧，过去和现在都常把美与善密切联系，以至把这两个概念不加区别地混用。美与善有密切联系，但又存在区别。美不等于善，但应发生善的作用，具有善的品格，但美的这种品格，该是显现于形或声的态势与生气（我国过去所谓的"神"）中。这善的显现，既外露又深藏。美最具体，诉之于直觉，谁都可以清楚看到或听到，因而外露；但所具善的意义以至美的韵味是蕴涵的，需要欣赏者去品味、去体会，这体会又需一定的条件（这就是马克思说的，欣赏音乐需要音乐的耳朵），并因人而异，因而又是深藏的。也就因此，美所具的善的作用，也是潜藏、含蓄的，经由自外而内的感性途径，对于人的情感和思想起潜移默化的作用。同样，善不一定就美，但善常与美联系。在现实生活中，甚至出现看起来两者存在矛盾的情况：一个相貌长得很美的人，不一定善良，甚至可能很坏；一个善良的人，不一定长得很美，甚至可能面貌长得很丑。我国古代一些伟大的或杰出的作家认识到这点，因而在塑造人物上，突破了好人都长得很美、坏人都长得很丑这一公式。比如曹雪芹笔下的王熙凤，是个奸险、阴毒的人，但却长得美，不仅容光焕发，而且言谈很有风趣，这个人物一出场，气氛就活跃起来，使人感到着实可爱。在我们的现实生活中，也会遇到这样十分危险的人物，这样的人物，一时很难使人认识其真实品质。我国舞台上又曾专为"面丑心善"的人物创造"善丑"这样的角色，像川剧《乔老爷奇遇》中的乔溪，以及最近常常演出的豫剧《七品芝麻官》中的唐知县。这样的人物，与一般丑角一样，鼻头上着了粉，但全都心地善良。王熙凤的奸险、阴毒，损伤了她外貌的美；她的外貌却不能冲淡她内在的丑，相反，却使人感到她更加险恶。《七品芝麻官》中的唐知县，虽是个粉鼻子，外貌奇丑，却因他的刚正不阿，敢于对抗权贵，令人对他产生好感，他那外貌，也使人感到不那么丑了。人的美丑如何，即就外貌而论，既是活生生的人，给人的感觉就不只是凝然不动的长相（这样的"相"就是"死相"），还该包括神态与动作。一个人凶狠时，眼睛射出凶光，神态是很不美的，这样的眼光与漂亮的面庞凑在一起，会感到分外不协调，整个面貌也就不美了。一个高尚、善良的人，那目光是美的，整个神态是美的，长相上的自然缺陷，即使不被这美的神态完全消溶，至少也变成不那么令人生厌了。而且，除了目光，与情感状态密切相关的其他器官，像嘴、手、脚以至胸、背等的姿态、动作，也成为人的外貌的构成部分，存在美与丑的区分。美总是诉之感官，诉之直觉的。人们说的"心灵美"，既是美，也该是这样。人的心灵的美，也该表现于外貌，见于行动，见于动作中的神态。没有可直觉的外貌，就不能叫美，而只能称之为善了。面对自然景物，由于人与景物的不同关系，美丑的感受也不一样。站在泰山脚下眺望南天门，感到泰山巍峨、雄伟，作为一个旅游者，虽然攀登困难，也不减少美的感受，相反，因为怀着的是欣赏美的心情，愈艰险会愈觉美好。可是，对于一个运送粮食上山的人，这艰险却不是那么美好了。人们欣赏画上及笼中猛虎的雄威，但如真在山中遇到扑来攫食的活生生的猛虎，那感觉就是凶恶而不是什么美了。我们嘲笑好龙的叶公，欣赏、爱好画上的假龙，见到张牙舞爪的"真龙"，就变"好"为"不好"，"叶公好龙"成为言行不符的形象说法。我以为把它作为"借喻"是可以的。认真分析叶公的行为，却可以作出另外的判断。龙是不存在的，虎却存在，我想不可能有那么一个喜欢虎画与笼中虎的人，在遇到将被虎啖食时，仍会欣赏这扑来的猛虎的雄伟之美而不逃避；如果这样，我们不会赞扬这人对虎美的爱的执著，赞扬这个把美置于生命之上的"唯美主义"者，却该认为此人太过痴呆。这里存在着一个善与不善的问题。画上的虎与笼中的虎，不会吃人，因而只存在雄伟之美而不存在吃人的凶恶；现实中吃人的猛虎，却就只是凶恶的野兽。前者突出的是美，后者突出的却是凶恶。同是虎：凶恶的感受，便否定了美；不存在被啖食的危害，便只剩下可欣赏的美的雄姿了。

　　把上面的意思总括起来：客观存在的美的事物，经由视、听与头脑，形成直觉，产生美感。使人产生美感的事物，都是生动的，其自身的组成同周围环境及与欣赏者的心情是谐调的。这样的事物使人精神愉快，使人感到意味隽永，并在这样的感受中，产生陶冶性情及拓宽和提高心灵境界的作用。这是构成美感及事物之美的一般要求或基本条件，也可以说是审美的共性。审美共性使事物之美及美感突破了时代与民族的界限。太阳的光辉及借太阳的光辉而形成的月光，比人类的历史远为古老，远古的人、现代的人，不论中外、不论男女老幼，都欣赏朝阳和夕照，除了要趁"月黑杀人夜"杀人者外，都欣赏眉月和圆月的光辉。比日、月的历史短得多的桂林山水与黄山奇峰，也不知存在了多少岁月，也都受到古今中外游人的赞美。除了自然美，古代希腊的雕塑，我国敦煌的石刻与壁画也都成为全人类艺术的瑰宝，并不因岁月的流逝与民族及阶层的不同而在欣赏者心目中失去了光辉。拿我国文学遗产来说，《诗三百》中优美的篇章，屈原的《离骚》，乐府及陶潜、李白、杜甫、李煜、苏轼、李清照等人的优秀的诗词，关汉卿、王实甫等人的优秀剧作，曹雪芹的《红楼梦》，蒲松龄的《聊斋志异》等等，不仅为我国不同时代、不同阶层的人所共同欣赏，也受到世界上许多国家的人们的称赞。基本上应该划入自然美范围的人体美，① 不同种族、不同肤色的人，对美或者丑的判断也大致是相同的。李汝珍《镜花缘》中描写了一个黑齿国，那里的人对美丑的看法与中国人的看法刚好相反，长得最丑的认为最美，长得最美的却被认为最丑。这是含有讽刺意义的虚构，现实生活中并不存在。车尔尼雪夫斯基在他的著名美学著作《艺术与现实的审美关系》中，谈到人体美，指出劳动人民与上流社会在这上面存在着不同的审美观点，劳动人民喜欢健壮的美，上流社会则欣赏瘦弱，甚至欣赏贵妇人的偏头疼，这种情况，在我国也可以找到相似的例子，比如封建贵族欣赏病弱而又多愁善感林黛玉型的美女，劳动人民对这样的人则不是那么喜爱。车尔尼雪夫斯基发现这样的事实，自然是很有意义的，是对美学的一个重要贡献，但这只是事情的一点，并不能说明事情全体。欣赏病态美自然是上流社会的一种偏爱，但并不因此，上流社会的人就不欣赏健康的美②，劳动人民除了健壮就不欣赏秀美。从我国古代戏剧、小说及现实生活中都不难找到：花

---

① 人体属于自然范畴，人体美基本上指的是人体，但又涉及装饰，装饰当然不是自然，故我在这里用了"基本上"三字。

② 车尔尼雪夫斯基也承认："不错，即使对于上流社会，健康少壮的生活还是生活的理想；因此他们也承认脸色鲜艳，两颊绯红的美……"（《当代美学概念批判》，缪灵珠译，《美学论文选》，1957年人民文学版，第57页）。

花公子强抢出身劳动阶层的民间美女，劳动人民也喜欢名门世家俊俏、秀美的姑娘。民间对美女的共同赞词是俊秀，而不是粗壮。在我国流行极广的民间传说《田螺姑娘》，那从画上跳下来做饭的美女不是粗胳膊粗腿，而是很秀气的。至于艺术美，远在尚未产生阶级的原始社会，就已有了很美的唱歌、跳舞和绘画。阶级产生，在奴隶社会，音乐、舞蹈的歌声和舞蹈者及戏剧的表演者也多属奴隶阶层。至于规模宏大的建筑，劳动者更是大批的奴隶了。奴隶也编歌、作曲、画画、雕塑。不属于奴隶的音乐家、美术家等社会地位也很低下，只有掌握文字的诗人，社会地位稍高一些。自然，奴隶中也有会写诗的。由于生产的发展，这时已出现了脱离或大部分脱离非艺术劳动的专业或半专业的各种艺术家。这些人的出现，于艺术的提高与繁荣起了极大的作用。恩格斯说："只有奴隶制才使农业和工业之间的更大规模的分工成为可能，从而为古代文化的繁荣，即为希腊文化创造了条件。没有奴隶制，就没有希腊国家，就没有希腊的艺术和科学。"[①]应该说，奴隶社会的艺术成果是奴隶、自由民和奴隶主等全社会各个阶层共同创造的。其中杰出的创制，则出自他们中富有天才而又勤奋的人。这时的艺术为上层统治阶级所欣赏，不少并为娱乐他们而产生。但娱乐上层社会以至娱神的许多艺术，也娱下层人民，为广大人民所喜爱。这种情况也存在于以后的社会。马克思、恩格斯指出："统治阶级的思想在每一时代都是占统治地位的思想。"[②] 这里，具有阶级性质的部分，主要指的是政治与伦理。即使是政治、伦理，阶级的性质也须从宏观方面观察、判断，也多指的是不能逾越的阶级的局限。统治阶级思想所以能成

---

① 《反杜林论》，《马克思恩格斯选集》第三卷，第220页。

② 《德意志意识形态》，《马克思恩格斯选集》第一卷，第52页。

为统治思想，或如马克思、恩格斯所说"具有普遍性形式"，是因这些思想多属这个阶级处于革命或向上发展阶段，代表向上倾向；其反动、腐朽与广大人民对抗以至为敌的部分，虽可以法令等形式，凭借统治势力压服人民，却不能使人民信服，更不可能成为人民的思想。美，上面说过，不能与反动、腐朽等丑恶事物相结合。因而，不仅自然美，艺术美也是为最广泛的人们所共同喜爱的。艺术还有这样的特点：创造艺术美的技法、技巧及艺术形式是没有阶级区分的。技法、技巧及艺术形式在发展变化，但技法、技巧的传承性很大，艺术形式比之内容具有较强的稳固性。比如，旧体诗词今天还在为一些人所运用。

上面所说形成审美共性的几条，只是构成事物之美及美感的基本要求，而不是审美的具体标准，这些共同的基本要求，使美的事物，不论美的自然景物或者杰出的美的艺术作品，获得最广泛的以至人人的赞美，但是，对这些事物具体的审美评价，则人各不同，即没有共同的尺度了。比如，人人皆道黄山、庐山、西湖、太湖之美，但具体说来，各个人有各个人的看法，以至各个人有各个人的感受。又如，在我国，从古至今，普遍都赞美李白、杜甫的诗，但具体评论，二人孰高孰低，就存在争执，至于究竟李、杜诗作中，具体哪一首或哪几首最美，看法就更不一致了，甚至评价他们的某一首诗，思想的评价可以一致，或大体一致，艺术的美的评价，则各个人的看法往往有着歧异。一个无可怀疑的事实是：事物之美及美感都是具体的，并且都是独特的。以上说的组成审美共性的各条，具体落实到一个个美的事物或一个个审美者，共性就即刻化为独特的个性了。比如谐调。上面提到，不同事物的机体，各个器官的大小、长短的谐调比例是不同的。人，就是都比较美的同胞姐妹，手、脚、躯体的合适比例，也存在细微的差别，她们的穿戴也各有不同的较为适合的颜色与式样。对于同一景物，由于审美者教养不同，爱好不同，对景物的组成是否顺眼（即是否谐调）也会有不同看法，即使教养，爱好皆同，由于心情不同，是否顺心（即景物与欣赏者心情是否谐调）也可以各有各的感受。就是审美者的视、听器官，细加考察，每个人也是不尽相同的。获得最广泛人们共同喜爱的事物之美，正由于其具有自己的独特性，具有时代、民族、阶级及个人特点的艺术美，正由于其有鲜明特点，才为别的时代、别的民族、别的阶级和别的人所欣赏、喜爱。特点是构成美的必要条件，是美的特性。一些极为杰出的美的创造，正由于产生于特定时代，源于特定条件，这些条件以后不可能再有了，因而不仅被人们长期欣赏、珍爱，而且其一定形式与内容的艺术成就，后世也不可能在这个方面达到那样的水平。在阶级社会中，被阶级划分的一些人，可能出现阶级偏见，这些偏见可能使一些人把不美的事物（如偏头疼以及某些趣味恶劣的艺术活动与艺术作品）偏认为美。这样的偏见、偏爱，是病症，是这些人精神上的疵点。一个时代、一个民族、一个人，也可以有这样与美相抵触的偏见偏爱，成为这个时代、民族、个人的病症，是时代、民族、个人的疵点。这样的疵点破坏美，不属于美的范围（尽管被某个时代、某个民族、某个阶级、某个人偏认为美）。不能把属于美的特点与破坏美的疵点混同。可惜的是，嗜痂成癖的人不仅过去有，现在有，将来也还会有。这就混淆了美丑。但是，历史是公正的，一切疵点，会作为污垢，被历史的风雨冲洗、淘汰，而留下的，或被人记忆、怀念的，是真正的美的事物。

说到共性与个性，自然会使人联想到"美是典型"的说法。"美是典型"论者认为，美的规律就是"以非常突出的现象充分地表现事物的本质"，或者说"以非常鲜明生动的形象有力地表现事物的普遍性"。这里所说的"本质"或"普遍性"，就是共性。很显然这里讲的共性和上面讲的共性，是完全不同的两回事。对于"美是典型"的说法，过去就有人提出非议，现在看来，仍然值得商榷。首先，这条规律就无法解释众多的自然美，黄山、庐山、西湖、太湖，颐和园中盛开的玉兰花，案头插瓶的一枝梅花，它们都是美的，它们自然都有各自鲜明生动的形象，即各自的特点，但是它们各自如何"充分表现事物的本质"或"有力地表现事物的普遍性"呢？它们各自要表现的"本质"或"普遍性"即"共性"，究竟是什么呢？比如，黄山作为美好的山，它的美好的山的"本质"或"普遍性"是什么？一枝插瓶的梅花，作为花，它的花的"本质"或"普遍性"又是什么？它们又如何"充分"或"有力"表现这"本质"或"普遍性"才算是美呢？撇开自然美，再看艺术美。艺术创造中有典型的塑造，艺术典型自然是美的，但是艺术创作除了小说、戏剧中的人物可以有典型性格，描写景物一类的作品又如何去要求或寻找它的典型性呢？比如，著名的柳宗元的永州八记描写的八处景物和屠格涅夫《白静草原》所描写的草原，郑板桥画的一幅幅竹，齐白石所画一幅幅虾，它们的"本质"或"普遍性"各是什么呢？就说典型性格吧，它们表现的"本质"或"普遍性"，到什么程度才算充分呢？按照这"充分"的说法，在艺术创造上，就会导致要求写坏人必得"有丑皆备，无恶不臻"，而写英雄人物就得集中一切优点成为"高、大、全"的人物；或者，写坏人之坏就得写坏到顶点，写好人也得写好到不能再好，这样的美学要求，既与已有的美的创造不尽符合，用以指导创作，也会使作者有些难以措手脚。"美是典型"的说法，在现实中还遇到一个问题：现实中有美，有丑，也有平凡，它们也有各自的典型。如果"美是典型"中的"是"与"即"相同，"美"和"典型"可以划等号，那么典型的丑与典型的平凡岂不也是美了！如果"美是典型"中的"是"不与"等于"相同，像"我是中国人"主语与宾语不能颠倒，则宾语"典型"的内涵就大于主语"美"，因此宾语"典型"中就该除去丑与平凡，只剩下典型的美，于是"美是典型"变为"美是典型的美"，美是什么仍然没有解决。这里有一点值得探讨，即所谓"本质"。本质与真联系，属于认识范畴，是科学和哲学探讨的问题。上面讲过，美与真有联系，却又有区别。事物之美诉于视、听（在文学则为内视、内听），诉于直觉，因而它只能是事物可听或可见的外在形象，即事物的现象。大千世界，物各殊相，诸般色相并不都是美的。那么，何以区分美丑呢？分辨美丑与分辨本质是完全不同的两种性质问题。即使事物之美中有涉及质的部分，如心灵美及艺术中的典型等，那美中的质，也与科学、哲学认识领域的本质有所区分。一些美学家的若干美学言论或其美学根本观点，所以脱离以至背离自然美及艺术美的实际，这些理论所以与艺术创作的实际无法联系，都与对这个问题的不加区分有些关联。鼎足而三虽有关联却大有区别的真、善、美，即使像同胞的三姐妹，虽有共同的血缘，虽有割不断的手足情谊，但在她们成年以后，还是让她们各自生活，各行其是吧。

（原载《河北师院学报》1987 年第三期）

艺术真实

——不是咬文嚼字之四

　　中外古今许多人都提出艺术的真实性问题，但对这个问题，提法和具体要求、意见是多种多样的。就较大的区分来看，对于艺术真实，我国古代的传统，重在内心抒发的真情实感，西欧则重在对外在对象的真实描写。我国从《庄子》的精诚动人，到《乐记》的感物、动情，到司马迁的"发愤"、舒郁，'到曹丕的"以气为主，到陆机的"称物"、"逮意"，到刘勰的"固内符外"，到钟嵘的"直寻"，到李白的"清真"，到韩愈的"不平则鸣"，到苏武的"不能不为"，到严羽的"入神"，到李贽的"童心"，到袁宏道与钟惺的"抒写性灵"，直到袁枚的"性情"与王国维的"境界"，都重在作者情感的真实上，但各个人的意见又不尽相同。西欧从柏拉图与亚理士多德的两种"摹仿"说，到贺拉斯的"合情合理"，到普洛丁的神的光辉，到达·芬奇的"第二自然"，到布瓦罗等的摹仿自然，到鲍姆加通的感性的可然性，到黑格尔"理念的感性显现"，到柏林斯基的现实生活的再现，到车尔尼雪夫斯基的"美是生活"，都重在对象（自然的或理念的）描写的真实方面，自然，各个人又有各自不同的说法。

　　在这种种关于艺术真实的不同说法面前，我们究竟该如何来认识这个问题呢？我想，我们应该解决什么是真实这么一个问题。

黑格尔有这样一句名言："凡是合理的就是实在的，凡是实在的就是合理的。"（《逻辑学》导言，第六章，贺译木，p.55）。我想把它改作："凡是存在的就是真实的，凡是真实的就是存在的"。存在着的为什么不是真实，而真实的又怎能不存在呢？一般都认为物质的存在是存在，是真实，我认为精神的存在，也是存在，如果它存在着，也应该承认它的真实。比如社会生活，有物质的方面，也有精神的方面。不能设想，社会生活可以丢掉物质的属性，可以离开物质的基础。这种无影无踪不可捉摸的飘缈的"生活"是不成其为生活的。但社会生活中，也的确存在着精神的东西，如社会风气、社会思潮等等，这也是活的社会生活的组成部分。它们如果确实在社会生活中存在，就不能否认它们的存在、它们的真实性。当然，这些都产生自一定的物质生活条件并会以物质形式表现出来。一个人，一个活着的人，除了物质的存在，还有精神，如思想、情感等。自然，也不能设想一个活生生的人可以无血、无肉、无呼吸、无形体，自古以来，而且可以断定今后永远，不会有这样的"人"。但一个活生生的人也不能没有精神，如思想、情感、意识等等。某种思想感情如果确实是某个人的，确实存在着，怎么能否认它们的存在、它们的真实性？当然这些都产生于物质（比如一切意识活动都是复杂的大脑的复杂产物，而这些产物的种种内容，又都来自客观物质世界），并会表现于可以捉摸的人的行动。只是应该严格区分物质的存在与精神的存在，不能混为一谈，而且，应该认定物质的存在决定精神的存在。精神来源于物质。同时，像一般人都了解的，还该承认精神存在的巨大的反作用。

如果说，一切存在都是真实的，而且包括了物质的存在和精

神的存在，那么世界上的一切都是真实的，就没有任何假的东西
了？自然是有的，那就是"非存在"一切把不存在的说作存在，
那就是说假话；一切把不存在的装作存在，那就是作假，就是制
造假象。从认识方面来看，一切认识不符合于存在，这样的认识
就是不真实的。在我们的国家，我们许多人都尝过假话和作假的
苦头。大家记得，搞浮夸风的年代，那个年头，到处竞放卫星，
说什么水稻或小麦亩产几千斤以至上万斤，实际上这些数目字都
是浮夸出来的，亩产只有几百斤，顶多上千斤（比如水稻），却
说成几千斤以至上万斤。亩产万斤是不存在的，亩产几千斤也是
不存在的，却说存在，因而这样的说法就是假话。那时，有的地
方为了使人相信真有这样的存在，还搞现场参观，到那里一看，
的确地里长着极密的庄稼，把一个小孩抱上去，可以往稠密的稻
秆上坐着。实际呢？这里生长的庄稼是从好几块地里移栽过来
的。并不存在一块地长这么多庄稼，却说是这一块地里长出来
的，这就是假，是作假，是制造假象。现在，我们仍然存在说假
和做假的现象，并且吃这样的现象的苦头。亩产万斤放卫星式的
假话和作假不再有了，却出现了过去不曾有过的卖假药，做假商
标等怪现象。所谓假，所谓不存在，可以指什么也没有，像安徒
生童话里皇帝的新衣。但更多的是指没有这样的存在，即我们常
说的，这是假的。这，就有着什么，即存在着什么。比如，说亩
产几千斤或上万斤麦子或稻子是不存在的，但亩产几百斤或上千
斤却是存在的，说几千斤、上万斤是假，说几百斤或上千斤就不
假了。又如，卖假药，总卖有什么，拿猪胆冒充熊胆，是假的，
因为这药里不存在熊胆，但如说是猪胆，那就确实存在，是真的
了。真和假，可以是质的问题，比如熊胆与猪胆；也可以是量的
问题，比如亩产几百斤与亩产万斤。从认识方面来看，也存在相
应的问题，邵片面看问题，表面看问题和想当然对待问题。大家

都熟悉瞎子摸象的故事，摸着象鼻说象像管子，摸着象腿说像柱子，这是把局部当做整体，整体不是局部，因而这样说不正确，不符合对象的真实存在，但如说象的鼻子像管子，说象的腿像柱子，那就是正确，与对象的真实存在相符了。片面看问题，除了把局部看作整体，还有把个别看作一般。比如，这几年农村经济发展，到处出现万元户，报纸上也宣传这样的万元户。但万元户现在只是农村总户里的很少数，并不那么普遍。有的村子，比如说吧，万元户只有一户，而贫困户却有几户，一般户有几十户。如果说，这个几十户人家的村子有一户万元户，这是真的存在，是真的；如果把个别当作一般，叙述、描写这个村子的富裕，就抓住这一户万元户，让人觉得这个村子似乎万元户很多，觉得这个村子一般经济状况就像这一户万元户一样宽裕，那就假了。更进一步，如以极少数万元户为例，认为中国农民富裕得不得了，那就更假了。放卫星年代，把几块地的庄稼移到一块地，这么作的人是作假，但从参观者方面来说，如果信以为真，从认识上说来，那就是只看现象，不究根底。至于想当然对待问题，那就如瞎子看象，把无当有，纯粹是瞎猜了。上面举的都是极为简单的例子，人的活动，社会生活以及各种科学所钻研的问题远比这些复杂得多，因此，分辨真假，不是一个简单问题。

　　说到艺术，真实的问题就有两种意义。就一般意义来说，也就是一般说的生活真实，任何一件艺术作品，一处建筑、一座塑像、一张画、一出戏、一首乐曲以及一首诗、一篇小说，都是真实的存在。艺术作品也有真假问题，比如这幅画是否是吴道子或达·芬奇的手笔，这首诗是否是李白或维吉尔的作品，等等，于是就需要艺术方面的考证，有了考证这样的学问。但我们所说艺术的真实或真实性，并不是指的这种意义的真实，而是指的艺术描写的内容，就真实的一般意义即生活真实来说，除了建筑是无可怀疑的真实存在外，一切艺术所编写的，拿绘画来说，不论画的花、画的鸟、画的人，以至画的真实的人，即使画得再好，再像，也不能说那是真的，只有民间传说里才能找到某某画家（比如神笔马良）画的鸟会飞，画的美女可以走下画来，还会做饭。即使是摹仿性最强的演戏，活人扮演，又演得那样好，以至人们称扮演的演员为活武松、活曹操或活孔明，但也不能说舞台上活动的就是真武松、真曹操或真孔明。

　　艺术的真实是另一种意义的真实，由于生活中所见的任何存在都是个别的具体的存在，而且是零散的以至杂乱的具体存在，而艺术的描写，不仅有选择，有突出，有夸张，而且还具有一定的概括，因而从亚理士多德起，许多人就都认为艺术描写的真实，比生活中所见的还更高、更深刻，因而更真。自然，艺术的真实源于生活，以生活为基础，艺术的真实应该与生活的真实相一致，符合生活的真实。前面已经提到，我国传统的艺术观点，在真实的问题上，着重讲作家的真情实意，就抒情这个方面说，作家的情感与物品所表现的情感，在真实性上，不仅符合，而且是同一的。在描写外部客观对象上，以绘画为例，我国传统的理论是重在传神，而反对单纯的形似，认为描写外物须形、神合一，而以神似为主。西欧传统的理论是摹仿，也反对单纯的摹仿，而要写出事物的发展的必然。现在的艺术理论，谈到艺术的真实问题，许多人都提出“本质”和“规律性”，认为艺术的真实，应该是符合事物发展规律的本质的真实。但是，什么是事物本质呢，艺术如何去描写事物的本质呢？对于自然景物，比如山水、花木，不论绘画、音乐、诗歌都无法去描写它们的本质，这些外物的本质，也实在难说得很，比如华山的本质是什么，黄山的本质是什么，西湖的本质是什么，一株月季、一树苍松的本质又各是什么，怎样去写它们的本质呢？如说黄山不同于华山，这株月季不同于那树苍松，甚至这株月季不同于那株月季，各有各的特色，各有各的特征，但这也是外形的特点，而不是什么本质的不同。如说月季是草本，苍松是木本，这算不同本质，但画出这样的本质，即不把月季画作树，不把苍松画为草本植物，抓住这样的"本质"，又算是什么成功的面呢？撇开自然景物，拿生活的主人的人来说，该可以抓本质了吧！但人的本质可以从许多不同的方面来看：从科学观点来看，医学、人种学、人类学、教育学、心理学等对人的本质各有各的看法，宗教的观点又不同于科学的观点。就拿信仰来说吧，信奉基督教的托尔斯泰宣传宗教的小说对人的描写，和基督教传教士以什么人为榜样所做的宗教宣传，虽然信仰一致，有时传教士的说教也很生动动听，但两者还是有区别的。艺术描写人的内心世界，描写人的心理活动，但艺术家的描写和心理学家的科学分析，也是有区别的。艺术，不论是美术、音乐、戏剧、或文学，都是将艺术形象直接诉之于人的视听（或内视内听①），具有直感的特点，或如别林斯基所说："现象的直感性是艺术的基本法则"（《艺术观念》，载《别林斯基全集》第五卷。译文转摘中国社会科学出版社出版的《外国理论家、作家论形象思维》，p.66）艺术的这一根本特点或"基本法则"，就与哲学或科学的"本质"、"规律"。从根本上区别开来。但直感的艺术形象不但不排斥而且包含有精神的思想的内容。正如别林斯基在同一文中所说的。"行动的直感性既不排斥意态，也不排斥认识"（同上）与这个论点密切关联，别林斯基在这篇文章中又提出思维问题。他说："一切存在的东西，一切实有的东西，一切我们叫做物质和精神，大自然，生活、人类、历史、

----

① 内视内所，指不经眼耳而在脑中显现的内在视听，如读文学作品，其中绘声绘色的描写在读者脑子里的反映。

世界、宇宙的东西，都是自己进行思考的思维，一切现有的东西，一切这些无限繁复多样的世界生活的现象和事实，都不过是思维的形式和事实，只有思维存在着，除了思维，什么都不存在"。（同上书，p.61）他指出："我们把艺术叫做思维"（同上书，p.59）。这种说法显然就不对了。应该提出的是，这时别林斯基的哲学观点（包括美学观点）基本上还是黑格尔的唯心主义。正是在这篇文章中，别林斯基提出他的有名的论点："艺术是对真理的直感的观察，或者说是寓于形象的思维"。指出："这一艺术定义的阐述中包含着全部艺术理论：艺术的本质，它的分类，以及每一类的条件和本质。"对这个论点他自己还加注释说："这一定义还是第一次见于俄文，在任何一本俄文的美学，诗学或者所谓文学理论著作中都找不到它……"（同上书，p.59）以后，许多人就以"寓于形象的思维"来议论艺术的特点和本质，认为艺术区别于哲学与科学就在于前者运用的是所谓形象思维，后者则运用的是逻辑思维（有的人则另称之为抽象思维）。有的人为了论证别林斯基这个论点无可怀疑的正确，还引证马克思的《〈政治经济学批判〉导言》，认为马克思在这篇导言里谈政治经济学方法时所讲掌握世界的不同方式，就是讲的几种不同的思维，解释马克思在这里讲的艺术的掌握世界的方式就是形象思维。为了省去查检的麻烦，也为了下面行文的方便，这里不妨把马克思这段话完全摘录在下面：

　　因此，黑格尔陷入幻觉，把实在理解为自我综合，自我深入和自我运动的思维的结果，其实，从抽象上升到具体的方法，只是思维用来掌握具体并把它当作一个精神上的具体再现出来的方式。但决不是具体本身的产生过程。举例来说，最简单的经济范畴，如交换价值，是以人口即在一定关系中进行生产的人口为前提的；也是以某种家庭、公社或国家等为前提的。交换价值只能作为一个既定的、具体的、生动的整体的抽象的单方面的关系而存在。相反，作为范畴，交换价值却有一种洪水期前的存在。用此，在意识看来（向哲学意识就是被这样规定的：在它看来，正在理解着的思维是现实的人，因而，被理解了的世界本身才是现实的世界），范畴的运动表现为现实的生产行为（只可惜它从外界取得一种推动），而世界是这种生产行为的结果；这——不过又是一个同义反复——只有在下面这个限度内才是正确的：具体总体作为思想总体，作为思想具体，事实上是思维的、理解的产物；但是，决不是处于直观和表象之外或驾于其上而思维着的，自我产生着的概念的产物，而是把直观和表象加工成概念这一过程的产物。整体，当它在头脑中作为思想的整体而出现时，是思维着的头脑的产物，这个头脑用它所专有的方式掌握世界，而这种方式是不同于对世界的艺术的、宗教的、实践——精神的掌握的。实在主体仍然是在头脑之外保持着它的独立性；只要这个头脑还仅仅是思辨地、理论地活动着。因此，就是在理论方法上，主体，即社会，也必须始终作为前提浮现在表象面前。

从上面一段话，我们可以看到，马克思在这里把艺术提到"掌握世界"的"方式"的高度，并把它与科学、宗教等并列。这样来安排艺术的地位，这样来提出艺术与科学等的区分，过去不曾有过，借用别林斯基的话来说，这"还是第一次。"可是马克思在这里，只讲了哲学与科学掌握世界的方式，即上面一段话中，从"具体的总体作为思想的总体，作为思想的具体"到"这个头脑用它所专有的方式掌握世界"一句半话，以及这段话结尾的，"实在的主体仍然……浮现在表象面前"两句话。与这种掌握世界的方式不同的其他几种，即艺术的、宗教的、实践、精神的，究竟以什么方式去掌握世界，则语焉不详。马克思就没有说了。既然马克思没有说，那么马克思主义者，就应该也需要按照马克思在别的地方对艺术的言论，特别是以马克思主义的基本观点为指南，根据艺术作品的实际及艺术创作的实际去加以阐释。有的同志可能根据马克思上面一段话中反复用了思维这个概念（按，过去的译文把"具体总体作为思想总体，作为思想具体"）中的两个"思想"都译为"思维"，后来才加以改正①，于是把马克思提到的几种掌握世界的方式，解译为几种思维方式。这样做，实际上恰恰是把艺术等粘附到马克思认为应与之区分开来的哲学与科学的方式的圈子中去了。而且，把艺术的方式说成是什么形象思维或艺术思维，可以有种种论述，那么，宗教及实践——精神又各是什么样的思维呢？现在，"思维"满天飞，不仅有逻辑思维或抽象思维，有形象思维，而且有不少其他种种思维，比如不仅有形象思维，抽象思维，还有什么情感思维，灵感思维，不仅有艺术思维，还有音乐思维，美术思维，戏剧思维，电影思维，等等。似乎三百六十行以至三万六千行（三百六十行是很老的分类，分工与科学发展，分类增加百倍，可能是太少了）行行都有各自不同的思维，既然如此，说宗教思维和实践——精神思维又有什么不可以呢？但思维方式如此之多，上面一段话中，马克思给予艺术的地位岂不也就跟着下降了吗？我们还是暂时抛开这种概念的纠葛，去看看艺术的实际吧。艺术家如何去抓住世界又如何去描画世界呢？首先是上面提到过的直感。艺术家观察世界是用自己的视觉或听觉去直感事物，并把这种直

---

①　德文 denken 可译为思维，但 Gedankentotalitat 应译为思想全体或思想总体，过去则误译为思维总体；Gedankenkonkyetum 应译为思想具体，过去则误译为思维具体。

感更多是经过头脑加工后仍以直感形式出现①，可称之为创造的直感）传达给他的读者、观众或听众，并使读者、观众或听众也获得相同或相似的直感。这就同哲学与科学根本不同。哲学家也用眼、用耳去观察世界，但并不满足于直感，而要从直感中悟出哲理，不是把直感而是把悟出的哲理传播给人们。科学家不但用耳、用眼而且使用科学的仪器（望远镜、显微镜等）去观察事物，不是抓住实感，而是要分解、剖析直感，也就是大家都听熟了的，要透过现象抓住事物的本质，特别是内在规律的本质，以得出科学的结论，不是把眼、耳所得直感而是把科学的结论阐述给人们。与此有关，艺术所抓取的是个别独特的事物，是个别事物独特的特征，异以之（一般要经过头脑加工）呈现给艺术的欣赏者。哲学与科学则要通过个别抓住一般，抓住一般的本质或规律，即使是特征吧，也是一般的特征。世界上的事物很多，艺术家并不要抓取一切事物（这是不可能的）或任何事物。艺术家所抓取的是那些引起感情波动以至激情的事物，那些感到有兴味的事物，并把自己的情感传达给人们，像托尔斯泰说的，使自己的作品感染艺术欣赏者，使他们也具有同样的情感。哲学家研究哲学问题，科学家研究科学问题，也怀有情感和兴趣，以至很大的激情，但与艺术家不同，在研究中，他们只是怀有兴趣与激情，怀着对探讨哲学或科学问题的热忱，却并不要使自己个人的情感渗入哲学或科学研究的对象，也不要在自己的研究结论中传播个人的情感。归结到最后，掌握世界所产生的成果，也就是马克思所说的"产物"，艺术是美的创造，而哲学与科学则是用概念或公式表达的分析与结论。照此说来，那么，艺术是否只掌握事物

---

① 马克思在"异言"中用的是"掌握"一词，为了通俗，我把它改称为"抓住"，这里的两个"世界"，都既指物质世界也指精神世界。

的外形而不能窥见和描写事物的内在的性质，是否只掌握个别事物而不能概括一般，是否只表达情感而不表达思想呢？而美的创造是否因此就纯粹是形式的反理性的呢？如果这样，就不能说，艺术可以掌握世界，不能说艺术是掌握世界的一种方式，而艺术的真实性也就发生问题了。这里有几个问题或几种关系值得探讨：形式与内容或现象与本质，个性与共性，感情与思想。这些关系中的每一对自然相互都是有区别的，但却不能把它们完全对立起来，更不能把它们分割开来。

上面已经说过，不能对什么事物都提出抓什么本质，即使在艺术描写上确需表现某种事物的本质，按照艺术的直感的性质，这"本质"也须以现象表现出来，而不能像哲学或科学那样，用抽象概念叙述。那么怎么办呢？为了解决这个问题，列宁有句话很值得玩味。列宁在一篇哲学笔记中说："本质在表现出来，现象是本质的。"（《黑格尔〈哲学讲演录〉一书摘要》，《列宁全集》第三十八卷，p.278）。列宁在另一笔记（《黑格尔辩证法（逻辑学）的纲要》）中又写到："费尔巴哈说：质和感觉（Emp find-ung）是同一的东西。最先和最初的东西就是感觉，而在感觉中不可避免地也会有质……"（同上书，p.356）艺术家如果抓事物的本质，就要抓能表现这种质的现象。恩格斯在著名的致玛·哈克奈斯的信中，高度评价巴尔扎克的创作成就，认为在他的《人间喜剧》所描绘的"中心图画的四周"，"汇集了法国社会的全部历史"，指出巴尔扎克虽然在政治上是一个"正统派"，却在自己的艺术创作中"不得不违反自己的阶级同情和政治偏见"。恩格斯把这称作"现实主义的最伟大胜利之一"。这种胜利表现在"他看到了他心爱的贵族灭亡的必然性，从而把他们描写成不配有更好命运的人，他在当时惟一能找到未来的真正的人的地方看到了这样的人（即"圣玛丽修道院的共和党英雄们"）。恩格斯在这里连用了两个"看到了"（Sah），并把两个"看到了"都用特别着重的斜体字标出。恩格斯这段大家最为熟悉的话，我以为可作为马克思"导言"中艺术的"掌握世界方式"的注解。巴尔扎克就是这样用直感的即"看到了"的方式来掌握世界的。

事物的质有多种，列宁指出："人的思想由现象到本质，由所谓初级的本质到二级的本质，这样地不断加深下去，以至于无穷。"（同上书，p.278）比如任何事物都是由分子构成的，而分子又可分解为原子，原子又可分解为电子、质子，等等，现在的科学还在探索更为深层的基本粒子。且不说基本粒子，就是分子，用人的眼睛和耳朵也是无法观察，因而也是不可见的。这样的质，是科学探究的课题，而不是艺术描写的对象，不属于艺术的范围。

对于个性与共性，也可以说同样的话。有一种很有权威的典型理论，说典型是个性与共性的结合。实际上，世界上任何事物，只要可以归类，其中任一个别事物全都是个性与共性的结合。不论一个如何伟大的大人物，也不论一片如何渺小的小树叶，哪一个不是既有个性又有共性？莱布尼兹说，世界上没有一片与别的树叶完全相同的树叶，当然更不会有一个与别的人完全相同的人。但，亿万、数亿万树叶，不论如何叶叶不同，全都是树叶；几亿、几十亿人，不论每个人有每个人不同的面貌和性格，却全都是人。有人给典型下定义时，在个性与共性上加了形容词，叫做突出的个性与充分的共性。加了这样的形容，仍然存在疑问。什么叫充分的共性呢？共性到了充分，那就是所有在这类属（不论人或树叶）里的个别成员（一个人或一片树叶）无一例外地全都具有。要是"最充分"呢，那就失去了具体的存在，成为抽象的概念了。比如叶，既不是桃叶，也不是桑叶；既不是红叶，也不是绿叶；既不是针叶，也不是阔叶。那就只剩下叶的抽象概念了。既然是这样的共性，是属于这个类属的任一个全都具有，那么讲这样的共性又有什么意义呢，这样的"充分的共性,"与"突出的个性"结合，使人可以注意的岂不就只单单留下"突出的个性"了么。因此重要的还是抓住事物的个性。歌德在其与爱克曼的谈话中说："……艺术的真正生命正在于对个别特殊事物的掌握和描述。"指出："不用担心个别特殊引不起同情共鸣。每种人物性格，不管多么个别特殊，每一件描绘出来的东西，从顽石到人，都有些普遍性。"（《歌德谈话录》朱译本，第10页）。这话讲得很好。那么事物的共性就不重要了么？自然不是。比如写农民就得像农民，写工人就得像工人，写北方的农民就得像北方的农民，写矿山工人就该与钢厂工人相区别。要能做到这样，也很不容易，就需要熟悉与了解他们。但在这里，与其说共性，不如说特点，是一类人区别于另一类人的特点。而且，许多事物是很复杂的，大类之下有小类，小类之下有更小的类，更小的类下有更更小的类等等，然后才是独特的个性。比如人里的工人，工人里的中国工人，中国工人里的当代中国工人，当代中国工人里的矿山工人，当代中国矿山工人里还分青老工人，男女工人，等等。每一小类对其大类说来，都是特殊部分，都是有特点的。抓住这样的特点，是真实描写的基础与起码要求。这里，对有的事物说来，存在着共通的性质，但对有的事物说来，比如对树叶，在艺术描写上，就没有什么质的问题了。就是具有质的区别，比如不同阶层的人，艺术家所抓取的及抓取的方式，也与科学家大不相同，不是用统计的方法，不是用科学的定性或定量的方法，而是用眼或耳通过现象去看，去体会，去抓住共有的特点。就抓共有特点来说，也可叫概括，但不是科学家的科学概括。这样抓取的结果及在艺术上的表现，就不只是质而是可表现的质的现象了。艺术的描写不只要写出来类的共同特点，更主要的是要写出个性，写出个性的特点。恩格斯在也是很著名的致敏·考茨基的信中，谈到典型人物时说："每个人都是典型，但同时又是一定的单个人，正如老黑格尔所说的，是一个'这个'（Dieser）；而且应当是如此。"考茨基小说《旧和新》主人公爱莎艺术创作上的毛病，就是把"个性""更多地消融到原则里去了"。这些大家也很熟悉的话，非常明确，强调的是个性，而且正是在谈人物的典型问题时作了这样的强调的。

既然是独特的个性，就不能像共有特点那样普遍。而且，在现实生活中，引人注意的使人印象深刻因而长久难忘的事物，不论是人或是自然景物，恰恰不是很普遍的，而是稀有的、个别的。文学中成功的典型也是如此。这些事物的普遍性，不是其本身在现实生活中普遍存在，而是引起普遍关心，因而具有普遍意义。现实生活中独特的个性很多，几乎每个个性都是独特的，但并不是每一个都能引起人的普遍关心，具有普遍意义。在现实生活中具有普遍意义的事物，如果已被人们普遍注意，其意义如果已为人们普遍了解，就没有加以描写的必要，不是艺术创造的对象。作为艺术描写的个别事物，其意义应该是艺术家的独自发现，经过艺术创造，这才引起人们的普遍注意。个性与共性或普遍性的关系，我想似乎该这样了解。

至于情感与思想，尽管在科学分析中，可以分别研究，而且科学上早已发现，在人的生理结构上，情感与思想，在大脑，是属于两个不同侧面的功能。可是在现实生活中，任何一个活生生的人，他的情感与思想总是密不可分的。一个人的情感，不论是爱，是憎，是喜，是怒，或者只是有兴趣或无兴趣，都是有思想的根源的。这根源，可以很简单，也可以很复杂。较为深厚、稳定的情感，一般多是耳濡目染逐渐形成的。在形成的过程中，有时明确自觉，有时则不那么自觉，以至不自觉。思想，如果真正成为一个人的真实思想，就需化为血肉，化为情感，真正指导人的行动。由于情感形成及其宣泄、爆发，在思想上不都是很自觉的，因而带着强烈情感的某一行动，行为者很可能并不明确意识指导自己行为的潜在思想，事后也不能作清楚的分析。比如，因生活的教育及种种濡染而具有高尚品德的人，看见铁轨上玩耍的孩子有即将被疾驰而来的火车压死的危险，奋不顾身，前去抢救。在他奋力抢救时，不假思索，事后也只认为应该如此。尽管他有崇高的思想，但他讲不出一番动听的道理，别的人可以替他分析，这分析可能是对的，也可能不完全对。但也有这样的人，可以口若悬河地大讲共产主义理论，但却不那么做，甚至行为恰恰相反，他所讲的理论，自然是思想，但却不是他自己的思想，或者他确实相信这一理论，但到了与自己个人私利矛盾的时候，就抛开了。这就是由于这思想并未化为他自己的血肉，并真正形成他的情感。这种思想，对他来说，是外在的。这样的人，借用现成的话，是口头的革命派。有这样的人，原先是真正的革命派，后来蜕化变质，但还挂着革命的招牌，成为口头革命派了。这样的人，情感变了，思想也变了。我在这里并不是只单纯强调情感，以至赞颂思想的不自觉。自觉自然是比不自觉好，问题是要真正的自觉，要在一个人身上化为血肉的真正思想。有这样的思想，自觉比不自觉好得多。问题是，有些思想，艺术家只是认识，只是首肯，却并未化为血肉，化为情感，化为充溢于自己真实感受（艺术创作的基础）中的情感，却用来硬塞在创作中，结果就不能不破坏艺术创作了。在这里，破坏创作的，不是正确思想，而是将正确思想这样硬塞进行创作中的方式。需要强调的是，艺术家在创作中，都是有思想和思想活动的。前面说过，艺术家在现实生活中抓取什么，都是有选择的，这选择即使只是一时的兴趣，并无明确的思想活动，这兴趣的背后也是有思想的。

比如因美而发生兴趣吧，对什么有兴趣，对什么没有兴趣，就潜存着审美观点，尽管本人并不自觉。至于要在生活中发现事物的意义，以至普遍意义，那就更需要有复杂的思想活动不可。不错，艺术家在这里不是像科学家完全抽象地用概念进行推理分析，但却一样要用概念，用概念思维，只是这思维不是抽象的理论，而是对着形象。比如鲁迅塑造阿 Q，那时他头脑里想着的是国民性，阿 Q 的精神胜利法正是鲁迅对国民性的一种发现。鲁迅思考国民性，阿 Q 这个形象的形成，是经过长期的思索和酝酿的。拿鲁迅自己的话来说："阿 Q 的影像，在我心目中似乎确有了好几年。"好几年里阿 Q 的影像在鲁迅心目中怎么活动，不很清楚，但他自己所说的一件事引起他的思索却可以肯定与他探索的国民性、与他的阿 Q 的影像有关。那便是在日本留学时看的一场电影。他看到自己的同胞被砍头，却那样木然。电影中"示众"的形象引起了鲁迅的深深的思索。自然，还有别的一些形象。许多生活中的事件、形象，触动了他，反复地思索，并加以想象，便产生了阿 Q 的具体形象。鲁迅的这种感受、思索、想象、塑造，便是艺术家掌握世界的方式，思索是由生动形象引起，看了更多的形象（人物、场景），便有所悟，激起创作欲望，引起想象，塑造出阿 Q 的形象。这里有形象，有思想，有思维活动，运载思维的仍然是概念，例如对"示众"电影中被杀害的同胞感到麻木，想到国民性，想到精神胜利等等，只是这思维是对形象的思维，是产生形象的思维。艺术家对生活要有重大发现，就须熟悉生活，需要多方面的修养，需要建筑在这些基础上的思想情感。一个伟大的艺术家不能不具有深刻的思想，不能不具有与广大人民相通的思想情感，站在时代前列。至少，在他的创作的成功部分，不能不是如此。而在他的思想落后方面，则常成为创作疵点的根源。

艺术家掌握世界，对外界事物，不仅要抓住外形，更为重要的是还要抓住内容，抓住可表现于外的内容，这样才算是真正掌握了这一事物，以此为基础、为根据创作出的作品，才具有艺术真实。在这里，我用了"内容"，而没有用许多人一向用惯的"本质"。这里由于"本质"这个词，在艺术塑造上，不仅不适用于自然景物，也不完全适用于作为艺术描写中心的人，如果不把人简单化为善人和恶人，或者似乎复杂点，讲什么善恶混杂的人，而是把活生生的人如实地看作千差万别的人性的话。"内容"一词可包含本质和非本质，但太泛。就艺术观察和艺术创作而论，说得精确一点，似可称作一种显示个性的"内在活力"。这种内在活力，深存而又显现，细微而又显著，饶有意味，抓住它，事物便活了起来，便突现其特有个性。这样的内在活力，就是我国古代艺术上习用的称谓："神。"按照我国传统的艺术理论，艺术创造，艺术的真实，既要求形似，更要求神似，神似应以形似为基础。不论绘画、文学、戏剧以及音乐的描写，都需"传神"，在传神中"达意"。画要画活，戏要演活。我认为"形似"与"神似"的概念虽属古老，但比之更适于哲学及科学使用的"本质"、"规律"、"必然"等，更妥帖地切合于艺术的个性，切合艺术的实际。有人或者会质问：有生活的事物有神可传，无生命的事物无神可言，如何可以传神呢？这一点，唐代绘画理论象张彦远议论强调"神韵"的谢赫的六法时，就曾提出。他在其《历代名画记》中说："人物有生气之可状，须神韵而后全，若气韵不周，空陈形似，笔力未遒，空善赋彩，谓非妙也。"但是，"至于台阁、树石、车舆、器物，无生动之可拟，无气韵之可侔，直要位置向背而已"。张彦远"至于"的一段话，早被当时及以后大量的绘画创作的实际所否定了。以他所列举的树石一项来说，有个著名的例子：苏轼画过一幅《枯木竹石图》，引起米芾、朱熹等人的评论。米芾说:"子瞻作枯木,枝干虬屈无端,石皴亦怪怪奇奇无端,如其胸中盘郁也。"朱熹说:"苏公此纸出于一时滑稽诙笑之余,初不经意,而其傲风霆,阅古今之气,犹足以想见其人也。"苏轼所画的枯木、竹、石有寄意,是不是别的无生命内容的画可以没有寄意呢?可以没有苏轼那样的寄意,但任何绘画,就是画顽石吧,顽石本身没有生命,画家画它,即使写生,也须按自己兴趣有所选择,通过头脑,带着或深或浅的情意,也只有带着情意,画出它的神态,生气,使它似乎活了起来,观者观览才觉有味,否则了无意趣,就纯粹是一具死物,有何艺术价值可言!

艺术家的创作,来源于对外界的感受,这是基础。既是感受,就要通过作者的头脑,带着作者的情感。艺术的真实因而包括两个方面,一是实感,一是真情。一切真实的艺术,不论内容如何不同,抒情、叙事在各个作品中的表现如何存在差异,无一例外,全都是源于实感,发自真情,即使是我国言志说① 依据的抒情诗与抒情音乐,所抒写的是作者个人的内心情感,也不能离开外界的感受,且不说一切情感都产生自外界事物的触发,就是艺术的抒写,也须与外界事物(景、物、事等)相结合,有所凭依。只讲主观"言志",不讲对外界的实感,显然是片面的。同样,即使是西欧摹仿说基础的戏剧与史诗,所描写的是作者身外事物,也不能不表露作者的情感。只讲对外界事物的客观"摹仿",不讲作者主观的情感,显然也是片面的。

不仅出于心灵,不能离开情感的艺术,不能只讲客观描绘而不讲主观抒发,就是最冷静的科学研究与哲学探讨,也不能只讲

---

① 我国古代"言志"说的"志",泛指内心世界的一切,包括情感、欲望、意志、志向等。

研究对象的客体而不讲研究者的主观。不少人错误地认为唯物主义只谈客观（更庸俗的甚至只谈生产，只谈经济基础），一谈到主观，便恐惧起来，生怕陷入唯心主义。这是对马克思唯物主义的重大误解。著名的马克思的《关于费尔巴哈的提纲》一共十一章，第一章是这么写的：

> 从前的一切唯物主义——包括费尔巴哈的唯物主义——的主要缺点是：对事物、现实、感性，只是从客体的或者直观的形式去理解，而不是把它们当做人的感性活动，当做实践去理解，不是从主观方面去理解。所以，结果竟是这样，和唯物主义相反，唯心主义却发展了能动的方面，但只是抽象地发展了，因为唯心主义当然是不知道真正现实的、感性的活动本身的。费尔巴哈想要研究跟思想客体确实不同的感性客体，但是他没有把人的活动本身理解为客观的 [gegen Stand Liche] 活动。所以，他在《基督教的本质》一著中仅仅把理论的活动看作是真正人的活动，而对于实践则只是从它的卑污的犹太人活动的表现形式去理解和确定。所以，他不了解"革命的"、"实践批评的"活动的意义。

对这一章及整个"提纲"，大家抓住了"实践"这一重要思想。这，自然是很对的。但是，许多人都忽略了这一条中极为重要的"主观"一词。马克思在这里所讲的"实践"，指的是"人的感性活动"，是作为主体的人的实践，需要"从主观方面去理解"。革命是变革现实的最伟大的实践，因而需要发挥最大的主观力量。革命需要崇高的理想，需要坚定的信仰，没有这些"主观"因素，就谈不上革命。恩格斯在《路德维希·费尔巴哈和德国古典哲学的终结》中指出："推动人去从事活动的一切，都要通过人的头脑，甚至吃喝也是由于通过头脑感觉到的饥渴引起的，并且是由于同样通过感觉到饱足而停止。外部世界对人的影响表现在人的头脑中，反映在人的头脑中，成为感觉、思想、意志，总之，成为'理想的意图'，并且通过这种形态变成'理想的力量'。"恩格斯接着问道："如果一个人只是由于他追求'理想的意图'并承认'理想的力量'对他的影响，就成了唯心主义者，那么，任何一个发育稍稍正常的人都是天生的唯心主义者了，这样怎么还会有唯物主义者呢？"（1972年4月人民出版社中译本，p.23）。恩格斯指出，只有庸人才把唯物主义与美德、信仰、"对真理和正义的热诚"等对立起来，把这些看作是"唯心主义"（见上书同页）。有两种主观，合乎客观发展趋势的主观与违反、背离客观发展趋势的主观，革命实践的主观属于前者。

在革命实践、科学研究与艺术及艺术活动中，主观与客观的内容及其表现形式是不相同的。上面说到艺术需要真情、实感，自然，并不是任何真情、任何实感都可成为艺术描写的内容。世界上万事万物各有形态，一事一物的形态也是变化不定的，并不是任何实感都可构成成功的艺术的真实基础，即使是对事物外形的描画吧，也须抓住外形的特点，这就需要熟悉这一事物，并有艺术家观察事物外形特点的本领，如要以艺术形式塑造出来，就还须熟练的艺术技巧。如果不满足于仅仅描画事物外形，还要传神，就不仅要掌握事物外在特点，还要掌握可显示事物内在特性的形态。这种可传神的形态，更不易捕捉。除了对个别真实对象的艺术描绘（如真实人物的塑像、肖像画及印象、回忆与传记，真实景、物的写生等），艺术创作都不囿于个别真人、真事，不是写出存在的这个，而要写出存在的这些，因而要求更大范围的真实，要掌握并描画出这些事物的形与神，就需要更大范围的观察，需要对事物有更为广泛与深刻的理解，需要更多方面的知识，需要把立脚点站在更高的地方。恩格斯给玛·哈克纳斯的信，评论她的《城市姑娘》，指出她这篇小说"还不是充分现实主义的"，就是由于她在这篇作品中所写的人物，只"就他们本身而言，是够典型的；但是环绕着这些人物并使他们行动的环境，也许就不那样典型了"。提出"现实主义的意思是，除细节的真实外，还要真实地再现典型环境中的典型人物"。这段大家都熟悉的话，我认为就是指的艺术的真实描写不能囿于小范围的个人。恩格斯的意思是：哈克纳斯所写的人物，作为个别人，其细节的描写（艺术描写不能离开细节）是真实的，但放在更大范围内，就不真实或不够充分真实了。

至于真情，世界上的人千差万别，人的情感也多种多样，不是任何情感都可作为艺术描写的内容。一个人的情感，常常决定一个人注意的方向和理解事物的深度。一个囿于个人私利、全心全意"向钱看"的人，不可能关心千百万人民的疾苦，也不可能理解崇高的事业和高尚的行为，因而不可能描写这样的内容。庄子说："朝菌不知晦朔，惠蛄不知春秋"，似可说明这个道理。不知、不理解而要硬写，自然不可能真实。

（原载《河北师院学报》1988年第1期）

意 识 形 态

　　年轻时读创造社的刊物，被其中不少文章里音译的词汇如普罗列塔利亚、布尔乔亚、奥伏赫变、烟士披里纯、意德沃洛基等所吸引。这些文章对我当时的思想进步起了引导作用，比如，我因而知道世界上有普罗列塔利亚与布尔乔亚两大敌对阶级，知道应该站在普罗列塔利亚一边，知道世界上万事万物都在发展、变化，任何事物发展到一定阶段都要奥伏赫变，等等。我还因此对社会科学发生兴趣，开始阅读用马克思主义观点写的哲学、经济学著作。在这个方面，创造社的历史功绩也是值得称道的。这些音译的词汇，后来全都意译了，其中"意德沃洛基"，现在都普遍译为"意识形态"。意识形态这个词现在用得很普遍，艺术便是意识形态的一种。可是，"意德沃洛基"也有译作"思想体系"的。如果这种翻译较为正确，那么说艺术是"思想体系"的一种，就有些令人疑惑了。查"意德沃洛基"德文为 Ideologie，这是一个复合词，由 Ide 与 ologie 合成。Ide 源于希腊文的 Ide，意为观念、概念、理念、思想等。柏拉图的"理念"和黑格尔的"理念"都用的是这个词。ologie 意为"学"或"学科"、"学问"。德文中的许多"学"，都以 ologie 结尾，如黑格尔的《精神现象学》的"现象学"，德文为 Phänomenologie。其他如神学为Thèologie，生物学为 Biotogie，心理学为 Psychologie，社会学为Sogziologie，等等。按照 Ideologie 这个词的构造，较为准确的翻译应该是有的词典中曾出现过的"观念学"。但"观念"二字又不能完全表达 Ideologie 构成中 lde 的意思，比如不能把马克思、恩格斯的《Die deutsche ldeologie》译为《德意志观念学》。据民主德国 1954 年出版的《外来语字典》解释："Ideologie 是一定的观点、思想、概念的体系，这体系在社会意识（Bewußtsein）不同的形式中表现出来。"民主德国科学院编纂，1973 年出版的六卷本《现代德语字典》解释："Ideologie 是思想、观点、概念的体系，它反映一定的社会的立场。（也解释为）政治的和社会的理论。"那么，把 Ideologie 译为"思想体系"是可以的。因而，Die Deutsche Ideologie 可以译作《德意志思想体系》，因为费尔巴哈、鲍威尔、施蒂纳等都是创造"体系"的人。反复斟酌，似可把 ldeologie 译为"思想理论"，这里"理论"二字与"学"意相当，这在我国似乎可以说得通，比如"文艺学"也可称为"文艺理论"，"教育学"也可称为"教育理论"，"中医学"也可称为"中医理论"，"外科学"也可称为"外科理论"等。还可因使用的地方不同，把它分别译为（已形成体系或学术的）观念、观点、思想或理论。

马克思在《〈政治经济学批判〉序言》中简要表述的历史唯物主义原理，谈到基础与上层建筑，谈到"Ideologie"，谈到"意识形态"。马克思是这么说的：

> 人们在自己生活的社会生产中发生一定的、必然的、不以他们的意志为转移的关系，即同他们的物质生产力的一定发展阶段相适合的生产关系。这些生产关系的总和构成社会的经济结构，即有法律的和政治的上层建筑竖立其上并有一

定的社会意识形式与之相适应的现实基础。物质生活的生产方式制约着整个社会生活、政治生活和精神生活的过程。不是人们的意识决定人们的存在，相反，是人们的社会存在决定人们的意识。社会的物质生产力发展到一定阶段，便同它们一直在其中活动的现存生产关系或财产关系（这只是生产关系的法律用语）发生矛盾。于是这些关系便由生产力的发展形式变成生产力的桎梏。那时社会革命的时代就到来了。随着经济基础的变更，全部庞大的上层建筑也或慢或快地发生变革。在考察这些变革时，必须时刻把下面两者区别开来：一种是生产的经济条件方面所发生的物质的、可以用自然科学的精确性指明的变革，一种是人们借以意识到这个冲突并力求把它克服的那些法律的、政治的、宗教的、艺术的或哲学的，简言之，意识形态的形式。①

这段中译文中，先有"意识形式"，后有"意识形态"。查德文原文，译作"意识形式"的德文为"Bewußtseinsformen"，译作"意识形态"的德文为"Ideologie"。德文的两个词是不同的，但中译却使人发生疑问："意识形式"与"意识形态"两者意义有无区别？如果说两者的意义是相同的，那么，马克思为什么要用不同的两个词？如果说只是为了行文的不重复，为了修词，可是，在《德意志意识形态》第一卷第一章第一部分中，马克思、恩格斯在讲述历史唯物主义原理时，却有这样的话："因此，道德、宗教、形而上学和其他意识形态，以及与它们相适应的意识形式便失去独立的外观。"② 这句话中的"意识形态"德文为"Ideologie"，"意识形式"德文为"Bewußtseinsformen"。如果

---

① 《马克思恩格斯选集》第二卷，第82—83页。
② 《马克思恩格斯选集》第一卷，第31页。

"意识形态"即德文"Ideologie"与"意识形式""即德文的Bewußtseinsformen"，意义相同，那么怎么可以说其中的一个"适应"（entsprechen）另一个呢？如果查查德文原文，上面已经说过，"Ideologie"不能译为"意识形态"，德文这个词，既无"意识"的含义，更无"形态"的影子，倒是"Bewußtseinsformen"译为"意识形态"却很妥帖。因为"Bewußtsein"确切含义是"意识"，而"form"可以译为形式，也可以译为形态。我们再查查哲学辞典。解放前和解放初期便从俄文翻译出版的两本用马克思主义观点编写的哲学辞典，米定·易希金柯编著的《辩证法唯物论辞典》和罗森塔尔、尤金编的《简明哲学辞典》，都只有"Ideologie"（俄文为 идеология）的条目，却无"Bewußtseinsformn"（俄文为 Форма Сознания）的条目。米定主编的辞典中，有"Идеология"（中译为"意识形态"）和"Сознаие"（中译为"意识"）两条。"Идеология"条的解释是："社会生产的关系与条件及人们之社会政治生活的关系与条件都在社会阶级意识的各种形态之中反映出来，这样，社会形成对于在统一与多样之中的世界及社会的有系统的见解、表象、观点。科学、宗教、艺术等都是如此。"（见平生等译，1946年读书生活出版社译本，第287页）。"Сознание"条的解释，则只是"见'思维'条"（同书同页）。这本辞典的"艺术"一条的解释是："意识形态上层建筑之一"（同上书，第352页）。罗森塔尔等编的辞典，也有："идеология"（中译为"思想体系）和"Сознаия"（中译为"意识"）两条。"Идеология"条的解释是："某一阶级或某一政党所持的一定观点、思想、概念、观念的体系。政治观点、哲学、艺术、宗教——所有这些都是思想体系的形式"（见中共中央马克思、恩格斯、列宁斯大林著作编译局译，1955年人民出版社译本，第33页）。"Сознание"的解释是：

"人所特有的反映客观实在的最高的形式。"（同上书，第 600 页）。这条里谈到宗教、艺术等，有这样的话："人们的社会存在决定人们的社会意识，……社会的精神生活表现在政治观点、哲学、科学、宗教、艺术等等不同的社会意识形式中。在阶级社会中，人们的社会意识总是带有阶级性的。"（同上书，第 601 页）。对"艺术"一条的解释是："社会意识形式之一，艺术像科学一样，具有巨大的认识力量和社会力量。艺术的特点就是以艺术的、感觉得到的形象来反映现实，复制现实。艺术也像任何思想体系一样，是由社会经济基础决定的。在阶级社会中，艺术表现出各个不同阶级的利益，它是阶级斗争的思想武器"（同上书，第 732 页）。这本辞典有"社会意识"（Общест Венное Сознание"的条目，却在该辞典中不少处解释为"社会意识形式之一"的"社会意识形式"。而"社会意识"又与"社会存在"并为一条："社会存在和社会意识。"解释是："马克思主义认为社会存在是社会物质生活条件，首先是生产方式，而社会意识则是哲学的、政治的、宗教的观点等等"（同上书，第 290—291 页）。按照这样的解释，Ideologie 与 Bewußtseinsformen 似乎就可以混为一谈了。

这两个词的含义究竟如何解释才符合马克思的原意，需要再读读马克思和恩格斯的言论。

从上面摘录的"序言"的末一句，可以看到，这"Ideologischen Formen"（中译为"意识形态的形式"），马克思说得很清楚，指的是人们头脑中非物质的东西，即思想理论的种种形式，如法律的、政治的、宗教的、艺术的或哲学的理论（或思想、观念）。马克思、恩格斯合著的 *Die Deutsche Ideologie*，中文译本译为《德意志意识形态》。这本书的内容，是对费尔巴哈、鲍威尔、施蒂纳及格律恩等人哲学观点的批判，著者在"序言"中说得很明白："本书目的在于揭穿同现实的影子所作的哲学斗争，揭穿这种如此投合沉溺于幻想的精神萎靡的德国人口味的哲学斗争，使这种斗争得不到任何信任。"因此，这本书译为《德意志思想理论》当更为恰切。马克思恩格斯其他著作中，凡用这个词的地方，也都指的是（已形成体系或学术的）思想、理论、观点或观念。比如，恩格斯的《路德维希·费尔巴哈和德国古典哲学的终结》，Ideologie 一词出现了八次。这几个地方的意思都指的是（已形成体系或学术的）思想、理论、观点或观念。

　　至于"Bewußtseinsformen"（中译为"意识形式"），细读上面摘引的马克思那段"序言"，可以发现，马克思的这段经典性的"简要地表达"，从"人们在自己生活的社会生产中发生一定的、必然的、不以他们意志为转移的关系"起，到"随着经济基础的变更，全部庞大的上层建筑也或慢或快地发生变革"止，历史唯物主义的基本原理已表述得很完全。而这段话中，只有"Bewußtseinsformen"一词。紧接着下面说的："在考察这些变革时，必须时刻把下面两者区别开来：一种是生产的经济条件方面所发生的物质的、可以用自然科学的精确性指明的变革，一种是人们借以意识到这个冲突并力求把它克服的那些法律的、政治的、宗教的、艺术的或哲学的，简言之，意识形态的形式。"这时才出现了"Ideologie"一词。这句话只是对了解前面一段话时应该注意的说明，尽管这个说明极为重要。可见，"Bewußtseinsformen"这一概念在马克思历史唯物主义理论中占有极为重要的地位，应该说，比"Ideologie"更为重要。"Bewußtsein"（意识）一词，有广狭两种含义。狭义的意识只指意识的低级阶段，即外界刺激在人的头脑中最简单的知觉；广义的意识则指意识的一切活动。马克思著作中所说的意识，如说存在决定意识，自然指的是广义的意识。马克思、恩格斯在《德意志意识形态》①中说："既然青年黑格尔派认为观念、思想、概念，即被他变为某种独立东西的意识的一切产物，是人们的真正枷锁……"②，可见，属于意识的产物可包括观念、思想、概念，意识最高发展所产生的"思想理论"即"Ideologie"，自然也可包括在广义的意识里。上面摘录的"序言"中的意思，便明确地包括 Ideologie，只是该辩明的是：Ideologie 仅指意识最高发展的产物，而不是意识的全体。

有人把上层建筑与通常说的"意识形态"分开，认为艺术属于意识形态，不属于上层建筑；有人怀疑文学和艺术属于上层建筑。那么，"意识形态"（Ideologie）或"意识形式"（Bewußtseinsformen）究竟是否属于上层建筑？《序言》中所说："这些生产关系的总和构成社会的经济结构，即有法律的和政治的上层建筑竖立其上并有一定的社会意识形式（Bewußtseinsformen）与之相适应的现实基础。"意思是：Bewußtseinsformen 是与社会的经济结构即现实基础及法律的和政治的上层建筑相适应的。就是说，Bewußtseinsformen 不仅要与基础相适应，还要与法律及政治（指政治设施与法律设施）相适应。但法律的和政治的上层建筑并不是上层建筑的全体。整个上层建筑还包括了Bewußtseinsformen 和 Ideologie，只是 Bewußtseinsformen 在上层建筑中位于法律和政治之上，而 Ideologie 则耸立在上层建筑更高的地方。关于上层建筑的内容，恩格斯在《社会主义从空想到科学的发展》中讲得很清楚："以往的全部历史，除原始状态外，都是阶级斗争的历史；这些互相斗争的社会阶级在任何时候都是生产关系和交换关系的产物，一句话，都是自己时代的经济关系

---

① 此译名不妥，为便于叙述，暂用此名。
② 《马克思恩格斯选集》第一卷，第 23 页。

的产物；因而每一时代的社会经济结构形成现实基础，每一个历史时期由法律设施和政治设施以及宗教的、哲学的和其他的观点所构成的全部上层建筑，归根到底都是应由这个基础来说明的。"① 《社会主义从空想到科学的发展》是由《反杜林论》中的三章编成的，因而在这一段极精辟地概括他与马克思的历史唯物主义原理，在《反杜林论》中也有完全相同的叙述（见《马克思恩格斯选集》第三卷第66页）。值得注意的是，叙述上层建筑内容的顺序，首先提到法律设施和治政设施，然后才用"以及"来谈到其他。

马克思在《路易·波拿巴的雾月十八日》中关于经济基础与上层建筑又曾指出："在不同的所有制形式上，在生存的社会条件上，耸立着由各种不同情感、幻想、思想方式和世界观构成的整个上层建筑，整个阶级在它的物质条件和相应的社会关系的基础上创造和构成这一切。"②

Bewußtseinsform 既是一种上层建筑，可见它不仅包含有意识的最高产物思想、理论与世界观，还包含有情感和幻想。按知、情、意三分法的说法，则 Bewußtsein 不仅包含知的最低到最高的形态，而且包含情感与意志的各种形态。这样，广义的意识就包括心灵的（按科学的说法则是头脑的）全部活动。现代心理学对于"意识"，也是这么解译的。因此，不能把 Bewußtseinsformen 同 Ideologie 等同。上面已提到，马克思、恩格斯还说到"道德、宗教、形而上学和其他意识形态（Ideologie）以及与它们相适应（entsprechenden）的意识形式（Bewußtseinsformen）……"可见 Bewußtseinsformen 包括有宗

① 《马克思恩格斯选集》第三卷，第423页。
② 《马克思恩格斯选集》第一卷，第629页。

教、道德、形而上学等内容。细读上摘"序言"，它在这里与Ideologie 的区别是：它还具有"物质的"性质。因为，如果它只具有意识从最低到最高的形态以及情感和幻想，即只限于精神的范围，那么就可把它与 Ideologie 一起统统归入上面摘引的最后半句话，即意识的范围。如果这一理解正确，那么 Ideologie 指的是政治、宗教、艺术等的思想理论（观念或点观），Bewußtseinsform 则指的是整个政治、宗教、艺术等等。这样的论述，与黑格尔有关，又与黑格尔存在差别。黑格尔在他的《精神现象学》中多次使用意识形态这一概念，这本书也可叫做意识形态学。马克思指出，《精神现象学》是"黑格尔的真正诞生地和秘密开始"[①]。黑格尔在这本书中建立了他的哲学大厦，是他的整个哲学的"缩影"。他在这本书的序言中指出："精神现象学所描述的，就是一般科学或知识的形成过程"（中译本，上卷，第17页）。同时又指出它是"关于意识的经验的科学"（同上书，第62页）。黑格尔认为"精神本质上即是意识，而意识是具有充满了对象的内容的"（《小逻辑》，第二版序言，中译本，第28页）。他说："意识对其自身的经验，按其概念来说，是能够完全包括整个意识系统，即整个精神真理的王国于其自身的；因而真理的各个环节在这个独特的规定性之下并不是被陈述为抽象的、纯粹的环节，而是被评述为意识的环节，或者换句话说，意识本身就是出现于它自己与这些环节的关系中；因为这个缘故，全体的各个环节就是意识的各个形态。"（《精神现象学》，导论的结尾，中译本第62页）这些形态指的什么呢？他说："哲学的探讨，不能仅滞留在抽象意识的阶段里。因为哲学的观点本身即是最丰富最具体的观点，乃是经过许多历程而达到的结果。所以哲

---

① 《1844年经济学—哲学手稿》，1979年版，第112、116、114、127、126页。

学知识须以意识的许多具体的形态，如道德、伦理、艺术、宗教等为前提。"（《小逻辑》，第25节，中译本，第104页）。马克思和恩格斯曾高度评价黑格尔的贡献，并具体谈到《精神现象学》。恩格斯在《路德维希·费尔巴哈和德国古典哲学的终结》中指出："歌德和黑格尔各在自己的领域中都是奥林帕斯山上的宙斯"，虽然他们"两人都没有完全脱去德国的庸人气味"。"但是这一切并没有妨碍黑格尔的体系，包括了以前体系所不可比拟的巨大领域，而且没有妨碍它在这一领域中发展了现在还令人惊奇的丰富思想。精神现象学（也可叫做同精神胚胎学和精神古生物学类似的学问，是对个人意识各个发展阶段的阐述，这些阶段可以看做人的意识在历史上所经过的各个阶段的缩影）、逻辑学、自然哲学、精神哲学，而精神哲学又分成各个历史部门来研究，如历史哲学、法哲学、宗教哲学、哲学史、美学等等——在所有这些不同的历史领域中，黑格尔都力求找出并指出贯穿这些领域的发展线索；同时，他不仅是一个富于创造性的天才，而且是一个学识渊博的人物，所以他在每一个领域中都起了划时代的作用。当然，由于'体系'的需要，他在这里常常不得不求救于强制性的结构，这些结构直到现在还引起他的渺小的敌人如此可怕的叫喊。但是这些结构仅仅是他的建筑物的骨架和脚手架；人们只要不是无谓地停留在它们的面前，而是深入到大厦里面去，那就会发现无数珍宝，这些珍宝就是在今天也还具有充分的价值。"①马克思则指出："黑格尔《现象学》及其最后成果——作为推动原则和创造原则的否定的辩证法——的伟大之处就在于，黑格尔把人的自我创造看作一个过程，把对象化看作非对象化，看作外化和这种外化的扬弃；因而，他抓住了劳动的本质，把对象性的

---

① 《马克思恩格斯选集》第四卷，第214—215页。

人，真正的因而是现实的人理解为他自己的劳动的结果。"①

　　从上面摘引的马克思、恩格斯和黑格尔的片断言论，可以看出马克思的 Bewußtseinsformen 与黑格尔"意识形态"的关联，虽然黑格尔的用语是 Gestalten des Bewußtseins，但 Gestalten 与 Formen 的含义基本上是相同的。马克思所以不用黑格尔的用语，是因为马克思的概念与黑格尔的概念存在根本的差异。上面摘引的恩格斯赞美黑格尔的话中，同时指出了黑格尔体系的问题。马克思在"手稿"里，一方面赞扬黑格尔的辩证法，同时又指出黑格尔《现象学》的唯心主义的实质，马克思说："例如，当他把财富、国家政权等等看成是从人的本质异化出去的本质时，他只是从它们的思想形式来把握它们的。它们是思想物，并且因而只是纯粹的亦即抽象的哲学思维的异化。所以，整个运动是以绝对知识结束的。"在黑格尔哲学中，"现实中的对象也被思维看成是思维本身、自我意识、抽象之自我。"② 因而，意识的各种形态，如"我的真正的艺术存在是我在艺术哲学中的存在。"马克思历史唯物主义原理中的 Bewußtseinsformen 则建立在一定的经济基础上，它有着并需要区分物质的与精神的两种性质，而属于精神范围的意识是被物质存在决定的。为了指出哲学的、宗教的、道德的、艺术的等思想理论的非物质的精神属性，马克思把它们称之为 Ideologie。

　　按照马克思的原意，把 Ideologie 与 Bewußtseinsformen 区分开来，把政治的、宗教的、艺术的思想理论归属于 Ideologie，而把政治、宗教、艺术等归属于 Bewußtseinsformen，把"意识形态"这个译名从一向误为的 Ideologie 改为 Bewußtseinsformen，

---

① 《1844 年经济学—哲学手稿》，1979 年版，第 112、116、114、127、126 页。
② 同上。

不是个别词句问题，而是一个重大原则问题。下面以艺术为例，试加以简单分析。

　　Bewußtsein 既包括意识形态从最低到最高发展的各种形态，又包括情感和幻想，现在还可以说，它还包括了"潜意识"与"下意识"。如果艺术是 Bewußtseinsformen 之一，而不是 Ideologie 之一，那么一件艺术创作的产生就不会都直接源于思想，而是复杂心灵的种种活动。各个 Bewußtseinsformen 各有自己的特性，艺术的意识内容及其表达，着重于感受与情感。伴随感受与情感的思想可以极为明确、清晰，也可以不那么明确、清晰，以至只表现为意识的低级形态，甚至连这样低级的意识也不明确。这是艺术创作中经常出现的情况，与此有关，艺术对于人们的影响，也不一定是直接的思想作用，可以只是一种感觉，即使是很强烈的感觉，逐渐地才不知不觉地影响及于人们的思想与行为。这就是人们常说的"潜移默化"。艺术对人的思想行为的影响、作用，常常是这样的潜移默化。大家熟悉恩格斯在 1888 年 4 月初给玛·哈克奈斯的信中，对艺术创作的倾向，明确指出："作者的见解愈隐蔽，对艺术作品来说就愈好。"所以这样，不仅是由于艺术的表现要求形象、生动，还由于现实生活中，人的行动并不到处充满明晰的思想。还可以提出的是，由于一般人心理易于接受示范的行动，而不那么容易接受抽象的说教。这丝毫没有否定或忽视艺术的思想意义，只是以为不能把艺术的思想意义及其影响看得那样简单。这里涉及对人的思想、意识及其表现的理解和认识。人的意识的产生及其发展有个复杂的过程，最初只是极简单的意识，最后才发展为思想，这是人从呱呱坠地的婴儿到具有明确思想的成人必然发展过程。人对陌生事物的接触与认识也有这样一个过程。但是，成人（我指的是正常的成人而不是白痴），对于熟悉的事物的感受，往往也表现为意识的低级状态。

这种表现为低级状态的意识，却有着深厚的思想根据，或者说这种意识的背后有着思想，只是意识者本人当时并不自觉或不那么明确自觉。比如一个对美学、对审美有高深研究和修养的人，在接触现实的自然景物时产生的强烈感受。这种感受，来自其长期的修养，包括深厚之思想修养，甚至可以说是一种思想观点（比如美学观点）的指引，但他自己当时却并不明确这些。我们常说世界观，每个人都有世界观，每个人的意识、情感、思想、行为都受其世界观指引和制约，但人们在日常行动中却常常并不自觉。艺术家不但不是婴儿，而且是对生活有深入观察与了解的人，因而他的意识，特别是艺术观察与艺术创造中的意识，即使表现为低级的状态，其背后也潜藏有明确的成熟的思想。因此，一个成熟的艺术家，思想上，至少在其艺术活动范围内的思想必须具有成熟的深度。

马克思指明，Ideologie 是非物质的，但艺术作品如建筑、雕塑却是物质的存在。Bewußtsein 在头脑里不论如何发展，都不可能具有物质的内容。黑格尔的 die Gestalten des Bewußtsein，像马克思在"手稿"里分析的，也像黑格尔自己所说的，只是精神的现象。Bewußtsein 要外化（或对象化，或异化）为具有物质内容的形态，就需突破精神的范围，就需通过实践。因此艺术创造，不只是思想活动，不只是认识活动，而是一种实践，一种创造性的实践活动。正是由于把艺术错误地归结为 Ideologie 的一种，因而大大缩小了艺术和艺术活动的意义与范围，如许多人分析艺术时只着重分析思想，把艺术创作活动简单化为认识活动，艺术问题因而也就变为了一般的认识论问题，艺术实践中的一系列问题，也因而不是被蔑视就是被轻视。艺术家进行创作，需要观察、了解生活，观察、了解外界事物。但是艺术创作，即使是对外物的描写，不仅是客观认识的反映，还必须表达、抒发作者主观的情感和向往。自然，这情感和向往是可以认识的，但主观的情感和向往本身并不是认识。进行创作，首先是头脑里酝酿，酝酿中可以有认识活动，但不全是或主要不是认识活动。接着便是艺术的实践活动，雕塑家进行雕塑，画家执笔画画，作家进行写作，等等。这样的实践是极为复杂的，自然它也可以认识，但它本身并不是一种认识，正如刺绣可以认识，但刺绣本身并不是认识或认识活动一样。对于现实世界，艺术是另一个世界。这艺术世界是由艺术家来创造的。宇宙的物质活动，历经亿万年创造了地球、山、水和人类，人类又在现成的土地上种花、植树，建起各种建筑物。自然界所能见到的一切，艺术家也创造了，虽然源于自然界，但不同于自然界，不是复制，也不是全然的摹仿，而是一种创造。这样的创造性实践，不能简单概括为认识。

艺术作品具有的物质性，是显明的事实。建筑不用说了，雕塑是可见、可触摸的，绘画中的人物、禽兽、器物是有形、有色的。如果丢掉这些物质内容，如何成其为绘画作品呢？音乐是比较抽象的，但歌唱或演奏出的乐曲，却是有可闻的声音的。这震荡空气的声音，也是一种物质现象。更为抽象的是文学，文学的描写，除了有声的口头文学外，是无声、无形的。文学运用的手段是语言文字，而语言文字的词汇是由许多概念构成的。这，似乎与哲学相同。需要辨明的是，文学是语言的艺术，语言是文学的基本要素。文学创作讲求遣词、用字，作家的风格、个性都与语言的运用有着极大关联。这就与哲学不同。还需分辨的是，文学的词汇虽然基本上由概念构成，而概念是属于非物质的意识范畴的，但可见的文字本身却是一种物质存在。如果说用文字写出的哲学著作具有物质的外壳，以文字为基本要素的文学，却不能说文字只是它的外壳。哲学或其他思想理论，都是或根本上是指的它们的思想内容，一切用文字写出来的理论著作，文字只是理论的外壳、符号，用时髦的话说，只是运载工具。作为语言艺术的文学，语言文字则是艺术的本身，不能设想离开语言文字还有什么文学。格罗齐曾说，真正的艺术只存在于艺术家的头脑里，创作出来的艺术品只是艺术的复制品。格罗齐这话用来说哲学及其他理论是有些道理的，却恰恰不能这样来谈艺术。艺术及一切 Bewußtseinsformen，都是由于所具的物质性而与作者的头脑分离，从而与作者分离，如果投入社会，则成为社会的客观存在，在社会中发生作用。也由于这种物质性，Bewußtseinsformen 才可能由一个人传给另一个人，由一个时代传给另一个时代。这样我们才有了文化遗产。如果它只存在于人的头脑，只在人的头脑里活动，那么它就不可能成为社会现象，这个人死了，存在于这个人头脑中的种种 Bewußtsein 也就随之而消亡了。

1986 年 1 月 10 日

（原载《文学评论》1986 年第五期）

文艺的思想性问题

——再论意识形态

　　谈到文艺的思想性，似乎需要弄清什么是思想？两千多年前，我国的孟老夫子曾经说："心之官则思，思之则得，不思则不得也"（《孟子·告子上》）。孔老夫子也曾说："学而不思则罔，思而不学则殆"（《论语·为政》）。孔、孟所说的思，我国古代文献中提到的思、想或思想，就我所知，都是作动词用的，拿现在的话说，就是"动脑筋"。只是，我国古代把"脑"的功能误认为"心"的功能。但脑子活动的结果，并不就是思想。比如，学龄前儿童学算数，问：一加二等于几？孩子一时答不出，叫他想一想，就算想出正确的答案，也不能把这答案叫做思想。初中学生解一元二次方程式，大学生解微分、积分，当然要更费脑筋，也不能把所得结果叫做思想。讲具体事物：说喜马拉雅山比泰山高，这一正确判断也不能叫思想；说珠穆朗玛峰是世界第一高峰，并测出具体高度，很费事、费脑筋，但其正确判断却也不是什么思想。自然界的规律，比如地球绕日而动，当十六世纪，哥白尼首创地动说时，只是一种学说，在当时这种说法且遭到迫害。他的科学著作《天体运动论》，直到去世后才得发表。这时的地动说自然是思想，而且是伟大的思想。但今天，地球绕日而动已成为人人普遍接受的常识，再讲"地球是绕日而动的"就不成其为什么思想了。上面讲的都是自然问题，再讲社会问题。说人饿了要吃东西，不是什么思想，只有如何解决吃饭问题才成其为种种思想。马克思从"人们首先必需吃、喝、住、穿"这一基本事实出发，创立了唯物史观的学说[①]，就是很伟大的思想了。那么，什么是思想呢？是不是可以这么说：所谓思想，就是对社会或自然问题所持的一种见解。说是见解，就是说思想是头脑的产物，而不是独立于头脑以外的客观存在；说是一种见解，就是说与这种见解存在的还有别的见解，而不是大家公认的人人皆同意的看法。有些见解，比如爱国，似乎没有人反对，似乎人人都首肯，但究其实际，它虽然为很多人所具有，却并不是所有人都真正持有。因此，爱国就成为一种思想，而且是值得充分肯定的思想。

再谈到文艺，没有多少疑问，不少文艺作品都是有思想内容的，特别是那些描写社会生活的作品，如果涉及社会问题，作品中就不能不表露或含有作者的思想[②]。但是，文艺所描写的事物是很广泛的，它不仅描写社会生活，也描写自然景象；就是描写社会生活的作品，其内容也是多种多样的。描绘自然景物的绘画，比如我国的花鸟、草虫、走兽一类的绘画，除少数有深刻寓意，具有社会思想外，许多是都没有思想内容的，山水画中不少也没有什么思想内容。文学中描写自然景物的作品，好多也是没有什么思想内容的。自然，人们对观赏这些作品，可以因自己的处境、心情引发种种思想。比如长久住在异国他乡的人，看了描

[①]　见恩格斯《在马克思墓前的讲话》。

[②]　作品中包含的思想是多种多样的，可以是好思想，也可以是坏思想，或不能说好也不能说坏的思想等。有种说法，认为艺术作品的思想性，就是艺术作品中有正确的以至革命的思想，否则就是非思想性或无思想性。此话不妥，不敢苟同。

绘祖国山河的画或诗、文，可以勾起乡思，激发爱国主义思想。有的人看到牡丹和梨花的绘画，可以勾起红颜、白发的感喟。但这是读者自己的思想，而不一定是作品本身就具有的思想。艺术作品以生动的艺术形象打动人，人们面对这些艺术形象，是可以因人的种种不同情况而有种种不同感受的。这与说理的论文不同，是艺术的特性。有人说这是什么再创造，我认为这话是不很妥当的。不仅对艺术形象，就是对无生命、无情感的自然界种种现象，也会引发人们种种情感和思想。比如，大家都知道《红楼梦》中黛玉葬花的故事。黛玉见了落花，就想到自己的身世，想到自己的薄命，因而葬花，因而吟出了荡气回肠的《葬花词》。落花勾起了黛玉的情感、思想，《葬花词》无疑具有丰富的情感、思想，但落花却并没有什么思想、情感。当然，描绘自然美的艺术作品与美的自然景物不同。一切艺术作品，都是出于人的创造，是人的意识产物，含有人的情感，与客观存在的自然景物（不管这自然景物如何美）不同，但意识与思想不同，这又涉及意识形态问题。

我曾写过一篇《意识形态》（刊《文学评论》1986年第5期），认为马克思在《政治经济学批判序言》里关于基础和上层建筑的论述，其中的 Ideologische 应译为思想体系或者是体系化的思想或理论（一般中译为意识形态），而其中的 Bewußtseinsformen 则可译为意识形态（一般中译为意识形式）；认为艺术应属于 Bewußtseinsformen（意识形态）而不是人们长期认为的那样属于 Ideologische（思想体系）。如果艺术属于 Ideologische，则文艺的思想性就不成其为问题了，因为她（文艺或艺术）本来就属于思想并且是体系化了的思想，还谈什么思想性问题呢。但这不合于文艺或艺术的实际，人们所以坚持认为艺术属于 Ideologische，而且认为这是马克思主义的一条原理，这是由于误解了马克思这段经典言论中关于意识与物质存在的半句话，即中译文的："……一种是人们借以意识到这个冲突并力求把它克服的那些法律的、政治的、宗教的、艺术的或哲学的，简言之，意识形式（Ideologischensformen）。"这里用的是法律的（Juristischen）、政治的（Politischen）、宗教的（Religiosen）、艺术的（Kunstlerischen）、哲学的（Philosophischen），而不是法律（Recht）、政治（Politik）、宗教（Religion）、艺术（Kunts）、哲学（Philosophie）。其中的"简言之"（Kure），似可译为"一句话"。很明白，马克思在这半句话里，讲的是法律的理论等等，而不是讲的法律、艺术等自身。可是，较长时间，人们把它作为艺术等等的自身了解了。这一误解，就使人们对马克思关于艺术等的言论，作了歪曲的理解，以至似乎用马克思主义理解文艺，就只讲文艺的思想性。所以，马克思、恩格斯在一些地方论及文艺或艺术的文章，由于当时社会历史的需要，也多是从社会政治角度立论的。比如，人们熟知的，马克思对欧仁·苏长篇小说《巴黎的秘密》分析批判的长文《贩卖秘密的商人所体现的批判的批判或施里加先生所体现的批判的批判》，载于《马恩全集》第二卷，是《神圣家族》的一个部分，这是针对纠结在《文学总汇报》周围的青年黑格尔派分子所作的批判。又如，载于《全集》第四卷中的恩格斯《诗歌和散文中的德国社会主义》，则是对德国的所谓的"真正的"社会主义所作的批判。恩格斯的另一篇谈到文艺的《真正的社会主义者》载于《全集》第三卷，是《德意志思想体系》的一个部分，也是对德国"真正的"社会主义者所作的批判。这样，就加深了人们对马克思主义的这种错误的理解。

Ideologische 并无形态或形式的含义，只有 Ideologischen Formen 才有形态的含义，可以译为思想体系形态，或者是思想（体系化的）、理论形态。Bewußtseinsformen，即意识形态，或可译为意识诸形态。Ideologischen Formen 是意识诸形态中一种形态。

作为意识形态（BewuBtseinsformen）不是作为思想、理论形态（Ideologischen Formen）之一的文艺或艺术，有的有思想内容，有的则不一定有什么思想内容。

文艺也就是艺术，是美的创造。这是艺术区别于其他意识形态（BewuBtseinsformen）的所在。从意识形态方面分析，艺术创造的美有两个最为显著的特点，即直感和情趣。

艺术家接触外界事物，首先感到和必须抓住的是事物的具体形象，是对事物的形象的直感，读者、观众或听众，对艺术品首先感受到的也是作品诉之于视听（或内视内听）的形象直感。就是含有思想内容的作品，其思想内容也多是含于可直感的形象之内的。感觉是意识形态的一种形态，也是意识的起点。

艺术既然是美的创造，而美，不论是自然美，还是艺术美，都该富有情趣，因而使人喜爱。我国美学史，从六朝到的近代，都有人强调审美情趣的重要。六朝肖梁时，钟嵘所著影响深远的《诗品》，一再强调诗要有"滋味"；南宋时，严羽所著影响也较大的《沧浪诗话》，强调诗的兴趣，认为"盛唐诸公，惟在兴趣"。近代梁启超在其《趣味教育与教育趣味》一文中竭力强调审美趣味在人类生活中的重要。他甚至认为"趣味是生活的原动力"。作品如果没有情趣，读者品赏，味同嚼蜡，就不能算是艺术作品。在情趣这一点上，自然美和艺术美的差异是：自然美的事物，当然是美的，有情趣的。艺术则不仅描写美好的事物，也描写不那么美好，甚至是丑恶的事物。描写丑恶事物的作品，虽然所描写的事物，也使人憎恶，甚至比现实生活中所见到的，更使人憎恶，但作品却是美的、有情趣的。哀和恨，不美，没有情趣。但王粲的《七哀诗》，庾信的《哀江南赋》和江淹的《恨赋》，李白的《拟恨赋》，虽也充溢哀伤和悲恨，却是美的，富于情趣的。雕塑，既雕塑仙女，也雕塑恶魔，雕塑出的恶魔，虽也使人感到狰狞可怖，但却可以是美的、有情趣的作品。人临终作弥撒，不美，没有什么情趣，但巴赫、莫扎特、贝多芬、威尔第的弥撒曲，虽也发出哀音，使人心酸，但却是美的、很有情趣的乐曲。艺术作品正是由于能打动人的情感，使人或喜，或怒，或悲，或愁，而具有美，具有情趣。

艺术的直感和情趣，有的蕴含思想，有的则没有什么思想内容。描写自然景物的有些作品，由于作者运用比喻，不仅使日、月、山、海蕴含思想，就是一草、一木、一虫、一介，也可以含有思想内容。我国古代第一部诗总集《诗经》，不少作品就运用了比喻。我国文学史上第一位伟大诗人屈原，是比喻的能手，他的《离骚》，美妙的比喻，随处可见。他写的《橘颂》，虽曰颂橘，实际上却歌颂的是君子的气节与操守。八大山人画的花鸟，有的隐含亡国之怵，就是八大山人这个名字，也可见其悲愤之情。齐白石有一幅蟹，题辞："看你横行到几时。"可见虽画的是蟹，却指斥的是人。这样的例子还可举出许多。但是，不能因此就认为一切描写自然景物的作品都含有思想内容。实际上，许多描写自然景物的作品，只是写了自然景物之美，从这里也只见出作者对自然美的情趣。描写社会生活的作品，很多都寓有思想内容，但一些描写人之常情，像对亲故的恋念，而不涉及社会问题的作品，就不一定有什么思想内容。

有些直觉论者和趣味论者，强调纯艺术的美，把直觉与趣味同思想对立起来，否则或轻视文艺的思想性，自然是很片面的。有些强调文艺思想性的人，由于强调思想，否定或贬低直感与情趣的意义，认定一切艺术作品都是有思想内容的，并完全以思想内容来评价作品，这也是片面的。议论文艺的思想性，应该根据艺术作品的实际，任何主观片面的看法，都是不够妥当的。

《中国少数民族文学》序

一

伟大的中国，有很悠久的历史，有很辽阔的土地。冬天，东北角白山黑水间广大地区，冰天雪地，玉树琼花，一片银色世界，天气严寒，气温低达摄氏零下三四十度；而在这个地区的对角，西南角的海南岛，却依然郁郁葱葱，绿树红花，满目青翠，天气暖和，虽在十冬腊月，天涯海角的沙滩上，赤日灼人，气温竟高达摄氏三十八九度。春天，北方宽阔雄伟而又优美喜人的内蒙古草原，仍然为一片白雪所笼罩；南方则："池塘生春草，园柳变鸣禽。"①"暮春三月，江南草长，杂花生树，群莺乱飞。"②极西是山，雄奇险峻的山，高插云表的雪峰，深不可测的岩谷，奇峦异壑，令人心飞。极东是水，时而秀丽，时而雄浑，变幻莫测的水，源远流长的大江，极目无涯的大海，烟波浩淼，清气横

---

① 谢灵运：《登池上楼》。
② 丘迟《与陈伯之书》。

溢，令人神往。从极西山脉东走，从极东江河上溯而西，山与水又构成种种奇境，峰、岭、崀峒、湖、泊、溪、港，种种景物，不可名状。我们的祖国就是这样宽广，丰富，奇伟，壮丽。

伟大的中华民族生活在这一极为广袤的大地，已不知经历了多少世纪。地下挖掘出的实物证明，在这块土地上，八百万年前已有人类祖先或与人类祖先有直接联系的腊玛古猿[①]，六千多年前已出现繁荣时期的母系氏族公社[②]，四千多年前父系氏族公社已在不少地方建立[③]。在这遥远的氏族社会中，各族及各族关系的情况，我们的先人，只留下一些传说。这些被载入典籍的古老传说中已出现不同的部落与民族[④] 以及民族间的联合与斗争。极为著名的，如黄帝联合炎帝与蚩尤的战争，以及黄帝与炎帝的战争。黄帝、炎帝、蚩尤，是不同的三个民族，据说炎帝是羌人，蚩尤是夷人。尧、舜、禹时不仅以尧、舜、禹为盟主的大部落联盟是由不同民族组成，尧、舜、禹这三位首领也不是一个民族，据说尧是黄帝族的一支，舜是夷人，禹是戎人。那时在南方

---

① 世界上最完整的腊玛古猿头骨化石，1980 年底发现于我国云南禄丰县石灰坝。见 1981 年 3 月 6 日《光明日报》四版吴汝康《禄丰腊玛古猿头骨发现的意义》。

② 这个时期文化分期为仰韶文化。陕西西安半坡村有较完整的仰韶文化遗址。

③ 这个时期为龙山文化阶段。山东章丘龙山镇城子崖及河南陕县庙底沟均有其遗址。

④ 这里请允许用"民族"这个词，或者可加个形容词，叫"古代民族"。因为，这里用"氏族"、"种族"、"部落"或"部落联盟"都不很妥。马克思主义的创始人，对古老时期的人类就多次不含糊地用了"民族"这一称谓。比如马克思在《〈政治经济学批判〉导言》中说："有粗野的儿童，有早熟的儿童。古代民族中有许多是属于这一类的。"（着重点系引者所加，下同）。恩格斯在《劳动在从猿到人转变过程中的作用》中说："同商业和手工业一起，最后出现了艺术和科学；从部落发展成了民族和国家。"恩格斯在《费尔巴哈和德国古典哲学的终结》中说："因此，大部分是每个有血统关系的民族集团所共有的这些最初的宗教观念……"恩格斯在《家庭、私有制及国家之起源》中说："在荷马的史诗中，我们可以看到希腊的各部落在大多数场合已联合成为一些小的民族……"

江淮、荆州一带，活动着一个强大的民族，被称为南蛮或三苗。尧、舜、禹都曾对三苗大举讨伐，进行了长期的战争，结果把三苗赶到很远的地方①。夏禹之后，建立了夏朝，这是我国出现的第一个奴隶制国家。商代巩固和发展了这个奴隶制国家。国家的建立，结束了各族间氏族或部落联盟的独立状况，变为被统治的阶级、被统治的民族向统治王朝称臣、朝贡。在奴隶制和后来的封建制王朝统治时期，我国这广大的土地上出现了很多国家，立国鼎盛时，比如春秋时代，有的民族（比如华夏族）建立了许多国家，有的民族只建有一个国家，有的民族则还停留在氏族社会阶段。

从黄帝时的氏族制时代，经历奴隶制时代，封建时代和半殖民地半封建时代，直至解放前，中国土地上各族之间的关系，日益密切，也日益复杂。民族间出现联合，也出现战争。各民族自身的发展，以及民族间复杂关系造成的形势，引起了民族的流动和迁移，除了极少数民族，活动范围狭小，基本上只在一个小的地区生息外，我国绝大多数民族都经历了大的流动和迁徙。流动、迁徙的原因，有的出于对外扩张，比如汉族的祖先，原来生活在黄河的中上游，以后向黄河中下游发展，又向西、向南扩张，以至遍于全中国。蒙古族兴起于呼伦贝尔草原，成吉思汗从这里开始统一众多的蒙古部落，然后向西南发展，统一全中国，建立了强大的元朝。满族的祖先，居住黑龙江流域，随着这个民族的兴盛，不断向西南发展，明末入关，建立了统治全中国的清王朝。清王朝建立，大批满族向西南移动，逐渐遍及全国。有些民族是由于遭到外族侵扰，或其他不可抗拒的力量，被迫迁徙。

①　《尚书·舜典》，舜"窜三苗于三危"。三危在今敦煌东南二十里。三苗又称有苗或苗民，是否是现在苗族的祖先尚待研究。

苗族迁徙的历史便是一个例子。上古时被舜窜于三危的三苗，很难确定就是今天苗族的祖先，但比较可以肯定的是：西周前苗族的先民原在洞庭湖一带活动，春秋战国时，因战争失败被迫离开洞庭，向西迁徙，大部分迁到今湖南常德附近的五溪地区。三国时孙权、刘备争夺五溪，晋朝和南朝的宋、齐统治者都对这个地区的各族人民镇压，掠夺，迫使不少苗族离开五溪，向各地迁徙。梁承圣元年（552年），盘踞在今贵州西南部的"东爨乌蛮"向牂牁郡（今贵州福泉、独山一带）进攻，迫使这里的苗族向西迁徙。唐大中咸通、乾符年间（九世纪中叶），南诏统治者中的奴隶主侵扰黔中，俘虏几万人到云南作奴隶，其中有不少苗族。五代时，楚王马殷、马希范父子多次向五溪用兵，留居的苗民只好向西迁移。明代二百多年中，统治者多次征调湖南"蛮兵"远出作战，战争以后，随军的苗族人民被调到海南岛，以后就在五指山一带定居。解放后，海南成立了"海南黎族苗族自治州"，自治州的苗族祖先便是这么来的。清代中叶，苗族人民多次起义，失败后，为了避免杀掠，也多次向异地迁徙。一些苗族还因经济发展、人口增多或天灾，不得不迁往外地。比如，道光年间，贵州松桃发生了严重的旱灾、虫灾，有部分苗族逃荒到了广西河池、都安一带。苗族经过这样的屡次迁徙，才形成现在的分布状况。

民族的迁徙，以及民族间的各种关系，不论结盟、友好，或是冲突、战争，相互间都在许多方面发生影响，学习、吸收、缔亲，以至融合。我国五十多个民族，除了极少数保持了较为单纯的血统外，差不多所有的民族都是在历史发展中由多种民族成分融合成的。汉族自称为黄帝的子孙，又称为炎黄子孙。前面说过，炎帝和黄帝当时是不同的两族。那时，黄帝族、炎帝族和住

居东方的夷族① 结为联盟，由一百个氏族组成，号为百姓，以
对抗黎族和苗族。后来又与黎族、苗族等的一部分融合，在春秋
时形成华夏族。汉王朝建立后，华夏族又与一些民族融合，这才
成为汉族。中国历史上一些著名的民族，如匈奴、契丹、鲜卑
等，后来都不存在了，并不是被完全消灭，而是已与别的民族融
合。比如：南匈奴大部分与汉族融合，北匈奴的一部分与鲜卑融
合；鲜卑与汉族及其他民族融合；契丹与汉、蒙及女真融合。这
些都是失败者融入胜利者。但也有胜利者反被失败者所融合的。
《史记·西南夷传》中有一段庄蹻王楚的记载："始楚威王时，使
将军庄蹻将兵循江上，略巴、黔中以西。庄蹻者，故楚庄王苗裔
也。蹻至滇池，方三百里，旁平地，肥饶数千里，以兵威定属
楚。欲归报，会秦击夺楚巴、黔中郡，道塞不通，因还，以其众
王滇，变服，从其俗，以长之。"西晋末的吐谷浑是鲜卑族慕容
部一个酋长的儿子，他的子孙征服羌族，建立了吐谷浑国，但这
个国家绝大多数的成员是羌族，少数慕容部贵族与众多羌族部落
酋长融合为一个统治阶级，鲜卑人羌化，吐谷浑实际上成为羌族
的国家。一些兄弟民族融入汉族，汉族也融入其他民族。比如传
说过去曾有一些去海南的汉人融入黎族。周去非《岭外代答》曾
提到海南岛有一部分黎族是湖广、福建等地的汉人，因久居黎
地，习尚黎族，最后成为黎族。《古今图书集成·职方典》转引
《方舆志》也说："熟黎相传其本南思、藤、梧、高、化（州）人，……因
徙居长子孙焉。"在黎族人民中至今还流传着唐代"李德裕后代
化为黎人"的传说。

我国几十个兄弟民族，长时间共处于中国境内，共同生活在
这个浩大的家庭中，共同以劳动和智慧来建设这大片家园，虽然

---

　　① 历史上传说的太皞和少皞，便是这个族著名的首领。

有时发生冲突以至战争，居于统治地位的民族的反动统治者，又常常歧视、压迫被统治的民族。统治民族的人民受了上层统治者的影响，对其他民族也常抱歧视、排挤态度。但总的说来，各民族人民的利益根本上是一致的，各族劳动人民间是友好、互助的。因此，不少民族在其"创世纪"的神话和传说中，都讲自己和其他民族是同一祖先所生的亲兄弟。整个历史说明，一切反动统治者，无一例外，既残酷压迫、剥削其他民族，也残酷压迫、剥削本民族的劳动人民。因而，我国历史上以汉族为主体的几次大的农民起义，都有其他兄弟民族参加；以某一兄弟民族为主体的起义，汉族及其他民族也都参加。比如：宋皇祐年间(1049—1054 年) 广西爆发的侬智高起义，基本队伍由壮、汉两族组成，首领侬智高是壮族，汉族也参加了领导。这是一次轰轰烈烈的壮、汉联合大起义。宋末元初 1277 年，福建爆发以汉族陈弔眼与畲族民间妇女许夫人为首的反元大起义，义军由畲、汉两族组成。震动中外的太平天国革命爆发于今广西壮族自治区。金田起义是由汉、壮、瑶等族人民共同发动的。受太平天国运动直接影响并直接配合这一运动的起义有：咸丰五年（1855 年）苗族张秀眉在台拱领导的苗、汉等族农民起义。同年，侗族姜映芳领导的侗族农民起义。咸丰三年（1853 年），哈尼族田以正领导镇沅、新平哈尼等族人民的起义。田以正领导的这支起义武装于咸丰八年（1858 年）与彝族李文学领导的彝族农民起义军联合，率领整个哀牢山区各族人民进行斗争。辛亥革命，特别是中国共产党成立后，在党的领导下，各族人民目标一致并肩进行的革命斗争，就更是多了。

　　我国各族人民在长期相互交往、相互影响、相互扶持和对反动派的并肩战斗中结成了深厚的兄弟情谊。结成这种情谊的纽带不仅是政治、经济方面的共同利益，还以这些为基础，包括有思想文化以至道德、心理等精神方面许多共同的质素。这些都是千百年来从物质、精神两个方面共同建设我们伟大祖国所形成的。它铸成了一种牢固的爱国主义思想。这种思想的产生和发展，自然也来源于我国各族人民对外来侵略者的英勇斗争。

外来侵略者的入侵，不仅对各族劳动人民而且对各族的所有人都造成重大威胁，使整个民族面临生死存亡关头。近百余年来，帝国主义和殖民主义者在我国各地边疆不断进行侵略活动以至武装入侵。我国各族人民特别是住在边疆的兄弟民族，英勇抗击这些入侵者，保卫我国的神圣领土，表现了崇高的大无畏精神，建立了不朽的功勋。比如，19世纪初，积极扩张殖民地的英国殖民主义者和俄国沙皇，都对新疆抱有领土野心，19世纪20年代（清道光时）和60年代（清同治时），在英国殖民主义者唆使、支持、援助和直接指挥下，先后发生了张格尔和阿古柏入侵事件，都遭到新疆各族人民特别是塔吉克族和维吾尔族人民的坚决抵抗。塔吉克族人民曾为此浴血奋战。那时，特别是60年代，全国的反清起义已经兴起，新疆也兴起了反清起义。张格尔事件之前刚刚发生了乌什起义，阿古柏入侵时，大规模的反清武装起义在新疆正蓬勃展开。英国殖民主义者及其走狗张格尔和阿古柏都利用这一情势，挑拨、破坏民族关系，煽动新疆各族脱离祖国。但在外国侵略者面前，各族团结一致，共同保卫祖国。在反张格尔和阿古柏的斗争中，新疆各族人民停止内部的反清武装斗争，转而积极支持清军。正是在各族人民和清军紧密团结、共同协力下，这两次的入侵都被粉碎了。在反阿古柏斗争中，1871年沙皇俄国以"代收代守"名义，侵占我国伊犁，1877年冬彻底粉碎阿古柏残余势力后，在新疆各族人民和全国人民的坚决要求和强大支援下，1881年废除了丧权辱国的"里瓦机亚条约"，另订中俄"圣彼得堡条约"，收回了伊犁。

西藏也是英国侵略者长期图谋侵占的地方，18 世纪后半期开始，英国侵略者便展开了活动，鸦片战争后侵略活动更加频繁，但都遭到藏族人民的抵制。即使清政府和西藏地方政府某些领导人物软弱退让，英勇的藏族人民也坚持顽强的战斗。

蒙古地区和东北地区很早就成为沙俄入侵的对象，早在 17 世纪初沙俄就在这两个地区进行侵略活动。19 世纪 50 年代和 60 年代，沙俄乘列强侵略中国的机会，迫使清政府签订了一系列不平等条约，割去和侵占我国蒙古和东北大片地方，引起蒙、汉等族人民的强烈反对。1912 年初，沙俄策动呼伦贝尔地区部分上层反动分子发动武装叛乱，在俄国骑兵和炮兵的帮助下，先后占领呼伦城（海拉尔）和胪滨府（满洲里），并在胪滨成立所谓"自治政府"。由于全国各族人民特别是蒙古地区蒙、汉各族人民的强烈反对和英勇斗争，这个伪"自治政府"才被迫取消。1931 年 9 月 18 日，日本侵略者以"柳条沟事件"为借口，发动了侵略东北的战争，将东北全部占领。日本帝国主义入侵东北，一开始就遭到全国人民特别是东北各族人民的反对。在中国共产党的影响、号召、帮助或直接领导下，东北各地产生了许多抗日武装队伍，如抗日游击队、抗日义勇军、抗日救国军及反日山林队等。1935 年，东北各地抗日队伍响应中国共产党"八一宣言"的号召，在党的统一领导下，成立了东北抗日联军。参加抗日联军和抗联成立前抗日武装组织的，除汉族外，有满族、朝鲜族、蒙古族、鄂温克族等东北各族人民。

日本侵略者和荷兰殖民者都曾向中国台湾进行侵略活动，也都遭到汉族和高山族联合力量的抗击。荷兰殖民者挑拨高山族与汉族的关系，但高山族与汉族的关系却始终亲密友好。例如，明永历十五年（1661 年）郑成功进军台湾，与荷军激战，被荷兰牧师欺骗、怀柔达三十多年的高山族人民，也迅速起来，参加战斗。郑成功收复台湾所以迅速获胜，主要原因之一就是由于得到住居台湾的汉族、高山族人民的广泛支持。

光绪十一年（1885年）英国侵略者侵占缅甸后，便向我国云南边境阿佤山区进行侵略活动。光绪十六年（1890年）和十八年（1892年），英国侵略者两次派遣武装特务，潜入阿佤山区侦察，遭到居住这里的佤族人民的坚决抵制。班老的佤族曾严正宣告，严禁英国侵略者的武装特务通过自己的辖区。光绪二十年（1894年）和光绪二十三年（1897年），英国侵略者迫使腐败的清政府先后签订"中英续议滇缅界务条款"和"中英滇缅界务商务续议附款"，对阿佤山区中缅边界作出让步。这个卖国的屈辱条款遭到佤族和全国人民的反对。光绪二十五年（1899年），中英第一次会勘中缅边界，班洪、班老等地佤族人民拒绝勘务人员入境，怒杀了降英分子，组织起武力准备抗击侵略者，使中英勘界人员不得不绕道而去勐董。在勐董，英国侵略者抢劫群众财物，枪杀佤族群众，更激怒了佤族和当地各族人民，杀了侵略者二人，并以永和部落为首，联合周围部落三千多人，准备围攻勐董，尽歼侵略者。佤族人民这一英勇、正义的行动，虽遭到腐败无能的清政府的压制，却打击了侵略者，使第一次会勘无结果而散。英国侵略者于是改换手法，派遣披着宗教外衣的特务到阿佤山区以传教名义进行分裂佤族与汉族兄弟关系等破坏活动，也遭到佤族人民的反对和抵制。1934年1月，英国侵略者武装入侵班洪、班老等地区，派兵侵占矿区，激起全国人民的愤怒。这年2月，班洪王和班老王邀请周围十余部落集会班洪，剽牛立盟，组织三支武装抗击侵略，双江、澜沧和耿马等地佤族、汉族和傣族人民也组织了千余人的"义勇军"，赶赴班洪地区支援，爆发了武装斗争。这就是有名的"班洪事件"。在全国人民的支援下，佤族武装和"义勇军"痛击了侵略者。当时的国民党南京政府却在英国的压力下站在英国侵略者一边，强迫抗英的义勇军撤走，抑制佤族人民的抗英斗争。班洪事件就这样结束了。1936年中英第二次会勘中缅边界时，以班洪为首联合十七王（即十七个部落的首领），向全国发出《告全国同胞书》，宣告：

> ……英帝逞其野心，步步压迫，种种手腕，无所不用其极。我佧佤山数十万户，虽血流成河，断不做英国之奴隶。今者，中英会勘滇缅界务，我全体佧佤山百姓，请愿我委员，保全我佧佤地。若以我佧佤山议与英人，则虽我委员迫于威势，隐忍退让，然我全佧佤山民众决不愿听英帝之驱使，愿断头颅，不愿为英帝之牛马。……

这响铮铮的语言，充分表现了佤族人民爱祖国的崇高精神和正义、无畏的英勇气概。这份闪闪发光的宣言，除了表达誓死保卫祖国领土的决心，也提出了对当时卖国的国民党政府的警告，宣言中所说的"委员"即国民党反动头目、人民公敌蒋介石，即所谓"蒋委员长"。在佤族人民和全国人民的正义要求和坚决抗争的情势下，英国侵略者的图谋遭到了失败。

我国各族人民团结一致，对内共同反对反动统治阶级，对外共同反对外国侵略势力，令人景仰，令人奋起，光荣、英勇的事迹不可胜数，史不绝书，上面只是举了几个例子。由于这些斗争，推动了我们伟大祖国发展、前进，也保卫了我们伟大祖国的大好河山。

二

分居全国各地的五十多个兄弟民族，不仅以共同的劳动开发和创造了整个国家丰富的物质财富，以并肩战斗抗击了国内的反动统治和国外的侵略势力，从而提供了社会的物质生活条件，保卫了人民的利益和国家的安全，还共同创造了我们伟大祖国的文化。在文学这块园地，每个兄弟民族都有自己的重大贡献，都有自己的独特创造。如果离开汉族文化和生活的圈子，到兄弟民族中去，只要稍稍接触这些民族，接触他们的艺术创造，就会惊喜地感到这些民族文学的矿藏极为丰富，就会真正体会到什么叫"目不暇给"。可是很长时间以来，这些兄弟民族的珍宝，没有受到应有的重视以至被轻视、忽视了。因此，迄今为止，我国过去、现在编写的许多中国文学史，无一例外，实际上都只是中国汉族文学史。汉族的历史悠久，伟大的、杰出的作家辈出，优秀的作品灿若繁星，因而就是这样的文学史，在世界上也是光辉灿烂的。但是，粗略地、很不全面地了解了五十多个兄弟民族文学的情况，就会发现，这样的文学史冠以中国二字，名与实实在太不相称。缺少了兄弟民族的内容，中国文学史就缺少了许多珍贵的东西，遗漏了重要的部分。比如神话、史诗和长篇叙事诗，汉族不是完全缺少，就是只有零星片断，而在兄弟民族中，这些却都是极为丰富的。

　　汉族以外五十多个兄弟民族，解放前的社会发展很不平衡。有一些民族尚处于氏族社会末期与奴隶制初期；有些民族虽然发展得快些，但民族内部发展不平衡，有的部分还处在社会发展的初级阶段。氏族社会末期和奴隶制初期，马克思称之为"人类童年时代"，就文艺方面说，是产生神话和古代史诗的时代。这个时代，人与自然结合密切，人在大自然中生活，人自身是大自然的一部分。大自然未被开发，保持原始的面貌。人在原始森林中狩猎，在未被整治的河川里捕鱼，经常与狼、虫、虎、豹接触，奔走于风、雨、雷、电之下。这个时代，人的思维活跃，像儿童一样，富于幻想；也像儿童一样好奇，好发出种种疑问。那时，生产力低，科学技术水平也很低，对许多问题不能作科学的回答。可是，却常常有一些奇怪的景象惹人。比如，那时的人也做梦，有时做"黄粱美梦"两个猎人一起打猎，很疲劳了，在林中烧起一堆篝火休息。一个猎人睡着了，梦见打到许多野物，又经历了种种奇境。一觉醒来，却仍在篝火边。另一未睡的猎人告诉他，他并未离开篝火，而且时间极为短促。他望见他睡时已烤在支架上的野猪肉，还刚刚烤热。这是怎么回事呢？产生了疑问。这样的事一再发生，而"大脑皮质反映"、"潜意识"一类现代科学常识，还不曾产生，于是形成一种观念，人在肉体之外，还有一种可以离开肉体的"灵魂"。梦是很自由、很浪漫的，幻想什么就可能梦见什么：可以梦见自己像凶猛的野兽一样，头上长角；像高翔的飞鸟一样，背上生翼；也可以梦见鸟、兽、虫、鱼等像人一样会说话，会与人交往；还可以梦见死去很久的人，象活人一样嬉笑交谈。于是有了"万物有灵"、"灵魂不死"、万物相通、万物可以变化的观念，并且相信这是真实存在的[①]。比如：珞巴族神话说，人和日、月及万物都是天和地结婚所生的子女。天地这夫妻俩所生的阿巴达尼是人类祖先，是珞巴族神话中的一个中心人物。他不但与太阳女儿结婚，与动物蜂子、白田鸡、白马、青牛、毒蛇、野猎、乌鸦、青蛙结婚，还和大风结婚，以至与木臼结婚。他可以飞行变化，别的东西也会变化。在纳西族神话《黑白之战》中，也可以看到动物人化，与人共处，人会变成动物。比如神话中描写东部落以白雕和白老虎在砥柱下守卫；西部落派黑蝙蝠作侦探，派黑耗子凿洞盗窃太阳光；东西

---

① 恩格斯在《费尔巴哈与德国古典哲学的终结》第二部分开头的一条脚注中写道："在蒙昧人和低级野蛮人中间现在还到处流行着一种观念：梦中出现的人的形象是暂时离开肉体的灵魂，因而现实的人应当对自己出现于他人梦中时针对做梦者而采取的行为负责。例如伊姆特恩在 1884 年在圭亚那的印第安人中就发现了这种情况。"（《马克思恩格斯选集》第四卷第 219 页）

部落的首领、战将、妻子都会飞行和变成飞鸟、走兽，如鹰、牦牛等①。傣族的"阿銮的故事"中的阿銮等，也会飞行、变化②。神话中的这些奇异的变化与神魔小说如《西游记》中的孙悟空的变化，性质是不同的。前者是早期人类的观点，相信这是真的；后者则是作家的幻想和虚构，作者和读者都不会作为真事看待。

　　在人的观念中，最初神、鬼、怪是不分的③，后来才把受敬重的本领大、有势力的"灵"称作"神"，这是拟人化的自然界势力及升华了的人间势力（酋长或英雄）在幻想中的反映。有了神，有了关于神的故事，就有了神话；有了神，有了对神的祈祷和祭祀，就有了原始宗教或自然宗教。甚至，只有"灵"的观念，比如黎族，由于有了相当于神的"灵"，因而也就有了神话和宗教，这是更为原始的神话和宗教④。在这样的自然环境、生活、劳动和精神状态中，人们思索、探索周围和自身，发出疑问，又作出解答。各个民族都生活在天地中间，思索天地的来源，就有了开辟天地的神话；天上运行日月星辰，震荡、飘游、轰鸣，显现风、云、雷、电，探究这些，就有了日月雷电的神话；人类也探究自身的来历，探究周围万事万物的来历，也就有

---

① 见《民间文学》1981年第五期木易搜集整理的《黑白之战》。

② 见《山茶》1981年第一期所刊的《阿銮的故事》。

③ 比如黎族和珞巴族的某些氏族，就只有"灵"的观念，一切肉体以外的人或物的幻想的"存在"统称为"灵"。有人把黎族的这一观念译作"鬼"，不但人死后的"存在"为"鬼"，其他的幻想的"存在"，也是"鬼"。比如黎族敬重雷公，却把雷公也称作"雷公鬼"。傣族的原始信仰，也只有灵或鬼的观念。神和鬼黎族只有一个称呼，通什一带统称"乐"（vot），乐东县抱由地区统称"鼎"（dings）。景颇族的洪水故事，叙述洪水后幸存的姐弟俩，在找家的途中，先遇到吃人的恶魔达目鬼，后又遇到保护人的山神，这山神也叫鬼，叫治同鬼。

④ 1980年冬我们去海南岛曾在乐东县抱由镇一个原始丛林中"参谒"了一尊"土地公"，那是几块自然生长的石头。据说这"土地公"管全镇的平安，由一个老人主持祭祀。

了人类来源和万物来源的神话。各个民族大概都经历过不可抗拒的洪水灾害和大旱不雨的旱灾，于是有了洪水的神话和射日的神话。射日大都与创造天地日月连在一起，洪水的神话直接与人类的再造相连。这些都可用"创世"二字概括。这"世"经过两次创造，最初的创造和洪水后的再造。这是我国许多民族神话的主要内容。各个民族的神话所以都有这些内容，甚至世界上许多民族的神话也都有这些内容，是由于各族在"人类童年"所见、所历相同，或基本上同。但，尽管是解释同一事物，各族却各有各自不同的说法，这些说法又都各具各自民族的特色。比如天地开辟神话，有三类不同的说法，一类是珞巴族的天地自开说。珞巴族不仅把万物，甚至把天地都拟人化，天是一个男人，地是一个女人，最初天地不分，后来天抬起身子，逐渐与地离开，但他俩结了婚，所以天的周围还是和地连在一起。一类是佤族、水族、彝族、布依等族的分开天地说，认为是神或神化的人把天地分开的。又一类是阿昌、瑶族、哈尼、布朗、土家等族的造天造地说，则认为天和地是神创造出来的。同一类说法中，各族又有各自的说法，比如分开天地：佤族说是妇女舂米，杵棒碰天，顶高了天；男人劈柴，劈坏了地，形成了深谷高山。水族说是女神牙俣把天地掰开的，她手举，脚踢，天地就分开了。彝族说是天神恩体谷自家与四仙子商量后，派仙子司惹低尼主办，让仙子与仙姑用铜铁叉开缝，用铜铁球滚打，用铜铁帚扫，这样才把天地开辟出来。布依族则说是造物主翁嘎用大斧把天地辟成两半，用大楠竹把天地撑开的。关于人类的来源，也有种种说法，可以概括为四类：一是珞巴族与纳西族等的天地生说。珞巴族说天与地结婚，生下万物，也生下了人。纳西族说，人类是卵生，这卵由天下，由地孵，孵在大海里的天蛋，孵出了人类的始祖恨矢恨忍。一是哈尼、瑶族等的神孕说。哈尼族说，踏婆与模咪两位神仙，因喝了怀胎药，浑身上下怀了孩子，在阳光下生男人，月光下生女人。瑶族说，女神密洛陀到山上，身边吹来一阵大风，从此怀了孕，生下九兄弟。一是鄂伦春、傣族、独龙等族的神造说。鄂伦春族说，恩都力莫里根用飞禽骨肉，又用泥土补充，制造出人类。傣族和独龙族说，人是神用泥土捏出来的。一是阿昌族等神降说。阿昌族说，遮帕麻与遮米麻造好了天地，就降生世界，结成夫妻，生下九种民族，创造了人类。洪水及洪水后人类再造，说法更是多种多样。洪水发生的原因：哈尼族的说法与射日联系，因射日天地昏暗，洪水翻腾，苦聪人也讲天地昏暗，但却是由于烧了蔽日的扎鲁树，树根被蚂蚁吃光，涌出洪水。独龙、纳西、彝族等说是因惹怒了天神，天神发洪水灭绝人类。壮族、布依、瑶族等说是因得罪了雷公，雷公降洪水，淹没了世界。羌族说是一个调皮的猴子，到天上玩耍，打倒了天宫的金盆。盆水洒落人间，形成洪水。黎族说是螃蟹精在人间作乱，给人类造成灾难，雷公把螃蟹精捉到天上，用铁锤砸他的肚子，肚里流出洪水，淹了人间。景颇族说是第一代山官同自己的侄儿斗争，呼风唤雨，降大雨一百四十天，形成洪水。洪水后人类的再造，很多民族都说当时只剩兄妹二人，不得已兄妹结婚。鄂伦春却说是父女结婚。黎族说是母子结婚。哈尼族说剩下母女二人，坐沙滩哭诉，春风吹来，使俩人的身上到处都怀了孕。彝族、纳西族说，洪水后只剩下一个男人，后来与仙女或天神的女儿结婚。傣族、拉祜族则说是一对没有血亲关系的青年结婚，繁衍了人类。

各族神话的特色和差异来源于各族各有特点的民族生活。而在"人类童年时代"，不论文学的特色或民族生活的特色，都与所处的自然环境有着密切的巨大的关联。自然环境不仅给各族古代的语言、语汇、由语言构成的形象等，打上了鲜明的印记，而且很大程度影响了神话、史诗等的内容。比如，几乎所有的民族都有洪水故事，但在珞巴族的一些氏族中却没有。这是由于这些氏族住在高山峡谷的半山腰，不存在洪水淹没的问题。又比如，雷公在好多民族的神话中是反面角色，是洪水灾难的罪魁祸首，但在黎族中，雷公却是正面人物。这是因为海南地区雷的威力特大，比起别的地区的人来，这里的人们对雷神怀有更大的敬畏。

五十多个兄弟民族的神话都极为丰富，与汉族贫乏的情况，形成极为鲜明的对比。汉族的神话，现在留存下来的只是些片断或零星材料。汉族也有天地开辟的神话，这就是盛传的盘古开天辟地，但不见于先秦文献，据茅盾等人的研究，很可能是从南方少数民族传来的。汉族也有洪水故事，这就是大禹治水，但神话色彩很少，早就历史化了。

与神话产生在大致相同社会阶段，接在神话之后，比神话稍迟一些的是史诗。古代史诗存在的情况，汉族与兄弟民族对比也是十分鲜明的。在汉族古代文献中，如果说神话还存有零星、片断的话，论到史诗就只能宣告"阙如"了。《诗·大雅》中的《生民》、《公刘》、《绵》、《皇矣》、《大明》叙到周人祖先及显赫首领的一些重要事迹，有史的成分，但不论规模、内容和形式都远远说不上是史诗。可是，在兄弟民族中，史诗却很丰富，不仅文化悠久、人数众多的蒙古族、藏族等有极为宏伟的史诗，就是总人口只有九百多人的赫哲族，也有民族的史诗。

神话以神为主人公，史诗则以英雄人物为中心。但古代史诗大都与神有关联，护佑英雄人物的有神，或者，英雄人物本身就是神的降世。比如，迄今为止所发现的世界最宏伟的史诗——藏族的史诗《格萨尔》①，它的第一部就是"天神降生"。格萨尔是

---

　　① 《格萨尔》口头和书面的资料都在继续发掘中，现在知道的，已有五、六十部，据统计有百余万诗行，一千多万字。

天神降到人间降妖伏魔的。

兄弟民族的史诗很多，其中最为宏伟、在全世界引起重视、成为专门研究学科的有三部，可以称作中国三大史诗，即藏族的《格萨尔》，柯尔克孜族的《玛纳斯》和蒙古族的《江格尔》。三部史诗都写的是英雄人物保卫家乡、保卫民族、保卫人民、捍卫真理和正义，反对外来侵略，反对不义和邪恶的英雄事迹。三部史诗都既雄伟又优美，艺术水平很高。因此，艺术上能给人很高的美的享受，内容上至今仍具有深广的教育作用。这三部史诗都产生在氏族社会末期和奴隶制早期，不是真实的历史，但却反映了历史的真实，有一定的历史根据。比如藏族，是在七世纪初，也就是唐初，开始建立较为统一的吐蕃王朝的。这也就是开始建立了奴隶制国家。奴隶制发展到九世纪末，内部矛盾冲突尖锐，奴隶与平民起义，奴隶主内部争夺权利，形成大的混乱，战争和战争形成的混乱，给西藏人民造成苦难，都希望有英雄人物出来，建立和平、安定的环境。《格萨尔》就孕育于并反映了这样的时代。有的人说《格萨尔》写的是历史事实。四川甘孜藏族自治州德格、邓柯一带就有许多古老的遗留物，说是格萨尔的遗迹和遗物。邓柯的领部落有一个酋长被称为格萨尔，据说是格萨尔的后代。自然，这些都只是传说，但是从这里也可以看到格萨尔与藏族人民及其历史的紧密关联。又如柯尔克孜族，是一个历史悠久的古老民族，原来居住在叶尼塞河上游，历史上曾数次被外族侵略、统治；汉代，两度被匈奴统治。六朝时被突厥汗国统治。唐代，又先后被东突厥和回鹘统治。五代时成为契丹的属国。元时，被忽必烈征服。明代与瓦剌汗国为邻，常受瓦剌侵扰，也先时，斗争最烈，据说《玛纳斯》中"伟大的进军"就指的这次斗争。后来，瓦剌追击喀尔喀蒙古，一部分柯人被迫西移，直至阿克苏地区。柯尔克孜族虽不断遭到强大的外族的侵略、统治，但却一直抗争，没有停止过反抗。《玛纳斯》写玛纳斯子孙八代与外族侵略者斗争，正是这个民族坚忍不拔，子子孙孙接连战斗，虽八代也不屈服的顽强、英勇精神的反映。《江格尔》是蒙古族原始社会末期、奴隶主阶级上升时形成的作品。那个时期，蒙古族分为许多部落，进行战争，人民要求英雄保卫自己的部族，这就产生了《江格尔》。这部史诗继承了歌颂草原英雄这一古老的蒙古族文学传统。

神话、史诗在汉族与兄弟民族中存在的情况，是马克思在《〈政治经济学批判〉导言》中关于物质的生产发展同艺术生产的发展存在不平衡关系论断的一个证明。文学反映生活，描写生活，反映什么生活，为生活的物质基础，为社会经济情况所制约，所规定，但反映的好坏，却不与社会经济的发展完全平衡。马克思指出，有些文学形式，比如神话与史诗，是在社会发展较低的阶段才可能产生。中外文学历史还表明，那些朴素、真挚的诗歌，在社会发展较低的阶段就已臻于成熟。这是因为文艺有自己的特性。成功的，好的文学作品要求形象地、活生生地反映生活的真实，因此特定内容以及与这样内容相适合的特定形式的文学作品，只能产生在特定的时代，需要一定历史条件下的时代生活环境，也需要在一定的历史条件下，以一定思想、感情、眼光和头脑去观察、感受、掌握这种生活和艺术形式的特定时代的作家。神话和史诗产生在"人类童年时代"，后来的作家、诗人虽然也可描写神怪，虽然也可用古代神话和史诗的人物、故事为题材创作新的作品，可以虚构远古的以至开天辟地的神怪故事，写这样神魔内容的诗、小说和戏剧，却不能创作神话和史诗。因为这些作家、诗人已不是"人类童年时代"的"童年"人了，脑子不同，思想不同，情感不同，意识不同，世界观不同，硬要装为儿童，就很可能像二十四孝图中的那个满面皱纹、满脸胡须，却穿着彩衣，手里摇着拨浪鼓，倒在地下撒娇的老莱子。即使扮得很好，以至达到中国儿童剧院那些极可尊敬，极令人佩服的演员们的水平，那也是演戏，不是真的。

马克思高度评价希腊的神话，认为具有高不可及的艺术水平，对人们具有永久魅力。为了说明这个问题，他曾以未成年的儿童为比喻。发育正常的儿童，生气勃勃，富于幻想，思想感情单纯、真挚，而儿童表达自己的情意和理解与讲述外界事物时，又常常是采用具体的形象的方式。这些都很合乎文学创作的要求。我国明代的李贽，关于文学创作，就曾大倡"童心"的说法。清末的王国维给词人下了个定义，叫做"词人者，不失其赤子之心者也"，并以他所极度赞颂的李煜为例。可以说，人类的童年以及童年时代的人，从某些方面看来，更具有艺术家的气质。倒是，近代文明越发展，一些人的思想感情淹没于现实的物质利益，淹没于金钱和利润，幻想和诗情也被吞没了。因此马克思说："资本主义生产就同某些精神生产部门如艺术和诗歌相敌对。"① 我们并不要为了艺术和诗歌回到"人类的童年时代"，但却要为文学艺术的高度繁荣，为原始公社的更高阶段的发展，我们的理想，未来的共产主义社会而努力奋斗。我们不能再变成儿童，但却可以具有儿童那样的纯洁、朴实和真挚。像马克思说的："一个成人不能再变成儿童，否则就变得稚气了。但是儿童的天真不使他感到愉快吗？他自己不该努力在一个更高的阶段上把自己的真实再现出来吗？"②

马克思在高度赞美希腊神话和史诗时，提出古代希腊人是正常的儿童。汉族也有过自己的童年，童年的汉族也该算作"正常

① 《马克思恩格斯全集》第 26 卷，第一册，第 296 页。
② 《〈政治经济学批判〉导言》，《马克思恩格斯选集》第 2 卷，第 114 页。

的儿童"，那么，为什么没有史诗，神话也只留下一些片断呢？对这个问题，鲁迅和茅盾都有过研究和分析。他们的意见，都是应该尊重的①。这是个复杂的问题，需要多方面深入探讨。根据马克思在《〈政治经济学批判〉导言》中的分析，似乎还可以从另一个侧面来探索：既然神话和史诗产生在"人类童年"这一特定时期，那时还没有文字，是口头流传的口头创作，要保存，写定，就有一个受到重视和及时记录的问题。汉族和兄弟民族的神话和史诗（假设汉族过去也有史诗）被重视和被记录，情况是很不相同的。兄弟民族的神话和史诗被重视和记录，是在产生这类作品时这个民族的"童年"时代，或离这样的时代不远②。如果这些创作不被重视，不被及时记录，就有失传的危险。因此，发生了一个"抢救"问题。比如，去年冬天我们去海南岛，有一个能唱许多古歌的黎族歌手，不幸在我们到达前的一个月去世了，只有他一个人记得和能唱的一些歌，也就从此失传。也是去年，我们的另一部分同志，去黑龙江搜集赫哲族的"伊玛堪"，专门走访赫哲族著名歌手吴连贵同志，用现代化工具录音机录他所唱的"伊玛堪"。他当时生病，只录了一部分就进了医院，不久病故，只他一个人能唱的那些"伊玛堪"也就从此失传。汉族在殷商时就已进入奴隶制鼎盛的时期，汉族的"童年时代"当在殷商之前，顶多可以挂到殷商的初期。根据殷墟的发掘，当时已有了简单的文字，但留下的只是记录简单卜辞的甲骨文。那时，对神话和史诗不可能有今天的认识，不可能有今天这样的有心人去搜

---

① 鲁迅的意见，见《中国小说史略》。茅盾的意见见《中国神话研究初探》，这部著作收入 1978 年人民文学出版社的《茅盾评论文集》下册，具体意见，见该书第 245—246 页。这书也引了鲁迅的意见，见第 243—244 页。

② 比如苗族、畲族、瑶族中流传的关于槃瓠的故事，《后汉书》的《南蛮西南夷列传》及《魏略》、《搜神记》中就已有了记载。

集、记录、整理，也没有记录、整理的条件，更没有人想到要去及时"抢救"。而且，直到现在，也没有发现在当时有比汉族更先进，文化水平更高，和汉族生活在一起，或与汉族交往，可以代汉族记录、整理口头文学创作的别的什么先进民族。这样，汉族的"童年时代"的神话等口头创作，就只能随着时间的流逝而消逝了。有人或许会提出希腊和印度，这两个民族并没有依靠别的比他们先进的什么民族而却保存了自己的神话和史诗。这有别的条件。希腊早期就兴起了戏剧，当时的希腊戏剧，不论悲剧还是喜剧，都采用了不少神话作题材，从而把古代的神话保留下来。汉族文学发展的历史，戏曲是后期才发展起来的。还有，希腊和印度都有早期的宗教①，为了传教，不论佛教或基督教，都利用民间流传的神话，不少神话就是靠宗教保存下来的。汉族在早期没有自己的宗教，可以算作汉族宗教的道教，是较晚才创立，离"童年"已很远了。

与兄弟民族比较，汉族的文学创作，还有一个最大缺陷，即在古代缺乏长篇的叙事诗。汉族古代的叙事诗不很发展，而且篇幅都比较短小。列入文学史，且作为专节论述，汉族古代最著名也是最长的一首叙事诗《孔雀东南飞》，只有一千七百多字。但在兄弟民族中规模较大的长篇叙事诗却很发达，翻译成汉文，已为大家熟悉的就有彝族的《阿诗玛》，蒙古族的《嘎达梅林》，傣族的《俄并与桑洛》与《线秀》，苗族的《仰阿莎》，傈僳族的《逃婚调》与《重逢调》，裕固族的《黄黛琛》等等。特别值得提出的是傣族的长篇叙事诗极为丰富，仅以阿銮为主人公的长篇叙事诗就有五百五十部。傣族长篇叙事诗这样多，十分令人欣喜，

---

① 这里说的"早期宗教"，是指早期基督教一类的宗教，不是"人类童年"或更早的"原始宗教"或"自然宗教"。

也值得认真研究，需要研究这个民族的社会生活，风俗习惯，民族性格，文学传统，以及自然环境，宗教信仰等等。拿宗教信仰来说，傣族信仰小乘佛教，每个寨子都有缅寺，每个缅寺都有藏经的地方，所藏的不仅是佛教的典籍，也包括一些佛经故事或与佛经有关的一些故事。这些故事大都是用叙事诗形式写的。傣族人民赕佛，内容之一就是写献这些叙事诗。而五百多部长篇叙事诗的主人公阿銮便是佛的化身，所以有五百五十部，就是由于他要经历五百五十回磨难，修行五百五十代，才能成为佛祖。

兄弟民族在各自的文学发展中，还创造和发展了本民族特有的艺术形式，几乎每个民族都有这方面的创造。比如：水族的"双歌"，可以说是一种很优美、很讲究的对歌，意思要寓于一则寓言中，既有说白，又有歌吟，不但内容要对得贴切，形式要形成一对，歌的格律也很讲究。蒙古族的"祝词"和"赞词"，在蒙古族人民生活中运用极为广泛。这是一种即兴的民间朗诵诗，形式比较自由，长短也不拘限，押韵也不那么严格，但也有一定的套式和曲调，并要求一气呵成，因而奔放、激昂。土家族的"打闹歌"，是集体生产劳动中的一种集体歌唱。众人劳动，领唱的和敲锣的在一旁领唱、敲锣，一人领唱，众人合唱，热火朝天，鼓舞干劲。因为歌词谐谑，所以取名"打闹"。歌词谐谑，引人发笑的，还有瑶族的"滑稽歌"。只是，"滑稽歌"不配合生产劳动，引人发笑的方式，主要是颠倒物象。"打闹歌"和"滑稽歌"的谐谑，不仅都为了娱乐，使人开心，也都具有讥讽的意义和作用。仫佬族的"古条"，是一种故事歌谣，以歌谣的形式唱故事，内容则是民间流行的历史故事、神话和传说等，一般是合十五首至三十首歌谣为一条，即唱一个故事。赫哲族的"伊玛堪"，是一种以唱为主的说唱，但不是一般意义的说唱，而是诗的一种。此外，还应提到新近发现的傣族的《论傣族诗歌》，这部诗论用讲故事的形式系统阐述诗歌的作法和理论，其中关于诗歌的起源及原始人类的思维提出了值得重视的论点和论据。

兄弟民族的书面文学有几种情况：文化悠久，早就有了民族的文字和作家，如藏族、蒙族、维吾尔族、哈萨克族，都有丰富的文学遗产和不少古代优秀的作家。彝族的一支纳西族，也是很早就有了自己文字的民族，并遗留下著名的《东巴经》。《东巴经》虽然是宗教的经籍，但其中却保有许多文学的内容，上面讲到的《黑白之战》，作为书面的记录，就刊载在《东巴经》中。纳西族主要文献是《东巴经》，因此文字也就被称为东巴文。这是世界上少有的一种象形文字，类似图画，但却能表达丰富而细致的思想情感，因而很珍贵，需要深入探究。此外，彝族、柯尔克孜等族，也较早就有了自己的文字，因而有自己的书面文学遗产。文学是语言的艺术，是用语言生动描画生活的艺术，因而，一般说来，只有用自己民族的语言、文字创作，才能充分表达与保持自己民族的特点，才能最准确、最细腻地表达民族的思想、心理和感情，才能最深入、细致而准确、真实地反映民族的生活。有些民族，虽然历史悠久，在政治、经济和保卫祖国方面为整个中华民族作出了重大贡献，但因没有自己的文字，因而没有或缺乏用自己语言创作出的书面文学遗产。其中有些民族，古代有不少知识分子，能熟练地运用汉文，掌握汉族的文学形式，写出了思想和艺术水平都较高的文学作品，但大都缺乏本民族的民族特点，不仅语言、形式是汉语的，其内容、情调也与汉族的没有区别，从文学的角度来看，这些都不能说是这些民族的文学，但却应该说是这些民族对整个祖国文学的贡献。例如：元代有满族李直夫，是著名杂剧作家；维吾尔族贯云石，是著名散曲作家；蒙古族萨都剌，是杰出的诗人和词人。明代有蒙古族杨讷，是著名的杂剧作家。清代有满族纳兰性德，是极为杰出的词人。

汉军旗满人曹雪芹和蒙古族蒲松龄，一个是伟大的长篇小说家，一个是最为杰出的短篇小说家，更是举世闻名，他们的创作，成为了"国之瑰宝"。这些作家，都对整个中国文学的发展作出了重大贡献。

解放后，兄弟民族摆脱了民族压迫的锁链，兄弟民族的文学也进入了一个崭新的大发展阶段。原来就有本民族文字的民族，用自己的文字，写出了民族文学的新篇章。旧的遗产也获得从未有过的重视，或被挖掘出来，或被翻译或重新翻译，得到了新的评价。原来没有文字的民族，开始创制文字，过去没有作家的民族，都已涌现出专业作家或作者，用本民族的语言、文字或汉族文字创作反映本民族的生活与斗争、具有本民族特色的作品。

三

编写一部包括各兄弟民族文学成果、文学经验、文学发展历史，因而名实相符的中国文学史，是全国各族人民共同的需要和要求，是全面繁荣、发展我国社会主义文学的一项重大的基本建设性工作。这样的文学史尚未诞生前，全面介绍五十多个兄弟民族文学情况也就成为必要了。自然，这样一项工作，也是艰巨、繁难的，是前人不曾做过的。俗话说，万事开头难，但万事总该有个开头。即使是开头，这样的工程，靠少数人也是办不到的，只能依靠集体，依靠全国各地各族的力量。本书便是在全国各地各族有关领导和组织的大力支持下，在全国各地各族为这部书采集、提供资料，搜集、整理、翻译作品，参加座谈以至执笔修改，以及用其他各种方式提供意见的不可计数的同志们的热情的大力的协助下，在全国各地各族直接参与写作的众多执笔者的辛勤劳动下，编写出来的。这是一部集体创作，编写者是各地各族的同志们，我们只不过是做了点组织工作，做了点最后编写的工作。这"编定"除个别补充外，也只是文字上的修整和某些内容的调整、压缩和删削。

这是一部介绍性的著作，不是历史，不是理论，不是批评，也不是评介，我们只抓了个"介"字。我们想使读这部书的读者，能更多地更具体地接触、感受、了解各族光华四溢的文学创作成就，因而我们定下了一条方针：突出作品。办法是：最精彩的短小的作品，列举全文，一般则介绍梗概，列举精彩的片断。我们设想，就像五十多个兄弟民族各开一个文学创作展览馆，珍宝摆在里面，请参观者自己观览、鉴赏。只是为了便于了解，像故宫一个个殿堂或陈列馆，在门口挂个牌子，上面写点简单介绍。为此，原稿中一些分析、评论和考证，虽然是科学的，以至是精彩的，我们也大都割爱，删除了。我们认为，这并不抹杀执笔者们科学努力，执笔者辛苦劳作所取得的科学质量依然存在：存在于那简短的说明，存在于对作品的选择、安排，梗概的概括、表述，精彩片断的选择，以及从梗概和列举的作品片断中所反映出来的翻译水平等等，只是分析、评论和考证以及理论上的见解，都隐含在看起来简短的介绍中罢了。

这部书顾名思义，所介绍的自然应该是兄弟民族文学。所谓"民族文学"，我们的理解是：第一，作家或作者是这个民族的；第二，作品所反映的是这个民族的生活，具有这个民族的民族特点。根据这样的理解，又有了两条：第一，不是这个民族的作家或作者的作品，虽然写的是这个民族的生活，并真实地很好地写出了这个民族的性格和特点，也不算这个民族的文学；第二，是这个民族的作家或作者，但所写作品内容、形式和风格都不是这个民族的不具这个民族的特点，也不能算是这个民族的文学，因此，一些民族的古代作家用汉文写的诗作，虽被选入著名的选本，因与汉族的作品没有什么区别，就不提及，有些成就特别大的，也只扼要列出姓名。

既然不是历史，不探索、清理和表述文学发展的线索和规律，而是博览会似的珍品展览，因此这部书所介绍的作品都是思想和艺术很好或比较好的。有些作品虽然在这个民族的文学发展中起过重大作用，或一定历史阶段，在政治上发生过重大的、积极的影响，如果艺术性太差或较差，也不列入介绍范围。本着这一想法，对提到的作品，只讲优长，诸如历史局限、"消极"因素、不足之处等等，一般就从略了。

钟嵘在谈到他的不朽著作《诗品》的写作方针时说："今所寓言，不录存者。"我们这部书的性质及所谈作家、作品的情况与《诗品》不同，自然不能照此办理，但存者和逝者究竟是有区别的。当代作家，正在写作，前程未可限量，且作品发表在当代，易于为当代人知晓，至少是易于读到；古代的作品，特别是不为一般人知晓但确属重要的、优秀的作品，无此条件。因此，我们参考钟嵘的办法而加以变通，定出了个详古略今的办法，凡属当代，作家或作者只列举这个民族中最为重要的，作品则一般只举名目。

五十多个民族的文学情况在一部书里介绍，如何安排、组合是很费思考的。按照语系，按照文学发展的内部关联，存在不少实际困难，不好办，至少是暂时不好办。按照国务院颁布的民族顺序，也不是好的办法。于是，想到了按照各民族自然分布的地区，从我国许多山脉的源出地和交会点、古代中西交通的要道葱岭开始，走青藏高原、黄土高原、内蒙古高原到黑水白山的东北地区，再出辽河到了海上，经渤海，黄海，南海，中间经过台湾和海南岛，再入广西，到东南丘陵地带，到云贵高原，这样把五十多个兄弟民族连结起来。事实上，属于同一地区或邻接地区的民族，由于必然有的各方面交往，政治、经济、文化（包括文学）以及风俗习惯都是互有影响、互有关联的。因此，外部的地理关系中寓有内部的种种关系。

介绍五十多个兄弟民族文学情况，百余人执笔，虽然我们曾有一个为大家同意的共同的编写方案，所有文稿，又经我们逐一修整，但仍不可能整齐划一。重要的是，一则由于各个民族的文学各具特点，再则对各个民族文学及有关情况的了解、掌握也很不平衡。因此，除了一些大的要求力求大体一致外，其他方面的灵活、差异，就该是可以允许的了。

我们的编写方案要求，对每个民族文学的介绍，尽量做到全面系统，要求把这个民族丰富的文学宝藏中富于民族特色的珍品，全部陈列出来，还要求所引用的作品的译本准确、易懂、优美，做到严复所提出的信、达、雅三点。但，提要求是轻而易举、不费力气的，付诸实践，认真作去，困难就很多了。即以全面系统介绍，把珍品全部陈列出来一项而论，就是一大难题。且不说挖掘较晚较少的一些民族，矿藏还很丰厚，就是开采较早较多的民族，未挖出的东西，也还是很多的。为了尽量达到这一要求，有些地方在编写中，同时还继续进行调查，有的甚至在写出第一二遍稿后，还组织人力，深入搜集，并有所获，因而补充、丰富了文稿的内容。但这样的工作，一时哪能结束得了，如果再继续进行三五年，也未见得就全部搜集罄尽了。可是这部书的出版，又不宜于长期拖延，不与读者见面。不得已，只能就现在所能掌握的材料进行编写。这是不得已的办法，也是切实可行的办法。这样一来，这部书对各民族的介绍，不完备是无疑的了。由于不完备，选择也便有了问题，很可能遗漏了好的，而却介绍了不那么好的。还会出现别的一些错误。至于译文，可能问题更多，这是使人十分担心和不安的。这部书出版发行，我们的一个最大企求，就是希望尽多的同志提出补充、修改的意见，以便增订再版。在成千上万的专家和读者同志们的关怀下，提供补充材料，指出错误所在，第一次增订，第二次增订……这样不断增订下去，也就不断走向完善了。因此，收到补充修改的意见愈多，我们将愈是高兴。广大读者如果认为这个工作有意义，这个"开头"是需要的，我们就感到安慰。如果这部书能使过去不留心，不注意兄弟民族文学的同志们而留心、注意，以至一些对兄弟民族文学轻视的同志变为重视，那就是对我们最大最高的鼓励了。

（原载《民间文学论坛》1982 年第 2 期）

民间文学及其发展谫论

一

　　根据《礼记·王制》和《汉书·食货志》的记载，我国西周时代也就是距今两千多三千年前，就有了采集民歌的活动，并传说此项活动那时已有了组织，有人专司其事，成为一种经常的制度了。春秋时代，也就是距今两千六七百年前，还编成了集子，这就是《诗经》中的《国风》。《国风》中的诗歌，虽然并不都是民歌，但民歌确是占了相当的数量。对这些诗歌的评论，据记载所知，有吴国的季札和鲁国的孔子，但都是只言片语。说得上是对这个集子进行系统研究的，该是汉代的齐人辕固、鲁人申培及韩婴和毛亨、毛苌，即齐、鲁、韩、毛四家诗说。齐诗，鲁诗，韩诗三家都已失传，至今较为完整地流传下来的是毛诗一家。毛诗对诗的解说以及相传为后汉卫宏所作的序，对具体作品的分析，很多都是十分牵强附会的，给《诗经》中的诗歌乱戴政治帽子，从没有任何政治内容的作品中寻找政治意义，比如把一些纯粹歌唱个人爱情的情歌说成是赞美皇王后妃，说成是如何合乎古礼。

这真是个不幸的开头。可以说，毛诗中解说具体作品的序的作者是研究诗歌而瞎讲政治的老祖宗。可见，把文艺和政治胡乱联系的做法，渊源久远，而且影响深远，以至今天还存在这种现象。

我国搜集、编辑、评论、研究歌谣，虽然时间很早，但民间文学的概念却是到了现代才有的。这是因为我国长期停滞在封建社会，在这样的时代，人民群众是没有地位的，统治者虽然搜集、编选民歌，秦汉时甚至还设立了专门的机构负责此项事务，①也不过是为了"观民风"，以研究如何更好统治罢了。"民间文学"这个词，是"五四"时候才开始有的；它因"五四"新文化运动而产生，也是"五四"新文化运动的一部分。"五四"运动是伟大的反帝反封建的民主运动，是轰轰烈烈的思想解放运动。这个运动使人民的地位提高了，民间创作也因而受到了重视。这时，在资本主义文明产生较早的西欧，对民间文学的研究早在上个世纪就已成为一门学科，并且有了国际统一的名称Folklore。只是，这个国际术语，有多种含义。在我国，对民间文学这一概念，也有不同的理解，直到解放后，直到今天，也还存在争论。

英语Folklore是个复合词。Folk有民间的含义，也有民众的含义，而"民间"的概念又可以有不同的解释。Lore有"知识"和"学问"等含义，而不论"学问"或"知识"，含义都很广泛，因而也可以有不同理解。这样，Folklore作为学科，就有以下不同含义：民俗学，民族学，以至风土志学、地方志学等等。高尔基则把它定义为劳动人民的口头创作。至于我国的"民间文学"一词，有的认为民间文学应包括市民和小市民的文学，有的认为

---

①　这机构叫"乐府"，过去一向认为汉代才有，但骊山秦始皇墓挖出的编钟，已有"乐府"二字。

民间文学就等于群众创作，从事这项工作的较多的同志则赞成高尔基的说法，认为应是劳动人民的口头创作。于是，不论作为国际术语的"Folklore"或我国的"民间文学"一词，虽然词是统一了，却是各有各的用法。

研究问题不能从定义出发，但如果作为一门学科，尽管进行研究可以有不同的观点和方法，这门学科研究的对象，它的范围，却应该有一个大家同意的明确的界说，应该有一定的定义。否则，议论的事物不同，各说各的，就没有共同的语言，商讨、辩论也就没有什么意义了。正如对文学的研究，可以有不同的观点，不同的方法，除了马克思主义的观点，还可以有别的许多观点，比如我用的是马克思主义观点，你用的是弗洛伊德的心理分析观点，但大家都研究的是文学，其对象和范围是共同的，这才可以争论，可以判别正误，可以在争辩中把这门学科愈益精密地建立和发展起来。如果我谈的是文学，你不是用心理分析方法分析、研究文学现象而讲的是心理学，那就无法争论了。

对"Folklore"和"民间文学"概念上不同的理解，既然从语源上说来，各个都有一定的道理，那就不必勉强统一。如果某种理解可以构成一门学科，那么它就成为一定含义的学科，比如民族学、民俗学、方志学、人民口头创作，都可以成为学科，成为不同的几门学科，也都可以用Folklore这个词。持任何一种理解因而搞某种含义学科的人，都不必指责持另一种理解因而搞别的含义学科的人用词不当。要是这些学科都发展起来，为了不产生误解，那么，也可以协商各另用一个词儿。至于在我国的"民间文学"这个词，如果认为它应包含市民或小市民文学，那就可以按这种理解，去研究这样对象、这样范围的问题，建立自己的学科；作别种理解的，也可以是这样。我想，不但不必为这一用词争论，而且在明确了各自的研究对象与范围后，还可以对研究另一对象、范围的人，在有关问题上，进行学术上的合作、协助。这样做对所有人、对所有学科的发展都有好处。人类在发展，人的知识在积累在增多，学术研究的领域也在不断扩大，有许多新天地在发现，原来不能或没有成为独立学科的在发展，形成为一种新的学科。人类智慧的发展，过去是这样，今后和将来也该是这样。

作为一种活动，作为可以构成学科的一种独特的文艺活动，我们所说的"民间文学"和高尔基所讲的基本意思相同，指的是：为劳动人民自己创作并在劳动人民中流传的口头文学。①

为什么下这样的界说，理由是：在封建时代，市民自然也算是人民，这个阶层的人所活动的社会，也可以说是民间，因此，把市民的文学包括到民间文学，不能说没有道理，把市民的文学和劳动人民的文学包括在一个范围内，进行研究，自然也是可以的。但不论从生活情况看，从思想感情看，从文艺的形式、风格看，这个阶层的文学，即使是口头创作部分，和劳动人民的口头文学创作都是很不相同的。把"民"作"人民"解，包括的内容就比较复杂，在封建社会，以至解放之后，可以把一些剥削者也包含在内。如果把"民"作"劳动人民"解，就较为单纯，区分剥削者和被剥削者，劳动者和非劳动者，就较为清楚，共同的东西也更多。为了区分得更科学，为了更好地进行科学研究，也为了把劳动人民摆在应有的地位，把民间文学定义为劳动人民的口头文学创作，该是更好一些。至于群众创作，以群众为对象、范围进行研究自然也是可以的。但"群众"和"创作"两词，含义都较广泛，就算把群众解释为劳动人民群众，那"创作"也是很

———————————

① 我们所以把口头创作叫做口头文学，这里的"文学"含义，指的是语言的艺术，是用语言以构成美的形象的艺术创作，或者可以说是语言美的创作。

广泛的。特别是今天，劳动人民群众既可创作口头文学，也可以创作新诗，创作话剧剧本，创作电影文学剧本，包括这样一些与作家创作难于区分的内容，进行科学研究就更是困难了。

在劳动人民中，不仅流传着自己创作的口头文学，还有自己创作的音乐、舞蹈等等，连同民间的口头文学，可以统称为民间文艺①。民间文学是民间文艺的一个部分。对民间文学进行科学研究，需要与民间的其他文艺形式联系起来。比如民歌，在民间是歌唱的，离不开音乐，因此就是作为文学的一个品类来研究，也得了解歌曲，欣赏、玩味唱起来的民歌。民歌之所以叫做民歌，就因为它不仅是劳动人民自己的诗歌，而且是以特有的曲调、特有的旋律在劳动人民中歌唱。许多民歌，又与民间舞蹈紧密地联系在一起，因此研究这样的民歌，也需了解、研究与之紧密联系的民间舞蹈。民间文学的内容、形式及其活动，又与民间风习、地方乡土色彩以及民族的特点和历史有着密切关联，因此研究民间文学需要研究与之有关的民俗、乡土、民族等等，这样，它就与民俗学、民族学、方志学等发生了密切的联系。

二

口头文学起源很早，远在文字没有创造出来之前就已存在了。汉族的文字不知创于何时，现在留下来较古老的《击壤歌》、《康衢谣》很难断定它们产生时是否已有文字，甚至更古的《弹歌》，也难说那时有无原始的文字。汉族以外的一些兄弟民族，比如解放时还处于氏族社会的鄂伦春族、赫哲族，他们没有文

---

① "文艺"这个概念，可以有两种含义，一种是指包括文学在内的许多艺术（如音乐、戏剧、美术等）的总称，一种是专指文学。

字，但口头文学却很丰富，不仅有短小的民歌，而且有神话，有许多优美动人的史诗。既然没有文字，因此，口头文学就成为惟一的文学。那时还没有产生阶级，人人都参加劳动，因此既没有人民与非人民之分，也没有劳动人民与非劳动人民之分，不能把这样的创作叫民间文学或人民口头创作，只能叫口头文学。由于没有文字，这种口头文学不仅独霸了当时的"文坛"，而且需要记忆的一切知识、经验和历史，也大都通过它来传播和流传。那时没有文艺和科学的区别，更没有社会科学与自然科学的划分，甚至宗教观念产生后，原始宗教的一些活动也和它混在一起。产生了巫师，巫师就成为有些民族文化的掌管者，也掌管许多口头文学创作，并用来宣传宗教，或掺杂入宗教的观念，比如鄂伦春族的萨满。这样，这些口头文学，不仅是优秀的文学，而且成为研究古代社会的重要根据和丰富宝藏。

文字被创造出来而且日益丰富，这时也逐渐产生了阶级，体力劳动与脑力劳动分裂、对立，文字、文化为剥削阶级垄断，书面文学产生、兴起，打破了口头文学独霸的局面，并渐渐成为文学的正宗，以至使人们认为只有这种书面的创作才能称为文学。随着劳动者地位的降低，劳动人民的口头创作就被视为不高、不雅的低的、俗的东西，一些反抗的歌声和故事，则更遭到压制和禁锢。但是，人民的口头创作仍然存在、流传并不断产生新的作品，它像压在岩石下的巨松，不怕风雨，不畏阻抑，在重压下面生机勃勃地苗壮成长，丰富多彩，品类日多，形成自己的风格，形成自己的传统，形成自己的独自的体系。

口头文学与书面文学同时并存，在同一时代里，它们都受到当时的政治、经济和文化的影响，反映当时共同的社会风习，反映当时影响各个阶级的历史和社会生活。但由于劳动人民是生产者，是历史的创造者，因而不论政治上或者艺术上都是最富于生命力的。拿我国文学发展的历史来看，往往当作家的文学因时代的原因而走向衰落、颓靡的时候，进步的作家往往从民间文学吸取力量和营养，因而获得生机，继续向前发展。一些伟大作家，不论屈原、李白、杜甫，都曾向民歌学习。我国文学发展中一些新的形式，它们的产生，也大都源于民间文学。民间文学也受到作家文学的影响，但是二者仍然保持各自的特色和体系。

回顾我国文学发展的历史：最早的诗歌总集《诗经》，思想艺术最好的诗篇是《国风》。最早的伟大诗人屈原，他的诗歌形式，来自南方的民歌，而其最有特色的优秀的《九歌》则传说是南方民歌的改编。汉代四百余年中，占统治地位的赋，成就不大，生命短促，最杰出的乃是主要采自民间的乐府诗。历魏晋南北朝，乐府诗与文人的乐府诗，是诗歌中引人注目的杰出的部分。文人的诗歌在齐梁时"采丽竞繁，而兴寄都绝"，形式主义大大发展，内容空虚贫乏。陈子昂首倡复古，主张继承风、骚，开始挽救颓风。李白积极向汉魏六朝乐府及当时的民歌学习。杜甫则推崇风、骚，继承汉魏六朝的优良诗歌传统，使唐诗发展至鼎盛时代。兴盛于唐五代及宋的词，来源于盛唐或在盛唐之前的民间曲子词，后来白居易、刘禹锡等模仿民间曲子词，才使这一形式在文人中流行起来。元代兴起的戏曲，其形式也来自民间，作者的社会地位一般都较低，与人民群众有较深的联系，题材也大多采自民间传说，表达了被压迫人民的思想情感。宋元以来出现至明清盛行的小说，也产生于民间，先是口头讲说，后来才写成本子。著名的《三国演义》、《水浒传》、《西游记》，全都经历了民间传说、艺人口讲到最后文人编定的过程。我国清代最杰出的短篇小说集《聊斋志异》，虽然主要继承的是文人笔记小说的传统，采用文言的形式，其题材也大都采自民间传说。蒲松龄自己也说他这部书是搜集异闻奇事而写出来的。到了清代，倡诗界革命的黄遵宪，很重视民歌。我国现代文化革命的主将和旗手鲁迅，其思想和艺术也与民间有着紧密的联系，他对劳动人民的文学创作，作了高度的科学的评价。我国当代，不论诗歌或者小说，由于学习民间，也获得显著的成就。

三

民间文学与一般书面文学比较，有自己的特色。这些特色都是由劳动人民的和口头流传的这两大根本点所产生，值得特别提出的有以下几点：

首先，表达的是劳动人民自己的思想、感情、愿望和幻想。这里所以特别提出"自己"，是说它有别于任何其他阶级或阶层的人的代言、体会或同情，而是出于劳动人民自己。非劳动人民的人，比如过去不少优秀的诗人、作家，也可以同情劳动人民的疾苦，在一些问题上可以与劳动人民的思想感情一致，以至于在实践中为劳动人民谋福利。但他们如果没有从根本上改变立场，没有投身劳动人民中真正变成劳动人民的一员，仍然与劳动人民存在区别。大家都很熟悉唐代李绅写的一首悯农诗。这首诗曾被选入中小学课本，甚至被题写在陶瓷用具上，诗中所表达的思想感情可以说是和劳动人民一致的，但很显然，这不是劳动者的诗，而是劳动人民的同情者所写的。这诗标题的一个"悯"字，就清楚说明作者是把他的地位高高摆在农民之上的。劳动人民在旧社会受苦最深，因而他们能更好地在口头创作中描写他们自己的苦难生活，抒写他们对这种生活的情感。这样内容的作品，或则揭露，或则讽刺，都明朗、有力，而不是没落者无力的缠绵哀怨，悲观绝望。正如高尔基所说，劳动人民的创作，是与悲观主义绝缘的。劳动人民既脚踏实地，又富于幻想，并反映于他们的口头创作，但这些幻想植根于现实生活，依然有强烈的现实感。他们除了幻想本阶级带有神性的英雄人物，幻想自己已经常接触的自然界的各物化为精灵，为穷苦人谋福利，还幻想好皇帝，幻想好的王子、公主，幻想好的官吏，但他们所塑造的这些"上层人物"，是劳动人民所要求的，是他们的理想，和封建统治阶级所立的典范根本上是两回事。

其次，使用的是劳动人民的语言。斯大林讲过，语言自身没有阶级性，在一个民族中，基本词汇和基本语法是一致的，这样才能互相交往，表达各自的意思。但劳动人民讲话时所选用的词汇，表达的方式，是不同于别的阶级，不同于一般知识分子的。劳动人民的语言，不像某些书面语言，都是生活中活着的语言。劳动人民的语言不是来自书本，而是来自生活，来自变化多姿的自然，从生活中，从包含万有的自然中，丰富词汇，吸取譬喻，因而他们的语言总是具体的、生动的和精炼的，而口头的创作，不仅诗歌，包括故事，为了易唱易讲和爱唱爱讲，为了使听众爱听，又进一步地讲究精练，讲究生动。

复次，运用的是劳动人民所熟悉的口头文学形式。拿民歌来说，任何一种民歌形式，都产生与形成于一定地区劳动人民有特色的生活及其有特色的生活环境。比如爬山歌，其高亢而漫长的音调，适宜于内蒙西部广大农村和半农半牧地区的环境。陕北的信天游与爬山歌虽都是两句，声调却较为柔和，也没有那么漫长，很适宜于陕北高原山峁与山谷中赶牲或耕地的生活与环境。江南的吴歌，则更柔和清丽，适宜于江南水乡的劳动生活与环境。如果把爬山歌搬到江南的采莲船上，或者把江南的吴歌用于蒙古草原的马上，那就会感到生活与歌不那么协调了。讲故事没有民歌曲调那么多样，但也因环境而有不同。各地不仅语音各异，而且对一些事物的称谓和形容也是不一样的。

最后，由以上一些特点构成了劳动人民的文艺所特有的美。劳动人民的口头文学创作，不仅品种多样，风格也是多样的，因歌咏、讲述的事物不同，也适用不同的方式，形成不同的美。而且，几个民歌歌唱家或讲故事的能手，即使唱的是同一首歌，讲的是同一个故事，也都各有自己的风格。但总的看来，民间文学又有着一种共同的异于一般书面文学的独特的美。这样的美，简单概括为一个词，可以称之为朴素。伟大的、杰出的作家、诗人的一些作品也是有朴素之美的。别林斯基认为美之极致是朴素，并认为果戈理等的一些杰出的创作是朴素的。但朴素是劳动人民文艺创作的共同特色，而且民间文学的朴素与一般诗人、作家作品的朴素也是有差异的。劳动人民口头文学及一切艺术之所以显著地具有朴素的特点，和劳动人民文艺活动的原因与方式，和劳动人民的思想、感情，以及决定他们的思想、感情的生活情况有着密切的关联。劳动人民不仅生活、思想与感情是朴素的，他们的语言以及用语言进行口头创作，其动因和表达，也都是朴素的。劳动人民创作歌谣和别的口头创作，不为名利，也根本没有想到什么名利，乃是有感而发，有感需发，直抒胸臆，出自真情实感，没有一点虚假，一点造作。冯梦龙《序山歌》："山歌虽俚甚矣，独非郑卫之遗与？且今虽季世，而但有假斯文，无假山歌，则以山歌不与诗文争名，故不屑假。"李开先在《词谑》中也说："如十五国风，出诸里巷妇女之口者，情词婉曲，有非后世诗人墨客操觚染翰、刻骨流血所能及者，以其真也。"因此，一些人把民歌赞为天籁。黄遵宪在《山歌题记》中说："十五国风妙绝古今，正以妇人女子矢口而成，使学士大夫操笔为之，反不能尔，以人籁易为，天籁难学也。"这种率性而为的天籁，不假雕琢，出于真情实感的诗歌，是真正的好的诗歌。连明代的李梦阳在其《诗集自序》中，也以十分赞同的口吻，转述其友人王叔武的话说："真诗乃在民间"，而诗，应该是"天地自然之音"。朴素的民间文学就正是这天地自然之音。

　　构成民间文学之美的朴素，另一特色是朴素的生活感、地方色彩和泥土气息。不能把朴素误解为简单、单调、缺乏色彩。劳动人民的语言以及用这样的语言构成的形象，都是色彩鲜明，绚丽多姿的。只是这富于色彩的形象，不是来于书本，而是来于生活，来于生活自身，来于构成生活环境的自然，是生活自身的产物，是土生土长的东西。因此，一切民间文学都富于劳动人民的生活气息，富于地方色彩，带着浓郁的泥土味，它的形、色、声音像变化多姿的生活与自然那样生动，也像不加修饰的生活与自然那样自然。民间文学有巧妙的美丽的描写，这描写的突出的特点是自然的，不同于有些人所追求、所欣赏、所偏爱的那种所谓"艺术性强"的描写。这样的艺术描写往往是脱离生活、脱离自然的，只是一些所谓美丽词藻的堆砌，下焉者甚至是陈词滥调的重复。这样的文字垃圾泛滥于"四人帮"嚣张的时代，很适应"四人帮"所宣传的一套的需要。在"四人帮"控制舆论期间，这种现象以至形成风气，首先在大字报，然后在报纸、杂志上大量出现。写这样大字报和文章的人，自命为很有"才气"，别的人也这样来赞美。"四人帮"已垮台了，可惜的是，这一流毒至今尚未彻底消除。比如，有人认为朴素的民歌或民间故事不够美，因而在整理或发表这些作品时硬要给涂些脂粉，加强所谓"艺术性"。这是对美究竟如何认识、理解的问题。许多非民间的诗人、作家和文艺评论家也是反对堆砌词藻，反对陈词滥调的，不少人也是主张描写应该是本色的，但由于他们所生活的环境，所接受的教育，所处的阶级地位和劳动人民不同，因而他们的本色的描写，即使是成功的，也与劳动人民的描写不同，所构成的美也与民间文学的美不一样。比如汉赋，因其中不少作品像写宫室的《两都》、《二京》过分堆砌的词藻，烦琐的重复描写，受到正当的批评，当时虽负盛名，后来就很少人读了。但杜牧的《阿房宫赋》虽也是赋，也写了宫室之盛，却是可以肯定、为人传诵的，因为它所描写的宫室，虽也有夸张，却不像《两都》、《二京》那样的烦琐、堆砌，对所写的对象来说，这样的描写也是合乎本色的。当然，宫室之美和劳动人民的茅屋、草舍，是大异其趣的。又如唐五代的词，号称大家的温庭筠，对妇女的描写，往往满纸都是金玉珠翠，按其所写对象，好多也该说是本色的，因为他所描写的贵妇人，的确是满头珠翠。当然，这样的妇女和劳动人民的妇女，两者的美是很不相同的，宫室和盛妆的贵妇人，其本色是不朴素的，可以有各种各样的美，这也是一种美，但不是朴素之美。自然，有朴素风格的诗人、作家，描写这样的对象，也可以从别的角度，用别的眼光，写得朴素一些。鲁迅曾指出："唐朝人早就知道，穷措大想做富贵诗，多用些'金'、'玉'、'锦'、'绮'字面，自以为豪华，而不知适见其寒蠢，真会写富贵诗的，有道：'笙歌归院落，灯火下楼台'，全不用那些字。"虽然这样，白居易《宴散》这两句的描写，与劳动人民朴素之美仍不一样。

　　劳动人民口头文学因其口头流传的特点，自然也在美的方面形成自己的特色。劳动人民的口头文学和一般书面文学，都是文学，都是语言的艺术，人民口头创作可以写成书面，书面的文学也可以口头朗诵，但写在书面的语言艺术和口头歌唱或讲述的语言艺术，艺术上的要求不一样，给人的感受也是不一样的。比如一般写于书面的新诗和口头歌唱的民歌，虽然都是诗，却是品种很不同的诗。就是新诗，有的适于朗诵，有的不适于朗诵。朗诵诗也有自己的特点。口头讲的故事，可以说是口头小说，但与一般书面小说很有区别。即使题材、内容一样，因表达方式不同，人们接受的方式不同，也大有差异。比如《水浒》，最初是口头讲的故事，经过文人加工，这才成为小说。这样的小说尽管仍以说话人的口吻出现，比如用"话说"开讲，告一段落时用"且听下回分解"，连小说的名称也用了"说"字。但就是讲《水浒》也不能照着这部书念，而必得改动、加工，使之适于口讲，使之讲来动听。王少堂擅长说武松，其故事完全本于《水浒》，可是他讲的却与《水浒》很不一样。王少堂讲的武松和《水浒》写的武松，是同一个武松，一个讲了出来，诉诸听觉，一个写了出来，诉诸视觉，这就成为有差异的两种美。这些口头宣讲或歌唱的创作，与劳动人民见面，就受到众多人民的鉴定和批评，不好的不能流传，受到欢迎的就流传开来。这些流传的作品，由于没有版权，作者也不要求著作的权利，因此别的人不但可以自由讲唱，而且发现有不够妥当处，谁都可以更改，更改得不好，别人不同意，不能流传，更改得好，就照更改的流传下去。这样，劳动人民的被流传的口头创作，就在流传中经受考验、鉴定、批评，并不断被修改、加工，越来越趋于完美。在劳动人民中这样的流传、加工，就能很好地保持劳动人民的风格和特色，保持劳动人民的朴素之美。

劳动人民口头创作，在众多的劳动人民中流传和被许多人修改，使这些作品不仅在艺术上更臻完美，而且在思想内容上也更准确、更深刻地反映这个阶级的情感和要求，成为阶级的创作。流传广泛和久远的民间文学作品，虽然有的可以考证出最初的创作者，但人们仍然把它视作一定地区内劳动人民的共同创造。一些古老的遗产，由于在流传中，后代的人加工、修改，注入当代的血液，就使这些作品永远都有新鲜感，有如枝叶挺拔的千年老树，今天还活着，并在长出新叶，新叶是新生的，但又与老叶保持相同的形、质，因而长着新叶的树依然是千年老树。至于不断产生的新的创作，虽是新的，却又像新生树木、花草，破芽于遗留的种子，保持了前代的性质和形态。种子可以培育变异，但需经过一定的时日，而且新的种子，不论如何改变，仍不失其作为一个品类的种子的特色，正如改良稻种依然是稻种一样。

以上劳动人民口头创作的种种情况，给人构成一种鲜明而深刻的印象和感觉，这就是鲁迅讲的刚健，清新。这是值得作家和诗人们借鉴和学习的。

四

社会主义时期，由于社会主义制度和阶级情况的变化，文学和劳动的关系也出现新的情况。新的变化主要有两点：一个是劳动人民逐渐掌握了文字，掌握了文化，从劳动人民中出来的作家日益增多，许多劳动人民都能用笔写作，连口头文学创作，不论民歌或故事，也都可以用文字写出来，并在书面发表。一个是非劳动人民出身的知识分子，包括文艺知识分子，到劳动人民中去，和劳动人民一起生活，一块劳动，向劳动化方面发展，越来越多的人获得劳动人民的立场、观点，具有劳动人民的思想感情，成为劳动人民的一员。在文艺创作上，一些作者也在学习劳动人民的口头创作，用民间的形式和风格写作诗歌和小说。于是，产生了一个问题：在社会主义时期，民间文学是否还存在？

要回答这个问题，就要看对"民间文学"一词如何解释，如果把"民间"理解为"官方"的对立物，这样的文学在社会主义时期自然是不存在的。如果同意把民间文学解释为劳动人民的口头创作，认为民间文学与非民间文学的区别，只在是否用笔写出，那么，当劳动人民掌握文字后，劳动人民用文字写出的一切作品，不仅新诗、话剧，连民歌和民间故事，也都不是民间文学了。这样，在社会主义时期，随着劳动人民掌握了文字，民间文学就会消亡。按照这个标准，那些载于书面的过去的民间文学遗产，自然也一概不是民间文学。于是，古今的民间文学就全都没有了。如果认为，民间文学的含义就是人民的文学，它与一般文学的差别只在思想内容方面，那么，在社会主义时期，劳动人民的一切文学创作和一般作家的创作，都是人民文学，二者合流，也就不存在另外的什么民间文学了。按照这种看法，社会主义时期就只能分为作家创作与群众创作。这两类创作，不论思想或者艺术，都没有什么不同。它们的区别，或者从作者的职业上划分，一是出于专业作者，一是出于业余作者；或者从水平上划分，一类水平高，一类水平低。这样，群众创作，就不成其为一种文学，更不能成为一种科学研究的对象，只能是群众工作或文化普及工作中的一个项目。当然，做这样的工作，是很有意义，也是很重要的。

上面种种对"民间文学"的理解，都会得出结论，在社会主义时期，民间文学不存在了。可是这些看法，不是出于误解，就是理解得太片面。前面已经讲到，我们所理解的民间文学的含义，指的是：为劳动人民自己创作并在劳动人民中流传的口头文学。这样的文学，在思想内容上，语言、形式上，以及所构成的艺术之美上，像上面讲的，都有自己的特点。这些特点，形成一个整体，不能像"瞎子摸象"，拾取一点，作为全部。

社会主义时期，广大知识分子和劳动人民的关系起了重大变化：在旧时代，除革命知识分子外，知识分子和劳动人民间不仅存在极大差异，而且存在矛盾以至对立；在今天，用脑力劳动为社会主义服务的知识分子也是劳动者，是脑力劳动者，他们为人民服务，同工农群众在政治上、社会上处于平等地位。但是，二者之间仍然存在差别。拿文学和劳动来说，虽然在社会主义新时期，它们的关系出现了新情况，但不论工农群众的知识化或知识分子的劳动化，都有一个过程。社会主义给知识分子劳动化提出了要求，也提供了条件，速度可以加快，但不能因此就可以认为这种变化的过程是短促的。劳动人民知识化的情况，也大体是这样。因此，在相当一段时间里，工农群众和非工农群众的知识分子依然存在差别，正因为这样，工农群众的创作和知识分子的创作不能没有区别。社会主义向前发展，这种差别即使已完全消失了，即社会的全体成员全都成为了有高度文化的劳动者，那个时候，也依然存在两种文学：书面文学和口头文学。这两种文学的区别不在于是否写于书面，而是它的目的，它的功能是用来诉之于视觉的阅读还是诉之于听觉的唱、讲。书面文学自然是要写于书面；口头文学则既可写于书面，也可只存在于口头，但不论如何，它是口头的，或者歌唱，或者讲述。工农群众获得高度文化后，在文学创作上可以有两种本领，可以进行口头创作，编民歌，编故事，也可以进行书面文学的创作，写新诗，写小说等等。知识分子劳动化后，进行创作，也可以是这样。这两种文学自然也会相互影响，但仍然保持各自的特色，不会合二而一。在人们的文化生活中，阅读甚至朗诵新诗不能代替唱民歌，看小说也不能代替讲故事。文艺创作的繁荣，要求也表现于百花齐放，社会主义越向前发展，文艺之花的品类也会越来越多。书面文学和口头文学可以作为两大类花，每类之中又有多样品种。

人们会说，将来生产全部机械化，农村也成了城市，生活变了，传统的民间形式的文艺就不适合新的生活要求了。是的，人们需求、欣赏的文艺，包括它的形式，是会随生活的变化而变化的，但不论如何高度机械化，大地上耸立的山岳总不会全部铲平。农村和牧区可以建设成城市，农村和牧区的生活条件可以大大提高、改善，比如在偏僻的山村也可以住讲究的楼房，坐最新式的汽车，进俱乐部，上百货大楼等等，但农村中依然有农田，有林木，有河流，有溪，有泉等等。总之，农村的大的环境依然存在，农村依然还是农村。那时，自然也仍有草原，仍有畜牧，仍有川泽，仍有渔业。人们在崇山峻岭劳动、生活中仍然要唱山歌，在草原放牧和寂静漫长的赶牲途中仍然要唱游牧和赶牲的歌，在江海放舟捕鱼中仍然要唱渔歌。至于各种形式讲故事的活动则在更多的地方仍将长期流行。因此，口头的民间文学形式仍会滋生、繁荣，为人们需要，并获得发展。

社会主义解放了劳动人民，也解放了在旧社会被压制、被禁锢的劳动人民所创作的民间文学。在劳动人民当家做主的社会主义时代，民间文学不该是停步不前以至衰枯，而应该是有着更好的发展条件，因而能空前地繁盛起来。

社会主义时期民间文学的活动，像别的活动一样，应该在党的领导下，坚持马克思主义观点，坚持实事求是，坚持群众路线。这里，有几个重要问题：

一、民间文学是劳动人民自己的文学，不仅古老的神话和长篇的史诗，就是短小的民歌或故事，都是有智慧有文艺才能的劳动人民，为抒发自己的情感，表达自己的愿望，在一定的时机和条件下，产生出来，又得到众多群众的肯定，才流传开来的，因此应该对之充分尊重。在搜集、整理中，不论从艺术或科学研究方面着眼，都应该努力保持它的原貌。这并不是说民间文学作品全都完美无疵，不能丝毫移易。民间文学作品在流传中，会变动，会修改，因而益臻完美，这正是民间文学的特点和优点。但这种变动、修改也是有智慧有文艺才能的劳动人民自己在一定时机和条件下进行，并在继续流传中得到广大人民首肯的。非劳动人民的作家、诗人对民间作品也可以作某些修改、加工，但必须充分通晓劳动人民的生活以及他们的思想、愿望、心理、幻想和美学趣味，通晓并掌握民间文学风格、形式及其艺术传统和艺术技巧，与劳动人民具有同样的思想感情并确实充分理解所面对的作品。修改得是否正确，也得在流传中经过广大劳动人民的鉴定。前面谈到，过去一些诗人、学者，曾共同把民间作品，主要是民歌，赞为天籁。民间文学在艺术上就具有天籁之美。有的人对民间的创作，总觉简单、不美，硬要给予"提高"，给加涂一些色彩。这就像在月光照耀下的秋夜，一个幽美的处所，松涛，泉声，蛩鸣等等，合奏成一首优美的乐曲。这是天籁。可是，有人觉得这太单调、太不响亮了，于是为了加重美感，就大声唱起雄壮的进行曲，甚至敲打起锣鼓来，这样一来，自然是很不单调也很响亮了，但这美好的天籁也就因而被完全破坏了。秋夜是安静的、优美的，自然界变化，疾风暴雨来临，又是另一番壮丽的景象。劳动人民的生活及反映生活的口头创作，也是变化的、多样的。但不论优美或是壮丽，全都是自然本色，是天籁。劳动人民中流传的口头创作，表达的是这个阶级不得不发的出自胸臆的真情实感：那些符合人民利益因而为人民拥护、赞美的事物，人民歌颂，真情实意的歌颂，不带半点虚假；那些损害人民利益、违背人民意愿的事物，人民揭露、批判，大胆地巧妙地讽刺、遣责，任何势力也阻抑不了。民歌美、刺两方面的作用，以及准确反映人民意愿，作为人民舆论的性能，在我国很古的古代就已被人认识了，这样的作用和性能，在社会主义社会不但依然存在，而且该是更为发展。用劳动人民自己创造、热爱的艺术形式，表达劳动人民自己的思想感情，作为这个阶级的心声和舆论的人民口头创作，是不可随意修改，更不允许瞎编、伪造的。这些修改、编造的东西，会受到抵制，不可能流传。这就是劳动人民对它们的最有力的最具权威性的评判。

二、劳动人民创作的民间文学，前面讲过有其自身的特点，主要表现在"劳动人民的"和"口头的"上面。在社会主义时代，当作家、艺术家都成为劳动人民，作家、艺术家在思想感情上与劳动人民完全一致的时候，民间文学就单单保留着劳动人民长期积累、传承下来的口头文学的特点，并与一般书面文学继续成为两大类不同的文学。社会主义时期，搜集、整理过去的民间文学遗产，如能保持原貌，当然也就保持了民间文学口头的特点。值得多谈谈的是新的创作，比如新民歌和新的民间故事。民歌是拿来唱的，故事是拿来讲的，不论新旧都该是如此。这唱与讲又该具备民间的艺术特点，这样才能作为劳动人民自己的艺术在劳动人民中流传，否则就不能说是民歌或民间故事。而不论民歌或民间故事，作为劳动人民的口头艺术，都有传统的形式，这些传统形式是劳动人民在长期创作实践和讲唱实践中不断积累艺术经验而铸炼出来的，应该重视、采用和继承。自然，思想内容变了，会影响艺术形式。但艺术形式的发展变化，不论书面文学或口头文学，都是比较缓慢的。经常总是这样：思想内容已大大变化了，艺术形式却可以保持不变。比如中国古典诗歌，最初流行的是四言，后来五言兴起，六朝时梁钟嵘在《诗品》中就说四言诗"每苦文繁而意少，故世罕习焉。"于是而"五言居文词之要，是众作之有滋味者也。"但这以后仍有四言出现。七言诗在唐初就已充分完善，可是五言仍在流行，与七言并行。经历了宋、元、明、清，直到现在，人们还在使用。虽然中间有宋词、元曲的兴起，但词、曲并未也不可能代替五、七言诗。甘肃、青海、宁夏的花儿，大约从明代以后就已在汉、回、土、东乡、保安、撒拉、裕固等族人民中间广为流传，唱到了今天，似乎还将继续唱下去。这是因为，形式是保守的因素，趋于固定，思想则灵活得多，不断变化。而一种被广泛采用并创造了许多好作品的形式，它的产生、完善和流行又需要较长的过程。它在完善、流行中不断扩大表现能力，因而生命力强。新民歌和新的民间故事的新，主要是在思想内容以及采用的某些新的词语上面，并不需要离开旧的民间形式。如果传统的形式无法表现新的内容，需要新的形式，这新形式的创造也需一定的过程，需要继承传统，需要依靠劳动人民自己，并在流传过程中产生和逐步完善。但不论保持、采用传统的形式，或在一定条件与要求下有所发展，口头文学都应发展自己的长处，保持自己的特色，它像作为另一类的书面文学一样，需要精益求精，不断地努力提高自己的艺术水平。口头、书面两类文学都应也都需要按照自己的特性和发展规律各自努力创作出杰出的、伟大的作品。

　　三、民间文学，作为一种独具特色的文学艺术，或者作为一种独立的学科，都需要加强理论的研究。马克思主义认为，文艺是现实生活的反映，正确理解文艺现象需要研究现实生活，研究文艺与现实生活的关系。恩格斯在《家庭、私有制和国家的起源》的第一版序言中指出："根据唯物主义观点，历史中的决定因素，归根结蒂是直接生活的生产和再生产。但是，生产本身又有两种。一方面是生活资料即食物、衣服、住房以及为此所必需的工具的生产；另一方面是人类自身的生产，即种的繁衍。"劳动人民是社会物质财富的创造者，是劳动者，是生产者。因此作为劳动人民口头创作的民间文学，其产生和发展，不仅与一般文艺一样，归根结蒂与物质的生产和再生产有关，受这种生产的状况最后的制约，而且与劳动生产有着更为密切的直接联系，劳动人民熟悉劳动，又热爱劳动，但在阶级社会里，又被劳动所奴役，在劳动中受到剥削和压迫。离开劳动、生产以及由这种劳动所直接构成的复杂的社会关系，是无法了解民间文学的。恩格斯指出的另一种生产，也是生活中的一个重要方面，但人类的这一生产，即使在物质生产很落后的早期的社会里，也与其他动物有别，这"种的繁衍"不仅与家庭婚姻联系，而且涉及了男女之间的爱情。恩格斯指出"在整个古代，婚姻的缔结都是由父母包办，当事人则安心顺从。"恩格斯所说的古代社会，在这里指的是奴隶社会与中世纪的封建社会，就是在氏族社会的后期，在父系制的氏族里，男女婚姻也不是完全自由的，但青年男女要求爱情，这就产生冲突，产生悲剧。两种生产，物质生产方面要求生产力的解放，是社会发展的根本原因和主要表现；婚姻嫁娶方面要求摆脱爱情束缚，也成为社会前进的力量。在爱情这个领域，在阶级社会里，恩格斯指出，以爱情为婚姻基础的事情，"在统治阶级的实践中是自古以来都没有的"，只有"在不受重视的被压迫阶级中，才有这样的事情"。这是因为从居于统治地位的压迫阶级看来，婚姻、嫁娶也需有利于提高或巩固剥削者的地位。处于被压迫地位的劳动人民则一般不存在这种思想，劳动人民的妇女，虽也处于男权欺压的地位，但与剥削阶级的妇女不同，他们参加劳动，有独立生活的条件，又有较多机会与男子接触。自然，统治阶级的思想是统治思想，比如在封建社会里，劳动人民也在爱情婚姻等问题上存在封建思想，加之，压迫阶级在这方面的欺凌压迫，也形成爱情婚姻等方面的悲剧。

　　除了劳动生产与爱情婚姻，在社会生活中，特别在社会的精神生活中值得引起重视的是非科学的社会信仰。这种信仰，在有的民歌中形成为宗教，在有的民族中虽不成为宗教也带有宗教、迷信的性质，这是从原始信仰发展而来的。原始的人类，在劳动生产中，发展着自己的思维，追求着对自身和自身周围世界的理解。对人的生活中某些复杂的精神活动（比如梦）非科学的解释，对人死后的祖先或英雄共存在的虚构设想，对不可抗拒的大自然威力的神灵化的理解，在一个部落、一个氏族或一个民族中形成为共同的观念，就产生了原始的信仰。这种信仰的发展就成为各种各样的宗教。有的民族，比如汉族，虽无统一的民族的宗教，但却相信神鬼的存在，既相信产自本民族的道教的神仙，也相信外来佛教的佛与菩萨。这种信仰产生、发展并占有统治地位后，从总的方面说来，是麻痹劳动人民的，是经常被统治阶级用来作为加强其压迫、剥削的工具的。但在劳动人民中，这种社会信仰，却存在种种情况：有的反抗甚至要压倒神鬼的力量，比如《不怕鬼的故事》中的故事，虽也相信有鬼，确认鬼的存在，但却"不怕"，敢于和鬼斗争，并最后获胜，这些故事有不少来自民间；有的，将神鬼或精灵人化，赋予人的情感与品德，与人交往，为人作好事，比如《聊斋志异》中许多狐、鬼以至神、仙的故事，以及济公的传说和优美的白蛇的传说；有的，虽尊崇其为神、佛，但却视之如人世间的清官，认为这样的神佛可以主持公道，站在人民一边，可以为人民做好事，这反映了人民的愿望和幻想，比如对外来的观世音，认为能救苦救难，对认为死后成神的关羽即被人们尊崇敬拜的关圣帝君，也能惩凶除恶，为人做好事。自然，一些劳动人民也敬畏维护封建礼教和封建秩序的神佛，那纯粹属于落后、迷信，是消极有害的现象了。

还须特别提出，不同的自然环境对民间文学的形式、风格和内容所起的不可忽视的作用和影响。泰纳把地理环境提到最中心的地位，以之来解释一切文艺现象，不顾其他更重要的因素。这自然就是错误的。普列汉诺夫也不适当地夸大了地理环境的作用，也不尽妥当。但是，也不能不看到自然环境对文艺，特别是对民间文艺的重大影响。不能孤立地来看自然环境，应该把它置于"环境"的地位，与人们的经济生活和精神生活联系起来。在生产与交通很发展的地方，不同的地理环境对人的心理、意识发生的影响是很小的，但在生产、交通落后、困难情况下，自然环境直接与劳动生产的状况发生密切关联，发生很大的作用，不要说古代，甚至就是当代，且不说山区、牧区与平原的生产状况、生活状况不同，就是在同一个县里，自然条件好的村庄和自然条件不好的村庄，生产与生活也是存在差异的。除了经济状况，自然环境也影响人们的美的观念和对美的欣赏力，影响文艺的语言、形式和风格。这，在前面已多少提到了。我们曾强调民间文学的地方色彩、乡土气息，这些自然是不能与自然环境分开，而必须从自然环境中去寻找、了解的。

马克思主义在意识形态领域强调不同的阶级有着不同的阶级观念，在阶级社会中，对人们的思想和行为要进行阶级分析。这是客观存在的根本事实，是科学的论断。但是，阶级分析：

第一，只适用于阶级社会，对原始共产主义时代，对氏族社会，就不适用，因为这样的社会根本不存在阶级。

第二，阶级的划分，阶级间的矛盾、斗争，阶级意识的差异，是阶级社会中社会生活的根本的、重大的事实，但不是社会生活的全部。

第三，有阶级性的事物，不论作为意识形态的阶级观念、阶级意识，或者是阶级间的实际关系与实际活动，其内容和表现都是复杂的、多样的，甚至作为阶级间紧张状态的阶级斗争，其表现也是多种多样，并经由不同道路、凭借不同事物而进行的。那种把阶级斗争以至阶级关系看得很简单，以至到处可以乱贴阶级标签的做法，既不符合生活实际，也完全和根本违背了马克思主义的理论。马克思主义的根本观点和方法是辩证唯物主义。所谓唯物主义就是要求尊重客观，要求从客观实际出发；所谓辩证法，就是要求把一切事物置于联系中、置于运动中；辩证唯物主义用我国常用的一句话来说，就是"实事求是"。马克思、恩格斯一再强调，不能把他们的理论当做教条，而要作为行动指南。列宁指出："马克思主义的活的灵魂是具体地分析具体的情况。"

脱离客观实际，不从具体的客观实际出发，不全面地发展地看待问题，就从根本上违背了马克思主义，不论喊叫了多少马克思著作的词句。

马克思主义是当代最革命最进步的学说，站在无产阶级立场，反映与代表广大人民的最大利益与根本要求，与一切剥削阶级及一切保守、落后的思想、理论根本不同。但是，马克思主义又是人类一切优秀遗产和科学成就的继承者和集大成者，并不排斥而要吸收一切有益的东西。民间文学的理论，像上面已提到的，要吸收一切有关方面的有益成果，像民族学、方志学等的成果。对于民俗学，我们的看法和态度是：民间文学反映的是劳动人民的生活和要求，与研究民间习俗的民俗学有很密切关系，要建立与发展民间文学的科学理论，就要吸取民俗学中一切有益的成果。我国"五四"时期搜集与研究民间文学的民歌民谣的活动开始不久，一些爱好与研究民间文学的学者就建立了民俗学会，并作了一些对民间文学有益的工作。今后我们仍应该重视民俗学，吸收其有用的成果。这里需要明确的是：首先，民俗学与民间文学关系虽很密切，但却是范围、对象与目的不同的两种学科。其次，研究民俗学有各种观点和方法，我们要建立马克思主义的民俗学，虽然应重视与吸收资产阶级民俗学一切合理的、有科学价值的成就，但却在立场、观点和方法上，与之有所区别。

四、社会主义时期民间文学的发展与繁荣，同过去的时代相比较，有不可比拟的优越条件，但也存在一些问题。当前就有这么几个：

第一，正名问题。正因我们的国家和广大人民很重视民间的，特别是汉民族以外其他各民族的口头创作，于是，各地纷纷出现民间文学刊物，大量搜集、刊登民间文学作品，其他报纸刊物有的零星地、有的则开辟专栏发表了不少民间创作；各种宣传，不论政治、生产、节育、卫生等等，也常利用民间文学的形式；搜集、整理及以民间文学形式进行创作、改编的同志也日渐多了起来。肯定地说，这是好的现象。可是就在这好的现象下面产生了问题：许多没有艺术性的宣传品、许多完全由个人在室内匆促编写出来的东西，有的冠以"宣传材料"或作者的姓名，有些则冠以民歌、某族民歌或民间故事等称号。从事搜集、整理民间口头创作的同志，很多人态度严肃、工作刻苦，搜集、整理、发表了许多民间口头创作的珍品，但也有一些人到山区或农村只匆匆听了一点民间故事或民间叙事诗故事的大意，就回来编写，也以民间故事或民间叙事诗的名义发表。有些同志当时认真作了记录，回来时感到有些遗漏，或感到民间的某些词句不美，不再下去重新搜集、核对，却自己随意补充、修改，经过这样补、改后的作品，有的标明编写或改写，更多的则以民间创作的名义发表。有些同志搜集民间传说或故事，虽然当时认真作了记录，发表时又未作任何增补或删改，可是，或者由于当时的讲述者没有讲故事的才能，讲得很粗糙以至残缺不全，或者讲述者是讲故事的能手，但由于种种原因，只简单、概括地讲了故事的梗概，记录者却把这粗糙的叙述或故事的梗概误作为完美的故事或传说，加以发表。这样一来，许多根本不是人民口头创作的作品，或者虽来自人民口头但改变了本来面貌，或虽未改变面貌，但不是完美作品以至根本不算作品，却一概以民间故事或民间传说的名义在书刊上发表。这样以假乱真，以次充好，以梗概充作品等，不仅会使广大读者产生误解，以为民间文学简单、粗糙、低劣、缺乏艺术性，因而大大贬低民间文学的思想艺术价值。这些做法扩展开来，会造成逐渐消灭真正人民口头创作的灾难，像水土流失，流沙侵吞林园，造成大片优美树木的锐减以至消失一样。我这里不是根本反对用民间形式创作作品，或写宣传品，也不是反对把民间创作改写、改编或根据民间故事、民间传说、民间叙事诗进行完全新的创作。不但不反对，我们以为还应该大大提倡。民间文学有这许多用处有什么不好呢？我只是认为应该正名，是改编就是改编，是改写就是改写，是个人创作就是个人创作，不要用民歌、民间叙事诗、民间故事、民间传说等的名义。我认为，作家根据民间故事或传说完全可以创作出十分出色以至伟大的作品，比如歌德的伟大作品《浮士德》，其主人公浮士德是民间创作中的人物，在德国广泛流传着关于浮士德的传说。歌德并没有借用民间的名义。歌德《浮士德》的存在，也并没有使德国民间流行的关于浮士德的传说失去存在的意义和价值。对于民间文学的搜集工作，我只是虔诚地希望：要寻找受到广大人民群众热爱的好的歌手和才艺出众的讲故事的能人①，对这些人，要抱着十分尊重的态度，努力设法激起他们讲或唱的昂奋情绪，还要请来当地较多的听众，使他们讲得眉飞色舞，唱得兴高采烈，而众多的听众则为这歌声、这故事所迷、所醉，以至结束后还不愿离开。这样的民歌、故事才是真正在民间广为流传、为广大人民群众喜爱的人民口头创作。我们要十分忠实，因而十分辛苦地搜集、整理这样的作品。我们的书刊发表的民间文学，应该是或主要应该是这样的作品。这样说，我不是反对普查，只是普查记录来的，要加以甄别。一些粗糙的、不完整的讲述，一些"故事梗概"性的记录，只可作为资料，不能当做完整的作品。还要添说一句，民间故事或民间传说有不少是简短的。"粗糙的叙述"与"作品"的区分不在于它们的长短，前者只讲了故事的情节，而

---

①　一些地区即使民歌如何发达、地位如何重要，以至人人都喜爱唱民歌，因而有歌海、歌乡的美称，也不会个个都是强手，也有唱得好、唱得不好、唱得很好及会编、不会编、编得不好和编得很好的区分，而唱得极好、编得极好的人，总是少数的。编、讲故事的情况也是这样。

后者则语言美妙，形象生动，风趣，动人，富有生活气息。一句话，后者才是艺术品，才是在人民群众中广为流传的人民口头创作。

第二，传授问题。民间文学，是口头艺术，有自己的艺术传统、艺术风格、艺术技巧和艺术经验。劳动人民群众中杰出的歌手和讲故事的能手，是语言艺术家。他们具有很高的艺术技能，积累有丰富的艺术经验及与民歌、故事有关的种种生活、生产以至自然科学、历史、地理等知识。他们是极为宝贵的人才。这些人几乎都是从小就具有唱民歌或讲故事的才能，从小就爱好和艰苦学习编、唱民歌或编、讲故事。他们大都生长在人民口头艺术的环境里，有的则有着几代家传的艺术传统。他们的才能和技艺是来之不易的。这样的民间的语言艺术家，不应该只是我们搜集民歌和故事等的对象，只是从他们那里把珍贵的作品挖掘出来，搜集起来，还应该创造种种条件，使他们继续自己的艺术活动，不仅使他们的技艺不致荒疏、遗忘，而且还能不断提高，有新的创造。这些人，人数不多，又大都年岁较大，重要的紧急的任务是，要选拔爱好民间文学并在这方面有才能的年轻人做他们的学生，请他们精心传授。这样，人民口头创作这门艺术，不论唱、讲或编，不仅后继有人，还能不断壮大队伍，在艺术上也能不断发展、提高。为了使杰出的歌手、讲故事的能手有更多施展技艺的机会，使学习这门技艺的青年人有锻炼自己的机会，使广大群众有欣赏和参加讲或唱的机会，以活跃这门艺术并从其中物色、挑选新的人才，需要恢复各地的花儿会、歌圩、赶摆、游方一类活动。上面种种活动，自然需要党的领导，但领导的主要责任应该是鼓励，创造条件，而不是不适当的干涉，应该充分尊重民间文学的艺术特点和艺术规律，充分尊重这方面的民间艺术家，请他们出主意、想办法，遵照十一届三中全会以来，我们党所制定的文学艺术政策，克服过去有过的种种"左"的做法，如果出现不良倾向，也该采取商量、讨论的办法，加以解决。

第三，作用问题。民间文学要获得繁荣、发展，还需充分发挥它的作用。民间文学是艺术，它的首要作用是满足广大人民的艺术需要，获得美好的享受，并在这样的享受中陶冶情操，提高觉悟。上面说过，自古以来，人民的口头创作常常给予专业作家的创作以极有益的影响，今天向民间文学吸取营养的作家是更多，也更自觉了，但要充分发挥这方面的作用，还有许多工作要做，比如消除误解（像上面讲的"正名"问题），加强与改善搜集、整理工作，以发表更多真正的人民口头创作的好作品，尤需加强对这些作品的评论、研究，特别是对具体作品的艺术分析。此外，不可忽视的是，民间文学还起着表达人民意愿、评判社会生活的作用。这就是过去所谓的"美"、"刺"作用。人民口头创作表达人民心声，值得我们用心倾听。我们的党、政府、干部听取人民的意见，可以通过各种方式，像会议、汇报、座谈、访问、交谈等等都很有效，但并不都能听到人民的真情，特别是蕴藏在人民内心深处的心声。上面提到，我国很古的时候，统治者就注意收集民间诗歌，"以观民风"。把人民作为奴仆的古代统治者懂得这个道理，尚能这么做，作为人民公仆的我们和我们的干部，就应该更懂并做得更好了。自然，我们的社会主义社会，同过去任何剥削、压迫阶级统治的社会，本质上根本不同。统治者采诗"以观民风"，目的是巩固奴隶主阶级或封建主阶级的统治，我们则是为了更好地为人民服务，以巩固人民民主专政，有利于社会主义建设和发展。我们要发表那些歌颂好人好事，歌颂党、歌颂政府、歌颂社会主义的颂歌，以表扬美好的事物；我们也要发表那些批判坏人坏事及批评我们工作中的某些不当措施与某些干部的不良行为的带"刺"的口头创作。社会主义是过渡时期，是一个较长的过渡时期，在这个时期，除了占统治地位的社会主义新思想、新道德、新作风，也存在与社会主义相敌对的封建主义的、资本主义的以及两者兼而有之的坏思想、坏道德、坏作风，即我们说的歪风邪气及各种丑恶的行为。对于这些坏风气、坏行为，除了依靠规章约束以至依照法律制裁，还需动员社会舆论谴责、教育，要重视意识形态的作用，特别不要忽视人民口头创作在这方面所起的作用。处在基层的广大人民群众最痛恨社会上的歪风邪气，对政策偏差、措施错误给予他们的切肤之痛，也感受最深。对于邪恶，对于错误，广大人民群众是敏感的，是厌恶、痛恨和不满的，他们中的杰出歌手和讲故事的能人，为表达这些情感所创作的讽刺性的民歌、故事和笑话，是组织、团结广大人民反对邪恶和批评错误的最锐利的武器。让我们倾听这些作品中所提出的批评，改正我们的错误，用这些作品发出的讽刺、嘲笑的飓风和烈焰，扫除和烧毁我们的社会中存在的歪风、邪气及一切恶行，在党的领导下，满怀信心地把我国建设成为现代化的、高度文明、高度民主的社会主义国家吧。

作者附言：此文 1979 年夏写于黄山，是为计划中集体写作的一部文集作引论的。它只是匆促写出的草稿。后来计划改变，这篇东西也就放在了一边。这次编者索稿，我因身体不好，不能从头修改，只是在个别地方添了几句。全文是粗糙的，错误一定不少，希望同志们批评指正。

1983 年 8 月 28 日

（原载《民间文学论坛》1984 年第一期）

作者著作目录

下乡的感受　《东北文化》1946 年
10 月第 1 卷第 2 期

文艺必须为总路线服务　《东北文
学》1954 年 1 月号

评俞平伯先生的"色空说"　《人
民文学》1955 年 1 月号（收入《论
文学艺术的特性》）

胡适文学思想批判　《文学研究集
刊》1955 年第 1 期（收入《论文学
艺术的特性》）

论胡适反动文学思想中的自然主义
是否为主要倾向？　《光明日报》
1955 年 8 月 7 日

评关于李煜的词的讨论　《人民日
报》1956 年 2 月 23 日　《光明日
报》1956 年 3 月 11 日（收入《论
文学艺术的特性》）

不要把幻想和现实混淆起来——试
答关于几篇故事的疑问　《民间文
学》1956 年 4 月号（收入《论文学
艺术的特性》）

关于李煜的词　《文学研究集刊》
1956 年第 3 期（收入《论文学艺术
的特性》）

论文学艺术的特性——评陈涌等关
于文学艺术的特性的错误意见
《文学研究》1957 年第 4 期（收入
《论文学艺术的特性》）

《论文学艺术的特性》后记　1958
年 5 月 29 日

文学研究工作往哪里去　《文学研
究》1958 年第 3 期

鲁迅的《故乡》　《文学知识》
1958 年 10 月号

论《阿 Q 正传》　《文学知识》
1958 年 11 月号

读李白的《梦游天姥吟留别》
《文学知识》1958 年 12 月号

读《狂人日记》　《文学知识》
1959 年 5 月号

关于白族的几点情况　（《白族民
间故事集》代序，人民文学出版社

1959 年版)

欢呼新中国文学的重大成就和发展
　《文学知识》1959 年 10 月号

对十年来新中国文学发展的一些理解　《文学评论》1959 年 10 月第 5 期

认真学习　提高思想　《文学评论》1960 年第 5 期

从调查研究谈起　《民间文学》1961 年 4 月号

形象、感受和批评　《文学评论》1962 年 2 月第 1 期

关于典型问题　《羊城晚报》1962 年 8 月 2 日

对《中国现代文学期刊目录（初稿）》的意见　《中国现代文学资料丛刊》第 2 辑 1962 年 8 月

关于艺术感受　《新港》1962 年第 4 期

《十年来的新中国文学》第一章绪言　作家出版社 1963 年版

从《出山》的评论谈起　《文学评论》1963 年第 1 期

关于正面人物的塑造和评价问题《文学评论》1963 年第 5 期

十年来的新中国文学（集体项目）
　作家出版社 1963 年 11 月版

关于文学的阶级性　《文学评论》1979 年第 2 期

文艺和政治　《新港》1979 年第 10、11、12 期

谈情歌　《民间文学》1979 年第 2 期

也谈典型　《文学评论》1980 年第 3 期

《中国少数民族文学》序　《民间文学论坛》1982 年第 2 期

谈灵感　《外国文艺思潮》第一集 1982 年 5 月

人性问题　《文学评论》1982 年第 2 期

民间文学及其发展谫论　《民间文学论坛》1984 年第 1 期

形象和思维　《中国社会科学》1986 年第 2 期

意识形态　《文学评论》1986 年第 5 期

文艺·艺术——不是咬文嚼字《河北师院学报》1986 年第 3 期

何谓艺术——不是咬文嚼字之二《河北师院学报》1986 年第 4 期

门外谈美——不是咬文嚼字之三《河北师院学报》1987 年第 2 期第 3 期

艺术真实——不是咬文嚼字之四《河北师院学报》1987 年第 4 期 1988 年第 1 期

作者年表

1919 年 11 月 13 日　出生于四川省德阳县。

1935 年秋　入四川省立第一师范学校学习。

1936 年秋　因与学校当局发生冲突被开除。

1937 年春　入四川省立成都高级工业职业学校学习。

1937 年 10 月　赴延安，先后在陕北公学、中央党校学习。

1938 年 9 月　在陕甘宁边区青救会编辑《青年呼声》。

1938 年冬　在延安鲁迅艺术学院文学系学习，后任文学系指导员。

1939 年秋　到延安鲁艺政治处、总支委工作。

1941 年　在延安鲁艺文艺理论研究室作研究工作。

1944 年　到鲁艺文艺运动资料室编《文艺动态》。

1945 年 10 月　赴东北。

1946 年 5 月　到佳木斯《人民日报》做编辑工作，该报后改名《合江日报》，任副总编、总编、副社长。

1949 年 5 月　任哈尔滨《松江日报》总编辑、副社长、社长。

1949 年底　任新华书店东北总分店总编辑。

1951 年 2 月　任东北人民出版社社长兼总编辑。

1952 年 10 月　调中共东北局宣传部，先后任理论教育处副处长、文艺处处长。

1954 年　中国作家协会会员、理事。

1954 年 9 月　到北京大学文学研究所任秘书主任。

1955 年　北京大学文学研究所改属中国科学院领导，任文学所党的领导小组副组长。同时协助何其芳先后编辑《文学研究集刊》、《文学研究》（后改为《文学评论》），任《文学评论》副主编。并先后参加民间文学组、古代组、现代组研究工作。

1956 年　评为三级研究员。

1965 年　赴阿尔巴尼亚讲学。

1969 年底　河南"五七"干校劳动。

1972 年　回北京，任中国社会科学院文学所研究员，主要从事文艺理论、民间文学研究。

1978 年起　任第五、第六届全国政协委员。

1979 年　被选为中国民间文艺研究会副主席。

1986 年　离休。

2001 年 12 月 5 日　逝世

后　记

　　文集编好之后，在送交出版社之前，突然听说毛星同志已于2001年12月5日在协和医院逝世，不禁使我十分悲痛。自从1987年以来，毛星同志几乎每年都要住医院治病。每当他住院时，我都去看他，总希望他能早日康复。去年三四月间，我又去看过他，那时他患病还需要卧床休息。此后，我也有病，难于出门，不能再去看他。没有想到那次相见竟成诀别！

　　毛星同志生前，对中国古典文学和中国民间文学的研究用功最多，他熟悉中国古典文学中的许多作家、作品，还亲自参加过对中国少数民族文学资料的搜集工作。他主持编写的三卷本《中国少数民族文学》，出版后颇有好评。前几年他还对我说过，想再写些文章，计划编一本关于中国少数民族文学的论文集和一本关于庄子研究的书。现在他的计划已经不能实现了，这使我不能不感到非常遗憾。

　　愿毛星同志的灵魂安息！他的亲人和曾经在他领导下工作过的同志们都将永远怀念他。

白鸿记于 2001 年 12 月 12 日